ELLA STEIN

DIESMAL IST ES ECHT

ROMAN

c/o Meine Schreibzeit e.U., Auf der Wies 10/Top 43, A-4040 Linz

Coverdesign:
Martin Sowa, www.nightbird-design.de

Lektorat:
Fritzi van Ribbeck, www.fritzi-van-ribbeck.de

Korrektorat:
Jenni Fenko, www.jennifenko.com

Fotonachweis: © Ella Stein

Druck und Vertrieb im Auftrag von Ella Stein:
Buchschmiede von Dataform Media GmbH, Wien, www.buchschmiede.at

ISBN: 978-3-99165-179-6 (Paperback)

PRINTED IN AUSTRIA

Personen und Handlungen sind frei erfunden, etwaige Ähnlichkeiten mit real existierenden Personen sind rein zufällig und nicht beabsichtigt.

Örtliche Gegebenheiten wurden bei Notwendigkeit der Handlung von »Diesmal ist es echt« angepasst.

Für Zet

♥

Halt den Gedanken fest
Auch wenn er falsch ist, du hast recht
Halt dich an deiner Liebe fest
Auch wenn sie falsch ist, bleibt sie echt

Wir sind verloren – Michael Marco Wanda

1

»Das war das Verkehrsupdate mit der zauberhaften Anni Roth und hier geht es nun für euch weiter mit Songs von Wanda, Robbie Williams und Lady Gaga. Ihr hört *FM Zaruuna*! Ich bin Mike Thaler und ich liefere euch die beste Musik frei Haus ins Büro, ins Auto oder ins Wohnzimmer.«

Michael schob den dritten Regler von rechts auf seinem Schaltpult mit Schwung nach oben und überließ die Hörer der programmierten Abfolge der nächsten drei Lieder. Er streckte seine Beine aus, drehte sich suchend um und trank einen Schluck lauwarmes Wasser, das auf dem kleinen Beistelltisch in der Ecke der Moderationskammer stand. Dabei beobachtete er Anni über den Rand des Glases hinweg. Sie saß steif auf ihrem Drehsessel in der winzigen Extrakabine und konzentrierte sich scheinbar auf ihre Notizen, in denen sie Passagen mit dem Kugelschreiber einkreiste. Was absolut keinen Sinn ergab, denn sie malte in den Moderationskarten der eben gelaufenen Sendung. Zu ihrem nächsten Go-live würde sie von der Redakteurin neue bekommen. Diese hier waren nur noch für die Altpapiertonne gut; oder dafür, sich nicht mit ihm auseinandersetzen zu müssen.

Michael drückte den Knopf für eine Verbindung zu ihr. »Wir müssen darüber reden.«

»Nicht jetzt«, kam es prompt zurück.

Mit Beharrlichkeit verweigerte sie seit Tagen jedes Gespräch mit ihm. Aber nicht nur das: Sie machte Fehler, las falsche

Autobahnen ab; weinte im Aufenthaltsraum; schwieg ihn mit vorwurfsvollem Blick an, wenn er sich dort Kaffee holte; und hatte offenbar die Kollegen »ins Bild gesetzt«, denn die starrten unangenehm berührt vor sich hin, wenn sie ihm begegneten, als hätte er Hochverrat begangen. Er, der lustige und immer gut gelaunte Michael ›Mike‹ Thaler, war vom Sportsfreund zur Persona non grata des Senders mutiert. Wobei er den Spitznamen Mike nicht unbedingt mochte, weil es schlichtweg zu gewollt, zu international klang und er sich gegen die Verdrängung der deutschen Sprache wehrte.

›Schon gehört? Der Mike hat die Anni stehen lassen‹, stand in ihren Gesichtern wie auf Postwurfsendungen. Michael hatte möglicherweise die falsche Entscheidung getroffen, als er die Beziehung mit Anni vor einer Woche beendet hatte. Hätte er gewusst, wie negativ sich das alles beruflich auf ihn auswirken würde – er hätte von vornherein die Finger von der Verkehrsmoderatorin mit den wilden, dunklen Locken gelassen.

Er liebte seinen Job als Radiomoderator und war auf dem besten Weg gewesen, Senderchef zu werden, als er sich nach nur neun Monaten Beziehung von Anni getrennt hatte. Er hatte sie gern, vor allem diesen Hauch von Ballerina, der sie umwehte, wenn sie das Haar tagsüber zu einem Dutt trug und diesen nach Feierabend löste; der Moment, wenn sich ihre Lockenpracht über die Schultern ergoss ... Der Rest war nicht so gelaufen, wie er sich das gewünscht hatte.

Den eigentlichen Fehler beging er schon vor der Trennung, als er sich überhaupt auf eine Beziehung eingelassen hatte. Er hätte es besser wissen müssen. Jetzt hassten ihn alle und keiner fragte, wie es *ihm* dabei ging. Schließlich war eine Trennung für keine der beteiligten Seiten leicht. Aber das sah niemand so. Er hatte den Ruf des Sonnyboys mit der lebenslustigen Art, der sich den Weg durch das Leben freilächelte und mit seinem entwaffnenden Charme alle Hürden überwand. Bis vor Kurzem hatte man ihm vieles nachgesehen, ihn bewundert, ihn gemocht. Er war der Kleber zwischen verfeindeten Senderkollegen, die Schnittstelle zwischen kleinem Botendienst und Big Boss. Die männlichen Kollegen kopierten seinen Stil, der daraus bestand, noch völlig verschlafen und ohne hinzusehen das oberste Shirt aus dem Schrank zu ziehen und sich vor dem Spiegel zweimal mit den Fingern durch die Haare zu fahren. Die Praktikantin schwärmte genauso für ihn wie die leitende Nachrichtenredakteurin. Der Chef schleppte ihn von einer Veranstaltung zur nächsten und gab mit ihm noch mehr an als mit seinem neuen Tesla.

Michael war das Aushängeschild dieses Radiosenders. Zumindest war er es gewesen, bis er die Beziehung mit Anni für gescheitert erklärt hatte. Und nun war er sich unsicher, ob er übermorgen noch einen Job hatte, sollte sie sich nicht bald davon erholen und aufhören, ihn zu verunglimpfen. Dabei würde eine fehlerfreie Verkehrsmeldung schon reichen. Aber ihm war, als würde es – im Gegenteil – jeden Tag schlimmer werden. Sie trug ihren Liebeskummer wie einen bis oben hin gefüllten Benzinkanister durch den Sender und hielt, beinahe stolz und für die Kollegen gut sichtbar, das bereits entzündete Streichholz in die Höhe. Es war nur eine Frage der Zeit, bis alles in die Luft flog.

Es sei denn, Michael schaffte es endlich, ein vernünftiges Gespräch mit Anni zu führen. Es führte kein Weg daran vorbei, er würde die Wogen irgendwie glätten müssen.

Plötzlich riss sie die Tür auf und wollte schon, an ihm vorbei, hinaushuschen.

»Anni, bitte. Das führt doch zu nichts …« Robbie Williams stimmte bereits *Angels* an. Es blieben nur noch zwei Lieder, bis sich das Zeitfenster wieder schloss und er die Leute draußen vor dem Radio animieren musste, noch bis zu ihrer Mittagspause dieses schmuddeligen Montags durchzuhalten.

Anni blieb mit der Hand auf der Türklinke stehen, drehte sich jedoch nicht um.

»Bitte! Bitte …? Was bitte, Michael? Ich will nicht darüber sprechen. Es ist alles gesagt!«

»Aber es ist doch kindisch, sich deshalb zu zerfleischen. Wir sollten nach einer Lösung suchen, damit wir in Frieden arbeiten können.«

»Darum geht es dir also? Um den Sender? Du hast wohl Angst, dass dir dein Status um die Ohren saust.« Nun drehte sie sich doch um und baute sich gegenüber von seinem Moderationsplatz auf. Vor der Trennung hatte sie ihre Moderation von dort aus erledigt. Der Platz war technisch identisch mit seinem. Gemeinsam hatten sie über die zahlreichen Schieber, Regler und Knöpfe hinweg die besten Sendungen in die Radios hinausgeschickt und miteinander geflirtet, wenn die Mikros ausgeschaltet waren. Als Michael ihr erklärte, dass es aus war zwischen ihnen, zog sie sofort mit ihrem Krempel in das finstere Eckstudio. Das Off-Air-Team war tagelang damit beschäftigt gewesen, die Ausstattung in dem dunklen Kabuff wieder fit zu machen. Freiwillig hatte in der »Isolationszelle«, wie die kleine, düstere Kammer auch genannt wurde, schon seit Jahren niemand gearbeitet. Da war es nicht verwunderlich, dass die

Leitungen allesamt überprüft und zahllose Updates eingespielt werden mussten.

»Hast du schon einmal darüber nachgedacht, wie ich mich fühle? Wie schmerzhaft das alles für mich ist? Und von wegen kindisch … *Ich* bin nicht diejenige von uns beiden, auf die das zutrifft. Oder würdest du es als erwachsen bezeichnen, aus dem Nichts einfach Schluss zu machen?«, fuhr sie ihn an und fegte einen Papierschnipsel vom Tisch, der zielsicher im Abfalleimer landete.

»Ich … Es …«, stotterte Michael und sah auf die Anzeige vor ihm. Noch zwei Minuten. »Es tut mir leid …«

»Es ist mir egal, ob es dir leidtut. Du hast mir das Herz gebrochen!« Tränen quollen aus ihren großen Augen und tropften auf die aktuellen Karten, die ihr die Assistentin in diesem Moment hinlegte. Lautlos, aber nicht, ohne Anni vorher tröstend die Schulter zu drücken, verschwand diese wieder durch die Tür.

Das Herz gebrochen. Es war geradezu Hohn, dass Michael genau bei diesen Worten einen Stich in seinem Herzen spürte. Man sagte ihm nach, sich nicht fest an eine Person binden zu wollen und die Frauen in ihrer Vielfalt ein bisschen zu sehr zu lieben. Hinter vorgehaltener Hand bezeichnete man ihn als Aufreißer; aber immer mit einem nachsichtigen Augenzwinkern, denn man mochte ihn ja schließlich. In Wirklichkeit war er kein Frauenheld, selbst wenn er einige wechselnde Beziehungen gehabt hatte und die neun Monate mit Anni einer Ewigkeit gleichkamen. Gerade deshalb war die Trennung auch für Michael grausam gewesen, denn er hatte sich von der Hoffnung, mit ihr sei alles anders, einwickeln lassen wie von einer flauschigen Kuscheldecke.

Die Flatterhaftigkeit in ihm rührte nicht von dem Verlangen nach dem Abenteuer oder der Sehnsucht, einen fremden Geruch einzuatmen und unter seinen Fingern die Haut einer Unbekannten zu spüren. Er wollte *wirklich* ankommen und die Liebe in sein Leben lassen. Er wollte es *so unbedingt*, dass er in einer jeden Einzelnen, die sich für ihn interessierte, *die Frau* seiner Träume sah; und sich jedes Mal der romantischen Vorstellung hingab, endlich angekommen zu sein, ohne darüber nachzudenken, was bei den zahlreichen letzten Malen passiert war. Es war nun mal eine Tatsache, dass dieser eine Tag kam, an dem der bunte, funkelnde Konfettiregen, der ihn und die atemberaubende Frau eben noch wie ein Zauber umgeben hatte, schlagartig zu einer Staubwolke verpuffte und sich in einer zähen Schicht auf dem Parkett seiner Wohnung verteilte.

Mit ihr ist es anders.
Sie ist die Eine.
Diesmal ist es echt.

Bei Anni war er sich so sicher gewesen. Bereits in dem Augenblick, als sie vor etwa einem Jahr zum ersten Mal sprichwörtlich zur Sendertür hereingestolpert und gegen seinen Rücken gerannt war, woraufhin er den frisch aufgebrühten Kaffee über das Hemd des Chefs verteilt hatte, war er von ihr hin und weg gewesen. Nach einigen Wochen der Einarbeitung das erste Mal mit ihr auf Sendung zu sein, beflügelte ihn dermaßen, dass die Hörerquote rapide anstieg und sie beide bald als Dream-Team des Radios gefeiert wurden. Es war nur eine Frage der Zeit gewesen, bis sie sich nach einer gemeinsamen Sendung zum Sushi-Essen verabredeten.

Das Restaurant befand sich im selben Gebäude wie der Sender, hier waren auch noch ein paar ausgewählte Boutiquen und ein Lebensmittelgeschäft beheimatet. Schon beim Flanieren durch die Gänge der Passage in Richtung Restaurant stellte Michael sich vor, wie es wäre, mit Anni nach der Arbeit Hand in Hand den täglichen Einkauf zu erledigen. Wie sie sich zwischen den Obst- und Gemüseregalen küssten und schließlich zusammen nach Hause schlenderten.

Das Essen war ausgezeichnet, die Gespräche unterhaltsam. Er liebte ihre witzige Art, ließ sich von ihr betören, und in der Nacht darauf träumte er von ihr. Er war sich so verdammt sicher gewesen.

Derart sicher, dass er seinen Grundsatz ›Never fuck the Company‹ in eine sauerstofflose Ecke seines Gehirns zurückdrängte, um ihn zu ersticken. Das nächste Essen war offizieller und privater zugleich. Michael sprach die Einladung formell im Pausenraum aus, wählte für das Date jedoch einen Tag, an dem sie beide nicht arbeiteten. Er ließ damit keinen Zweifel daran, dass er sich für Anni interessierte. Eine Verwechslung mit einem Treffen zwischen Kollegen war ausgeschlossen.

Sie errötete zart, stimmte zu, und er war so entzückt von ihrer Reaktion, dass er nach Schichtende wie auf rosafarbener Watte nach Hause federte. Dieser Verabredung folgte eine weitere. Und noch eine. Sie schlemmten sich durch sämtliche Lokalitäten der Altstadt, genossen schweren Wein und umso leichteres Essen, immer mit dem Hintergedanken, der Verzicht auf eine deftige Mahlzeit würde sich in der darauffolgenden Nacht als vorteilhaft herausstellen. Als der Moment gekommen war und sie sich tatsächlich in seiner Wohnung gegenüberstanden, war da zunächst diese anfängliche schüchterne Verliebtheit, die sie beide noch zögern ließ. Als er jedoch seine Hand ausstreckte und sie sich berührten, schlug das flaue Gefühl in der Magengegend schlagartig um in ein erregtes Verlangen.

Diese erste gemeinsame Nacht bestätigte Michael in seiner Annahme, dass sein Beziehungsleben in seinem 34. Lebensjahr endlich eine neue Stufe erreicht hatte. Er und die zwei Jahre jüngere Anni würden zu diesem sagenumwobenen Traumpaar werden; zu jenem Paar, das man sah und wusste: *Genau das will ich auch.*

Irgendwann aber war er aus seinem Traum erwacht und der Boden der Tatsachen war überzogen mit Staub statt buntem Konfetti. Anni hatte nach gemeinsamen neun Monaten gerade ihre Zahnbürste neben seine in den Becher gesteckt. Sie machte es genauso wie bereits viele Abende zuvor, doch diesmal in der Absicht, sie am darauffolgenden Tag nicht wieder in ihrem quietschgelben Kulturbeutel mit zu sich nach Hause zu tragen, sondern dort zu lassen. Der Mietvertrag ihrer Wohnung war gekündigt und sie hatten an diesem Tag die letzten Umzugskartons zu ihm ins Wohnzimmer geschafft. Michael musterte ihre Rückenansicht und bemerkte, dass sie vollkommen schön war in ihrer schief sitzenden Unterhose und dem ausgewaschenen Shirt, das sie abends auf der Couch trug, bevor sie es sich zum Schlafengehen über den Kopf zog. Sie war also wunderbar ...

Alles an ihr war gut, ja sogar vollkommen. Selbst das objektiv betrachtet Unvollkommene fügte sich in das Gesamtbild so präzise ein, dass sein Fehlen der eigentliche Makel gewesen wäre. Und doch verließ ihn das Gefühl des Zaubers von einem Moment auf den nächsten.

Lang hatte er es nicht vor ihr verbergen können, dass er an dem ›Für immer‹, das er ihr jede Nacht ins Ohr geflüstert hatte, bevor er die Augen schloss, nicht festhalten konnte. Je weiter sie in sein Innerstes vorstieß, desto fremder wurde ihm die Liebe.

Die Tatsache, dass es ihm offenbar nicht gelang, sich zu binden, setzte ihm am meisten zu. Irgendetwas schien in eine falsche Richtung bei ihm zu laufen, und er hatte keinerlei Erklärung dafür. Warum fiel es ihm so schwer, sich zu verlieben? Oder besser gesagt, dieses Gefühl einzufangen und daran festzuhalten?

»Du hörst *FM Zaruuna* und nach einer kurzen Werbung versorgt dich Olaf mit dem Neuesten aus dem Weltgeschehen. Bleib dran!« Olafs Beiträge wurden aus dem Nachrichtenstudio im Stockwerk über ihnen eingespielt. Michael hatte also noch ein wenig Zeit.

Er wandte sich wieder Anni zu: »Wird das zwischen uns zum Problem?«, fragte er sie, während er versuchte, Augenkontakt herzustellen. Sie blieb stumm und starrte auf die Tischplatte. Dann hob sie den Kopf und ihre Blicke trafen sich. Die Traurigkeit darin versetzte ihm einen Schlag in den Magen. Hätte er gewusst, dass er sie irgendwann so verletzen würde, wäre er die Beziehung mit ihr niemals eingegangen. Diesen Schmerz und seine Überwindung hatte sie nicht verdient. Niemand hatte das.

2

»So, wie du dich quälst, musst du wohl bald auf eines dieser Elektrofahrräder umsteigen.« Stefans spöttischer Kommentar sollte ihn anspornen. Michaels Konzentration war für diese schwierige Mountainbike-Tour heute zu schwach. Er hatte schlecht geschlafen und tags zuvor ein Glas Wein zu viel in sich hineingegossen. Der morgendliche Schwindel rührte von einem leichten Kater und einem allgemeinen Unwillen her. Er hatte den Anruf seines alten Freundes entgegengenommen, obwohl er den einzigen Grund für solche Telefonate an einem Samstagmorgen kannte: Sport.

Stefan war zwar ein gutes Jahrzehnt älter als er und hatte einen unförmigen Wohlstandsbauch angesetzt, konditionell konnte er aber locker mit Michael, der sich auch den ungesunden Freuden des Lebens gern hingab, mithalten. Anstatt sich wie sonst von Stefans Gewitzel anstacheln zu lassen, hielt er während der anspruchsvollen Steigung der heutigen Tour inne und schwang sich mit brennenden Oberschenkeln vom Rad. Die letzten Meter bis zu der Bank im Schatten zweier Birken schob er es neben sich her, lehnte es gegen einen Stamm und sank mit der Wasserflasche in der Hand auf die Bank.

Michael ließ den Kopf in den Nacken fallen, schloss die Augen und registrierte zu seiner Erleichterung das rasche Abklingen des Drucks zwischen seinen Ohren. Der Blutdruck stabilisierte sich so schnell, wie er aus dem Ruder geraten war. Dennoch wäre es besser gewesen, sich heute auszuruhen, anstatt mit Stefan ihren Lieblingsberg am Stadtrand hinaufzustrampeln. Die verbliebene Strecke bis zum Ziel oben würde er nach einer kurzen Pause irgendwie schaffen. An die Rückfahrt über die vom Herbstlaub bedeckten, rutschigen Steine und versteckten Wurzeln im Boden wollte er jedoch nicht denken, denn dabei konnte einem jeder noch so kleine Fehler zum Verhängnis werden. Er war alles andere als in der nötigen Verfassung für diese Ausfahrt.

»Verrätst du mir, was los ist?«, fragte Stefan. Er setzte sich zu ihm auf die Bank.

Michael öffnete die Augen und ließ seinen Blick über die Stadt schweifen. Der Rauch aus den Schloten des Industriegebiets zog in Richtung Innenstadt und waberte um eine der zahlreichen Kirchturmspitzen, bis er sich schließlich auflöste. Die Gebäude wirkten wie hastig hingeworfene Spielzeughäuschen, die ohne erkennbare Ordnung auskamen. Zwischen dem Hochnebel und dem dicht bebauten Gebiet hatte sich schon ein hellblauer Streifen Himmel eingefädelt, der wie ein mit Wasserfarbe hingemalter Pinselstrich aussah.

»Was meinst du?«, gab Michael sich ahnungslos.

»Irgendwas stimmt nicht mit dir. Hast du Ärger mit deiner Anni?«

Anni. Allein beim Klang ihres Namens wurde ihm das Herz schwer. Michael war nicht der Typ, der sich gern selbst bemitleidete. Aber im Moment konnte er sich diesem Zustand nicht entziehen. Es fühlte sich an, als hätte er nicht nur Anni, sondern auch sich selbst enttäuscht. Wie sehr konnte er sich und seinen Gefühlen trauen?

Normalerweise hielt Michael sich damit zurück, seine Bekanntschaften in den Freundeskreis einzuführen. Seine Beziehungen ließen den Kontakt mit seinen Kumpels meist ein wenig abschwellen, aber nie so krass, dass Fragen gestellt wurden. Sein Berufsleben brachte es mit sich, dass er kaum Ruhephasen kannte. Michael traf sich mittags mit Freunden zum Essen, nutzte Moderationspausen für einen schnellen Espresso in einem der Cafés rund um den Sender. Er vernachlässigte weder seine Bekanntschaften noch eine Beziehung, wenn er diese beiden Bereiche voneinander trennte. Es war nicht so, dass er nicht zu der Frau stehen wollte, mit der er zusammen war. Michael war treu und hatte kein Interesse daran, sich an Abenden mit seinen Kumpels nach anderen Frauen umzusehen. Vielmehr schätzte er die stundenlangen, sinnbefreiten Gespräche über Fußball, die Aktienkurse und Putin. Er war außerdem ein guter Zuhörer, was ihn zu einer Art Kummerkasten für seine engsten Freunde machte. Es kam ihm vor, als ob die Probleme automatisch anschwollen, wenn man den dreißigsten Geburtstag hinter sich hatte: Beziehungsdramen, Sorgen um die Kinder, Existenzängste, psychische Beschwerden, über die man als Mann nicht mit seiner eigenen Ehefrau sprechen wollte. Er hatte schon alles gehört.

Eine Frau, die händchenhaltend neben ihm saß, würde die Redelaune seiner Freunde gelinde gesagt nicht fördern und auch ihn selbst blockieren. Außerdem machte ihm die Tatsache, dass keine seiner Beziehungen auf Dauer war, zu schaffen.

Es war ohnehin nicht leicht, einen festen, jahrelang eingeschworenen Clan von einem neuen Mitglied zu überzeugen. Wenn es um Planungen für die Zukunft ging, verspürte er automatisch die Unsicherheit, ob die Frau überhaupt daran teilnehmen würde oder schon wieder aus dem Freundeskreis ausgeschieden war.

Bei Anni war es aber – so redete er sich wieder einmal ein – etwas anderes gewesen. Zu einem der selten gewordenen Abendessen bei den Beradis hatte er sie sogar mitgenommen. Nun gut, Stefans Frau Tamara hatte darauf bestanden.

Erst hatte er sich geziert, doch schließlich nachgegeben; und so stand er eines Abends mit ihr vor der Familienvilla mit der riesigen Fensterfront, aus der warmes, einladendes Licht auf die Straße herausdrang. Anni hatte als kleine Aufmerksamkeit einen, wie sie meinte ›für alle Einrichtungsstile passenden‹, Dekokram für Tamara dabei. Michael drückte Stefan eine Flasche Prosecco in die Hand, als ihnen die Tür geöffnet wurde.

»Da seid ihr ja«, begrüßte Stefan sie, scannte mit Kennermiene das Etikett auf der Flasche und taxierte im Anschluss daran Michaels Begleitung von oben bis unten. Dabei setzte er ein Lächeln auf, das bei Anni scheinbar sämtliche Anspannung in Luft auflöste. Bereits im Eingangsbereich, der die Größe von Michaels Wohnzimmer hatte, fing sie mit dem Gastgeber ein unbefangenes Gespräch über das Haus an. Sie klang dabei nicht ehrfürchtig, zollte ihm aber dennoch die nötige Anerkennung. Dies wiederum ließ auch Michael lockerer werden und er freute sich auf den Abend mit den Beradis.

Anni warf ihre Jacke achtlos auf einen der Haken der penibel aufgeräumten Garderobe. Michael schmunzelte und folgte seiner Freundin weiter ins Haus hinein. Tamara empfing sie beide an der Schwelle zum Fußballfeld von Wohnbereich. Würde man ein paar Wände einziehen, könnte hier eine Wohnung in der Wohnung entstehen, dachte Michael immer wieder, wenn er sich umsah.

Im hinteren Teil stand eine moderne Küche mit Kochinsel und dahinter machte sich Tamara im Anschluss an die Begrüßung sofort wieder zu schaffen. Es roch nach Lasagne, nach Bolognese-Soße und würzigem Käse, der im Ofen geschmolzen war. Der Duft des frischen Basilikums füllte den Raum, und Michael lief prompt das Wasser im Mund zusammen. Tamaras Lasagne war legendär. Sie hatte ihm immer ein Stück gebracht, als sie und Stefan noch im Granzlerweg gelebt hatten.

Die Familie kannte er seit vielen Jahren. Tamara und Stefan hatten mit ihrem ältesten Kind in dem Mehrparteienhaus gewohnt, in dem er noch immer seinen Wohnsitz hatte. Michael hatte die Wohnung von seiner Großmutter geerbt.

Sie lag in einer Wohngegend, die in den letzten Jahren für Normalsterbliche unbezahlbar geworden war. Der Stadtteil mutete durch die Natur und Ruhe ringsum beinahe als Vorort an. Dennoch musste Michael nur die Nebenstraße hinauf zur Hauptverkehrsanbindung laufen, um an einer Straßenbahnhaltestelle zu landen. Er hatte daher viele Jahre lang auf ein Auto verzichtet. Und auch nachdem er seinen dazugehörigen Garagenplatz mit einem Mittelklassewagen gefüllt hatte, fuhr er meist mit den öffentlichen Verkehrsmitteln zur Arbeit. Lediglich für den einen oder anderen Wochenendtrip ließ er den Motor des dunkelblauen VW Golf an. Bis die Beradis ausgezogen waren, stand eines ihrer Autos auf seinem Parkplatz. Ein Freundschaftsdienst, den sie ihm immer wieder mit noblen Abendessen in ihrem weitaus eleganteren und größeren Penthouse vergalten.

Irgendwie fühlte sich Michael nach ihrem Umzug verlassen. Mit den anderen Nachbarn hatte er kaum Kontakt, auch wenn sich die alte Frau Schlager von gegenüber stets um ihn bemühte. Trotz ihrer über siebzig Jahre hatte sie Energie wie eine Horde herumtollender Welpen. Das war selbst für den sonst geselligen und fröhlichen Michael zu viel. Immer öfter ertappte er sich dabei, wie er ihr aus dem Weg ging. Unbewusst vielleicht, aber doch so vehement, dass sie ihre Bemühungen irgendwann einstellte und ihn seither nur noch höflich grüßte. Die anderen Hausbewohner kannte er nur vom Sehen und er nickte stets freundlich zur Begrüßung, wenn er einen von ihnen im Treppenhaus traf.

Dass Tamaras Auto nun nicht mehr auf seinem Parkplatz stand, erinnerte ihn tagtäglich an den Umzug seiner Freunde, wenn er morgens durch die Tiefgarage in Richtung Straßenbahnhaltestelle sprintete. Als er seinen neuen Wagen dort abstellte, wurde es besser. Er vermisste den engen Kontakt nicht mehr ganz so sehr.

Als Nora, die Tochter der Beradis, zehn Jahre alt war, wurde Tamara erneut schwanger, und sie blickten sich nach einer Immobilie um, die mehr Platz bot. Besser gesagt, *noch* mehr Platz als die hundertdreißig Quadratmeter große Dachgeschosswohnung. Dass es so ein pompöser Familiensitz wurde, hatte Michael anfangs überrascht. Sein Freund war nie mit der Höhe seines Gehalts als Leiter eines medizinisch-diagnostischen Labors hausieren gegangen. Irgendwie war er davon ausgegangen, dass Stefan auf der Gehaltsliste des Krankenhauses stand, in dem das Labor betrieben wurde. Erst später erfuhr er, dass die Ziegel und der Mörtel die einzige Verbindung zwischen Spital und Labor waren. Stefan führte ein privates Unternehmen, das sich mehr als rentierte und die Krankenhausnähe für sich zu nutzen wusste.

Bis zu Tonys Geburt hatte Tamara als selbstständige Fotografin gearbeitet und das Konto zusätzlich aufgebessert. Mit zwei Kindern wurde es für sie schwierig, Aufträge einzuplanen, und sie nahm irgendwann keine mehr an. Als ihr Michael einmal sagte, wie schade er es fand, dass sie ihrem herausragenden Talent nicht mehr nachging, seufzte sie bloß und winkte ab. Doch als er sie ansah, bemerkte er ihre feuchten Augen.

»Nora braucht viel Hilfe beim Lernen und Tony ist ein Wirbelwind, der mich von morgens bis abends auf Trab hält«, erklärte sie. Ihr Blick wanderte liebevoll zwischen ihren beiden Kindern hin und her. Den Schmerz konnte sie dennoch nicht vollständig verbergen.

»Tamara kann mit ihren guten Verbindungen bestimmt wieder einsteigen, wenn Tony erst einmal im Kindergarten ist«, schaltete sich Stefan dazwischen und zerzauste das Haar des zweijährigen Sohnes, der mit viel Freude den Pudding auf dem Tischtuch verteilte. Mittlerweile war Tony sechs, doch irgendwie schien Tamara das mit der Fotografie endgültig abgeschlossen zu haben.

»Wo hakt es denn nun bei dir?«, unterbrach Stefan seine Gedanken. Michael räusperte sich und drehte seine Trinkflasche in den Händen. Die Ellenbogen stützte er auf die Knie, sein Oberkörper war nach vorne geneigt. Er versuchte, den Rücken dabei gerade zu halten, auch wenn er sich am liebsten in eine Embryostellung gebracht und unter die Birke gelegt hätte. Er war erschöpft und das schillernde Leben, das die Menschen in ihm sahen, zehrte ihn aus.

»Du hast recht mit deiner Vermutung. Anni und ich haben uns getrennt«, räumte Michael ein und bemühte sich um einen neutralen Tonfall.

»Warum das denn?« Stefan war die Überraschung anzuhören. »Ich hatte den Eindruck, dass ihr beide gut zueinanderpasst. Und ist sie nicht eben erst bei dir eingezogen?«

»Nicht ganz. Oder doch. Na ja, es ist kompliziert«, wand Michael sich. »Sie war eben dabei, die erste offizielle Nacht in meiner ... also in unserer gemeinsamen Wohnung zu verbringen. Sie stand im Bad, stellte ihre Zahnbürste in den Becher und da hatte ich plötzlich gar kein gutes Gefühl mehr. Ich empfand nicht mehr das, was am Tag davor noch da war. Verstehst du?« Michael richtete sich auf und suchte im Gesicht seines Freundes nach so etwas wie Verständnis oder sogar nach einer Erklärung für das, was passiert war.

»Nein«, gab Stefan jedoch zurück und hob fragend eine Augenbraue.

»Ich kann es mir ja auch nicht erklären. Diesmal hatte ich das Gefühl, dass das zwischen Anni und mir echt ist. Ich war mir so sicher ...« Michael seufzte auf und ließ sein Gesicht in die Hände fallen.

»Wie es mit deinen vorangegangenen Beziehungen gelaufen ist, kann ich nicht beurteilen. Du hast es ja immer gut verstanden, deine Frauen von uns fernzuhalten. Aber auch ich hatte den Eindruck, dass das mit dir und Anni etwas Ernstes ist«, sinnierte Stefan. Er bemühte sich, ihm beizustehen, fand aber offenbar keinen Ansatzpunkt. »Das ist schon eigenartig. Vielleicht hast du Bindungsangst?«

»Nein!« Michael schüttelte den Kopf. »Ich *will* ja, dass es endlich einmal funktioniert. Nach außen hin sieht es danach aus, als würde ich mich gern treiben lassen und alles locker sehen. Aber so ist es gar nicht. Ich wünsche mir eigentlich genau das, was ihr habt. Tamara und du. Weißt du, was ich meine?

Ihr seid schon seit einer gefühlten Ewigkeit zusammen, habt euch ein gemeinsames Leben aufgebaut, und ich habe den Eindruck, dass ihr noch immer verliebt seid ineinander. Ihr habt Spaß, stellt euch den Herausforderungen des Lebens, macht eure großartigen Urlaube und schlendert Hand in Hand durch den Supermarkt.«

»Was?« Stefan wirkte irritiert. »Ich ... hmm.« Er kratzte sich mit dem Mittelfinger an der Schläfe. Er war der typische Mit-dem-Mittelfinger-Gestikulierer, ein dominanter Gesprächspartner, ein Mann, der gern die Führung übernahm. »Also ja, es stimmt natürlich, dass Tamara und ich uns gut verstehen. Wir kennen uns seit fast zwanzig Jahren und wir lieben uns. Die Kinder, das Haus, die Urlaube, das gemeinsame Abendessen mit der Familie ... das alles ist wunderbar. Aber kann es sein, dass du eine zu hochtrabende Vorstellung von der Liebe hast? Denkst du, dass zwischen Tamara und mir vom ersten Augenaufschlag bis in die Nachtstunden hinein die Schmetterlinge hin- und herflattern? Die Verliebtheit, die du dir wünschst, weicht irgendwann einem anderen Gefühl. Sie macht Platz für die Vertrautheit, die Liebe.«

»Mir ist doch klar, dass diese anfängliche Hochphase nicht für immer anhält. Ich würde auch die Liebe nehmen. Aber die kommt einfach nicht«, redete Michael dazwischen.

»Tja, und genau hier liegt der Knackpunkt, Michael. Hör mir gut zu: Die Verliebtheit geht und die Liebe kommt. Doch das ist keine Ablöse, sondern vielmehr ein Prozess. Und während dieser Übergangsphase kann es schon sein, dass man sich ein wenig leer fühlt. Die Funken sprühen nicht mehr so wie davor, aber die tiefen Gefühle sind noch nicht so stark ausgeprägt, dass sie das fehlende Fieber des Beginns kompensieren.

Da muss man durchtauchen. Praktischerweise fällt dieser Wechsel oft in eine Phase, in der das Paar einen Umschwung durchmacht. Sie denken über Heirat nach, die Frau ist unverhofft schwanger geworden oder die erste gemeinsame Wohnung steht auf dem Plan. So, wie es bei euch auch war. Normalerweise lenkt dieses neue – nennen wir es mal – Projekt von diesem Übergang ab. Und bis man gemeinsam etwas Neues geschaffen und wieder in den Alltag gefunden hat, ist der Prozess des Umschwungs meist so gut wie abgeschlossen und man hat diese Hürde genommen.«

»Das hat ja bei Anni und mir prächtig funktioniert«, ätzte Michael und ärgerte sich über Stefans Geschwafel. Er hätte gar nicht erst damit anfangen sollen, ihm Details über die Trennung zu erzählen.

»Und weißt du auch, warum es bei dir nicht geklappt hat?«

»Nein«, gab Michael patzig zurück. Und dein pseudopsychologisches Gequatsche macht mich müde, dachte er weiter, biss sich aber auf die Zunge.

»Weil du ein sensibler Mann bist und wahrscheinlich zu viel grübelst.« Seine Erklärung klang gleichermaßen nach Urteil und Absolution. Hatte Stefan recht? War Michael zu nachdenklich? Hörte er zu sehr in sich hinein und hinterfragte er zu viel?

»Vielleicht«, gab Michael vage zurück. Im Moment hatte er nicht das Bedürfnis, noch weiter nachzudenken. Vielmehr wollte er alle seine Gedanken abdrehen, schlafen und morgen aufwachen, als wäre das mit Anni und ihm nie passiert.

»Sie wird sich wieder einkriegen«, mutmaßte Stefan und griff damit Michaels Sorge wegen des Radiosenders auf. »Frauen sind wild und können einen ganz schön an die Grenzen bringen.

Aber nach ein bisschen Zeit, die verstreichen muss, vergeht der Zorn. Entweder, sie kommt damit klar und ihr könnt Kollegen bleiben, oder sie wird sich einen anderen Job suchen.«

»Oder ich werde mir bald eine andere Stelle suchen müssen, wenn sie weiter so einen Terror macht.«

»Bestimmt nicht. Der Sender braucht dich und sie werden dich nicht ziehen lassen.«

»Ich hoffe es.«

»Vertrau mir. Du bist nicht der erste Mann, der in dieser Lage ist, und soweit ich weiß, kommen die Frauen dabei meist nicht so gut weg. Sie gelten als hysterisch und irgendwann ist der Mitleidspuffer aufgebraucht. Dann muss sie sich entscheiden, ob sie den Haken dahintersetzt und weitermacht oder sich einen neuen Job sucht.« Stefan klopfte ihm aufmunternd auf die Schulter. »Tamara und ich schlendern übrigens nicht händchenhaltend durch den Supermarkt. Wie kommst du denn auf so einen Scheiß?« Er lachte sein heiseres Lachen, in dem man die vielen Gläser Whiskey hörte.

»Ich stelle mir das als die Erfüllung vor«, gab Michael zu.

Stefan lachte noch mehr. »Wenn du eine fast erwachsene, aber immer noch pubertierende Tochter und einen lebhaften Sechsjährigen mit im Schlepptau hast, liegt die Erfüllung beim Wochenendeinkauf darin, dass keiner verletzt wird oder verloren geht und man sich hinterher kein Valium einwerfen muss.« Michael grinste bei der Vorstellung, die Stefan ihm ins Gehirn pflanzte. Tony war ein Energiebündel, der seine Eltern mit seinen abstrusen Einfällen herausforderte und gern seinen Willen durchsetzte. Beim Gedanken an Nora versteifte sich Michael innerlich und versuchte rasch, den ursprünglichen Gesprächsfaden wieder aufzugreifen. »Solange Tamara und du euch dabei an den Händen haltet und in der Weinabteilung herumschmust, ist doch alles wunderbar«, sagte er in halbem Ernst.

»Genau das meinte ich: Du hast eine blühende Fantasie, steigerst dich in deine Gedankenwelt hinein und verlierst dabei die Realität aus den Augen. Im Leben läuft nicht alles wie in den Liebesschnulzen. Wenn Tamara und ich uns mal an den Händen halten, dann ist das ein Automatismus, der Außenstehende viel mehr berührt als uns.«

»Das ist verdammt traurig«, erwiderte Michael. »Du solltest schleunigst daran arbeiten, dich wieder davon berühren zu lassen.«

»Jaja, du Romantiker. Aber vielleicht stimmt es sogar. Man stumpft ab mit der Zeit.« Stefan schien tatsächlich darüber nachzudenken. Doch gleich darauf wechselte er das Thema. »Hast du Lust, am Wochenende zu uns zum Abendessen zu kommen? Du hast uns lang nicht besucht.«

»Ach, hör doch auf mit diesem Mitleid. Ich komme schon zurecht und werde mich auch nicht vor den nächsten Zug werfen. Keine Angst.«

»Das ist doch Schwachsinn. Ich meine das ernst. Lass uns einen gemütlichen Abend verbringen. Ich werde Tamara sagen, sie soll eine Lasagne für dich machen. Vielleicht will sie eine ihrer Freundinnen einladen. Jetzt, da du wieder auf dem Markt bist …«

»Um Himmels willen! Auf gar keinen Fall«, ereiferte sich Michael. »Ich komme gern. Beim Ausblick auf die Lasagne deiner Frau kann ich nicht widerstehen. Aber bitte keine dieser Verkupplungsaktionen. Ich bin gerade nicht in der Verfassung dafür.«

Stefan nickte. »Gut, dann also am Samstag. Ohne Verkupplung«, lenkte er ein und erhob sich. »Lass uns das letzte Stück hinauf auslassen. Bist du bereit für die Abfahrt?«

»Eigentlich nicht«, gestand Michael, kam aber ebenfalls auf die Beine und prüfte den Luftdruck in seinen Reifen. Nachdem er die Getränkeflasche sorgfältig fixiert hatte, setzte er die Sportsonnenbrille auf und schloss den Helmgurt unter dem Kinn.

»Ich fahre vor«, bestimmte Stefan, setzte sich auf den Sattel und rollte langsam in Richtung Weg, der sie zurück in die Stadt führte.

3

Um dem Zittern in seinem Körper Einhalt zu gebieten, verzichtete Michael auf den Fahrstuhl und hechtete die Treppen von der Tiefgarage bis in den dritten Stock zu seiner Wohnung hinauf. Er nahm immer zwei Stufen auf einmal, zählte die Sekunden, war drauf und dran, seinen eigenen Rekord zu brechen. Die waghalsige Tour vom Berg hinunter war besser gelaufen als erwartet. Stefan hatte nicht umsonst darauf bestanden, voranzufahren. Er drosselte für sie beide das Tempo so weit, dass sie zu keiner Zeit einer ernsthaften Gefahr ausgesetzt waren. Das Bibbern rührte nicht von einem Adrenalinkick, ausgelöst durch einen Geschwindigkeitsrausch. Die etwa dreißigminütige Abfahrt war schlichtweg arschkalt gewesen. Der herbstliche Wind schnitt wie kleine scharfe Messer in Michaels Haut.

Verwöhnt von den sommerlichen Temperaturen der letzten Wochen hatte er darauf verzichtet, sich warme Kleidung einzupacken. Völlig durchgefroren hatte er mit tauben Fingern das Mountainbike in sein Kellerabteil geschoben. Die Oberschenkel fühlten sich taub an und er hatte das Gefühl, seine Ohren würden abbrechen, wenn er sie umknickte.

Schon bevor er auf seiner Etage um die Ecke zu seiner Wohnungstür abbog und seine Sinne eigentlich nur noch darauf programmiert waren, sich auf die bevorstehende warme Dusche zu freuen, stieg ihm dieser bekannte Duft in die Nase. Das pudrige Parfum, das er Anni zum Geburtstag geschenkt hatte und das ihn beinahe um den Verstand brachte, wenn sie es auflegte. Es war ein besonderer Duft, den sie nur sparsam einsetzte, an Abenden, an denen sie ausgingen oder wenn sie sich für eine romantische Nacht mit ihm zurechtmachte. Das hatte ihn dazu gebracht, es in seinem Kopf mit Abenteuer oder Sex oder beidem zu verknüpfen. Und jetzt flirrte es durch das Stiegenhaus, wo es ansonsten nur nach Frau Schlagers Küchenexperimenten roch.

»Anni«, stieß er überrascht aus, als er sie vor der Tür zu seiner Wohnung sitzen sah. Sie trug ihre Lieblingsjeans und eine schwarze Bluse mit einem auffälligen Blumendruck. Darüber hatte sie eine Jeansjacke über den Schultern hängen. Sie kauerte auf dem Boden wie ein junges Mädchen und sah ihn aus ihren großen Augen treuherzig an.

»Wie lange wartest du denn schon hier?«, erkundigte sich Michael. Automatisch hielt er ihr die Hand entgegen. Sie griff danach und kam mühelos auf die Beine. Kein Wunder, so dünn, wie sie geworden war.

»Eine Weile«, antwortete sie und richtete den Blick weiter auf ihn. »Hallo, Michael.«

Unbeholfen standen sie sich gegenüber. Anni wartete offenbar genauso wie er darauf, dass irgendein Ereignis von außen zwischen sie trat. Doch da waren nur sie beide. Selbst aus der Schlager-Wohnung rührte sich nichts.

»Was machst du denn hier?«, fragte Michael vorsichtig.

»Ich denke, du hast recht. Wir sollten reden. Darf ich mit reinkommen?«

»Natürlich ... klar.« Rasch steckte er den Schlüssel in das Schloss und öffnete die Tür. Die Luft in der Wohnung roch etwas abgestanden und in der Spüle standen noch die Gläser der letzten Tage. Er hatte all das ein wenig vernachlässigt.

»Tut mir leid, ich war nicht viel zu Hause«, rechtfertigte er die Unordnung und bemühte sich, ganz nebenbei die Kleidung vom Fußboden aufzusammeln und die Zierkissen auf dem Sofa zu ordnen. »Ich komme gerade von einer kleinen Radtour mit Stefan. Der Wind war eiskalt und ich muss dringend unter die Dusche, damit ich mich nicht erkälte. Kann ich dich einen Augenblick allein lassen, bevor wir reden? Du kannst dir in der Zwischenzeit natürlich einen Kaffee machen oder sonst was zu essen und trinken nehmen. Du weißt ja, wo alles ist.« Sein Lächeln war schief und er stoppte das Geplapper.

»Ja klar, geh nur. Ich warte hier«, sagte sie ruhig und zeigte auf das Sofa.

»Okay, bis gleich.« Michael nickte und verschwand mit der schmutzigen Wäsche unter dem Arm im Badezimmer.

Was macht sie hier?, fragte er sich, warf die Shirts und Socken in die Wäschetonne, stieg aus seinem durchgeschwitzten und mittlerweile schon wieder angewärmten Sportdress und unter die Dusche. Er drehte die Temperatur hoch, ließ den Kopf in den Nacken fallen und sich das warme Wasser über den ganzen Körper laufen. Das Parfum ließ vermuten, dass Anni hier war, um ihn umzustimmen. Sie war hergekommen, um ihn davon zu überzeugen, dass sie es noch einmal miteinander versuchen sollten. Oder war sie hier, um ihn zu überreden, sich einen anderen Job zu suchen? Wollte sie ihn aus dem Sender weghaben, um ihm nicht jeden Tag über den Weg zu laufen? Das konnte sie sich doch nicht ernsthaft überlegt haben. Er war viel länger im Sender als sie und wenn sie mit der Situation nicht klarkam, müsste sie das Feld räumen.

Aber nein, so war Anni nicht. Sie hatte bestimmt vor, die Beziehung nochmals anzufachen. Stefans Worte fielen ihm wieder ein. Dass er zu viel erwartete, dass er die Übergänge aushalten und sich der Realität stellen musste. War das nun seine Chance, es zu versuchen? Er wusste nicht, ob er sich selbst und vor allem Anni das zumuten konnte. Was passierte, wenn er feststellte, dass es tatsächlich nicht funktionierte zwischen ihnen? Er würde noch einmal mit Anni Schluss machen und spätestens dann musste er nicht nur *FM Zaruuna*, sondern am besten gleich die Stadt verlassen. Dann wäre er der Oberarsch der Nation und bei seinen Kollegen endgültig unten durch.

Dennoch ließ ihm der Gedanke keine Ruhe, aber um ihn zu Ende zu denken, fehlte in diesem Moment die Zeit, schließlich konnte er sich nicht stundenlang in der Dusche verschanzen.

Michael würde jetzt rausgehen, sich anhören, was Anni zu sagen hatte, und dann seinem Bauchgefühl folgen. Er nahm sich fest vor, sich nicht ablenken zu lassen von ihren wilden Locken und dem süßen Parfum, ihrem herzzerreißenden Blick aus diesen wunderschönen Augen. Als er sie vor der Wohnungstür sitzen gesehen und ihre weiche, kleine Hand in seiner gespürt hatte, hätte er sie gern an sich gezogen und geküsst. Es war so ein Augenblick gewesen, der an der Hoffnung gezüngelt hatte, dass nicht alles komplett verloren war.

»Möchtest du keinen Tee? Oder Kaffee?« Vor Anni auf dem Wohnzimmertisch stand bloß ein Glas mit Wasser.

Sie schüttelte den Kopf und erhob sich. »Danke, ich möchte nichts. Ich bin hier, um dir zu sagen, dass es mir leidtut.«

In Michael breitete sich Verwirrung aus. Hatte er sich verhört, oder hatte sie sich gerade wirklich entschuldigt? Aber wofür? »Ich verstehe nicht …«, gestand er.

»Es tut mir leid, dass ich dir die letzten Tage das Leben im Sender so schwer gemacht habe. Das, was zwischen uns beiden schiefgegangen ist, sollte keine Auswirkung auf unser Berufsleben haben. Es war kindisch und dumm von mir, dass ich das nicht trennen konnte. Aber das ist jetzt vorbei. Ich bin sehr traurig über die Entwicklung, die wir genommen haben, Michael. Ich dachte, dass wir uns wirklich lieben und dass du der Eine bist.« Ihre Stimme klang zittrig. Sie würde jeden Moment anfangen zu weinen. Aber da räusperte sie sich, straffte die Schultern und sah ihm fest in die Augen. »Das war es, was ich dir sagen wollte. Du hast nichts zu befürchten. Wir werden so tun, als wäre das alles nicht passiert, wenn wir gemeinsam arbeiten. Und privat werden wir den nötigen Abstand wahren. Irgendwann wächst bestimmt so viel Gras über die Sache, dass es nur noch eine Anekdote sein wird, zu der wir beim Firmenweihnachtsessen lachen.«

»Lachen …?« Michael wusste nicht, wie ihm geschah.

Natürlich war er erleichtert, dass Anni sich dazu entschieden hatte, dieses Drama aus dem Sender zu schaffen. Noch war es nicht zu spät. Aber so, wie sie ihre Beziehung und die dazugehörige Trennung als Anekdote bezeichnete und als etwas sah, über das Gras wachsen würde, kam sie ihm doch einigermaßen abgebrüht vor. »Also, wenn ich das richtig verstehe, dann willst du das alles einfach vergessen«, fasste er zusammen und bemühte sich, dabei keine Wertung durchklingen zu lassen. Sein Herz pochte und er sah sich ihr gegenüber auf einmal komplett allein mit diesem Gefühl des Liebeskummers.

»Ich werde das natürlich nicht einfach vergessen«, widersprach sie und stand auf. »Aber ich werde meinen Frieden damit machen. Eigentlich bin ich dir sehr dankbar dafür, dass du so ehrlich warst. Wir sind in einem Alter, in dem manchmal alles sehr schnell geht. Die erste gemeinsame Wohnung, vielleicht bald ein Kind ... Ich will das auch. Aber ich will es mit einem Mann, der sich sicher ist und der dableibt. Du hast einen guten Zeitpunkt gewählt, um die Karten auf den Tisch zu legen. Ich bin froh, dass wir so heil aus der Sache herauskommen.«

Ihre Worte hallten dumpf in seinem Kopf wider. Sie war also froh, kein Kind von ihm zu kriegen und unbelastet weitermachen zu können. Sie suchte einen Mann, der blieb.

»Ich wäre gern dieser Eine für dich gewesen, Anni.« Seine Stimme war kaum mehr als ein Flüstern.

»Ich weiß.« Zärtlich streichelte sie über seine Wange. Dann drehte sie sich um und verließ die Wohnung.

4

Michael betrat die Gästetoilette und versperrte die Tür hinter sich. Die Kerze auf der breiten Fensterbank verströmte Vanilleduft und knisterte. Das anheimelnde Geräusch wurde von Stefans tiefer Stimme übertönt, die aus dem Wohnzimmer bis in diesen hinteren Teil des Erdgeschoßes drang. Er konnte nicht verstehen, was sein Freund sagte. Wahrscheinlich unterhielt er sich mit Tamara darüber, welchen Wein er zur Lasagne dekantieren sollte.

Er drehte den Wasserhahn auf und schrubbte seine Hände. Dabei überlegte er, wie es wohl war, nach Hause zu kommen und Wein zu öffnen, während seine Frau in der Küche das Essen vorbereitete und die Kinder den Tisch deckten. Von ihm aus wäre es genauso gut umgekehrt denkbar.

Michael hatte das Kochen von seiner Großmutter gelernt und es machte ihm Spaß, die verschiedenen Zutaten klein zu schneiden, die Gewürze aufeinander abzustimmen, zuzusehen, wie sich die Flüssigkeit im Topf zu einer cremigen Soße formte. Es hatte eine beruhigende Wirkung auf ihn, wenn er sich damit beschäftigen konnte, den perfekten Garpunkt von Fleisch zu erwischen oder einfach nur dem wallenden Nudelwasser zuzuhören.

Doch das alles war nicht der entscheidende Punkt. Die Frage war, wie es sich anfühlte, zu seiner Frau nach Hause zu kommen. Würde er jemals in dieser Lage sein? Verheiratet oder nicht spielte gar keine Rolle. Eine Frau als *seine* Frau zu empfinden, war nicht abhängig von einem Ring am Finger. Es war nichts weiter als ein Gefühl. Da war er sich sicher.

Tamaras lautes Lachen riss Michael aus seinen Gedanken. Er würde besser wieder zurückgehen, bevor jemand auf die Idee kam, ihn zu suchen.

Seufzend trocknete er sich die Hände an dem flauschigen Gästehandtuch ab. Es war ein Fehler gewesen, die Einladung anzunehmen. Sein Bauchgefühl hatte ihn gewarnt, aber er musste es ja immer wieder ignorieren. Bereits beim Betreten der Villa war ihm flau im Magen geworden. Lasagne hin oder her, nach den letzten beiden Besuchen hätte er das Treffen heute ausschlagen müssen. Er hätte es kurzfristig absagen können.

Nachdem Anni bei ihm gewesen war, ging es mit seinem Wohlbefinden bergauf. Sie hatte einen gewissen Frieden in die Angelegenheit gebracht. Und sie hatte Wort gehalten. Die Sendung, die sie gestern gemeinsam moderiert hatten, war sehr gut gelaufen. Sie war wieder der Profi, wie sie es zu Beginn gewesen war. Auch verschanzte sie sich nicht mehr in der Isolationszelle, sondern stellte sich ihm gegenüber ans Pult, als wäre es nie anders gewesen. Er hatte sie angelächelt, sie hatte ein wenig schief zurückgegrinst und damit war die Friedenspfeife geraucht. Alles so, wie sie es besprochen hatten.

Sein Herz stach, wenn er sie gegenüberstehen sah und sie dabei beobachtete, wie sie die Verkehrsnachrichten verlas. Stets mit einem Lächeln in dem porzellanfarbenen Gesicht, das keine Poren zu haben schien. Er trauerte ihr hinterher; besser gesagt der Vorstellung von ihnen beiden als das Paar, das er sich in seinem Träumen ausgemalt hatte, während er in der Anfangszeit mit ihr auf einen der obersten Himmelskörper katapultiert worden war. Davon ließ er Anni natürlich nichts spüren. Wenn sie litt, dann tat sie es ab dem Zeitpunkt, an dem sie seine Wohnung verlassen hatte, im Stillen und trug es mit Fassung. Da wäre es unfair von ihm, seinen eigenen Schmerz nach außen zu tragen.

Da sich seine Bedenken, den Job zu verlieren, durch ihren Pakt in Luft aufgelöst hatten, gab es streng genommen keinen Grund, sich von seinen engsten Freunden trösten zu lassen. Besser wäre es gewesen, wenn er mit seinem Kumpel Patrick ins Kino gegangen wäre und sich die Sondervorstellung von *James Bond* reingezogen hätte. Doch er hielt die Verabredung ein und klopfte, wie beim Radfahren vereinbart, pünktlich um neunzehn Uhr gegen die massive Haustür.

Für sein Patenkind Tony hatte er ein Hochglanzmagazin mitgebracht, das den kleinen Autonarren komplett ausflippen ließ, seiner Mutter jedoch nur eine Schnappatmung entlockte. Beruhigend klopfte er ihr zur Begrüßung auf den Rücken und schwor beim Kochbuch seiner Großmutter, ganz genau darauf geachtet zu haben, dass keine nackten Frauen abgedruckt waren. Tony hatte sich bereits im Kindergarten selbst das Lesen beigebracht und langweilte sich entsprechend in der ersten Klasse.

»Wenn er von der Schule nach Hause kommt, wirft er seinen Ranzen in die Ecke und flucht wie ein Kesselflicker. Ich erkenne meinen süßen Engel manchmal gar nicht mehr wieder«, beklagte sich Tamara einmal bei ihm.

»Ist doch klar, er findet die Schule scheiße, weil sie ihn nicht voranbringt. Stell dir mal vor, du verbringst fünf Stunden am Tag in einem Raum mit – im Gegensatz zu dir – Gleichaltrigen und einer Person, die versucht, die schwächsten Glieder in der Kette auf das Niveau zu zerren, das du gemeinsam mit deinem

Schnuller in den Müll geworfen hast. Tony fühlt sich nicht gesehen, er tritt auf der Stelle und das macht ihn wahnsinnig«, erklärte Michael. Er musste es wissen, denn ihm war es genauso ergangen. Bis zum Abschluss hatte er das Gefühl gehabt, seine Zeit in der Schule wie in einem Gefängnis absitzen zu müssen. Er wollte hinaus aus diesem System, seinen Bedürfnissen nachgehen, sein Gehirn mit etwas Erfüllenderem füttern als Lehrstoff. Diese Interessen bestanden keineswegs in irgendeinem Unsinn, sondern waren durchaus kreativ und freigeistig. Außerdem hatte Tony dieselbe Vorliebe für Autos, Motorräder und eigentlich alles, was motorisiert war, wie er.

»Danke, Onkel Mike«, kreischte der kleine Mann und hielt die Zeitschrift wie einen Schatz in seinen Händen. Michaels Herz machte einen Satz, als er die funkelnden Augen des Jungen sah, und er konnte nicht widerstehen, ihm die strohblonden Haare zu zerzausen, obwohl Tony das nicht unbedingt mochte.

»Du warst aber lange da drin.«

Erschrocken wandte Michael sich um. Die Beleuchtung im lang gezogenen Flur war gedimmt, sodass er erst nur schemenhaft eine Gestalt erkannte. Sie lehnte an der Wand am Ende des Flurs. Durch das Fenster neben ihr schien der Mond hindurch.

»Nora, du hast mir einen Schrecken eingejagt«, sagte er und drehte sich rasch wieder von ihr weg, um zu seinen Freunden zurückzukehren.

»Warte, Mike«, sagte Nora. In den Ton legte sie eine lächerliche Laszivität. Der Duft nach ihrem billigen Drogeriemarkt-Parfum stieg ihm in die Nase, als sie auf ihn zukam. Michael wollte so rasch wie möglich weg. Warum war er überhaupt hergekommen?

Er hätte wissen müssen, dass sich ihre Schwärmerei nicht so schnell herauswuchs. Seit Monaten machte sie ihn bei jedem Treffen an. Immer so, dass es ihre Eltern nicht merkten, aber offensichtlich genug, um bei Michael eine eiserne Beklemmung hervorzurufen.

»Hör zu, Nora …«

»Pssst«, unterbrach sie ihn und legte ihren schmalen Zeigefinger auf seine Lippen. Erschrocken wich er einen Schritt zurück und geriet beinahe ins Straucheln.

»Bitte, lass das«, flüsterte Michael und kam sich dabei vor wie ein Verbrecher. Einer, der etwas zu verbergen hatte. Er fühlte sich, als würde er *ihr* nachstellen. Am liebsten hätte er laut nach Stefan gerufen, um die Karten auf den Tisch zu legen und diesem ganzen Theater ein für alle Mal ein Ende zu setzen. Aber er hatte die Befürchtung, dass es dafür zu spät war. Der richtige Zeitpunkt war verstrichen. Niemand würde ihm mehr glauben, dass er diese ganze Farce nicht heraufbeschworen hatte. Zumindest würde man sich fragen, warum er dem so lange zugesehen hatte. Michael würde wie ein pädophiler Schwerverbrecher dastehen. Nora würde alles abstreiten und ihn womöglich beschuldigen, der Drahtzieher des Ganzen zu sein. Davon abgesehen würde die Freundschaft zu Stefan, selbst wenn man ihm glaubte, zerbröseln wie ein Sandkuchen.

Das alles war eine riesige Katastrophe, und er hatte keine Ahnung, wie er Nora klarmachen sollte, dass er rein gar nichts von einem jungen Mädchen, wie sie es war, wollte.

Hatte er sich, als sie damit anfing, ihm zuzuzwinkern, geschmeichelt gefühlt? Vielleicht ein bisschen. Aber es war eine liebevolle Onkelhaftigkeit gewesen, die ihn dabei ergriffen hatte.

Wenn er sich vorstellte, dass manche Männer in seinem Alter oder ältere darauf abfuhren, mit Mädchen wie Nora oder – Gott bewahre – noch jüngeren herumzumachen, könnte er auf der Stelle durchdrehen. Nicht einmal im Traum konnte er sich vorstellen, Stefans Tochter zu küssen oder mehr mit ihr anzufangen.

Sie war in ihrem Vorhaben jedoch äußerst konsequent und er hatte es bisher nicht geschafft, sie von ihrer Idee, mit ihm zusammen sein zu wollen, abzubringen. Welche Hormone flossen durch diese verrückte Siebzehnjährige, dass sie ihr gesamtes restliches Denkvermögen zum Stillstand brachten?

Ein Nein ist ein Nein. Er hatte Nein gesagt, oder …?

Natürlich hatte er das. Sehr oft sogar. Sie fand immer wieder Momente, um ihn allein zu erwischen und ihn zu berühren oder ihm irgendetwas Obszönes ins Ohr zu flüstern, das sich in seinem Gehörgang augenblicklich in eine bösartige Krankheit verwandelte und ihm Übelkeit verursachte. Das Kind, mit dem er vor einigen Jahren im Innenhof Fußball gespielt hatte und das er nach den ersten Stürzen vom Fahrrad mit Pflaster verarztet hatte, rieb jetzt seinen prallen Oberschenkel an seinem, während sie gemeinsam am Tisch aßen. Sie sagte Sachen wie »Dich würde ich gern mal ficken« oder »Wenn ich abends im Bett liege, denke ich an dich und meine Pussy wird ganz nass«.

Du liebe Güte, was denkt sie sich?? Michael konnte sich nicht mehr an sein siebzehnjähriges Ich erinnern und wie ausgeprägt sein Verlangen und sein Wortschatz in diese Richtung gewesen waren. Aber eines wusste er: Nicht einmal jetzt kamen ihm solche Floskeln über die Lippen. Sie hatten einen so brachialen Ursprung, dass er damit genauso wenig anfangen konnte wie mit solchen Filmen. ›Generation Internet‹, kam es ihm in den

Sinn. Was hatte Nora sich schon alles angesehen? Was davon hatte sie nachgemacht, selbst erlebt, an ihrem Körper? Wie funktionierte das heutzutage zwischen den jungen Menschen?

Er wollte es nicht wissen.

Michael schüttelte den Kopf. Resignation erfasste ihn. Grob schob er sie auf die Seite und eilte an ihr vorbei. Mit großen Schritten ging er zurück in die Wohnhalle der Villa und auf dem Weg dahin war er fest entschlossen, diesen Abend zu beenden.

»Onkel Mike, guck mal«, rief Tony aufgeregt, als er ihn erblickte. Der Junge lümmelte auf dem Sofa und hielt triumphierend die Zeitschrift in der Hand, die er ihm geschenkt hatte. »Der Audi R8 hat zehn Zylinder. Wusstest du das?«

»Ähm …«, druckste Michael herum und blieb unschlüssig stehen.

»Was hast du ihm da bloß wieder mitgebracht?« Tamara seufzte theatralisch auf und lachte gleich darauf. »In fünf Minuten gibt es Essen!«

»Ich verhungere schon fast«, rief Stefan aus dem Keller zu ihnen herauf. Wahrscheinlich war er noch immer auf der Suche nach dem richtigen Wein.

»Guck doch mal, Onkel Mike!« Tony winkte Michael zu sich. Nur noch dieser Abend, dann würde er diese Familientreffen meiden. Er würde Stefan bei ihren Ausfahrten sehen und die gemeinsamen Essen in Restaurants verlegen. Sein Patenkind konnte er jederzeit abholen und etwas mit ihm unternehmen. Aber von Nora wollte er sich ein für alle Mal fernhalten. Vor allem musste er ihr sämtliche Möglichkeiten nehmen, ihn allein zu erwischen.

5

»Ich werde mal nach ihr sehen.« Tamara stapelte die schmutzigen Teller übereinander, trug sie zur Spüle und verschwand schließlich auf der Wendeltreppe, die inmitten des Untergeschosses zwischen Wohnzimmer und Küche hinauf zur oberen Etage führte. Michael atmete tief durch, stützte die Ellenbogen auf den Tisch und ließ das Gewicht seines vom Essen trägen Oberkörpers auf die Arme fallen. Der neumodischen, massiven Sitzbank fehlte die Rückenlehne. Was stylish aussah und jeden Blick auf sich zog, entpuppte sich spätestens nach einem üppigen Abendessen als überaus unbequem.

»Komisch, vorhin war sie noch quietschvernügt«, murmelte Stefan und schwenkte das Weinglas in seiner Hand. »Soweit das bei einer pubertierenden Ziege überhaupt möglich ist. Tami und ich haben uns schon auf den Abend gefreut, so gut gelaunt, wie Nora war, als sie erfuhr, dass wir einen Gast haben.« Sein Lachen klang gequält.

»Sie ist in einem fiesen Alter«, gab Michael so neutral wie möglich zurück.

»Wem sagst du das«, stöhnte sein Freund. »Wenn ich gewusst hätte, dass es so hart wird, Kinder zu haben, hätte ich mich dagegen entschieden.«

Besorgt drehten sich beide in Richtung Tony. Der saß jedoch schon wieder auf dem Sofa und vertiefte sich in seine Lektüre. Er hatte den unbedachten Satz seines Vaters also nicht gehört.

»Dir geht es wieder besser, wie es aussieht«, wechselte Stefan schnell das Thema.

»Ja. Ein wenig ... Anni stand vor einigen Tagen vor meiner Tür und wir haben uns ausgesprochen.«

»Dann ist ja alles im Lot. Du bist wieder frei und sie wird darüber hinwegkommen.«

»Ich ...«, setzte Michael zu einer Erwiderung an, brach jedoch ab und sagte nur: »Genau.« Es war schwierig zu erklären, dass eigentlich überhaupt nichts im Lot war und dieser Zustand so rein gar nichts mit Freiheit zu tun hatte. Lieber leerte er sein Glas und ließ sich nachschenken.

»Bist du mit dem Wagen da?«

»Nein, mit dem Taxi.«

»Sehr gut.« Sichtlich erfreut schenkte Stefan nach, sprang auf und verschwand im Keller.

Michael blieb allein am Esstisch zurück, der aus dem Stamm eines einst massiven Eichenbaums gefertigt worden war, und starrte durch die Glasfassade hinaus. Das Haus lag auf einer Anhöhe, sodass man im Anschluss an den von der Dunkelheit verschluckten Garten einen beeindruckenden Blick über die darunterliegende Stadt hatte. Die Beleuchtung der Gebäude und die Straßenlaternen funkelten zu ihm herauf wie Sterne, die in einen Ozean gefallen waren und nun vom Meeresboden aus Richtung Wasseroberfläche strahlten.

»Wer möchte noch Nachtisch?« Tamaras fröhliche Stimme riss ihn aus einem Gedanken, der gerade erst dabei war, sich zu formen.

»Wie gehts Nora?«, erkundigte sich Michael und ließ ihre Frage nach dem Dessert unbeantwortet. Er drehte sich auf der Bank um und versuchte, in Tamaras Gesicht abzulesen, ob Nora etwas von ihrer Begegnung im Flur erzählt hatte.

»Ihr fehlt nichts. Denkst du, wir waren genauso kompliziert? Ich habe oft das Gefühl, sie ist von einem anderen Planeten.« Mit ausladenden Armbewegungen wischte sie über die Arbeitsplatte und das Induktionskochfeld. Die routinierten Hände verfrachteten die Teller und das Besteck in die Spülmaschine. Tamara drehte irgendetwas am Spülbecken herum und kippte einen aus der Auflaufform gekratzten Lasagnerest in den Müll. Alles passierte binnen weniger Sekunden.

»Das geht bestimmt bald wieder vorbei«, sagte Michael. Hoffentlich, dachte er. Denn man musste davon ausgehen, dass er nicht der Einzige war, an den sie sich heranmachte. Was, wenn Nora mit ihrem aufdringlichen Verhalten an den Falschen geriet? Wäre er mitverantwortlich, wenn ihr etwas zustieße?

»Wer hat hier von Nachtisch gesprochen?« Stefan polterte mit zwei weiteren Weinflaschen in den Händen in die Küche, umarmte seine Frau von hinten und riss damit den Sohn aus seiner Trance.

»Ja, Nachtisch! Nachtisch!« Mit festem Fersenauftritt trampelte Tony in die Küche und warf sich neben Michael auf die Bank.

»Es gibt Tiramisu«, verriet Tamara. Aus dem Kühlschrank fischte sie nacheinander fünf Gläser. Alle waren liebevoll und detailverliebt befüllt und dekoriert. Ein Sternerestaurant hätte es nicht besser hinbekommen.

»Wow«, staunte Michael. »Das sieht ja unglaublich aus.«

»Danke. Aber ich hatte Hilfe. Nora hat ein gutes Händchen für diese filigranen Arbeiten. Außerdem hat sie den nötigen Blick, um etwas zu verschönern. Vielleicht sollte sie einmal beruflich in diese Richtung gehen. Dekorateurin oder so was … Das könnte ich mir gut vorstellen bei ihr.« Ein versöhnlicher Stolz schwang in Tamaras Tonfall mit. »Möchtest du ihr das Dessert nach oben bringen?«, wandte sie sich bittend an ihren Mann. Stefan verdrehte genervt die Augen. Man sah ihm an, wie gern er sich mit dem Wein zu Michael setzen und einen gemütlichen Abend verbringen wollte. In Tamaras Gesicht konnte man ein Flehen ablesen, das ihn nach zwei der Dessertschälchen und dem Besteck, das sie ihm anbot, greifen ließ. Er drückte ihr einen Kuss auf die Wange und verschwand die Treppe nach oben zu Nora.

»Darf ich das Tiramisu vor dem Fernseher essen?« Tonys Bitte war mehr an Michael gerichtet, der sofort abwehrend die Arme in die Luft riss.

»So etwas kannst du doch nicht *mich* fragen.«

»Schon gut, mein Liebling. Aber geh bitte rauf. Ich möchte heute keine deiner Trickfilme mehr sehen oder hören«, schritt Tamara ein.

»Jaaaaa, Mama! Du bist die Beste!«, kreischte Tony und küsste sie, genauso wie er es eben bei seinem Vater gesehen hatte, auf die Wange. Kaum war er mit der Nachspeise im oberen Stockwerk, vermutlich im Fernsehzimmer, verschwunden, atmete Tamara hörbar aus.

»Man ist immer gleich die Beste, wenn man es allen recht macht.«

»Du bist eine tolle Mutter«, beschwichtigte Michael sie, obwohl er sich eigentlich nicht gut genug auskannte, um das beurteilen zu können. Außerdem hatte er kaum Einblick in ihre Erziehungsmethoden.

»Das Tiramisu ist unglaublich«, schwärmte er und musste sich zurückhalten, um es nicht allzu schnell in sich hineinzulöffeln.

»Danke. Möchtest du einen Kaffee dazu?«

Michael bejahte. Sie stellte ihm ein Glas Wasser hin, machte sich an der Kaffeemaschine zu schaffen und ließ sich schließlich ihm gegenüber mit zwei herrlich duftenden Espressi nieder. Sie genossen die Ruhe, die sich im Raum ausgebreitet hatte, und schwiegen. Der Kaffee schmeckte stark, aber nicht bitter. Eine teure Bohne, perfekt geröstet und in einer hochwertigen Maschine zubereitet. Es waren die kleinen Details, die die Beradis von anderen unterschied. Das war einer der Gründe, warum er nie in Betracht gezogen hatte, die Familie in seine Clique einzuführen. Sie waren ein abgekapselter Teil seiner Freundschaften, die seiner Meinung nach in den Rest seines Freundeskreises nicht hineinpasste.

Michael beließ die Tasse länger als nötig an seinem Mund und spürte die cremige Schicht an seiner Oberlippe und Zunge. Nur einen kleinen Schluck und noch einen. Die Süße des Tiramisus schmolz ganz sanft unter der herben Note zusammen. Als er den Espresso ausgetrunken hatte, war der Geschmack in seinem Mund perfekt. Er würde keinen Wein mehr trinken, sondern sich auf den Heimweg machen. Von oben hörte man Stefans Lachen. Wahrscheinlich war er gleich von beiden Kindern eingenommen worden, denn nun hörte man auch Tonys Kichern und ein halb genervtes, halb kindliches Krähen von Nora.

»Ich werde jetzt gehen.«

»Jetzt schon?« Erstaunt hielt Tamara inne, als sie gerade den letzten Löffel zum Mund führen wollte.

»Ja, es wird Zeit für mich. Danke für den schönen Abend und das großartige Essen.« Er hatte plötzlich das Gefühl, dass er ganz schnell aus diesem Haus musste. Der Abend war von vorneherein keine gute Idee gewesen. Dann diese verfängliche Situation mit Nora. Und jetzt ... ja, was eigentlich? Was trieb ihn fort von diesem Tisch, von diesem Haus, von diesem Abend? Er konnte es nicht greifen, aber er fühlte die Dringlichkeit in seinem Inneren.

»Ich möchte Stefan und die Kinder nicht stören. Bitte richte ihnen einen lieben Gruß aus.« In einer fahrigen Bewegung, als hätte er zu viel getrunken, richtete er sich auf. Suchend wanderte sein Blick über den Tisch. Doch er hatte nichts bei sich, außer dem Portemonnaie und dem Schlüsselbund in seiner Jackentasche.

Tamara schien überrumpelt von seinem überraschenden Aufbruch und stand zögerlich auf.

»Wenn du meinst ...«, stammelte sie. »Warte, ich begleite dich zur Tür.«

In der Garderobe griff Michael nach der Jacke, merkte, dass es nicht seine war, hängte sie wieder an ihren Platz.

»Hier ...« Sie hielt ihm die richtige hin. Er packte sie, nahm sich nicht mehr die Zeit hineinzuschlüpfen, sondern drückte gleich die Klinke nach unten. Doch die Tür war versperrt. *Verdammte Tür.* Er hatte keine Zeit, er musste raus. Der Espresso lag ihm noch auf der Zunge und verströmte sein Aroma. Er hätte in diesem Moment alles für eine Zigarette gegeben, die diesen Geschmack zerstörte.

»Moment mal.« Er hatte sie angesteckt mit seiner plötzlichen Nervosität. Tamara nestelte mit ihren Fingern in den Schlüsseln auf dem Brett neben der Tür.

Schneller. Bitte, mach schneller, flehte Michael im Stillen. Doch da war es schon zu spät. Er legte Tamara die Hand auf ihre Schulter. Sie erstarrte. Dann wandte sie sich ihm zu. Seine Finger rutschten nach unten und schlossen sich um ihren Oberarm. In der anderen hielt er weiter die Jacke. Ihr Gesicht schien nur aus riesengroßen Augen zu bestehen. Das Erstaunen leuchtete bloß einen Wimpernschlag lang auf, dann wich es einer ruhigen Zärtlichkeit. Sie legte ihre Hände auf seine Wangen. Keiner von ihnen sagte ein Wort. Die Geräusche aus dem Wohnbereich waren viel zu weit weg, als dass man sie hier hätte wahrnehmen können.

Die Stille zog ihn immer weiter zu ihr, riss ihn hinein in die unerlaubteste Art der Liebe, die es gab: die Liebe zu der Frau eines anderen Mannes.

Der Kuss war so zart, dass man ihn – im Nachhinein betrachtet – hätte abstreiten können. Ein etwas zu zentriertes Küsschen unter Freunden. Ein bisschen zu lang vielleicht.

Tamaras kastanienfarbenen langen Haare verstreuten sich auf dem Kissen, das sie sorgfältig aufgeschüttelt hatte, bevor sie seitlich darauf gelandet war. Wie gebannt starrte sie auf den Fernseher und zuckte erschrocken zusammen, als Mufasa in die Tiefe stürzte, obwohl sie den Film bestimmt schon öfter als einmal gesehen hatte.

Michael streichelte ihre nackten Füße. Als sie ihre Beine auf der Couch ausgestreckt hatte, waren sie wie zufällig auf seinem Oberschenkel gelandet. Mit den Fingerspitzen fuhr er über die Sehnen auf ihrem Fußrücken entlang. Der Film war ihm völlig egal. Er hatte nur Augen für ihre kleinen Zehen, den dunkelroten Lack auf ihren Nägeln und das gesamte Stillleben auf seinem Schoß. Auch wenn das alles nicht einmal annähernd so still war, wie die Kunst es verlangte.

Er hätte gern ihren Fuß mit seiner Hand umschlossen und ihn zu seinen Lippen geführt. Aber er hatte Angst, dass dieser ganze Traum, in dem er gelandet war, bei einer zu forschen Bewegung verpuffte.

»Oh Gott, wie traurig«, flüsterte sie. Gab Tamara nur vor, diesen Disneystreifen hoch konzentriert zu verfolgen? Oder war sie tatsächlich mitgerissen? Michael konnte es nicht einschätzen. Am liebsten hätte er den Fernseher ausgeschaltet, sie auf die Beine gezogen, vor sich hingestellt und einfach angesehen. Sie war wunderschön. So schön, dass er es sich selbst kaum erklären konnte, wie ihm das so viele Jahre lang entgangen sein konnte.

Es waren zwei Tage vergangen, seit sie sich im Vorzimmer der Villa geküsst hatten, während Tamaras Familie – sein Freund und die Kinder – im Fernsehzimmer gesessen hatte. Die Erinnerung daran, wie er aus der Tür gegangen und in seine Wohnung gekommen war, hatte er komplett verloren. Wie nach einem berauschenden Trip hatte er einen derartigen Filmriss, dass ihm diese dreißig Minuten bis heute fehlten. Michael fand sich im Bett seiner Wohnung wieder. Vollständig bekleidet lag er auf dem Rücken und starrte an die Decke. In seinem Kopf erklang eine Melodie, die er noch niemals zuvor gehört hatte. Reglos harrte er aus, bis ihn einige Minuten oder Stunden später seine Blase daran erinnerte, ein menschliches Wesen zu sein, das einem funktionierenden Kreislauf unterworfen war. Auf dem Weg vom Bad zurück ins Bett entledigte er sich seiner Kleidung. Sein Telefon fiel aus der Gesäßtasche der Jeans und er war verwundert und erleichtert zugleich, dass weder ein Anruf noch eine Nachricht eingegangen waren.

Der Anruf kam heute. In der Zwischenzeit hatte er stündlich seine Kontaktliste bis zum Buchstaben T hinuntergescrollt. Tag und Nacht. Als sie anrief, war er gerade auf Sendung. Was ihn aber nicht daran hinderte, abzunehmen. Er zog die programmierte Playlist vor, tippte dem Redakteur auf der anderen Seite der Glaswand stichwortartige Anweisungen, falls er nicht rechtzeitig vor den Nachrichten zurück war, und verließ mit dem Telefon am Ohr fluchtartig das Studio.

»Tamara …«, keuchte er und lief hinaus auf die überdachte Terrasse, die vor allem von den Rauchern genutzt wurde und zu diesem Zeitpunkt menschenleer war. Der Geruch der Zigarettenstummel hatte sich mit der Feuchtigkeit des Herbstnieselns vermischt und stieg ihm in die Nase.

»Hallo, Mike«, flüsterte sie. War sie nicht allein? Warum rief sie dann an? Er wusste nicht, was er sagen sollte. Dabei hatte er so sehr darauf gewartet, dass sie sich endlich meldete. »Bist du zu Hause?«, fragte sie und klang nicht mehr ganz so leise.

»Nein, ich bin im Sender.«

»Wie lange arbeitest du?«

Michael schaute auf die Uhr. »Noch etwa zwei Stunden.«

»Darf ich zu dir kommen? So um sieben?«

»Sieben. Ja, das ist gut.« Er wusste nicht, ob es *gut* war, wenn sie zu ihm kam. Aber es fühlte sich gut an, dass sie es vorschlug.

»Dann also bis später.« Sie legte auf.

Seine Gesichtszüge verrutschten zu einem dümmlichen Grinsen. Am liebsten hätte er einen spitzen Schrei ausgestoßen. Doch er konnte sich im letzten Moment davon abhalten und atmete ein paar Mal tief ein und aus. Dass er dabei den Gestank der kalten Asche inhalierte, machte ihm nichts aus.

Pünktlich um sieben hatte sie vor seiner Wohnungstür gestanden. Sie wusste noch, dass der Schließer an der Haustür unten so gut wie nie einschnappte und man daher Tag und Nacht ungehindert in das Wohnhaus spazieren konnte. Michael rechnete fest damit, dass irgendwann ein Obdachloser von dieser Tatsache Wind kriegte und sich im wettergeschützten Treppenhaus häuslich einrichtete. Ihr Klingeln kam also direkt von der anderen Seite der dünnen Wohnungstür und er hatte das Gefühl, ihr Parfum schon zu riechen, bevor er öffnete.

Tamara wirkte wie ein aufgescheuchtes Reh, das von einem herannahenden SUV geblendet wurde. Stehen bleiben oder laufen? Sie blinzelte und formte mit den Lippen einen Gruß, der keinen Ton traf. Nervös trippelte sie von einem Bein auf das andere, wartete darauf, dass er sie hereinbat. Was er sofort machte, als er sich gefasst hatte. Auch er war aufgeregt. Denn er hatte keinen blassen Schimmer, was ihnen beiden eingefallen war, als sich ihre Lippen aufeinandergelegt hatten, und noch weniger wusste er, wie sie nun damit umgehen sollten. Nicht einmal den

Grund ihres Besuchs kannte er. Hatte sie Stefan von ihrem Ausrutscher erzählt? Wollte sie ihn dazu bringen, alles zu vergessen, und ihn beschwören, ihrem Mann gegenüber ja kein Wort darüber zu verlieren? Oder hatte sie es auch gespürt?

In der Wohnung legte sie die Lederjacke und das leichte Tuch, das sie um den Hals gewickelt trug, ab. Zum Vorschein kam ein dünnes, locker sitzendes Shirt, das vorne in ihrer dunkelblauen Jeans steckte. Ihre Handtasche warf sie auf einen Stuhl beim Esstisch. Dann setzte sie sich auf den daneben und schob sich die schwarzen Socken von den Füßen.

»Ich bin auf dem Weg hierher in eine Pfütze getreten und das Wasser ist mir in die Schuhe geschwappt«, meinte sie und ließ die Socken achtlos auf dem Boden liegen.

»Die Fußbodenheizung läuft seit Kurzem. Die wird sie trocknen«, meinte er unbeholfen. Michael wurde bewusst, dass er nicht für immer einfach so mitten im Zimmer stehen bleiben konnte. Er bot ihr etwas zu trinken an. Das war das Einzige, was ihm einfiel und womit man nichts falsch machen konnte. Tamara entschied sich für ein Wasser.

»Wo, denkt Stefan, dass du bist?«, wollte er wissen.

»Bei meiner Freundin Klara.«

»Und wie lange?«

»Es könnte spät werden. Wir vergessen beim Quatschen gern die Zeit.«

6

Patrick rührte in seinem Gin Tonic. Der Strohhalm verbog sich jedes Mal, wenn er gegen einen Eiswürfel stieß. Allein deshalb hatte Michael ein Bier bestellt. Aus Protest. Weil er einen Strohhalm aus Glas oder aus Metall, seinetwegen auch tatsächlich aus Stroh haben wollte, wenn Plastik schon so verpönt war. Umweltschutz hin oder her, hier hatte er seine persönliche Grenze gesetzt: kein Karton in seinem Glas. Er trauerte jedes Mal um den Geschmack des Getränks, wenn sich die Pappe auf seine Zunge legte. Man könnte den Strohhalm einfach herausnehmen und direkt aus dem Glas trinken. Aber das wussten seine kälteempfindlichen Zähne zu verhindern.

»Wenn du mich fragst, dann ist es nur eine Frage der Zeit, bis China die Weltherrschaft an sich reißt«, sinnierte Patrick. Sein Zungenschlag verriet, dass es mittlerweile völlig egal war, ob der Gin Tonic nach Karton schmeckte. Michael hatte längst genug von diesen negativen Gesprächsthemen. Er saß in seinem Stammlokal und wollte ein paar Drinks nehmen, sich von der Umgebung berieseln lassen und den Abend mit einem Freund verbringen, bevor er bettschwer in einen traumlosen Schlaf fiel. Genau das hatte er sich vorgenommen und er würde alles daransetzen, diesen Plan in die Tat umzusetzen. Ein Gespräch über dystopische Zukunftsaussichten war nicht das, wonach ihm der Sinn stand. Auch wenn sie nicht abwegig waren.

»Hast du eine Neue?«, wollte Patrick wissen. Die Frage aus dem Nichts überrumpelte Michael. Er konnte sich nicht erklären, wie er darauf kam, und strich sich mit der Hand über die Wange, als würde es genau da in Worten prangen.

»Nun sag schon! Seit Kurzem bist du komisch. Hast nie Zeit und so«, schob Patrick lapidar hinterher.

»Ja.« Er wollte seinem Freund eigentlich nichts von Tamara erzählen. Diese Beziehung war kompliziert genug. Michael brauchte nicht auch noch Mitwisser, die sich mit guten Ratschlägen einbrachten und Weltuntergangsszenarien in seinen Kopf pflanzten. Und schlimmstenfalls etwas auffliegen ließen. Er hatte Tamara sein Wort gegeben zu schweigen. Niemals würde er die Beziehung zu ihr aufs Spiel setzen, indem er sie öffentlich machte. Zu viel Leid war damit verbunden, für das er nicht die Verantwortung übernehmen konnte.

An diesem Abend in seiner Wohnung vor zwei Monaten, als sie ihre Füße auf seinen Schoß bettete, hatte er sich in sie verliebt. Und damit hatte für Michael eine Reise durch sämtliche Gefühlswelten begonnen, die er bis dahin nicht einmal aus Erzählungen kannte.

»Gut«, antwortete Patrick und winkte eine Kellnerin heran, um eine weitere Runde zu bestellen. »Diese Anni hat dir ordentlich zugesetzt. Wer ist denn die Nächste?«

»Du kennst sie nicht«, wich Michael aus und schob sein Bierglas auf dem Tisch hin und her.

»Unmöglich! Ich kenne sie alle.« Und damit hatte sein Freund wahrscheinlich recht. Bis vor vier Jahren war Patrick als ›Mädchen für alles‹ in der städtischen Eishalle angestellt gewesen. Er war bekannt wie ein bunter Hund unter den Eisdisco-Gästen, die zu Michaels Jugendzeit keine dieser Highlight-Events ausließen. Patrick vereinte in sich den Türsteher, den Sanitäter, den Streitschlichter, den DJ, das Heinzelmännchen, das verlorene Taschentücher und achtlos auf die Eisfläche geworfenen Müll einsammelte, und den Seelentröster für liebeskummergebeutelte Halbwüchsige. Patrick war eine Institution. Dass auch ein Typ wie er einmal zu alt werden würde, um sich mit hormongesteuerten Teenies auf Schlittschuhen auseinanderzusetzen, war unvorstellbar gewesen. Man war davon ausgegangen, dass er irgendwann als Greis während seines Dienstes im städtischen Eislaufbetrieb umfallen und man ihn mit der Eismaschine von der Eisfläche schieben würde.

Aber dann kam dieser eine Tag, an dem ihm ein besorgter Großvater vorwarf, seine fünfzehnjährige Enkelin belästigt zu haben. Irgendetwas in Patrick war damals kaputtgegangen. Als ihn sein Chef mit diesem Vorwurf konfrontierte, legte er wortlos seinen Schlüsselbund und das Diensthandy auf den Tisch. Kein verteidigendes Wort kam ihm über die Lippen, erzählte die Sekretärin später. Nur ein geflüstertes »Wenn Sie mir so was zutrauen, dann …« Ein zutiefst betroffener Schleier legte sich auf seine Miene, der danach nie mehr ganz verschwand. Mit seinen knapp vierzig Jahren und dem – wie sich rasch herausstellte haltlosen – Gerücht auf der Stirn, ein Kind belästigt zu haben, hatte Patrick es schwer, einen anderen Job zu finden. Ihn kannte nun mal wirklich ein jeder.

Michael meinte schon, er würde abrutschen und sich aufgeben. Gregor, ein gemeinsamer Freund, vermittelte ihm jedoch kurz darauf eine Stelle in dem IT-Unternehmen, in dem er damals eine leitende Position hatte, bevor er es für seinen Traum hinter sich ließ: eine eigene Kampfschule, in der körperliche Kraft eine untergeordnete Rolle spielte.

Er trainierte seine – vorwiegend weiblichen – Schützlinge dahingehend, den Geist zu schärfen und so Kraft, Konzentration und Körperspannung in eine effektive Verteidigungstechnik umzuwandeln. Seither sortierte Patrick altes Computerzubehör im Keller des Firmengebäudes, wickelte Kabel auf und testete Anschlüsse.

»Weißt du, was das Schlimmste daran war?«, fragte er Michael eines Tages. »Nicht der Vorwurf an sich. Auch nicht, dass ich nicht mehr der städtische Eislaufclown war. Es war Simones Blick, als ich heimkam. Und die Angst, dass meine Kinder denken könnten, dass ihr Papa dazu fähig ist.« Den Blick seiner Frau hatte er sich bloß eingebildet. Sie stand hinter ihm wie eine Schutzmauer. Und seine Kinder waren damals noch zu klein, um zu verstehen, warum ihr Vater seine Arbeit aufgeben musste. Dennoch hatte dieser Vorfall etwas in Patrick verändert. Auch Michael gegenüber hatte er das, was man ihm vorwarf, nicht abgestritten. Er hatte es über sich ergehen lassen.

»Warum sagst du nicht, was wirklich passiert ist?«, wollte Michael von ihm wissen.

»Weil *nichts* passiert ist«, antwortete Patrick mit zuckenden Schultern. »Ich habe nichts dazu zu sagen.«

Der Großvater hatte schon ungeduldig vor der Halle gewartet, die Enkelin abzuholen, und war dementsprechend verärgert über die Verspätung des Mädchens gewesen. Es hatte als Grund über die Verzögerung aufgeregt gestikulierend behauptet, Patrick hätte sie von der Eisfläche gewunken und dazu aufgefordert, ihm in den Raum mit den Fundsachen zu folgen. Dort wäre es zu ein paar Berührungen gekommen, gegen die sie sich gewehrt hätte. Seine Hände sollen sich zwischen ihre Beine geschoben haben, Patrick hätte zudem versucht, sie zu küssen.

Der Großvater, alarmiert von den Schilderungen seiner Enkelin, hatte verständlicherweise darauf bestanden, sofort zur Polizei zu gehen.

Kurz bevor die ganze Sache vor Gericht ging, erhielt Patrick eine zweizeilige Information von der Ermittlungsbehörde, dass die Anzeige zurückgezogen worden wäre. Erst später fand man den wahren Grund für die Verspätung des Mädchens heraus: Sie hatte mit einem Jungen geknutscht und schlichtweg die Zeit übersehen. Aus Angst vor Ärger mit Großvater und Eltern hatte sie diese abstruse Behauptung der Belästigung aufgestellt und dabei keine Vorstellung davon gehabt, was sie damit anrichten würde. Patricks Ruf war dennoch angeknackst und auch wenn man ihn im städtischen Dienst wieder aufgenommen hätte, war das für ihn kein Thema mehr. Überhaupt hatte es lange gedauert, bis er sich wieder aus dem Haus getraut hatte.

Kinderschänder. Das Stigma hatte ihn derart verunsichert, dass ein Teil von ihm irgendwie zerstört schien.

Kinderschänder. Ja, Michael wusste, wie es sich anfühlte, sich mit einem derart heiklen Thema auseinandersetzen zu müssen. Allein aufgrund von Patricks Geschichte fiel es ihm schwer, die Annäherungsversuche von Nora mit Humor zu nehmen.

Michael hielt es für wahrscheinlich, dass Tamara zu den Eisdisco-Besucherinnen gezählt hatte. Sie war ein Wirbelwind. In ihr steckte dieselbe Energie wie in dem kleinen Tony. Er stellte sich Tamara als Mädchen und junge Frau vor. Wie sie keck in Jeans und Schlittschuhen über das Eis gewetzt war. Wie sich ihre Haare im Fahrtwind verwirbelt hatten. Ja, es war gut möglich, dass Patrick und sie sich kannten. Aber er würde nichts ausplaudern. Er war selbst unsicher, was das zu bedeuten hatte zwischen ihnen. Wie sich das alles entwickeln würde und konnte. Der Abstand, den er zu Stefan genommen hatte, war bisher nicht weiter aufgefallen. Es gab immer wieder Phasen in ihrer Freundschaft, in denen berufliche Verpflichtungen oder andere Positionen auf ihren jeweiligen To-do-Listen für zeitweilige Funkstille zwischen ihnen sorgten.

Michael hatte sich verliebt. Nicht zum ersten Mal, das musste er zugeben. Aber zum ersten Mal auf diese Art und Weise. Mit Tamara fühlte es sich nicht so an, als würden sie in einer Schmetterlingsbucht sitzen und den Flügelschlag Abertausender Falter am Leib spüren, sondern sie waren direkt auf einer anderen Etage des Geschehens eingestiegen. Auf einer, die er nicht kannte. Die Vertrautheit zwischen ihnen rührte von der langjährigen Freundschaft, die sie gepflegt hatten. Es war lediglich etwas dazugekommen. Etwas, das sich durch seine Haut gebohrt hatte und ihn von innen heraus zum Glühen brachte.

Zwei Monate. Seit acht Wochen ging die – wie andere sagen würden – Affäre zwischen ihnen, ohne dass wirklich etwas passiert war, das diese Bezeichnung rechtfertigen würde. Sie hatten sich geküsst, ja. Er hatte seine Freundschaft zu Stefan damit schon verraten. Aber darüber hinaus waren Tamara und er nicht gegangen. Ihre gemeinsamen Abende in seiner Wohnung, die Tamara unter dem Deckmantel der Pflege ihrer Freundschaften wöchentlich einrichtete, verbrachten sie auf der Couch. Meist unterhielten sie sich über den Alltag, die Kinder, nicht über Stefan. Sie aßen gemeinsam zu Abend, guckten einen Film oder waren in Bücher vertieft. Irgendwann warf sie einen Blick auf die Uhr und verabschiedete sich. Sie tanzten umeinander. Die Berührungen waren zufälliger Natur und wenn nicht, dann so, dass sie in eine harmlose Kategorie fielen.

»Nora, bitte … nimm doch einfach den Bus nach Hause. Der hält in fünfzehn Minuten an der nächsten Straßenkreuzung.« Tamara stand auf dem kleinen Balkon, lehnte sich mit dem Telefon am Ohr gegen das Geländer und schaute auf den darunterliegenden Innenhof. Michael saß auf der Couch und bemühte sich, der Talkrunde im Fernsehen zu folgen. Die Tatsache, dass sie mit Nora telefonierte, versuchte er auszublenden.

Immer wieder kam es zu diesen schaurigen Momenten, wenn der Klingelton ihres Handys die Zweisamkeit abrupt durchschnitt. Meist war es Nora, die sich über irgendwen beschwerte. Manchmal war auch Stefan in der Leitung. Man hörte in Tamaras Stimme nichts von der Unsicherheit, die sie ergriff. Aber Michael konnte die Anspannung an ihrer Körperhaltung ablesen. In diesen Augenblicken wurde ihnen beiden bewusst, dass ihre Treffen falsch waren. Sie überschritten damit regelmäßig eine Grenze, die sie im Grunde nicht übertreten wollten. Aber sie sprachen nie darüber. Tamara legte auf, schob in derselben Sekunde ihre Familie zurück in die Schublade und Michael drehte den Schlüssel um.

So wie jetzt auch. Das Telefonat war beendet. Und somit das Thema. Nora wollte wahrscheinlich bei irgendeiner Freundin abgeholt werden. Sie würde den Bus nehmen oder ihren Vater anrufen. Tamara war bei Michael und hatte offenbar nicht vor, den Abend wegen ihrer Tochter vorzeitig zu beenden.

Sie lehnte noch immer an der Brüstung und starrte in den Garten. Michael stand auf und trat hinaus auf den Balkon. Seine Höhenangst befahl ihm, Tamara zu beschützen. Niemals könnte er sich gegen ein Balkongeländer lehnen, ohne einen Schweißausbruch zu bekommen. Was, wenn sich das Eisen aus der Verankerung löste? Er schlang einen Arm um ihre Mitte und hielt sie fest.

»Hast du keine Angst, dass uns jemand auf die Schliche kommt?« Seine Hand lag flach auf ihrem Bauch. Sie drehte sich nicht um, schwieg. Aber Michael spürte, dass ihre Atmung sich kaum merklich beschleunigte. Sie trugen beide dünne T-Shirts und die kühle Abendluft kroch ihnen über die Haut.

»Nein«, sagte sie und hielt kurz inne. »Doch. Natürlich habe ich die Befürchtung, dass wir auffliegen. Aber ich kann nicht auf dich verzichten«, flüsterte Tamara. Die Kälte drängte ihn näher an sie heran und er schloss die Lücke zwischen ihren beiden Körpern. Seine kühlen Finger suchten wie von selbst ihren Weg unter den Stoff und verharrten erst auf der weichen Haut. Dann streichelte er sanft rund um ihren Bauchnabel.

Alles, was er sich jemals gewünscht hatte, stand in Form dieser Frau vor ihm. Sie zuckte unter seiner Berührung nicht zurück. So lange kannte er Tamara schon und er hatte sie nie als das wahrgenommen, was sie war. Nämlich sein Glück. Die Erfüllung. Das, was ihn davon abgehalten hatte, sich jemals wirklich auf eine andere Frau einzulassen. Er hätte schreien können vor Freude und war im selben Augenblick am Boden zerstört. Da war Stefan, ihr Mann, sein Freund. Und ihre gemeinsamen Kinder. Wie lange würde sich ihre Familie noch in die Schublade sperren lassen?

»Ich liebe dich.« Michael drückte seine Nase in ihr Haar und inhalierte den Zitrushauch ihres Shampoos.

»Ich liebe dich auch«, erwiderte Tamara.

Sanft drehte er sie zu sich und versank in ihrem Blick, der Halt suchte. Mit den Händen umfasste er ihr wunderschönes Gesicht und schaute sie noch einen Augenblick länger an. Als sie erwartungsvoll die Unterlippe mit der Zunge benetzte, zog sich sein Magen vor Verlangen zusammen und ihm war, als würde es ihn vollständig zerreißen. Er wollte diesen Anblick nicht aufgeben, schloss aber dennoch die Augen. Blind näherte er sich ihrem Mund und verschloss ihn sanft mit seinem. Das Kribbeln breitete sich bis in die Fingerspitzen aus und knisterte in seinen Ohren. Vorsichtig teilte er ihre Lippen mit seiner Zunge, in der Gewissheit, noch niemals in seinem ganzen Leben eine Frau so geküsst zu haben.

Der Weg ins Schlafzimmer war Niemandsland – sie standen plötzlich in dem stillen Raum, der dunkel dalag. Die Spiegelfronten des Kleiderschranks und das fein abgestimmte Licht waren diesmal unwichtig. Die Lust gewann er aus ihrer Schönheit, die man nicht sehen konnte. Die sanfte Art, wie sie sich in seinen Armen wand, um sich das Shirt über den Kopf zu ziehen. Die Weichheit ihrer Brüste, die er durch den dünnen BH fühlen konnte – sie war ein Kunstwerk, das er sich kaum anzufassen traute, und doch konnte ihn an diesem Abend nichts davon abbringen, sie vollkommen einzunehmen.

»Ich liebe dich«, wollte er noch einmal sagen, als sie ging. Aber er hatte Angst, es könnte sich abnützen. Es war besser zu schweigen. Die Floskel war zu profan, als dass sie nach diesem aufwühlenden Abend etwas ausgesagt hätte. Vor allem weil Tamara nicht wusste, dass er eigentlich sehr schlecht darin war, seine Gefühle in Worte zu fassen. Sie würde es nicht ernst nehmen. Vielleicht beiseiteschieben, damit es nicht zu nah an sie herankam. Damit sie sich nicht den Kopf darüber zerbrechen musste, ob er das so meinte oder es ihm schlichtweg sehr leicht über die Lippen kam. Ob sie die erste Frau in diesem Monat war, zu der er das sagte, oder die zwanzigste.

»Wann kommst du wieder?«, fragte er.

Sie schlüpfte in die Schuhe.

Die Angst davor, sie könnte sagen, es wäre alles ein großer Fehler gewesen und sie würde nie wieder hierherkommen, war übermächtig. Er wollte kein Datum, keinen bestimmten Tag. Er brauchte nur ein ›Bald‹ oder ein ›Irgendwann‹.

»Hast du am Dienstag Zeit?«

Dienstag.

Es ist beinahe eine Woche bis dahin.

»Ja«, sagte er schnell. Obwohl er keine Ahnung hatte, wie sein Arbeitsplan aussah. Er würde da sein, am Dienstag. Und er hoffte, dass die Zeit bis dahin nicht zu langsam verstrich. Michael fürchtete die Realität, die sich über sie beide legen könnte wie ein Ölteppich und den Zauber, der eben erst angefangen hatte, unter sich abtötete.

»Bis nächste Woche«, flüsterte sie und ging.

Es war schon fast Mitternacht, als sie sich auf den Heimweg machte. Würde Stefan nachfragen, warum sie heute so lange bei Klara oder einer ihrer anderen Freundinnen gewesen war? Würde sie noch mehr lügen müssen als ohnehin schon seit Wochen?

»Stefan fragt nicht viel nach, wenn ich mich mit meinen Mädels treffe«, hatte Tamara einmal erklärt, als er wissen wollte, ob es nicht auffiel, wenn sie sich plötzlich so oft mit Klara traf. »Außerdem haben Frauen ja immer wieder ihre Dramen, da muss man als Freundin auch einmal öfter zur Stelle sein. Und er hatte bisher keinen Grund, das in Frage zu stellen.« Da schwang es mit, das schlechte Gewissen, und setzte sich auch in ihm fest.

Aber er war machtlos gegen die Gefühle, die sich aus dem Nichts zwischen ihnen entwickelt hatten. Es war etwas, das man nicht vorhersehen und vor allem nicht verhindern konnte. Das, was sich mit Tamara formte, war vorherbestimmt und frei von jeglicher Möglichkeit, irgendetwas zu kontrollieren.

7

»Die Fotos sind unglaublich.« Ehrfürchtig stand Michael in der Bootshütte und betrachtete die Bilder in den einfachen Hinterglasrahmen, die ohne erkennbares System an der Holzwand hingen. Die meisten zeigten das Gebirge, das den See zu umschließen schien. Als wäre er der unverhofft schöne Grund einer tiefen, dunklen Schlucht. Dazwischen hing ein Schnappschuss von zwei Händen, die ineinandergriffen; die eines kleinen Kindes und die eines erwachsenen Mannes. Wahrscheinlich war es Stefans Hand, mit der er eines seiner Kinder hielt.

»Ach die …«, wehrte Tamara ab, ohne einen Blick darauf zu werfen. Jedes Mal, wenn man die Fotografie ansprach, schien sich bei ihr etwas in eine offene Wunde zu legen. Mit routinierten Griffen überprüfte sie die Knoten im Seil, mit dem das Boot vertäut war. Dann kramte sie in dem schiefen Holzregal an der Wand herum und notierte etwas auf einem Blatt Papier, das mit einer Reißzwecke im Holz befestigt war.

Michael war erst einmal hier gewesen. Das kleine Urlaubsdomizil der Beradis bestand aus einem schmalen Grundstück mit einem alten Haus, der Bootshütte und eigenem Zugang zu dem türkisfarbenen See. Obwohl der Wetterbericht klare Sicht auf die schneebesetzten Berggipfel vorausgesagt hatte, wurden sie bereits von schweren Wolken eingehüllt. Die Luft war dünn, roch nach Schnee.

Tamara hatte den Ausflug an den See vorgeschlagen. Zu Hause erzählte sie, den fälligen Kontrollbesuch mit einem gemütlichen Mädelswochenende zu verbinden. Die Familie verbrachte viele Sommertage hier. Jetzt war alles winterfest gemacht. Einmal im Monat kamen sie her und überprüften, ob alles in Ordnung war. Das Haus war zwar gepflegt, aber in die Jahre gekommen. Ein Frostschutzsystem in der Heizung verhinderte, dass die Wasserleitungen in der kalten Jahreszeit einfroren. Und der Eigentümer des Grundstücks nebenan hatte seinen wachsamen Blick zugesichert. Trotzdem machten Tamara oder Stefan alle paar Wochen einen Rundgang.

Michael hatte das flaue Gefühl beiseitegeschoben und dem gemeinsamen Wochenende zugestimmt. Sie außerhalb seiner Wohnung zu treffen, unter diesen neuen Voraussetzungen, war mit Vorfreude verbunden, aber auch eine gewisse Unruhe hatte sich in ihm ausgebreitet, als er vor seiner Wohnung zu Tamara in den Wagen gestiegen war. Auf dem Weg aus der Stadt hinaus machte er sich auf dem Beifahrersitz unbewusst kleiner, taxierte die Fußgänger und atmete erleichtert aus, als sie sich endlich auf dem Autobahnzubringer befanden.

Tamara schien ebenfalls nervös und war auf der eineinhalbstündigen Fahrt ungewohnt einsilbig geblieben. Ein entspannter Zug legte sich auf ihr Gesicht, als sie unter dem Carport vor dem Ferienhaus den Motor ausstellte. Ihr Grundstück lag am Ende einer Sackgasse und sie hatte wohl, genauso wie Michael, erleichtert festgestellt, dass sämtliche Anwesen davor verwaist waren. Die Besitzer kamen, wie die Beradis, im Winter nur ab und zu hierher, um nach dem Rechten zu sehen. An diesem Wochenende war das Ostufer des Sees wie ausgestorben.

Tamara versperrte die Tür zum Bootshaus, wandte sich dem Wasser zu und schloss die Augen. Sie tat ein paar tiefe Atemzüge und lächelte versonnen. »Ich liebe diesen See«, meinte sie. Dann griff sie nach Michaels Hand und sie stapften über den lang gezogenen Garten zurück zum Haus. Dass Tamara in den Sommermonaten hier auf dem Rasen mit den Kindern tobte und sich abends mit Stefan ins Bett legte, in dem er heute Nacht schlafen sollte, knabberte an ihm.

Sie hatten eine gute Strategie gefunden, um Tamaras Familienleben außen vor zu lassen. Sie redeten nicht darüber. Und *wenn* sie über die Kinder oder Stefan sprachen, dann wie früher – als Freunde. Sie klinkten sich aus ihrer Beziehung aus und schlüpften in die alten Rollen der platonisch miteinander verbandelten Menschen. Das war leichter, als Michael es sich vorgestellt hatte.

Doch solche Situationen waren außergewöhnlich. Sie befanden sich außerhalb ihres geschützten Kokons seiner Wohnung, in dem sie sich sonst aufhielten. Seit die Affäre zwischen ihnen angefangen hatte, war Michael zu Stefan auf Distanz gegangen. Er nahm gewissenhaft seine Anrufe entgegen, übte sich in Small Talk und hielt ihn mit Ausflüchten hin, wenn es darum ging, sich zum Sport zu verabreden. Sowie er daran dachte, was für ein perfides Spiel er mit seinem Freund trieb, verknoteten sich seine Eingeweide und er kämpfte den Impuls, die Sache mit Tamara sofort zu beenden, mit aller Kraft nieder. Er musste ihn niederkämpfen, weil er sonst verlieren würde, was ihm am wichtigsten war: Tamara.

Diese Frau war alles, was er sich jemals erträumt hatte.

Je mehr Zeit sie miteinander verbrachten – in dieser neuen Konstellation –, desto sicherer war er sich, dass Tamara über kurz oder lang eine folgenschwere Entscheidung würde treffen müssen. Michael wusste, dass er seinen Freund verlieren würde.

Im Gegenzug dafür würde er jedoch das Leben gewinnen, das er sich für sich selbst vorgestellt hatte. Wenn er es genauer betrachtete, war er ein Egoist. Andere würden sagen, dass er über Leichen ging, um das zu bekommen, was er wollte.

Er hatte dennoch das Gefühl, dass es mehr war als nur der innere Antrieb, glücklich zu sein. Wie hoch war die Wahrscheinlichkeit, den Menschen zu finden, der zu einem passte und der einem lehrte, dass alles, was man bisher für Liebe gehalten hatte, nichts weiter war als eine Schablone, die man selbst über die Gegebenheiten gelegt hatte?

»Komm rein«, forderte sie ihn an der Haustür auf und streifte sich die Stiefel von den Füßen.

»Soll ich schon einmal das Gepäck reinholen?«, fragte Michael.

»Das Gepäck?« Verwundert drehte sich Tamara zu ihm um. »Ach so ... du meinst, wir bleiben hier?«

»Ähm ... ja.«

Sie lachte, kam auf ihn zu, legte ihm liebevoll die Hand auf seine Wange.

»Es ist viel zu kalt und ungemütlich, um im Haus zu übernachten. Ich habe uns ein Zimmer in einem kleinen Hotel, ein paar Kilometer entfernt von hier, reserviert.« Ihr Kuss war etwas zaghaft, ihre Finger waren kühl und zitterten leicht. Tamara war genauso aufgeregt wie er. Sie hatten eine weitere Grenze überschritten, indem sie die Wände seiner Wohnung verlassen und sich in die Welt hinausgetraut hatten. Jeden Augenblick könnte von draußen ein Motorengeräusch erklingen und einen aufmerksamen Nachbarn auf die Schwelle schicken.

»Frau Beradi, ich habe Licht gesehen und wollte wissen, ob alles in Ordnung ist. Ah ... Sie sind in Begleitung hier? Wie gehts dem Herrn Gemahl? Und was machen die Kinder?«

Wie dumm von ihm, davon auszugehen, dass sie die Nacht hier verbringen würden. Natürlich wollte Tamara ihn nicht auf dem Silbertablett präsentieren. Sie hatte mitgedacht und eine Übernachtungsmöglichkeit organisiert. Was für eine Erleichterung. Obwohl er bis eben davon ausgegangen war, dass sie sich hier gleich auf dem Sofa zusammenkuscheln und gegenseitig wärmen würden, hatte Michael es plötzlich eilig wegzukommen.

Tamara hörte auf, ihn zu küssen. Sie streckte ihren Rücken durch, hob den Kopf und schüttelte ihre Haare nach hinten. Ihr blanker Busen straffte sich und verschwand aufgrund ihrer schlanken Gesamtheit beinahe. Nur ihre spitzen Knospen stachen hervor. Sie ließ die Hände von seinen Wangen über den Hals hinabwandern, stoppte sie auf seiner Brust. Ihr Becken rutschte von seinem Bauch ein wenig abwärts. Seine Erregung hatte er kaum mehr im Griff. Die Vorfreude überlagerte seine Angst, erwischt zu werden.

Obwohl sie ihm versichert hatte, dass die Kinder in der Schule waren und Stefan einen Kongress in Zürich besuchte, hörte er die Familie durch die Villa trampeln. Er vernahm Tonys gluckerndes und Noras süffisantes Kichern. Stefans gönnerhaftes Lachen lauerte vor allem im oberen Stockwerk, in den sie ihn hinaufgeschmust hatte. Wahrscheinlich wäre es ihm mittlerweile sogar egal, wenn sie sich im Schlafzimmer befinden würden.

Aber Tamara hatte ihn wie selbstverständlich ins Gästezimmer geschoben, in dem sich nicht mehr befand als ein weißer Schrank und ein französisches Bett. Es roch nach frisch gewaschener Bettwäsche, sauber, unberührt, aber nicht so unpersönlich wie in dem Hotel, in dem sie in der Nähe des Sees abgetaucht waren.

Wenn sie beide miteinander verschmolzen, gab es ganz zu Beginn einen Augenblick, der sich – obwohl er nur kurz war – in drei Phasen aufsplittete. Die, in der Michael den feuchten Eingang an seiner empfindlichen Spitze fühlte. Dann die, die ihn zentimeterweise verschluckte und in der Tamara auf halbem Weg einen kurzen Moment lang innehielt. Ihre Augen waren geschlossen. Sie atmete flach und runzelte manchmal die Stirn, als ob sie etwas prüfte ... Den richtigen Winkel ...?

Irgendwie sah sie dabei aus, als würde sie sich anstrengen müssen, nicht zu schnell auf ihn herabzusinken. Kontrolle.

Ja, sie wollte die Kontrolle behalten und schließlich in Phase drei hinübergleiten ... die wichtigste, die alles entscheidende, wenn sie ihn aufnahm.

Es war bereits in jenem Moment, diesem Drittelaugenblick, absehbar, ob sie in den folgenden Minuten auf einen Höhepunkt zusteuerte oder nicht. Tamaras Art, sich hinzugeben, war so natürlich und speziell zugleich, dass Michael regelmäßig ein ehrfürchtiger Schauer durchlief. Er wusste, dass er mit ihrer Lust nicht viel zu tun hatte. Im Gegenteil. Mit jeder anderen Frau hätte er sich nutzlos gefühlt, so unerbittlich, wie sie in dieser Stellung die Zügel in der Hand hielt.

Er lag nur da, mit seiner Härte, und ließ sich einnehmen vom Körper dieser zauberhaften Frau, die genau wusste, was sie zu tun hatte.

Sie stöhnte. Ein Wimmern, das er nicht nur hörte, sondern auch in ihrem Gesicht ablesen konnte. Bevor er sie um ihre Trance beneiden konnte, wurde er von den Kontraktionen mitgerissen. Er hatte keine andere Wahl, als die Augen zu schließen. Obwohl er ihr so gern dabei zugesehen hätte, wie sie sich selbst mit fast leidender Miene immer weitertrieb. Das eigene Seufzen klang in seinen Ohren und vermischte sich mit ihrem Höhepunkt. Er hatte keine Chance, sich zurückzuhalten.

Nicht einmal drei Minuten hatten sie dafür gebraucht, um diesen Raum von einem ausdruckslosen Gästezimmer in eine Liebeshöhle zu verwandeln. Wenn Michael später nach Hause fuhr, würde Tamara das Bett frisch beziehen und das Fenster öffnen, damit der Geruch von Sex davonfliegen konnte.

Als er aus dem Badezimmer kam, lag Tamara noch immer auf den zerwühlten Laken. Ihre Füße ruhten auf der Matratze, die Beine waren angewinkelt und einen Tick zu weit gespreizt, als dass es ihn kaltgelassen hätte. Er ließ das Badetuch von seiner Hüfte gleiten. Es landete auf dem Teppich. Er griff nach ihren Knöcheln und zog sie an den unteren Bettrand, kniete nieder.

»Ich muss dir was sagen«, unterbrach sie sein Ansinnen. Seine Irritation hielt nicht lang an.

»Später …«, nuschelte er und ging mit seiner Zunge auf die Suche.

»Ich –«

»Das kann noch ein bisschen warten«, fiel er ihr ins Wort und arbeitete sich konzentriert von der Innenseite ihres Oberschenkels nach oben. Seine Finger gruben sich in die Haut, als hätte er vor, sie nie wieder loszulassen. Sein Mund war dafür umso sanfter. Umsichtig beinahe. Er wollte alles richtig machen, damit sie ihn noch einmal teilhaben ließ an dem, was er hervorrufen konnte.

»Ich bin schwanger«, sagte sie plötzlich. Sein Mund wurde steif, die Hände sanken auf das Laken, als hätten sich seine Muskeln in Götterspeise verwandelt. Er kniete zwischen ihren Schenkeln, er roch sie und zerfloss beinahe vor Begehren. Und Tamara lag nackt und geöffnet vor ihm. Nass, von dem, was eben noch passiert war zwischen ihnen. Sie sah ihn nicht an, sondern starrte an die Decke und schwieg.

»Was?« So einfallslos, wie es klang, war es nicht. Er war froh, überhaupt irgendetwas sagen zu können in dieser bizarren Situation. War das nicht ein Satz, den man am Küchentisch sagte, damit man danach die peinliche Stille mit einem Griff zur Kaffeetasse überbrücken konnte? Welche Reaktion war denn hier, vollkommen entblößt zwischen ihren Schenkeln, angemessen? Das kannte er weder aus einem Buch noch aus einem Film. Er hatte keinen Leitfaden zur Hand, an dem er sich durch diese Situation hangeln konnte.

»Ich bin schwanger, Mike«, wiederholte sie und klang dabei so kraftlos, dass es ihm ganz schummrig wurde.

Schwanger. Sie bekam ein Baby. Die Frage, die er sich stellte, wollte er nicht laut aussprechen und sie wusste doch, dass sie es ihm sagen musste. So verkrampft und beinahe starrsinnig, wie sie liegen blieb, ohne sich zu bedecken oder sonst irgendetwas am unpassenden Rahmen für so ein Gespräch zu ändern.

8

Der eisige Aprilwind schnitt Michael ins Gesicht. Seine dünne Jacke konnte kaum etwas gegen das Zittern ausrichten. Er hätte den dicken Parka anziehen sollen. Doch bis zum Café waren es nur drei Minuten Fußweg. Und er war der festen Überzeugung, dass er auch im Schianzug nicht weniger schlottern würde. Er konnte sich nicht daran erinnern, wann er jemals so aufgeregt gewesen war wie jetzt. Mit heute konnten weder sein Schulabschluss noch die Fahrprüfung mithalten. Nicht einmal, als er vom Tod seiner geliebten Oma erfuhr, hatte sich sein Körper so gesträubt.

Gern hätte er den Schritt verlangsamt, als das Gebäude mit dem Café in sein Sichtfeld rückte. Doch dann wäre er Gefahr gelaufen, mitten auf der Straße zu erfrieren. Noch nie im Frühling da gewesene Kälterekorde hatte er in den letzten Tagen im Radio vorausgesagt. Anni und er hatten Listen mit Tipps gegen die Kälte vorgetragen. Scherzhaft hatten sie die Hörer dazu angehalten, sich im Bett zu verbarrikadieren und den verspäteten Winter auszusperren. Langsam konnten sie beide wieder witzeln in ihren gemeinsamen Sendungen, ohne dass es einem von ihnen unangenehm war oder man darauf achten musste, nicht zu weit zu gehen. Michael hoffte, dass es irgendwann wieder so sein würde wie früher. Dass sich ein Schlagabtausch nicht anfühlte wie eine lächerliche Inszenierung.

Sie tasteten sich behutsam aneinander heran und versuchten, die Ebene der Kollegenschaft zu erreichen, bei der sie nicht permanent daran denken mussten, was sie dadurch hinter sich ließen. Er sprach wohl auch für Anni, wenn er behauptete, dass es purer Stress für einen Moderator war, wenn man eine ganze Sendung lang bloß eine Rolle spielte. Ein komödiantisches Theaterstück, das die Schauspieler von den eigenen Dramen ablenkte.

Erst gestern war er in eine Unterhaltung zwischen Anni und einer der Redaktionsassistentinnen geplatzt. Wie es schien, war seine Ex-Freundin frisch verliebt. Jedenfalls hörte er einen fremden Männernamen und sie errötete stark, als er die Kaffeeküche betrat. Das prompte Schweigen, das er mit seinem Eintreffen auslöste, war drückend. Das Mahlwerk der Kaffeemaschine brachte eine kurze Erlösung. Bis er aus der Küche verschwand, wurde der Gesprächsfaden nicht mehr aufgegriffen. Einen Moment lang dachte er darüber nach, auf Milch zu verzichten, nur um rascher fliehen zu können. Michael war sich sicher, dass das Thema nicht für seine Ohren bestimmt gewesen war.

Die Vermutung eines neuen Liebhabers in Annis Leben verunsicherte ihn. Sie machte weiter. Ohne ihn. Und das viel früher, als er es sich gedacht hatte. Wobei er das Zeitgefühl ohnehin komplett verloren hatte. Tage vergingen wie Minuten, Wochen zogen sich wie Jahre. Er wachte morgens mit einem riesigen Hunger auf und würgte beim ersten Löffel seiner Frühstücksflocken.

Sein komplettes Inneres war durcheinandergeraten und er hatte keine Ahnung, wie er sich davon erholen sollte. Wie viel einfacher wäre sein Leben, wenn er Anni hätte lieben können?

Oder wenn er sich nicht so sehr nach der Erfüllung sehnen würde, die er dachte zu verdienen?

Jetzt starrte er auf einen Scherbenhaufen, den er unmöglich wieder zusammensetzen konnte. Und als wäre das nicht schon genug, hatte Stefan auf dieses Treffen heute bestanden. »Lass uns ein Bier im *Up to Heaven* trinken«, meinte er am Telefon. Michaels Ausflüchten trotzte er, indem er darauf verwies, dass sie sich ewig nicht gesehen hätten. Und als er auch dem standhielt, schob Stefan ein »Ach, komm schon, ich könnte wirklich ein gutes Gespräch mit einem Freund vertragen« hinterher.

Michael wusste, was das zu bedeuten hatte. Er würde heute offiziell über Tamaras Schwangerschaft informiert werden. Das alles war ein riesengroßer Haufen Scheiße, in dem er gezwungen war, mit bloßen Händen nach den richtigen Worten zu wühlen.

Aus der Tür zum Lokal schob sich eine ältere Dame und musterte ihn. Der Moment des Erkennens zeichnete sich auf ihrem zerknitterten Gesicht ab, auf dem grelle Schminke schillerte. Immer wieder wurden Bilder von ihm in Magazinen und Tageszeitungen abgedruckt. Noch bevor sie ihn ansprechen konnte, drängte er sich an ihr vorbei ins Innere. Der Temperaturunterschied setzte sich auf seine Brust und zog ihm wie von selbst die Jacke aus. Sorgfältig schob er sie auf einen Kleiderbügel. Er bemühte sich darum, Zeit zu gewinnen.

Ein unsichtbarer Hemmschuh wollte ihn daran hindern, den Blick von der Garderobe abzuwenden und sich im Café nach Stefan umzusehen. Michael hatte absolut keinen Plan, wie er auf die ›überraschenden Neuigkeiten‹ reagieren sollte. Natürlich war das auch nicht unerheblich davon abhängig, wie sein Freund selbst die Schwangerschaft aufnahm. Obwohl er diesbezüglich schon einen Verdacht hatte.

So oder so, über allem, was hier heute gesprochen wurde, flog ein Flugzeug mit angehängtem Werbeplakat, auf dem prangte: »Vielleicht bist du ja gar nicht der Vater.« Niemals würde er diesen Satz aussprechen. Aber der Gedanke würde sich über jedes Wort stülpen.

»Hallo, Mike!« Erschrocken fuhr Michael zusammen. Stefan klopfte ihm auf die Schulter und zog ihn in eine angedeutete Männerumarmung.

»Hi«, erwiderte er den Gruß. »Ich dachte, du wärst schon da.«

»Ich stand im Stau. Der Verkehr ist grauenvoll. Du hättest deinen Zuhörern nicht dazu raten sollen, sich bei diesen Temperaturen ins Bett zu kuscheln. Es sieht so aus, als wäre heute die gesamte Stadt auf dem Weg nach Hause.« Stefans Lachen vermischte sich mit seinem immer leicht gebräunten Teint. Er war mit seinen 47 Jahren ein attraktiver Mann. Die Falten fügten sich mit seinen Grübchen zu einem lebhaften Gesicht zusammen. Vor ein paar Jahren hatte er sich noch über seine etwas zu groß geratene Nase beschwert. Doch mittlerweile trug er auch sie mit einer – aufgrund seines Alters – liebenswerten Arroganz.

Michael war der Meinung, dass die meisten Männer gegen Ende dreißig Frieden mit ihrem Aussehen schlossen und die Unzulänglichkeiten mit ihrer Selbstsicherheit überstrahlten, was wiederum eine enorme Anziehungskraft auf Frauen ausübte.

Er bemerkte, wie sie beide von den weiblichen Gästen gemustert wurden, als sie sich einen freien Tisch im hinteren Teil des Gastraumes suchten. Die mit Polstern bespannte Eckbank war fleckig. Das und der eigenartige Geruch nach altem Frittierfett, der seit dem letzten Pächter in den Wänden hing, nahmen dem als It-Lokal propagierten *Up to Heaven* einiges von seiner Eleganz.

Michael kam dennoch regelmäßig her. Es lag günstig in der Nähe seiner Wohnung und war für seine Freunde gut erreichbar. Außerdem konnte man in der Seitenstraße gratis parken und notfalls das Auto stehen lassen, wenn es ein Gelage wurde.

Früher hatte er regelmäßig im *Up to Heaven* gefrühstückt, doch irgendwann war ihm das zu langweilig geworden. Morgens sah man hier die immer gleichen Gesichter: wenige, die einen Kaffee hinunterstürzten und danach zur Arbeit hetzten. Viele Senioren, die sich trafen, um den neuen geschenkten Tag zu eröffnen. Und einige, die keine Aufgabe hatten, was sie zum Aufgeben gebracht hatte. Sie saßen bereits vor neun über ein Bier oder einen Wein gebeugt am Tisch und sinnierten. Vielleicht dachten sie auch an nichts. Michael wusste es nicht. Irgendwann deprimierte ihn dieser Anblick so sehr, dass er begann, zu Hause zu frühstücken.

»Na, wie läufts?«, griff Stefan ein unverfängliches Gespräch auf, als sie ihr Bier vor sich stehen hatten.

Wenn ich jetzt einfach drauflosrede und alles erzähle, was mir einfällt, dann kommen wir vielleicht nicht mehr dazu, uns über Tamara zu unterhalten, dachte Michael. *Ich bin Moderator. Es ist mein Job zu quasseln.*

Aber er würde damit nur hinauszögern, was ohnehin unvermeidbar war. Stefan hatte aus guten Gründen auf dem Treffen bestanden. Michael war ihm so massiv in den Rücken gefallen, dass es ihm nicht zustand, sich vor diesem Gespräch zu drücken. Das Zugeständnis würde die Freundschaft nicht kitten und überhaupt nichts ausgleichen, aber es wäre eine Schaufel Erde weniger, die er in das Grab dieser Bruderschaft kippte. Allein der Gedanke daran, dass Stefan Tamaras Namen aussprechen würde, versetzte ihm einen Hieb. Wenn diese Unterhaltung auch noch in Richtung Nachwuchs ging, war er nicht sicher, ob er sich würde aufrecht halten können. Der große Zusammenbruch zwischen ihren Beinen im Gästezimmer der Beradis hatte nicht stattgefunden. Stattdessen durchlebte er täglich kleinere, die ganz leicht in einen massiven Absturz gipfeln konnten. Schließlich war Michael seit mittlerweile vier Wochen mit dieser unerträglichen Situation konfrontiert und es war keine Besserung in Sicht.

Den Kontakt zu Tamara hatte er zuerst abgebrochen. Aus irgendeinem Grund wartete er darauf, dass sie auf ihn zukam. Dass sie ihm alles erklärte, was er wissen musste. Er wollte, dass sie einen Plan hatte, der sich im Idealfall mit seinem deckte. Vier Tage meldete er sich nicht, bis er es nicht mehr länger aushielt und ihr eine SMS schrieb, in der er *die Frage* stellte.

Binnen weniger Minuten antwortete sie: ›Stefan ist der Vater.‹

Mit diesen Worten entriss sie ihm den Boden, auf dem er gedanklich seine Zukunft aufgebaut hatte. Denn bis zu diesem Zeitpunkt war er lediglich der Meinung gewesen, dass das alles schwierig werden würde.

Die Kinder würden unter der Trennung ihrer Eltern leiden. Allen voran der kleine Tony bewunderte seinen Vater und würde ›Onkel Mike‹ niemals als einen Nachfolger an Tamaras Seite akzeptieren. Über Nora wollte er gar nicht erst nachdenken. Sie war in einem schwierigen Alter und ihre Schwärmerei für den Familienzerstörer würde sich in Hass umwandeln. Man konnte gar nicht absehen, welche Folgen diese toxische Kombination hätte. Mit ihr unter einem Dach zu wohnen, war eine schier unmögliche Vorstellung.

Und doch fühlte es sich ganz selbstverständlich an, dass Tamara und er durch das gemeinsame Baby ein Paar werden würden. Er wollte sein Kind aufwachsen sehen, jeden Tag. Er wollte es um sich haben, ihm die Windeln wechseln, es in den Schlaf singen und sich abends neben seine große Liebe ins Bett kuscheln.

Der Schock über die Schwangerschaft wich also bald der Gewissheit, dass sie beide ab sofort nur noch wenige Monate Zeit hatten, um ihren gesamten Alltag umzukrempeln. Die Freundschaft zu Stefan wäre für immer verloren. Das war der Preis für die Liebe. Im Leben wurde einem nichts geschenkt. Ehrlicherweise hätte ihn sein schlechtes Gewissen Stefan gegenüber ohnehin nie wieder losgelassen. Ab dem Zeitpunkt, in dem er Tamara als *die eine Frau* in sein Leben gelassen hatte, war alles rund um diesen belebenden Quell nur noch vertrocknete Steppe. Er war sich sicher: Ihre Schwangerschaft hatte nur beschleunigt, was vorgegeben war. Zumindest redete er sich das ein, bis ihre Nachricht gegen seine Pläne krachte.

Stefan ist der Vater.

Er konnte das nicht glauben. Natürlich war ihm diese Möglichkeit in den Sinn gekommen. Sonst hätte er ihr wohl kaum die Frage danach gestellt. Aber erwartet hatte er etwas anderes. Für ihn war es klar gewesen, dass dieses Kind von ihm sein musste. Tamara und er hatten sich zu einem Gesamtwerk vereint, als sie sich damals nach dem Abendessen an der Tür berührt hatten. Für ihn war danach kein Platz mehr für etwas oder jemand anderen, der sich dazuzwängte.

»Es wird Zeit, dass es wieder wärmer wird. Dabei haben wir doch längst Frühling.« Stefan schwenkte das Bierglas, hob es an und leerte den Rest. Der Kellner brachte prompt ein frisches. Michael schwieg. Er spürte, wie sie sich dem eigentlichen Grund des Treffens annäherten.

Stefan war nicht der Typ, der die Fakten roh auf den Tisch knallte und nach Lösungen verlangte. Er pirschte sich an und hüllte das Thema in eine Metapher. »Im Frühling blüht alles auf. Man riecht das Leben und man kann der Welt beim Wachsen zusehen. Der Frühling ist meine liebste Jahreszeit.«

Nervös wippte Michael mit dem Bein unter dem Tisch. Wenn er nicht auf den Punkt kam, musste er eingreifen. Weglaufen oder einen Schlaganfall vortäuschen, die Möglichkeiten waren endlos.

»Auch bei uns daheim gedeiht was.« Jetzt. Automatisch räusperte sich Michael. Er würde etwas sagen müssen. Aber Stefan fuhrt unbeirrt fort. »Tamara ist schwanger.«

Oh Gott.

»Wirklich?« Wieder räusperte Michael sich. Die Stimmbänder waren verklebt und alles in ihm vibrierte. Sein Nacken verspannte sich so sehr, dass ihm schwindlig wurde.

»Ja, stell dir vor. Ich alter Depp werde noch einmal Vater«, stöhnte Stefan mit einem verunglückten Grinsen im verlebten Gesicht.

»Da gratuliere ich euch«, stammelte Michael. Den Satz hatte er nicht vorbereitet, er kam ganz automatisch. Er hatte ihn schon unzählige Male im Beisein irgendeines glücklichen Kumpels ausgesprochen. Genauso ungeplant klopfte er Stefan auf die Schulter und rang um Fassung.

Wenn er versuchte auszublenden, dass er mit Tamaras Ehemann am Tisch saß, könnte er vielleicht so tun, als wäre es eine ganz normale Unterhaltung. Er hoffte es.

»Danke«, erwiderte Stefan. Seine Miene wurde leidend. »Ich will das aber gar nicht mehr. Verstehst du?«

»Was? Nein …«

»Na, überleg mal. Wir haben bereits zwei Kinder. Nora ist schon fast erwachsen und Tony ist aus dem Gröbsten heraus. Tami und ich hatten mit diesem Thema abgeschlossen. Sie ist über vierzig, eine Spätgebärende. Bei jeder Untersuchung durch den Frauenarzt wird sie darauf hingewiesen, welchem Risiko wir ausgesetzt sind. Zu Hause liegen Broschüren über mögliche Behinderungen und die Wichtigkeit von Fruchtwasseruntersuchungen. Alles dreht sich um Krankheit und Gefahr. Davon abgesehen bin *ich* alt. Unser Leben ist gut, so wie es ist.«

»Habt ihr denn keine Vorkehrungen getroffen?«, fragte Michael. Es war ihm unmöglich, Stefan in die Augen zu sehen.

»Doch«, druckste er herum. »Also, na ja.«

Interessiert hob Michael den Blick. Tamara und er hatten nie über ihr Eheleben gesprochen, geschweige denn über die Körperlichkeiten, die darin ausgetauscht wurden. Er hatte es einfach ausgeblendet und redete sich in seiner Naivität ein, dass zwischen ihnen gar nichts mehr lief, seit Tamara und er zusammen waren.

»Tami hat sich kurz nach Tonys Geburt eine Spirale einsetzen lassen. Die wurde irgendwann entfernt und sie hat von mir verlangt, dass ich eine Vasektomie durchführen lasse. Ich weiß nicht, aber irgendwie hat mir der Gedanke, dass da an mir herumgeschnitten wird, nicht gefallen. Jedenfalls habe ich es immer weiter hinausgeschoben und wir haben eben aufgepasst. Nicht gut genug, wie es aussieht.«

»Aha.« Michael fiel nichts dazu ein. Er war wie selbstverständlich davon ausgegangen, dass sich Tamara um eine sichere Art der Verhütung kümmerte. Daher war er auch so geschockt gewesen, als sie ihm erklärte, dass sie schwanger war. Ab dann glaubte er an ein Versagen des Mittels, was ja immer mal passieren konnte. Aber dass sie gar keine Vorkehrungen getroffen hatte, wunderte ihn nun doch. Er wusste nicht, wie oft er mit ihr geschlafen hatte. Aber er war sich sicher, dass sie ihn nie gebeten hatte aufzupassen. Auch auf ihren Zyklus schien sie bei ihren Treffen keine Rücksicht genommen zu haben. Sie hatte im Bewusstsein, jederzeit schwanger werden zu können, über Wochen mit zwei Männern geschlafen.

In Michael verrutschte das Bild, das er von Tamara hatte. Er konnte nicht glauben, dass sie sich derart verantwortungslos verhielt. Obwohl – war er etwa besser? Kein einziges Mal hatte er sie danach gefragt, ob er ein Kondom verwenden sollte. Er hatte dieses Thema an sie abgetreten und durfte sich nun nicht wundern, dass sie damit selbstbestimmt umgegangen war. Scham kroch in ihm hoch.

»Ja, und nun haben wir den Salat. Sie ist schwanger und will es bekommen. Ich nicht.«

»Wie meinst du das?«

»Ich habe ihr dazu geraten, es wegmachen zu lassen«, erklärte Stefan und zuckte mit den Schultern. »Versteh mich nicht falsch, ich bin kein Mensch, der nicht zu seinen Fehlern steht. Aber hier hängt so viel dran, dass ich es ganz einfach als die einzige sinnvolle Lösung sehe. Denkst du wirklich, dass wir noch glücklich werden, wenn wir jetzt noch einmal von vorne anfangen?

Das Leben mit einem Baby besteht nur aus Windelwechsel und schlaflosen Nächten. Ich will das ganz einfach nicht mehr. Meine Ziele gehen langsam in Richtung Ruhestand. Ich sah Tami und mich auf dem Boot über den See schippern und Unmengen an teurem Wein kippen. Das Leben ist kurz, mein Freund. Und mit Kindern noch viel kürzer. Tonys achtzehnter Geburtstag ist mein Stichtag. Dann zahle ich mir den Bonus im Diagnostikzentrum aus und verlasse – noch jung genug, um zu leben – mit wehenden Haaren das Labor und gehe nie wieder zurück. Du meinst doch nicht, dass ich so hart arbeite, weil ich ein karrieregeiler Bock bin? Nein, ich hatte einen Plan. Jetzt reinhauen und genießen und später, aber nicht zu spät, noch mehr genießen. Dieses Kind passt nicht in diese Vorstellung.«

Michael schwirrte der Kopf. War es möglich, dass man anhand von Zukunftsvisionen berechtigt war, über Leben und Tod zu entscheiden?

Stefans Worte jagten ihm Angst ein. Ihm wurde kalt, wenn er daran dachte, wie gefühllos und doch logisch das, was er von sich gab, klang. Aber offenbar waren er und Tamara sich uneinig. Sie wollte scheinbar das Kind.

»Was sagt Tamara dazu?«, erkundigte er sich also und erhoffte sich, mehr über ihre derzeitigen Gefühle zu erfahren. Ihm gegenüber verbarg sie ihre Gedanken wie hinter einem schweren Bühnenvorhang. »Ich brauche jetzt Zeit für mich«, hatte sie geschrieben, als er nicht müde wurde, sich um Kontakt zu bemühen.

»Sie will das Kind und macht dicht. Du kennst sie ja … Tamara hat ihren eigenen Kopf und lässt sich gar nicht erst auf ein vernünftiges Gespräch ein. Aber so richtig wohl ist ihr auch nicht bei dieser ganzen Sache. Seit diese Schwangerschaft im Raum steht, ist sie traurig.«

»Traurig?«

»Ja. Sie wirkt niedergeschlagen und lässt mich nicht an sich heran. Ich habe es akzeptiert. Dieses Kind wird kommen. Aber ich musste mir das von der Seele reden. Danke, mein Freund.« Er klopfte Michael auf den Rücken.

9

Michael umklammerte sein Telefon, als wäre es der letzte rettende Strohhalm. Er hatte Tamara eine Nachricht geschickt, dass er sie sehen musste, und wartete seit einer Stunde auf eine Antwort von ihr. Sie hatte sie gelesen, aber bisher war sie still geblieben. Seine Gedanken kreisten um das gestrige Gespräch mit Stefan. Abtreibung, Leben, Ziele, Windeln ... Er hatte kaum die Kraft durchzuatmen.

Behäbig kletterte er aus dem Bett und schleppte sich auf die Toilette. Zum Glück war heute sein freier Tag. Sonst hätte er sich wahrscheinlich krankmelden müssen, denn er fühlte sich, als wäre er die ganze Nacht lang auf der Autobahn gelegen und hätte sich von unzähligen Fahrzeugen überfahren lassen. Er betätigte die Spülung und wusch sich die Hände, da klingelte es plötzlich an der Tür. Er öffnete.

»Hallo«, flüsterte sie. In ihm stürzte alles ein, was bis jetzt wackelig standgehalten hatte. Sie sah blass und mitgenommen aus, aber sie war wunderschön. »Die Kinder sind in der Schule. Als ich deine Nachricht gelesen habe, dachte ich, ich komme vorbei. Störe ich?«

»Nein«, sagte er und zog sie in seine Arme. Sie ließ sich in seine Umarmung fallen und drängte ihren Körper an seinen Bauch. Er sog den Zitrusduft ihres Parfums ein und schloss die Augen.

Der Tee, den er im Schrank gefunden hatte, roch wie eine ganze Kerzenfabrik. Salbei mit Honig. Er wusste gar nicht, dass er den daheim hatte. Wahrscheinlich war der Tee ein Überbleibsel von Anni, die immer wieder gegen heftige Halsentzündungen kämpfte. Ein zermürbender Umstand als Moderatorin. Man musste sich auf die Stimme verlassen können.

Er stellte den Becher mit dem dampfenden Tee vor Tamara auf dem Tisch ab und blickte sie erwartungsvoll an. Sie schnupperte an der Wolke, die hochstieg, und verzog das Gesicht. Dann brachen sie beide in Gelächter aus. Eine willkommene Auflockerung, die Michael am liebsten umarmt hätte. Er setzte sich auf den Couchhocker ihr gegenüber und faltete die Hände in seinem Schoß.

»Ich habe mich mit Stefan getroffen«, gestand er.

»Das hat er mir erzählt«, gab sie ruhig zurück.

»Er ist überfordert. Und ich bin es auch. Warum hast du mir nicht gesagt, dass du nicht verhütest?«, brach es aus ihm heraus. Und er musste sich zusammennehmen, damit er ihr nicht einen Vorwurf nach dem nächsten an den Kopf knallte. ›Es war alles so schön zwischen uns. Wir hätten irgendwann den Absprung geschafft in ein Leben, das wir beide verdienen. Eines, in dem wir miteinander alt werden und glücklich sein können.‹ Er wollte alles sagen und noch mehr wissen, aber er biss sich auf die Zunge.

»Ich habe nicht *nicht* verhütet.« Tamara räusperte sich. »Ich habe bloß einmal vergessen, das Diaphragma einzusetzen. Daher weiß ich auch so sicher, dass du nicht der Vater sein kannst.«

»Oh.« Der letzte Funken Hoffnung, dass doch er der Vater dieses Kindes sein könnte, erlosch damit endgültig. Michael spürte, wie sich die Tränen in seinen Augen sammelten.

»Aber Stefan hat mir erzählt, ihr würdet nur aufpassen«, meinte er, als würde er darum flehen, dass sie ihn anlog.

»Ich habe ihn gebeten, eine endgültige Lösung durchführen zu lassen. Aber er hat es immer wieder nach hinten verschoben. Wenn ich ihm erzählt hätte, dass ich mich auch weiterhin darum kümmere, hätte er es endgültig abgehakt. Daher habe ich ihm gesagt, dass wir aufpassen müssen. An diesem einen Tag, als es passiert ist, war es anders. Ich habe im Eifer einfach vergessen, es einzusetzen.«

Im Eifer. Der Schlag saß. Er konnte das Bild von Tamara und Stefan beim besten Willen nicht verdrängen und noch viel weniger konnte er den Gedanken daran aushalten.

Die Vorstellung, wie sich Tamara einem anderen Mann, selbst *ihrem Ehemann*, hingab, raubte ihm den Atem. Michael schüttelte den Kopf.

»Es tut mir leid«, flüsterte Tamara, als könnte sie seine Gedanken lesen. »Du darfst nicht denken, dass wir sehr aktiv sind. Im Gegenteil. Stefan und ich sind seit zwanzig Jahren zusammen. Das hat nichts mit Leidenschaft und Ekstase zu tun. Aber es gehört nun mal dazu«, rechtfertigte sie sich und senkte den Blick.

»Bitte, hör auf«, gab er schwach zurück. »Ich will nicht darüber sprechen. Seit das mit uns angefangen hat, habe ich es mehr oder weniger erfolgreich verdrängt. Ich dachte, dass ohnehin nichts dem nahekommen kann, was wir beide haben. Für mich war das alles wie von einer anderen Welt.«

»Das ist es doch auch. Ich empfinde das genauso.«

»Dass du nun ein Kind von Stefan bekommst, lässt sich aber nicht ausblenden.«

»Natürlich. Das verstehe ich.« Eine einzelne Träne rann über ihre Wange. Michael hätte sie gern weggewischt, aber er war wie erstarrt, und sie fiel lautlos auf den Teppichboden unter ihren Füßen.

»Und du willst das Kind wirklich behalten?«, fragte er vorsichtig. Wenn nicht, haben wir noch eine Chance, dachte er weiter.

»Ja … Es steht weder Stefan noch mir zu, eine andere Entscheidung zu treffen, bloß weil es unbequem ist. Ich weiß, dass er nicht glücklich ist mit dieser neuen Situation. Aber er wird sich damit arrangieren.« Sie atmete durch. »Und ich mich auch.«

»Aber …« Michael suchte nach den richtigen Worten. »Was wird aus uns?«

»Stefan hat die Sorge, dass ich nicht mehr fotografiere, wenn das Kind erst da ist.« Tamara lachte verbittert auf. »Er nimmt das, was er ohnehin immer nur belächelt hat, als Vorwand, um die Entscheidung für dieses Kind schlechtzureden.«

»Ich denke, das ist nur ein verzweifelter Versuch, dich zum Umdenken zu bewegen«, schlussfolgerte Michael. Ihr Kopf lag auf seiner Schulter und er ließ die Fingerspitzen über ihren nackten Oberarm wandern. »Wann kommt das Baby?«

Wie viel Zeit habe ich noch mit dir? Was passiert dann mit uns? Die Fragen hämmerten in seinem Kopf.

»Es wird ein Winterbaby.«

Bis zur kalten Jahreszeit konnte sich so viel ändern. Noch mehr als ohnehin schon. Tamaras Körper war weicher. Er fühlte sich weiter entfernt an, selbst wenn er in ihn eindrang, und schmiegte sich gleichzeitig noch zärtlicher um ihn. Ihre Figur verriet nicht, dass sie ein Kind erwartete. Aber das würde sich rasch ändern. Irgendwann würde ihm die Tatsache ins Gesicht springen. Michael hatte keine Ahnung, ob er dann noch mit ihr schlafen konnte; ob das erst die Wahrheit in sein Bewusstsein rückte. Er fühlte sich wie ein Gefangener in einem schlechten Traum und rechnete immer noch damit, jeden Moment aufzuwachen.

»Ich liebe dich«, hauchte Tamara. Ihr Atem streichelte über seine Brust. »Du bist alles, was ich mir jemals erträumt habe.«

»Ich liebe dich auch«, erwiderte er. In seiner Kehle fühlte er einen Kloß. Die Augen brannten angesichts der verpassten Chance auf ein gemeinsames Leben. Die Tatsache, dass sie wie selbstverständlich in seinem Arm lag und er sie mit jedem Tag mehr verlieren würde, machte ihm zu schaffen.

Er rückte ein wenig von ihr ab, stemmte sich auf den Ellenbogen und beugte sich über sie. Sie hielt seinem Blick stand und dann küssten sie sich. Seine Hand streichelte ihr eine Haarsträhne aus der Stirn. Das Haar, das bei der Geburt des Kindes in ihrem verschwitzten Gesicht kleben würde. Sie würde unter den Schmerzen schreien, aber er konnte nicht da sein, um ihr beizustehen. Der Gedanke daran, wie er sie aufgeben musste, brachte ihn fast um.

Aus einem unerfindlichen Egoismus heraus beschloss er, sie so lange festzuhalten, wie sie ihn ließ. Und erst, wenn die Zeit gekommen war, dass sie ihn wegstieß, würde er sich einen

Schlachtplan zurechtlegen, wie er mit dieser bevorstehenden Krise umging. Vielleicht wurde alles ganz anders, als er es jetzt erwartete.

Vielleicht waren es nur ein paar Wochen, die sie weniger voneinander nehmen konnten, bis sich das Leben mit dem Baby eingespielt hatte. Vielleicht würde sie dann erst recht auf ihren Freiräumen beharren und noch mehr Zeit mit ihm verbringen. Vielleicht wurde ihr bewusst, dass ein Kind allein kein Kleber für eine Ehe war, und würde sich trotz allem von Stefan trennen. So sehr, wie Michael sie liebte, würde sie offene Türen bei ihm einlaufen. Auch mit drei Kindern von einem anderen Mann im Gepäck.

Er musste nur Geduld haben und die Zeit bis zur Geburt aussitzen, dann würden sich neue Chancen auftun, um ihr zu beweisen, dass die Beziehung zwischen ihnen etwas Besonderes war. Er sah der kommenden Zeit angstvoll entgegen, aber er wollte da sein. In jedem Moment und vor allem dann, wenn Tamara bereit dazu war. Dieses Kind würde den vorgezeichneten Weg nur ein wenig verlängern. Tamara und er gehörten zusammen und dessen wurde er sich mit einem jeden Kuss und einer jeden Berührung sicherer.

Das endlose Warten auf eine Information machte ihn fertig. Er hatte aus irgendeinem Grund angenommen, dass Tamara ihm Bescheid geben würde, wenn die Wehen einsetzten. Stefans Anruf riss ihn jäh aus dieser Vorstellung. »Ich bin auf dem Weg ins Krankenhaus. Tami ist schon im Kreißsaal. Es geht los.« Die

Freisprecheinrichtung seines Wagens katapultierte den Fahrtlärm in die Leitung. In der Luft lag eine gewisse Hektik.

Warum auch immer hatten alle, einschließlich Michael, damit gerechnet, das Kind würde nachts kommen. Stefan war also am frühen Morgen zu einem Auswärtstermin nach Bayern aufgebrochen und erhielt auf halber Strecke den Anruf von Tamara, der Krankenwagen wäre in wenigen Minuten da. Nora sagte angesichts der Ausnahmesituation »gnädigerweise« ihr Treffen mit den Freundinnen im Einkaufszentrum ab, um auf ihren kleinen Bruder aufzupassen. Jedoch nur unter Protest.

Stefans Erzählung klang betont amüsiert, Michael hörte aber die Angst und Aufregung heraus. Durch die Geburt des Kindes würde sich alles ändern. Tamara hatte sich bei ihm einmal darüber beschwert, dass zu Hause noch gar nichts vorbereitet war. Das Zimmer des Babys stand leer, die Wände waren kalkweiß. Nur ein Gitterbett, an dessen Stäben noch die Transportfolie klebte, war in die Mitte des Raumes geschoben worden. Er hatte darauf nichts erwidert. Den Schmerz, den der Stich in der Brust verursachte, überspielte er mit einem Schulterzucken.

Am liebsten hätte er geschrien, mit ihm wäre alles anders. Dass er die vergangenen Wochen gedanklich Farbe für das Kinderzimmer ausgesucht und es gestrichen hatte. Dass er die Figuren, die seine Schwester und er früher mit Kreide auf den Boden in der Einfahrt gekritzelt hatten, an die Wand gezeichnet und sich immer und immer wieder den Moment ausgemalt hatte, wenn er mit seinem Kind auf dem Arm aus dem Krankenhaus nach Hause kam. Es war kaum zu ertragen, wie sich Tamara in den letzten Wochen zu einer hochschwangeren Frau geformt hatte, die von innen heraus strahlte wie eine Sonne.

Und dann die Erinnerung daran, dass er im Leben dieses Babys keine bedeutende Rolle spielen würde. Sie hatten sich nicht sagen lassen, ob es ein Junge oder ein Mädchen war. Tamara wollte sich überraschen lassen und Stefan nahm dies wahrscheinlich als Vorwand, um nicht allzu viel Kraft in die Besorgung der Erstausstattung zu investieren. »Das sehen wir dann, wenn es mal da ist. Heutzutage kriegt man alles, was man braucht, per Overnight-Express«, hatte er ihre Befürchtungen abgewehrt.

Es war schwierig, die Gratwanderung zwischen Für-sie-da-Sein und Raushalten zu bestehen. Denn Michael musste sich bei Tamaras Beschwerden über ihren Mann jedes Mal auf die Zunge beißen. Es waren böse Worte, die aus ihm herausdrängten, die aus einer tiefen Kränkung rührten.

Stefan und er hatten in den letzten Monaten nur losen Kontakt gehalten. Um ihn nicht andauernd vertrösten zu müssen, hatte Michael im Sommer kurzerhand behauptet, ein paar Wochen in einer Ferienwohnung am Gardasee zu verbringen.

Er hatte tatsächlich so viel Urlaub angesammelt, dass er sich über vier Wochen in seiner Wohnung verbarrikadierte und nur vor die Tür ging, wenn der Kühlschrank leer war. Er saß in seinem Wohnzimmer, und, sofern es warm genug war – der Sommer zeigte sich nach dem Rekordwinter unleidlich –, auch auf dem Balkon. Er las Bücher, löste Sudoku-Aufgaben auf seinem Tablet und starrte in den Garten.

Die Einsamkeit tat ihm nicht gut, aber die Vorstellung, Stefan in die Augen sehen zu müssen, war schlimmer. Tamara besuchte ihn unregelmäßig. Die Kinder hatten Ferien und sie waren darauf angewiesen, dass sich beide gleichzeitig einer altersgerechten Freizeitaktivität hingaben, sodass ihre Mutter unauffällig ein paar Stunden bei ihm verbringen konnte.

Aussitzen. Das war Michaels Motto und er klammerte sich an die Hoffnung, dass sich alles wieder normalisierte, wenn das Kind erst da war.

Endlich ein Anruf. Und ein Informationsschwall, den Michael nicht so schnell verarbeiten konnte, wie er auf ihn einströmte.

Enormer Blutverlust, Ohnmacht, hektische Anweisungen der Ärzte, keine Vitalzeichen.

»Sie können noch nicht sagen, ob die Kleine es schafft.« Täuschte Michael sich oder war der Satz getragen von einer Hoffnung?

»Ein Mädchen?«

»Ja. Ein Mädchen.« Stefan klang erschöpft. Er telefonierte wahrscheinlich von einem der tristen Wartezimmer im Krankenhaus. Das Bild von ihm, wie er verloren auf einem unbequemen Plastikstuhl saß, der sich unter dem Gewicht eines erwachsenen Mannes bog, schob sich vor Michaels geistiges Auge.

»Wie geht es Tamara jetzt?« Für einen Notkaiserschnitt war es zu spät gewesen, als die Ärzte feststellten, dass die Geburt einem Massaker gleichen würde. Sie musste das Kind auf natürlichem Weg zur Welt bringen und hatte dabei eine Menge Blut verloren. Laut Stefans Beschreibung hatten sie ihr das Baby eher aus dem Bauch getreten. Denn Tamara war zu dem Zeitpunkt schon fast nicht mehr bei sich.

Aber zusammengebrochen war sie erst, als sie mitbekam, dass mit dem Kind etwas nicht stimmte.

»Sie schläft jetzt. Ich habe, ehrlich gesagt, keine Ahnung. Die Ärzte lassen mich nicht zu ihr.« Michael sollte seinem Freund anbieten, später vorbeizukommen. Es war bereits früher Abend und das Krankenhauspersonal würde ihn bestimmt bald nach Hause schicken. Er hatte Redebedarf, brauchte jemanden, dem er von den einschneidenden letzten Stunden bei einem Glas Wein berichten konnte. Doch Michael brachte es nicht über sich.

»Ich weiß überhaupt nichts mehr, Mike. Das ist ganz anders gelaufen als geplant. Ich wusste schon, warum ich das alles nicht mehr will. Jetzt stehen wir vor einem riesigen Haufen Scheiße. Was, wenn Tami irgendwelche Folgeprobleme hat? Wer weiß schon, wie lange sie braucht, um sich davon zu erholen. Man sagt mir ja noch nicht mal, was sie überhaupt genau hat. Irgendwas mit Plazenta und Blutungen. Ja – aber was bedeutet das denn nun?« Stefans Ton schwoll an. Er war wütend oder eher verzweifelt. Und Michael hatte keinen blassen Schimmer, wie er ihm helfen konnte.

Seine Gedanken kreisten um Tamara, die nun allein in einem Krankenbett lag. Sediert oder einfach nur erschöpft. Am liebsten hätte er sich ins Auto gesetzt und wäre zum Krankenhaus gefahren. Schon den ganzen Tag über hatte er immer wieder mit diesem Gedanken gespielt. Aber er wäre doch nur ein Zaungast gewesen. Seine Anwesenheit hätte Fragen aufgeworfen. Und vor allem hätte er Tamara einer unvorstellbaren Situation ausgesetzt. Der Liebhaber, der sich von draußen die Geburt anschaut. Niemals könnte er ihr das antun.

Trotzdem wäre er nie lieber bei ihr gewesen als in diesen schwierigen Stunden. Allein dieser innere Konflikt führte ihm deutlich vor Augen, in welche ausweglose Lage sie sich mit ihrer Beziehung manövriert hatten. Er wollte wissen, ob sie an ihn gedacht hatte. Heute. An dem Tag, an dem sie ein Kind geboren hatte. Er hätte da sein sollen, um sie aufzufangen, als sie zusammengebrochen war. Hatte Stefan das gemacht? Oder hatte er sich auf seine neugeborene Tochter konzentriert? So gern hätte Michael alle seine Fragen gestellt. Aber das ging nicht.

»Es wird alles gut«, versuchte er Stefan zu beruhigen. »Fahr nach Hause zu deinen Kindern. Und morgen können sie dir bestimmt schon mehr sagen.«

»Ja, du hast recht.«

»Und halte mich auf dem Laufenden.«

»Natürlich. Bis dann.« In der Leitung wurde es still. Stefan hatte aufgelegt. Michael fiel ein, dass er ihn nicht einmal nach dem Namen des Babys gefragt hatte. Tamara hatte anklingen lassen, dass sie sich nicht entscheiden konnten. Waren sie sich einig geworden?

10

Das Zellophan rund um den Blumenstrauß raschelte, als Michael damit die Schultern der Menschen im Aufzug streifte. Orangefarbene Gerbera und blassrosa Rosen verbunden zu einem Strauß, der ihm trotz seiner stattlichen Größe mickrig vorkam.

Der Aufzug öffnete sich auf dem Weg in die siebte Etage in jedem einzelnen Stockwerk. Egal, ob jemand ausstieg oder nicht. Die Türen glitten auf und nach einer gefühlten Ewigkeit wieder zu. Die Ungeduld, die ihn seit dem Aufwachen nicht losließ, verwandelte sich langsam in etwas Reißerisches. Er stieg von einem Fuß auf den anderen, drückte hektisch auf dem Türen-Schließen-Knopf herum, was rein gar nichts bewirkte außer einem tadelnden Blick einer Mitfahrerin.

Je höher sie fuhren, desto schwerer wog der eben noch federleichte Blumenstrauß. Er konnte ihn kaum mehr halten, hätte ihn am liebsten in die Ecke des Fahrstuhls gepfeffert, als endlich ein letztes Mal das Ping-Geräusch erklang und er aussteigen konnte. Die fröhlich gelben Wände im Flur waren auf etwa der Drittel- oder Viertelhöhe von einem durchgängigen Handlauf durchbrochen. An ihm stützte sich eine hochschwangere Frau in einem sackartigen Nachthemd ab. Die freie Hand hielt sie gegen ihren unteren Rücken gepresst. Sie atmete stoßweise. Die langen schwarzen Haare hingen ihr in Strähnen ins Gesicht. Der Kreißsaal dürfte nicht weit entfernt sein, dachte Michael und sah sich nach dem Pflegestützpunkt auf der

Station um. Schließlich entdeckte er links den Gang hinauf eine kleine Theke, hinter der eine weiß gekleidete Frau saß.

»Guten Tag, ich suche das Zimmer von Tamara Beradi.«

»Frau Beradi ist gerade nicht da. Nehmen Sie dort hinten Platz. Wenn sie wieder da ist, sage ich ihr, dass Sie auf sie warten.«

»Aber ...« Michael blickte erst auf die Blumen und dann hilfesuchend zur Ärztin, von der er, wegen der Ausmaße des Straußes, nur den Titel auf dem Namensschild erkennen konnte. Sie schien einen Augenblick zu überlegen, wie sie mit ihm umgehen sollte, erbarmte sich aber doch und holte aus dem Zimmer hinter dem Checkpoint eine halb mit Wasser gefüllte Vase.

»Hier, bitte«, sagte sie, positionierte das Gefäß auf der Theke und setzte sich wieder vor den Computer.

»Danke.« Michael stellte die Blumen ins Wasser und blieb unschlüssig stehen.

»Sonst noch etwas?« Der Ton der Ärztin war nun genervt.

»Wann wird Tamara ... also Frau Beradi denn wieder hier sein? Ist sie bei einer Untersuchung?«

»Sie ist bei ihrem Kind auf der Säuglingsstation«, antwortete sie harsch. »Sie kommt wieder, wenn sie dort fertig ist.«

»Alles klar.« Zerknirscht drehte Michael sich um und ging den Gang zurück in Richtung Wartezimmer, auf das die Ärztin gezeigt hatte. Auf dem Weg dahin passierte er die Aufzüge und kam – ohne nachzudenken – von seinem Weg ab. Wenig später fand er sich in einem der Fahrstühle wieder.

Säuglingsstation. Auf keinem der Schilder neben den Stockwerkszahlen war das Wort zu lesen. Die Türen schlossen sich, schoben sich jedoch gleich wieder auf. Ein junger Pfleger mit einer Mappe unter dem Arm huschte in die Kabine und nickte ihm zu.

»Wohin?«, fragte er.

»Zur Säuglingsstation«, sagte Michael schnell und atmete erleichtert aus, als der Mann nickte und zwei unterschiedliche Knöpfe auswählte. Sie fuhren abwärts. Keiner sagte etwas. Es hatte bestimmt einen Grund, warum man den Weg zur Säuglingsstation nicht in Leuchtfarben an die Wand pinselte. Dort hatten nur das Personal und die Eltern Zutritt.

Michael bemühte sich um einen neutralen Gesichtsausdruck. Im vierten Stock öffnete die Tür. Der Pfleger machte keine Anstalten auszusteigen, sah nur kurz in seine Richtung.

Michael murmelte eine Verabschiedung und trat aus dem Fahrstuhl in ein Foyer. Vor ihm lag das offene Treppenhaus, links von ihm eine Fensterfront. In der Ecke stand ein riesiger Blumentopf mit einer Palme, die an der Decke kratzte. Die Lifttür schloss sich hinter ihm und er wartete einen Moment, bis er sicher war, allein zu sein. Erst dann wandte er sich nach rechts und warf einen scheuen Blick durch die Glastür in die Station. Es war gespenstisch still hier draußen. Und auch auf der anderen Seite vom Sichtfenster rührte sich nichts.

Vorsichtig drückte er die Klinke hinunter und zog die Tür auf. An den gelb gestrichenen Wänden hingen unzählige Bilderrahmen. Dahinter steckten Dankeskarten mit Fotos von in die Kamera lächelnden Babys, Kinderzeichnungen und fröhliche Sinnsprüche.

»Was machen Sie hier?« Die Stimme war leise, geflüstert fast. Und doch so streng, dass Michael erschrocken nach links herumfuhr.

»Ich ... äh«, stotterte er und wich dem Blick der untersetzten Pflegerin aus.

»Haben Sie sich verlaufen? Der Zutritt zu dieser Station ist nur Eltern erlaubt. Ich habe Sie hier noch nie gesehen.« Die Frau zeigte in die Richtung, aus der er gekommen war.

Im selben Augenblick schwang eine Tür auf und Tamara trat auf den Gang heraus. Sie wirkte abgekämpft. Michael starrte sie entsetzt an. Das Baby war doch erst vor fünf Tagen zur Welt gekommen. Wie konnte es sein, dass ihr Bauch bereits fast wieder so flach war wie vor der Schwangerschaft? Ihre schlanken Beine steckten in schwarzen Leggings, dazu trug sie eine verwaschene Trainingsjacke und ein weit geschnittenes T-Shirt darunter. Alles schwarz, alles traurig. Es passte zu ihren Augen.

»Mike?« Tamaras Augen weiteten sich, blitzten auf. Oder hatte er sich getäuscht?

»Sie kennen den Mann, Frau Beradi?«, mischte sich die Pflegerin ein und ihr Tonfall wurde etwas milder. Die Beradis waren hier bekannt. Schließlich betrieb Stefan in diesem Krankenhaus sein Labor. Er hatte selbst einmal erzählt, dass er von den verschiedenen Stationen hofiert wurde wie ein König. Ganz so, als hätte er Einfluss auf die Schnelligkeit der Auswertungen durch seine Angestellten. »Ich versichere einfach allen, dass ich ihre Anfragen vorziehe, und spare mir dadurch die Sonderklasseversicherung«, witzelte er zuweilen.

»Ja, das ist Michael Thaler. Er ist ein enger Freund der Familie«, antwortete Tamara und ließ ihn dabei nicht aus den Augen.

»Sie wissen, dass es nur den nächsten Angehörigen erlaubt ist, die Station zu betreten«, wiederholte die Krankenschwester und schob mit einem Augenzwinkern »Ich werde mir einmal schnell einen Kaffee holen, bin in zehn Minuten wieder da« hinterher. *So* weit ging Stefans Einfluss also. Er schickte das Krankenhauspersonal in Pause, brachte sie dazu, Augen zuzudrücken, und musste dazu noch nicht einmal physisch anwesend sein.

»Komm mit«, flüsterte Tamara und griff nach Michaels Hand. Ihre Berührung wurde durch seine Nervenbahnen direkt zu seinem Herzen geleitet, in dem plötzlich ein Brand tobte. Sie zog ihn zu der Tür, aus der sie vorhin getreten war, öffnete sie leise und schob ihn durch.

Er hatte erwartet, in einem Krankenzimmer zu landen. Aber sie standen in einem weiteren, schmaleren Gang. Die linke Wand war im selben Farbton gestrichen wie draußen, war ansonsten jedoch kahl. Ihr gegenüber blickte Michael durch eine Verglasung und erstarrte.

Drei Neugeborene lagen in winzigen Bettchen mit durchsichtiger Kuppel darüber. Die Schläuche und Maschinen sowie monotone Piepsgeräusche und Monitore vervollständigten das Bild einer Hightech-Intensivstation. Alles wirkte mächtig und steril im Gegensatz zu den Babys, die in den Glaskästen lagen. Auf dem Rücken, die Köpfe auf die Seite geneigt, mit Infusionsnadeln in den gartenschlauchdünnen Ärmchen.

Tamara ging zwei Schritte den Gang hinunter und blieb vor dem hintersten Bett stehen. Michael folgte ihr und merkte, dass sie seine Hand längst losgelassen hatte. Er stellte sich dicht neben sie, sodass sich wenigstens ihre Oberarme berührten. Mein Gott, wie sehr hatte er sie vermisst. Und nun war er keinen Zentimeter von ihr entfernt, fühlte sich jedoch auf einem anderen Planeten.

»Hier ist sie.« Tamara zeigte mit dem Finger durch die Scheibe. »Ist sie nicht wunderschön?«

Er öffnete seinen Blick für das Bündel, das vor ihnen lag, und musterte es. Es war klein und dünn. Die rosafarbenen Söckchen verrieten, dass es ein Mädchen war. Sie stachen aus der Sterilität hervor, diese winzigen Rüschensocken. Nun griff er doch nach Tamaras Hand und sie ließ es geschehen. Sie drückte zu und sie sagten lange nichts, bis er sich räusperte und währenddessen Worte suchte, die ihn aus seinen eigenen, schmerzenden Gedanken rissen. »Sie ist bezaubernd.«

»Ja.« Er hörte das Lächeln in ihrer Stimme, ohne dass er den Blick von dem Mädchen abwenden musste. Aus dieser Entfernung war es ihm unmöglich, Details oder mögliche Ähnlichkeiten mit ihm auszumachen. Da fiel ihm ein, dass Stefan mit keinem Wort den Namen seiner Tochter erwähnt hatte. Am Telefon war nur die Rede von dem Baby, der Kleinen, dem Kind gewesen. Er schuf eine Distanz zu dem fragilen Lebewesen, das, wie er es selbst formulierte, jederzeit wegsterben konnte, so schlecht, wie alles gelaufen war.

»Wie heißt sie denn?«, fragte Michael.

»Lou«, erwiderte Tamara so leise, dass er den Namen zuerst fühlte, bevor er ihn hörte. »Sie heißt Lou. Sie ist eine Kämpferin.«

Das Einzelzimmer, in dem Tamara untergebracht war, glich einem kleinen Wohnzimmer mit Schlafmöglichkeit. Nichts erinnerte an ein Krankenhaus, bis auf den Notfallknopf und das höhenverstellbare Bett mit der steifen weißen Bettwäsche. Tamara ließ sich auf die Kante der Matratze sinken und sah dabei gleichzeitig unfassbar jung und um Jahre gealtert aus.

Sie hatten sich auf den Weg zurück auf ihre Station gemacht, noch bevor die Krankenpflegerin von ihrer Kaffeepause zurückgekehrt war. Tamaras Körper hatte gezittert vor Schwäche und Michael musste sie ab dem Fahrstuhl stützen.

»Normalerweise fahren sie mich mit dem Rollstuhl zu Lou. Ich dachte, ich wäre schon so weit«, erklärte sie ihren Zustand.

»Wie geht es dir?«, fragte Michael leise. Die Blumen, die er für sie gekauft hatte, waren bereits auf dem Tischchen gestanden, als sie ins Zimmer kamen. Er setzte sich auf das Besuchersofa dahinter und legte die Hände in den Schoß.

»Na ja.« Sie lächelte schief. »Es ging mir schon besser.«

»Willst du mir erzählen, was passiert ist? Und was genau mit Lou los ist?«

Sie fing an zu reden und er sammelte ihre Worte auf, ohne dazwischenzugehen. Nicht alles verstand er von dem, was sie sagte. Es fielen medizinische Fachausdrücke, die er nicht kannte. Aber er wollte sie nicht unterbrechen und versuchte, sie sich daher zu merken, um sie später zu googeln. Sie brauchte jemanden, der ihr zuhörte, und keinen, der mit ihr fachsimpelte. Aber eins musste er nicht in die Suchmaschine eintippen. Es lag offen vor ihm: Irgendetwas in Tamara war zerbrochen während der Geburt ihrer Tochter. Sie hatte nicht nur aufgrund ihres eigenen körperlichen Ausnahmezustands eine Grenzerfahrung gemacht. Lous Leben war auf dem Spiel gestanden und ihre Verfassung war noch immer nicht gut genug, um Erleichterung die Wunden, die während der Geburt aufgerissen waren, heilen zu lassen.

»Plötzlich war sie da und ich war so erleichtert. In diesem Moment wäre es mir egal gewesen, wenn ich gestorben wäre. Die Ärzte hatten mehr Sorge um mich als um sie. Und ich dachte:

Jetzt ist sie da. Alles wird gut. Egal, was mit mir passiert.« Sie unterdrückte ein Schluchzen. »Und dann war es plötzlich totenstill. Diese Stille werde ich in meinem ganzen Leben nicht mehr vergessen.« Tamaras Stimme brach. Michael war kurz davor, aufzuspringen und sie in den Arm zu nehmen, da sprach sie weiter. »Lou atmete nicht, sie schrie nicht. ›Sie ist ganz blau‹, sagte eine der Ärztinnen oder Hebammen. Und man hielt sie von mir fern, legte sie nicht auf meine Brust. Man rannte mit ihr in ein anderes Zimmer und im Kreißsaal blieb es still. Nachher erzählte man mir, dass ich aufsprang und ihr nachlaufen wollte. Aber ich tat keine zwei Schritte, bis es schwarz um mich wurde.«

»Meine Güte ...«, stammelte Michael.

»Lou litt wohl unter Sauerstoffmangel während der Geburt. Obwohl sie mir nicht genau erklären können, warum. Die Nabelschnur lag nicht um ihren Hals und auch sonst war die Geburt, bis auf meine extremen Blutungen, normal. Da sie nicht wissen, was genau schiefgegangen ist und warum sie nicht geatmet hat, warum sie beinahe gestorben wäre –« Ein lautloser Weinkrampf schüttelte sie.

Doch sie fasste sich schnell wieder. »Weil die Ärzte keine Erklärung finden, haben sie Lou zur Überwachung auf die Säuglingsintensivstation gebracht. Bei jedem anderen Baby hätten sie wahrscheinlich von einem nicht ganz optimalen Start gesprochen, aber bei uns – den Baradis – darf man sich keinen Fehler erlauben.« Sie atmete tief durch.

Das Mitgefühl, das Michael empfand, war überwältigend.

»Sie beobachten nun, ob durch den Sauerstoffmangel Spätfolgen im Gehirn zu erwarten sind«, berichtete Tamara weiter. »Aber ich bin zuversichtlich, dass sie ein gesundes Mädchen ist.

Sie ist eine Kämpferin«, wiederholte sie und nickte, als wollte sie ihre Worte damit wahr machen.

11

Immer wieder schob Michael den Pullover nach oben, um auf sein kahles Handgelenk zu blicken. Er hatte am Morgen vergessen, seine Uhr anzulegen, und ausgerechnet heute war es wie ein innerer Zwang für ihn, sich die Zeit ins Bewusstsein zu rufen. Er richtete seinen Blick auf die Wanduhr im Studio und rechnete nach. Noch eineinhalb Stunden.

In eineinhalb Stunden wäre er mit seiner Sendung durch. Er würde nach Hause gehen, duschen, sich umziehen und sich für ein frühes Abendessen bei den Beradis einfinden. Er hatte ein Geschenk für Lou besorgt. Einen weißen Teddybären mit einem sanften Gesichtchen und ein goldenes Armkettchen mit ihrem Namen. Stefan hatte in einem der Telefonate angedeutet, dass sie ihn wieder als Patenonkel einsetzen möchten. Allein der Gedanke daran sorgte für Schweißausbrüche bei Michael. Aber wie wehrte man so einen Vorschlag ab?

Tut mir leid, ich dachte eigentlich, das Kind sei von mir. Da wäre die Rolle des Paten irgendwie eigenartig.

Nur Tamara hätte die Möglichkeit gehabt, sich dagegen auszusprechen. Sie hätte eine ihrer Freundinnen ins Spiel bringen können oder Stefans Schwester, die auch Noras Patentante war. Der Kontakt zu ihr war schwierig, da sie in der Schweiz wohnte. Aber die Verwandtschaft ging vor, oder? Vielleicht war die Idee sogar von Tamara selbst gekommen. Eine eigentümliche Art, ihm zu zeigen, dass er dazugehörte, auch wenn sich plötzlich alles verändert hatte.

Wollte sie vielleicht dort wieder anknüpfen, wo sie vor der Affäre gestanden hatten? Gut befreundet? Michael konnte sich nicht einmal ansatzweise vorstellen, wie er diese Hürde nehmen könnte. Für ihn war Tamara nach wie vor alles, was er sich erträumte. Die kleine Hoffnung, dass sie sich trotz des Babys für ihn entschied, war noch nicht gestorben. Er wollte ihr die Zeit geben, die sie brauchte, um Lous traumatisierenden Start ins Leben zu verarbeiten und einen Alltag zu finden, der es zuließ, sich in Ruhe Gedanken zu machen. Er hatte alle Zeit der Welt dafür, denn ihm war längst bewusst, dass sie *die* Frau war. Es würde nie wieder eine andere geben, die den Teil seines Herzens einnehmen konnte, den sie entdeckt und erobert hatte.

Auch für sie hatte er ein Geschenk besorgt. Der weißgoldene Anhänger für ihr Bettelarmband, das sie stets trug, hatte die Form einer feingezeichneten Kamera. Auf den ersten Blick, vor allem Stefans, unverfänglich. Tamara, die Fotografin. Ein Hinweis auf ihren einstigen Beruf und ihr jetziges Hobby, für das sie sich keine Zeit nahm. Dahinter steckte jedoch die Botschaft: *Ich sehe dich. Und ich sehe deine Bedürfnisse. Du bist mehr als eine Ehefrau und eine Mutter. Bei mir kannst du DU sein.*

Ob sie das erkannte?

Oder besser gesagt: Ob sie das erkennen wollte? Michael würde behaupten, dass er den Anhänger zufällig entdeckt und an sie gedacht hatte. Dass das Geschenk nichts mit Lous Geburt und dem Thema der heutigen Einladung zu tun hatte, nämlich das wirkliche Kennenlernen zwischen ihm und dem Baby.

»So ein Mist«, fluchte Anni plötzlich. »Unterbrechung, sofort!«

Michael erwachte aus seinem Tagtraum, verschob einige Regler auf dem Pult, drückte einen Knopf, um ihr Mikrofon freizuschalten, und suchte den Bildschirm vor ihm nach dem Grund für den Cut ab, den sie bereits verkündete.

»Achtung Autofahrer, wir haben einen Geisterfahrer auf der A1 in Richtung …« Den Rest hörte er nicht mehr, denn das Telefon in seiner Hosentasche begann zu vibrieren. Rasch zog er es heraus.

›Hi! Tami ist erkältet. Wir müssen das Abendessen leider verschieben. Gruß, Stefan‹

Verschieben. Kein Treffen. Er würde Tamara nicht sehen. Enttäuscht und erleichtert zugleich legte Michael sein Handy auf das Pult. Mit einer eindeutigen Geste signalisierte Anni, dass er P!NK wieder singen lassen sollte.

»Wie geht es dir?«, fragte sie plötzlich und ohne jede Vorwarnung.

»Wie meinst du das?« Michael hob die Augenbrauen.

»Na ja, ich will einfach wissen, wie es dir geht. Wir haben uns lange nicht unterhalten.« Anni zuckte mit den Schultern und grinste schief. Sie hatte recht. Es war nichts dabei, sich zu erkundigen. Schließlich waren sie Kollegen und während ihrer Sendungen hatten sie schon wieder so gut wie die alte Leichtigkeit erreicht.

»Mir geht es ganz okay«, sagte Michael und versuchte, ihr Lächeln zu erwidern. »Und dir?«, schob er nach. Wollte er wissen, wie es ihr ging? Wollte er wirklich hören, wie toll sich für sie alles entwickelte, während er selbst sich durch die Beziehung mit Tamara in eine Lebenskrise gestürzt hatte?

»Ganz okay? Man sieht dir an, dass du mit irgendwas zu kämpfen hast, Michael. Ich weiß, dass ich wahrscheinlich nicht deine erste Wahl bin, wenn du Hilfe brauchst. Aber wenn du reden willst …« Sie brach ab und suchte nach Worten. »Also, du sollst wissen: Ich bin da, wenn du jemanden brauchst.« Auf seine Frage nach ihrem eigenen Befinden reagierte sie gar nicht. Eine Röte überzog ihre sonst so helle Haut. Geschäftig schob sie eine Mappe von links nach rechts und wandte sich wieder ihrem Bildschirm zu.

Michael musterte sie. Er erinnerte sich an die Zeit, in der sie sich kennengelernt hatten. An die Momente, die ihn verzaubert hatten, in denen er ihr hier im Studio stundenlang gegenübergestanden und sich von Minute zu Minute mehr in sie verliebt hatte. Er dachte an das Gefühl, das sie in ihm ausgelöst hatte mit ihrem neckischen Augenzwinkern, das ihr Engelsgesicht für kurze Augenblicke in das eines frechen Mädchens verwandelte. Warum zur Hölle hatte das mit ihr nicht funktionieren können? Die Antwort lag auf der Hand: Sie war nicht die Frau, die für ihn bestimmt war. Tamara war das.

Nichtsdestotrotz empfand er eine schmerzliche Sehnsucht nach diesem unkomplizierten Miteinander, das Anni und ihn verband. Sie hatte weitergemacht und er beneidete sie darum. Ihre neue Beziehung, von der er annahm, dass sie die hatte, war mit Sicherheit nicht annähernd so schwierig wie seine. Und nun hatte sich das Wiedersehen mit Tamara heute Abend in Luft aufgelöst wie ein Parfumhauch: eine schöne Vorstellung, aber nicht greifbar, nichts, woran man sich festhalten konnte.

Seit seinem Besuch im Krankenhaus waren vier Wochen vergangen. Vier lange Wochen, in denen es kaum Kontakt zwischen Tamara und ihm gab. Die Nachrichten, die er ihr schickte, blieben oft unbeantwortet. Er fühlte sich verlassen, obwohl sie es nicht aussprach. Andererseits waren die wenigen Zeilen, die sie ihm schickte, voller Liebe und Wärme; die Sehnsucht sprach sogar aus ihrer Satzzeichenwahl. Ihr Vermissen war dann so laut, dass es ihn schmerzte und gleichzeitig aufrichtete. Sie wollte ihn nicht aufgeben. Sie brauchte nur ein bisschen Zeit. Nüchtern betrachtet befand sie sich noch im Wochenbett. Es war die Phase, die der Familie gehörte, und dennoch spürte er in ihren Worten, dass es sie schon wieder zu ihm zog.

›Gute Besserung, mein Herz!‹, tippte er in den Chat mit Tamara und ›Richte ihr bitte gute Besserung von mir aus!‹ als Antwort auf Stefans Nachricht. Dann schob er das Telefon zurück in seine Jeans.

»Hast du Lust, nach der Sendung mit mir zum Italiener zu gehen?«, fragte er Anni, ohne lang darüber nachzudenken.

»Ja, gern. Warum nicht?«, meinte sie nach einer kurzen Überlegungspause. Die Überraschung stand ihr ins Gesicht geschrieben. Michael hatte nicht vor, seine Probleme vor ihr auszubreiten. Aber gegen Pasta und ein Glas Wein hatte er jetzt, da sich seine Pläne für den Abend zerschlagen hatten, nichts einzuwenden. Anni und er hatten sich immer gut unterhalten. Es sprach nichts dagegen, mit ihr essen zu gehen und zu plaudern. Auch wenn das die Gefahr barg, dass sie ihm von ihrem neuen Freund erzählen würde. Damit musste er klarkommen. Und das würde er auch.

Der Sex zwischen ihnen war frei und selbstverständlich. Man erinnerte sich, wiederholte sich, begegnete sich ganz neu und gewohnt zugleich. Michael versank in einer tiefen körperlichen

Befriedigung, die ihn am Ende weinend in Annis Armen zusammenbrechen ließ.

»Alles gut«, murmelte sie mit dem Mund an seinem Kopf. *Alles gut.* Das Synonym, das sich für alles eingeschlichen hatte, was so beschissen war, dass man keine Worte mehr fand. Eine Erscheinung, die Einzug hielt in Filme, in die Literatur. Ein paar Silben, die einem eine bis dahin hochtrabende Geschichte platt und ausgehöhlt vor die Füße knallte.

»Sag das nicht«, schluchzte er. Sie hatte keine Ahnung, was sie damit anstellte. Es führte ihm vor Augen, wie schlecht es ihm ging. So dermaßen mies, dass man zu seinem Trost nichts sagen konnte, außer *alles gut*. Er hatte Anni kein Wort über Tamara erzählt, aber sie hatte es gespürt. Der Sex war roh und gut gewesen, doch bereits bei der ersten Berührung musste ihr ein Licht aufgegangen sein. Sie hatte ihn nicht abgehalten, hatte genommen und gegeben. Alles in dem Bewusstsein, dass sie mit einem gebrochenen Mann schlief. Warum? Sie wollte es wahrscheinlich so. Sie hatte ihn benutzt. Oder er sie. Er wusste eigentlich gar nichts mehr.

Bevor sie ging, umarmte sie ihn noch einmal. Wie eine Schwester oder eine Mutter es tat. Erstaunlicherweise musste er an seine Oma denken, als sie ihn zum Abschied auf dem Rücken streichelte. Anni drehte sich um, verschwand im Treppenhaus und machte sich auf den Weg nach Hause, vielleicht zu ihrem neuen Freund. Sie hatten nicht über ihn gesprochen. Michael wusste gar nicht, ob es ihn noch gab oder je gegeben hatte.

Sie beide würden morgen in den Sender hineinspazieren und so tun, als wäre nichts gewesen. Seinem Gefühl nach waren sie nun noch mehr bloße Kollegen als davor. Ein bisschen freundschaftlicher verbunden, das konnte sein. Die Leidenschaft, die ihn ergriffen hatte, war so verzweifelt gewesen, dass man von einem Freundschaftsdienst ausgehen konnte, den sie ihm erwiesen und mit ihrem *Alles gut* abgeschlossen hatte.

Jetzt lag Michael allein in seinem Bett und starrte in die Dunkelheit. Soweit man in einer Stadtwohnung von Dunkelheit sprechen konnte. Die Straßenlaternen leuchteten durch das geöffnete Fenster, genauso wie die vereinzelten Autos, die die Sackgasse befuhren.

Ihm fiel ein, dass er in drei Stunden aufstehen musste, um die Frühstückssendung zu moderieren. Es wäre besser, es mit dem Schlafen gar nicht mehr zu versuchen. Ausgeruht würde er so oder so nicht sein. Kalte Luft wehte unerbittlich durch das geöffnete Fenster. Dennoch dachte er gar nicht daran, nach der Decke zu greifen. Er lag halb nackt auf dem vom Schweiß getränkten Laken und rührte sich nicht. Die Nacht würde vorbeigehen und damit zur Geschichte werden.

Er dachte darüber nach, Tamara betrogen zu haben. Und darüber, ob er ihr davon erzählen sollte. Er würde es natürlich wissen wollen, wenn sie mit einem anderen Mann geschlafen hätte. Andererseits: Er *wusste* es ja bereits. Sie schlief mit Stefan, *ihrem* Mann. Und das mit einer Selbstverständlichkeit, die ihn kränkte. Man hatte vorgehabt, ihm am Abend das Produkt ihrer Intimität unter die Nase zu halten. Ein Bündel Mensch, das belegte, dass Michael ein Außenseiter war in Tamaras Leben. Dass er sich vorgemacht hatte, es wäre anders ... er wäre etwas Besonderes für sie ... belustigte ihn beinahe. Wenn ihm doch bloß die Kraft nicht fehlen würde, darüber zu lachen. Seine Muskeln im Gesicht waren steif, da bewegte sich nichts.

Wahrscheinlich der Frost, der ins Zimmer zog, und die Verwunderung über seine romantische Vorstellung, die er hatte.

Michaels Telefon brummte. Er tapste mit der Hand den Nachttisch ab, ohne sich unnötig zu bewegen. Sein Arm schmerzte, so kalt war ihm geworden.

War es Anni, die ihm sagte, dass sie gut nach Hause gekommen war? Oder Tamara, die das Baby stillte und ihm für die Genesungswünsche dankte? Oder würde Anni ihm erklären, dass sie noch Gefühle für ihn hatte? Oder dass sie es bereute, mit ihm geschlafen zu haben?

Oder war die Nachricht von Patrick, der ein Bild von sich mit einem Bier in der Hand aus einer Bar schickte? Oder doch von Tamara, die ihn bat, sie abzuholen und mit ihr ganz weit wegzufahren? Wollte sie alles hinter sich lassen und mit ihm durchbrennen? Einen Augenblick lang gab er sich diesem Schwebezustand hin. Dann beschloss er, dass es manchmal heilsam war, sich in solch einer Traumwelt zu verlieren, und ließ das Handy zurück auf den Nachttisch fallen.

12

»Wow, Onkel Mike, das ist sooooo meeeega!« Tony strahlte über das ganze Gesicht. Sein Haar stand wild nach allen Seiten ab und Michael klaubte ihm ein paar Thujenreste vom Kopf, die er sich bei seiner Suche in der Hecke eingefangen hatte. In den Händen hielt er das ferngesteuerte Auto, das er in einem Modellwarenladen in der Innenstadt für ihn gekauft hatte.

»Du hast recht, das ist wirklich total cool«, bestätigte er, nahm ihm den Karton ab und bestaunte ihn von allen Seiten, als hätte er ihn noch nie gesehen.

»Ach komm schon, ich weiß doch, dass ich das von *dir* bekommen habe«, meinte Tony grinsend, schnappte sich das Päckchen wieder und rannte damit zu Stefan, der am anderen Ende des Gartens stand. Eine Hand lag auf dem Griff des Kinderwagens, in dem Lou schlummerte. Seine Wippbewegungen waren eingeübt und monoton. Er sah dabei fürchterlich alt aus.

»Schau mal, Papa! Das hab ich gerade gefunden.«

»Huch, da hat der Osterhase aber wieder mal Geschmack bewiesen. Ein Maserati! Und dann auch noch in deiner Lieblingsfarbe.«

»Warum denkt ihr alle, dass ich noch ein Baby bin? Ich weiß doch längst, dass es den Osterhasen nicht gibt«, regte sich Tony auf und lief weiter in Richtung Haus. Wahrscheinlich, um den Karton aufzureißen und den Akku des Modellwagens zu laden. Im Vorbeifliegen schmiss er seiner Mutter einen Luftkuss zu. Tamara und Nora saßen auf der Sonnenbank, die an der Hausmauer stand, und ließen sich die ersten warmen Frühlingssonnenstrahlen ins Gesicht scheinen. Unschlüssig sah Michael zwischen der Bank und Stefan hin und her, entschied sich dann aber, sich zu seinem Freund zu gesellen.

»Schön, dass wir uns endlich mal wiedersehen«, flüsterte der und warf sogleich einen besorgten Blick in den Kinderwagen. »Sie schläft so gut wie gar nicht. Unfassbar, aber es ist wirklich so. Babys schlafen doch rund um die Uhr, meint man. Aber sie nicht. Zumindest nachts kehrt kaum einmal Ruhe ein«, erklärte er und wandte ihm erneut sein müdes Gesicht zu. »Ich habe damit gerechnet, dass es hart werden würde. Aber ich hatte schon wieder vergessen, wie anstrengend dieses erste Jahr mit einem Kind tatsächlich ist.«

»Sie ist wunderschön«, erwiderte Michael und betrachtete das kleine Mädchen. Ihre Augen waren geschlossen und sie schlummerte vor sich hin, aber nicht allzu tief. Immer wieder nuckelte sie am Schnuller und ihre kleinen Händchen, die in schneeweißen Fäustlingen verpackt waren, streckten sich alle paar Sekunden in die verschiedensten Richtungen.

»Ja«, stimmte Stefan zu. Das *Aber* blieb unausgesprochen, zeichnete sich jedoch eindeutig in seiner Mimik ab. »Danke für das Osternest, das du Tony mitgebracht hast. Er ist begeistert.«

»Nichts zu danken, das mache ich doch gern. Er ist schließlich mein Patenkind.«

»Apropos Patenonkel: Tamara und ich werden heute noch mit einer kleinen Bitte auf dich zukommen. Sei gewappnet.« Stefan zwinkerte ihm zu. »Aber erst gibt es Kaffee und Muffins. Nora hat gebacken.« Seine Augenbrauen wanderten skeptisch in die Höhe und Michael musste schmunzeln, obwohl er ein paar Sekunden davor bestimmt kalkweiß angelaufen war.

Patenonkel. Er hatte sich also nicht umsonst gefürchtet. Nachdem sich das Treffen mit den Beradis immer weiter hinausgeschoben hatte, war er schon fast überzeugt davon gewesen, dass der Kelch an ihm vorbeigegangen war. Der Pate war doch eigentlich eine Person, die von Beginn weg eingebunden und nicht nach Wochen dazugeholt wurde. Als Stefan ihn vor einigen Tagen angerufen und keine Ausrede zugelassen hatte, an diesem Ostersonntag gemeinsam mit ihnen zu feiern, war das ungute Gefühl, er könnte doch zur Wahl stehen, wieder aufgekommen. Zu Recht, wie er nun feststellte.

Wie konnte er denn bitteschön der Patenonkel eines Kindes werden, das eigentlich sein *eigenes* Kind sein sollte? Er hatte die letzten Wochen versucht, die Distanz zwischen Tamara und ihm zu verinnerlichen. Sie als Chance zu sehen, sich zu lösen.

Es hatte Tage gegeben, da war es ihm schon annähernd gut gegangen. Michael hatte seine Freunde getroffen, mit fremden Frauen geflirtet, seine Mutter in ihrem Atelier besucht und mit ihr über Alltägliches geplaudert. Etwas, das er wieder häufiger machen wollte, bevor sie in ihrer Kunst komplett vereinsamte. Er war einkaufen gewesen und hatte die Wände im Wohnzimmer neu gestrichen. Einmal war er sogar mit Anni auf einen Drink in eine Bar gegangen und sie hatten sich einfach nur amüsiert. Wie Freunde, ohne »Benefits«. Das Leben ging weiter, hatte er sich gesagt. Auch ohne Tamara.

Aber dann waren da diese anderen Tage gewesen. Die, an denen er wusste, dass sie nie wieder ganz verschwinden würde. Sie hatte sich in ihm eingenistet. Erst als Idee in seinem Herzen, dann schließlich als überlebenswichtige Herzkammer, die sich öffnete und schloss und damit für das Funktionieren seines Kreislaufs verantwortlich war.

Bei seiner Ankunft hier war Tamara noch in der Küche beschäftigt gewesen. Tony hatte ihn sofort in Beschlag genommen, in den Garten gezogen und auf ihn eingequasselt, während Nora ihn komplett ignorierte. Und das, obwohl er ihr bei der Begrüßung einen Wertgutschein aus einer Parfümerie mitgebracht hatte. Ihre Patentante, Stefans Schwester, war einfach zu weit weg, um eine Rolle im Leben ihres Patenkindes zu spielen. Also hatte Michael es sich angewöhnt, ihr zu den Anlässen auch eine Kleinigkeit mitzubringen, damit sie sich nicht zurückgestellt fühlte.

Als Tony kurz im Haus verschwunden war, hatte er sein Geschenk für ihn aus dem Auto geholt und in den Büschen versteckt.

Die Begrüßung zwischen Tamara und ihm, als sie aus der Terrassentür trat, fiel kurz aus, denn Tony stürmte heraus und läutete sofort die Suche nach den Osternestern ein. Michael hatte bloß den Hauch ihres Geruchs aufgeschnappt, als er ihr den Arm um die Schulter legte und ihr einen Kuss auf die Wange gab. Genug jedoch, um all seine Gedanken rund um das *Ohne-Sie* zu ertränken. Sie waren füreinander bestimmt. Er würde niemals wieder eine andere Frau lieben können. Und ihr Blick spiegelte eine solche Wärme für ihn wider, dass er ab sofort unfähig sein würde, sie beide aufzugeben.

»Sie ist ein Terrorist«, sagte Nora unvermittelt, während sie die Kuchenteller und Kaffeetassen auf das Tablett stellte.

»Wie bitte?«, fragte Michael, der gerade dabei war, eine Karaffe mit Wasser zu füllen.

»Lou«, erklärte sie. »Sie bringt Unruhe hier herein. Keiner kann schlafen. Tony ist morgens müde und ich halte dieses Geschrei langsam nicht mehr aus. Selbst Papa ist schon komplett gereizt. Bloß Mama behält im Moment noch die Nerven.«

»Als Mutter hält mal eben einiges aus. Deine Mama kennt das Ganze ja bereits von dir und Tony«, neckte er sie und war froh, einmal ein normales Gespräch mit ihr führen zu können.

»Wenn du mich fragst, ist ihre Ruhe irgendwie beängstigend. Sie sieht stur geradeaus, stopft Lou die Brustwarze in den Mund, wippt sie auf und ab. Es dauert nicht mehr lange, dann wird sie explodieren«, vermutete Nora.

»Ganz bestimmt nicht«, widersprach Michael. So wie Tamara vorhin den Blick auf den Kinderwagen gerichtet hielt, war da nichts als Liebe in ihrem Gesicht gestanden. Müdigkeit, ja. Und vielleicht die leisen Zweifel, ob sie das alles noch mal schaffen würde. Aber beängstigende Ruhe und Explosionsgefahr? Niemals. »Das muss sich einspielen. Lou ist ein Baby und kann sich eben nicht anders verständigen. Du warst auch einmal so.« Er stellte die Gläser auf ein zweites Servierbrett.

»Ja, ich *war*. Aber jetzt bin ich schon so gut wie erwachsen«, gab sie zurück und lehnte sich dicht neben ihm gegen die Arbeitsplatte. Ihre Stimme klang jetzt ganz anders. Wie zufällig berührten sich die Hüften der beiden an den Seiten. Sie griff nach einer riesigen Heidelbeere aus der rosafarbenen Schüssel, die hinter ihr stand, und schob sie sich so langsam zwischen die Lippen, dass Michael gar nichts anderes übrig blieb, als die Darbietung mit offenem Mund zu bestaunen. Er konnte nicht wegsehen, kämpfte gegen Betörung und Abscheu.

»Na, mein Lieber? Gefällt dir, was du siehst?«, fragte sie und kaute langsam auf der Beere herum. Sie schloss die Augen, die falschen Wimpern legten sich auf ihre Wangen und ein tiefes Stöhnen rutschte ihre Kehle hoch. »War das gut«, seufzte sie und griff nach einer weiteren Heidelbeere. »Willst du auch eine versuchen?« Sie näherte sich mit der Frucht seinen Lippen. Michael schob ungestüm ihre Hand weg, schüttelte sich und trat einen Schritt zurück.

Sie schloss zu ihm auf. »Oder stehst du jetzt nur noch auf so alte Frauen wie meine Mutter?«, flüsterte sie ihm ins Ohr. Er erstarrte.

»Lou ist bestimmt von dir, oder? Mein Vater ist doch schon zu alt, um einen Treffer zu landen.«

»Nora, Mike, braucht ihr Hilfe da drin?«, rief Tamara von der Terrasse zu ihnen herein. Keine Sekunde später stand sie im Raum und musterte die beiden. »Was ist denn hier los?«

»Nichts, wir haben uns gerade über Lous nächtliche Schreikonzerte unterhalten«, sagte Nora, griff nach dem einen Tablett und schwenkte auffallend stark ihren Po beim Hinaustragen.

»Sie wird sich daran gewöhnen«, murmelte Tamara. »Wir alle.«

Michael sagte nichts. Er schaute Tamara zu, wie sie die Gläser auf dem Servierteller exakt ausrichtete und die gefüllte Karaffe daneben platzierte. Einem inneren Impuls folgend legte er ihr die Hand auf den Unterarm, was sie sofort innehalten ließ. »Es ist so anstrengend«, flüsterte sie und sie klang auf einmal, als würde sie schwer Luft kriegen. »Nicht *Lou* ist anstrengend. Sie ist ein Baby. Sie schreit eben, wenn sie Hunger hat oder ihr Bauch wehtut. Aber der Rest dieser Familie ist es. Tony ist überdreht, weil er nachts bei jedem Pieps aufwacht. Er will bei uns schlafen, weil seine kleine Schwester es doch auch darf. Nora ist aufmüpfiger als ohnehin schon und macht, was sie will. Und Stefan …« Sie brach ab.

Michael zog sie in eine Umarmung und spürte ihren von Tränen bebenden Körper an seinem. Am liebsten hätte er die Augen geschlossen und sich aus diesem Moment das Schöne, die Nähe, herausgeholt, die er so sehr vermisst hatte in den letzten Wochen. Aber erstens lag sie bloß zum Trost an seiner Brust und zweitens behielt er vorsorglich die Terrassentür im Blick. Bevor das zwischen ihm und Tamara angefangen hatte, waren sie sich nie so nahegestanden, als dass sie sich so umarmt hätten. Es musste auf den Rest der Familie unweigerlich komisch wirken, wenn man sie beide eng umschlungen vorfand.

Der kleine Körper wog kaum etwas in seinem Arm. Lou lag an Michaels Brust gekuschelt und sah ihn aus ihren riesigen Augen aufmerksam an. Hin und wieder nuckelte sie am Schnuller und wackelte mit ihrem freien Ärmchen. Sie schien sich wohlzufühlen, obwohl er ein Fremder für sie war.

»Genießt die Ruhe!«, witzelte Stefan, ließ sich seufzend in den gepolsterten Sessel fallen und schloss theatralisch die Augen.

»Sie mag dich«, meinte Tony, der neben Michael Platz genommen hatte. Er streichelte zärtlich über Lous Köpfchen, das von einer gehäkelten Mütze bedeckt war, und beobachtete Michael dabei, wie er seine kleine Schwester wiegte. Man konnte in seinem Blick sehen, wie sich die Eifersucht und der Stolz zankten und nicht übereinkamen, wer die Vorherrschaft hatte.

»Es sieht wohl so aus«, stimmte Michael leise zu und konnte den Blick nicht abwenden von dem engelsgleichen Gesichtchen.

»Die beiden scheinen eine besondere Verbindung zueinander zu haben«, nuschelte Nora in Michaels Richtung.

»Nun, wenn wir schon so nett beisammensitzen und unser jüngstes Töchterchen einmal zufrieden ist, könnten wir doch …« Stefan blickte fragend zu Tamara.

»Ja …«, sagte sie und suchte nach den richtigen Worten. »Mike, wir wollten dich fragen, ob du auch für Lou die Patenschaft übernehmen könntest. Wir haben darüber nachgedacht und …« Sie brach ab, wandte sich hilfesuchend an Stefan, der für sie einsprang.

»Wir schätzen dich sehr, mein Lieber. Und du zählst zu unseren engsten Freunden. Es wäre uns also eine große Freude, wenn du Ja sagst.«

Michael suchte Tamaras Blick, die sich darauf konzentrierte, das Papier von ihrem Muffin zu ziehen. Er fand keinen Anhaltspunkt, wie sie zu diesem Thema stand, und fühlte sich überfordert.

Mitspielen. Er musste mitspielen, alles andere würde Fragen aufwerfen. Konnte man so einen Antrag überhaupt ablehnen? Seine Zustimmung wurde erwartet und er musste sie nur pro forma abgeben. Und zwar schnell, sonst würde diese Situation komisch werden.

»Natürlich, gern! Ich freue mich«, sagte Michael also so enthusiastisch wie möglich. Er schaute wieder in Lous zartes Gesicht, in ihre Augen, fühlte ihre Wärme auf seiner Brust, und er hätte am liebsten geweint.

»Das ist doch toll«, sagte Stefan, schwang sich aus dem Stuhl und klopfte ihm sanft auf die Schulter. »Ich hole eine Flasche Prosecco, darauf sollten wir ein Gläschen trinken.«

»Na toll«, maulte Tony. »Heißt das, ich muss Onkel Mike jetzt teilen? Er ist doch *mein* Onkel.«

»Leb damit. Du hattest ihn doch jetzt sechs Jahre nur für dich«, stichelte Nora.

»Hör auf damit, Nora«, fuhr Tamara dazwischen und hob endlich ihren Kopf. »Danke, dass du das übernimmst«, richtete sie sich schüchtern an Michael und schenkte gleich darauf Kaffee nach.

»Das ist doch selbstverständlich. Wie könnte ich da Nein sagen?« Michael wusste, dass sie die Spitze gehört hatte, denn sie zuckte kaum merklich zusammen. Es wäre ihre Aufgabe gewesen, Stefan von dieser Idee abzubringen. Sie hätte andere Kandidaten vorschlagen, ihn raushalten müssen. Wie konnte sie ihm das antun? Oder hatte sie gedacht, er würde sich darüber freuen? War es ihre Art, ihm zu zeigen, dass sie ihn weiterhin in ihrem Leben haben wollte? Dass er wie selbstverständlich bei den Beradis ein- und ausgehen sollte, als wäre er ein Teil dieser Familie?

Michael hoffte, dass sie es so meinte. Dass dies ihre Art war, an ihnen beiden festzuhalten und ihm damit ein Zeichen zu geben, dass sie nicht bereit war, sich von ihm zu lösen. Aber gleichzeitig war dieser Weg, den sie dadurch beschritten, unerträglich für ihn.

13

»Es fühlt sich komisch an, ohne Lou hier zu sein«, bemerkte Tamara. Sie lag flach auf dem Rücken auf Michaels Couch und ließ ihren Blick über den Riss quer durch die Zimmerdecke wandern. Er stand hinter der Küchentheke, versenkte Teebeutel in zwei Tassen und übergoss sie mit dampfendem Wasser.

»Das kann ich mir vorstellen. Ich habe auch gar nicht damit gerechnet, dass du herkommst«, gab Michael zu. Als er ihre SMS erhalten hatte, war er unsicher gewesen, ob das eine gute Idee war. Tamara stillte Lou und sie war nicht daran gewöhnt, abgepumpte Muttermilch aus der Flasche zu trinken. Sie war ein unzufriedenes Baby und Stefan hatte bestimmt gerade alle Hände voll mit ihr zu tun.

»Ich musste dringend weg«, erklärte sie. »Die letzten Wochen waren zu viel, zu lang, zu wenig.«

»Zu viel, zu lang, zu wenig?« Michael runzelte die Stirn. Sie richtete sich etwas auf und schaute ihm direkt ins Gesicht.

»Zu viel Familie, zu lang nur zu Hause, zu wenig Schlaf«, sagte sie und grinste. »Und: zu viel Sehnsucht, zu lang von dir getrennt, zu wenig Zeit mit dir.«

Sein Herz machte einen Satz. Er sank neben sie und bettete ihre nackten Füße auf seinem Schoß. Entspannt ließ sie sich wieder nach hinten fallen und atmete geräuschvoll aus. Michael streichelte über ihre Knöchel und betrachtete ihre süßen Zehen. Der dunkelrote Nagellack war an einigen Stellen abgeplatzt; ein

Zeichen dafür, dass sie kaum Zeit für sich selbst fand. Das und der ausgewachsene Schnitt ihrer Haare, das ungebügelte T-Shirt und die trockene Haut an ihren Händen. Trotz alledem war sie die wunderschönste Frau, die er je gesehen hatte.

»Wo bist du heute?«, wollte Michael wissen.

»Bei Klara«, antwortete sie genau das, was er sich bereits gedacht hatte. Ihre Freundin Klara war schon vor Lous Geburt der bevorzugte Deckmantel für ihre Affäre gewesen. Das lag vor allem daran, dass sie und Stefan sich nicht ausstehen konnten und somit kaum miteinander sprachen.

»Weiß sie von uns?« Welche Antwort wünschte er sich nun? ›Ja, ich stehe zumindest vor einer Person zu unserer Liebe‹ oder ›Nein, auch sie ist ein mögliches Leck, welches unser gesamtes Kartenhaus zum Einsturz bringen könnte‹?

»Ja«, antwortete Tamara schlicht und Michael spürte, wie sich sein Herzschlag beschleunigte und sein Körper Adrenalin ausschüttete.

»Und was sagt sie dazu?«, forschte er weiter.

»Ihre genauen Worte waren: Wenn du mich brauchst, kannst du auf mich zählen.« Sie stockte und überlegte einen Augenblick lang. »Ich weiß nicht genau, wie sie das meint. Ob ich sie als Alibi benutzen darf oder ob sie bereitsteht, falls alles ans Licht kommt.«

Michael wusste nicht, was er darauf sagen sollte. Er hatte eine ungeheure Angst davor, dass Stefan die Wahrheit herausfinden könnte. Umgekehrt war es sein sehnlichster Wunsch, mit Tamara zusammen zu sein.

»Ich denke beides«, sinnierte sie weiter. »Jedenfalls gebe ich ihr immer Bescheid, bevor ich herkomme. Falls Stefan und sie sich zufällig über den Weg laufen sollten. Sie trägt unsere Treffen sogar in den Kalender ein.«

»Und wenn er dich braucht? Wegen Lou?«, überlegte Michael. »Kann es nicht sein, dass er dann einfach zu ihr nach Hause fährt, um sie dir zu bringen?«

»Möglich. Aber unwahrscheinlich. Er würde mich wohl einfach anrufen und sagen, dass ich nach Hause kommen soll.«

»Mhm.« Er war nicht überzeugt, beließ es aber dabei. Mit der Fingerspitze suchte er in das eng anliegende Hosenbein hinein und fühlte die Stoppeln auf Tamaras Schienbein. Er streichelte sanft darüber, während er überlegte, ob sie ihr Handy griffbereit hatte. Nur für den Fall, dass Stefan anrief. Sie zuckte zusammen und zog ihr Bein zurück. Dann bedeckte sie ihr Gesicht mit den flachen Händen und keine Sekunde später vernahm Michael ein leises Wimmern.

»Tami, was ist denn?« Alarmiert zog er seine Hand zurück und richtete sich auf. »Ich wollte dich nicht drängen. Es tut mir –«

»Nein, das ist es nicht«, schluchzte sie.

»Aber …« Ratlos brach er ab und schaute sie fragend an. Noch immer lag ihr Gesicht im Verborgenen ihrer Finger, das Weinen wurde etwas leiser.

»Du musst dich doch fragen, was ich überhaupt noch hier zu suchen habe. All die schönen Frauen, die sich hier jahrelang die Türklinke in die Hand gegeben haben. Du hast sie alle haben können und sie auch genommen.« Ihre Stimme klang erstickt.

Er hatte keine Ahnung, was mit ihr los war, und schwieg.

Schließlich sprach sie weiter. »Nun komm schon, Mike! Sieh mich endlich an! Oder hast du das schon längst und wartest nur darauf, dass ich es selbst erkenne? Dass hier kein Platz ist für mich? Was ist denn nun übrig geblieben von mir? Eine alte, unförmige, behaarte Mittelklassefrau liegt auf deinem Sofa, erschöpft von den vielen schlaflosen Nächten, und – als ob das nicht reichen würde – auch noch an einen anderen gebunden. Merkst du es denn nicht?« Sie schrie beinahe, zeigte sich ihm nun aber wenigstens wieder.

Michael zuckte, überfordert von der Gewalt ihrer Negativität, mit den Schultern.

Sie nahm es als Zeichen seiner Zustimmung, setzte sich auf und rückte mit dem Po an die Kante. Ihr Blick auf ihn hatte etwas Bedrohliches, etwas, das ihm Angst einjagte, als sie sagte: »Tony würde sagen, ich bin der Ford Ka unter den Autos. Eine Beleidigung fürs Auge, zu schwach, um sich damit vom Fleck zu bewegen, und nicht einmal eine Tankfüllung wert.« Wie zum Trotz griff sie zur Tasse und trank in gierigen Schlucken ihren Tee.

Dem Vergleich wohnte eine solch traurige Komik inne, dass Michael sich schnell zwischen einem bemitleidenswerten Geste, wie einer Umarmung, und Lachen entscheiden musste. Er brach in lautes Gelächter aus und konnte nicht mehr damit aufhören, bis ihm Tränen über die Wangen rollten und er sich den schmerzenden Bauch halten musste. Tamara war so verdutzt von seinem Ausbruch, dass sie sich erst ein wenig später und sehr zaghaft von dem Lachanfall anstecken ließ.

»Ja«, bestätigte Michael, als er wieder ein wenig zu Atem gekommen war. »Genau das könnte man von Tony erwarten. Er ist wirklich ein großartiger kleiner Kerl.« Er wischte sich die Wangen mit dem Handballen trocken und griff bestimmend nach Tamaras Füßen. Wie zuvor schlüpfte er sanft unter den Stoff ihrer Hose und streichelte über die stachelige Haut. Dabei sah er ihr mit seinem ganzen Herzen in die Augen und versprach ihr ohne ein einziges Wort, dass sie genau richtig war. Hier und jetzt und immer; bei ihm zu Hause. Auf seinem Sofa, das hoffentlich irgendwann ihr gemeinsames sein würde.

Mit Tamara zu schlafen, kam Michael zwar in den Sinn, aber er verwarf den Gedanken daran sofort wieder. Er begnügte sich mit der Tatsache, dass sie die erst wenige Wochen alte Lou zurückgelassen hatte, um ihn für zwei Stunden zu treffen. Zwei Stunden, die sie notfalls ohne Milch überstehen würde, wenn sie das Fläschchen verweigerte. Zwei Stunden, die Stefan das Gebrüll aushielt, ohne sie ins Auto zu verfrachten, um sie zu ihrer Mutter zu bringen. Zwei Stunden, die sie ohne ihre Familie verbrachte und die sie mit ihm zusammen sein wollte.

Sie hatten nicht darüber gesprochen, ob sie schon dazu in der Lage war, sich von ihm – oder irgendjemandem – berühren zu lassen. Natürlich hätte er gern gewusst, ob sie weiterhin mit Stefan schlief. Ob sich das nach der Geburt von Lou nun fortsetzen würde oder ob sie darüber nachdachte, die Geburt ihrer Tochter zum Anlass zu nehmen, um ihrem Dasein einen komplett anderen Kurs vorzugeben. Ein neues Leben in seine Richtung, besser gesagt in eine gemeinsame. Aber er wollte sie nicht unter Druck setzen oder sie gar zum Lügen verführen.

Einerseits wertete er es als gutes Zeichen, dass sie nun die erste Gelegenheit, sich von der Familie freizumachen, dazu genutzt hatte, um sich mit ihm zu treffen. Auf der anderen Seite war ein fragiler Zeitspalt zwischen altem und neuem Leben angebrochen, in dem sie beide vielleicht noch eine Weile hängen bleiben würden, bis Tamara für sich selbst wieder Platz fand in ihrem eigenen Leben.

Michael betrachtete Tamara und sie sagten eine Weile gar nichts. Ihre Augen waren halb geschlossen und ihr Atem ging ganz ruhig. Er befürchtete schon, sie könnte jeden Moment einschlafen. Ihnen blieb kaum noch Zeit, bis sie sich verabschieden würden. Er müsste sie also ohnehin in Kürze wecken, daher räusperte er sich und suchte nach einem Gesprächsanfang, der sie beide zueinanderbrachte. Er wollte etwas für die kommenden Tage, an denen sie sich nicht sehen würden, mitnehmen von ihr. Denn er brauchte dringend etwas, woran er sich festhalten konnte. Aber alles, was ihm einfiel, war die kleine Lou mit ihren riesigen Augen und der zarten Haut in ihrem Gesichtchen.

»Wann musst du wieder los?«, fragte er also, um zu erfahren, wie viel Zeit ihm noch blieb. Tamara schaute auf die Uhr an der Wand und runzelte die Stirn.

»Ein paar Minuten haben wir noch«, antwortete sie und kuschelte sich tiefer in das Kissen. Da fiel Michael plötzlich ein, dass er ihr das Geschenk noch nicht gegeben hatte. Er hatte den Anhänger zwar zum Osterfest mitgebracht, es hatte sich jedoch keine Gelegenheit ergeben, ihn ihr zu überreichen. An ihrem Arm klapperten unzählige kleine Figürchen. Stefan würde ein weiteres wahrscheinlich gar nicht auffallen. Vorsichtig schob er ihre Beine von seinem Schoß und erhob sich.

»Warum gehst du weg?«

»Ich habe etwas für dich. Warte hier«, sagte er und holte die kleine Schachtel aus der Lade seines Nachttischs im Schlafzimmer. Er öffnete sie und besah die Miniaturkamera, bevor er den Deckel wieder darüberstülpte.

Zurück auf der Couch richtete sich Tamara auf und betrachtete neugierig das Päckchen, das er ihr entgegenhielt.

»Eigentlich habe ich es dir zur Geburt eurer Tochter schenken wollen. Aber es erschien mir dann doch unpassend. Das ist für dich, nur für dich«, sagte Michael und streckte ihr die Schachtel weiter entgegen. Sie griff danach und rüttelte ein bisschen daran. Vorsichtig strich sie über die gefalzten Kanten und öffnete sie schließlich.

»Oh, die ist wunderschön«, hauchte Tamara. Sie hob den Anhänger von seinem Samtbett, betrachtete ihn von allen Seiten und fuhr mit der Fingerkuppe die fein eingearbeiteten Details nach. Dann klappte sie den Karabiner auf und befestigte die Kamera an ihrer Kette. Sie bewunderte das Bettelarmband und suchte seinen Blick. »Ich danke dir.«

»Gern geschehen. Du bist eine großartige Fotografin. Der Anhänger soll dich daran erinnern. Und daran, dass ich an dich glaube. Du könntest wieder anfangen zu foto–«

»Halt! Stopp!«, unterbrach Tamara ihn. »Ich weiß, du meinst es lieb, und ich fühle mich geschmeichelt. Aber ich habe gerade ein Baby bekommen. Meine Nächte sind so kurz wie seit Jahren nicht mehr. Rund um die Uhr werde ich gebraucht, ich kann noch nicht einmal in Ruhe duschen. Außerdem habe ich das Gefühl, dass mir alle um mich herum entgleiten. Ich denke, diese Zeit der Selbstverwirklichung ist endgültig vorüber. Ich muss mich auf Lou konzentrieren und noch einmal eine gute Mutter sein. Sie hat es verdient, dass ich ihr meine Aufmerksamkeit schenke.« Der Schmerz, der mitschwang, legte sich auf Michaels Brust.

»Du kannst jederzeit hier bei mir duschen«, schlug er vor. »Wenn du willst, kannst du gleich damit anfangen.«

Tamaras Züge wurden weich. Sie rückte näher an ihn heran, sah ihm tief in die Augen und kletterte auf seinen Schoß. Mit den Händen umschloss sie sein Gesicht.

»Ich liebe dich«, flüsterte sie und legte ihre weichen Lippen auf seine. »Meintest du das mit der Dusche ernst? Ich würde das Angebot gern annehmen.«

Michael nickte. Sie stand auf und ging in Richtung Bad, blieb stehen, wandte sich zu ihm um und fragte: »Begleitest du mich denn nicht?«

Michael streifte ihr das Shirt über den Kopf, öffnete ihre Jeans, ließ sie heraussteigen. Sie stand in der Mitte des Badezimmers, nur in Unterwäsche, und wartete auf etwas. Auf eine Reaktion. Michael spürte, dass sie mit ihrem Aussehen und ihrem Alter, das sie ihrer Meinung nach überholte, zu kämpfen hatte. Er selbst sah nur sie, seine Tamara. Mitgenommen von allem, was sie ertragen musste in den letzten Wochen, aber schön.

Ihr Busen war verdeckt durch einen BH, der überall mit Haken versehen war, damit man ihn zum Stillen rasch öffnen konnte, ohne sich vollständig entkleiden zu müssen. An der oberen Kante lugte auf einer Seite eine Einlage heraus, die wahrscheinlich die Muttermilch aufsaugen sollte. Der Slip wirkte aufgequollen. Erst bei genauerem Hinsehen bemerkte er, dass auch in ihm eine Einlage steckte. Er hätte gern gefragt, wozu. Irgendwo hatte er einmal gelesen, dass viele Frauen während der ersten Zeit des Stillens nicht menstruieren. Aber er hielt sich zurück. Er wollte sie nicht noch mehr verschrecken oder gar beschämen. Ihre Unsicherheit war raumfüllend.

Michael zog Tamara an sich. Er streichelte ihren Rücken, vergrub seine Finger in ihrem langen Haar und gab ihr einen

Kuss auf die Stirn. »Du bist wunderschön, Tami.« Er fühlte ihre Tränen, die den Stoff seines T-Shirts benetzten.

Sie entkleideten sich vollständig, sagten nichts mehr und stellten sich gemeinsam unter den breiten Strahl der Dusche. Michael seifte ihren Rücken ein, wusch ihr Haar, berührte beinahe jede Stelle ihres Körpers. Dann wickelte er ein Handtuch um sie und tupfte sie trocken.

»Ich muss jetzt gehen«, sagte Tamara, als sie sich angezogen hatten. Das Bedauern war nicht zu überhören.

»Wann sehen wir uns wieder?«, wollte er wissen. Gerade konnte er sich nicht vorstellen, dass sie nach Hause fuhr und Tage oder gar Wochen vergingen, bis sie sich wieder treffen konnten.

»Hoffentlich bald«, antwortete sie unsicher. »Ich vermisse dich jetzt schon.« Sie küsste ihn. Ganz kurz nur. Dann schloss sie die Wohnungstür hinter sich.

14

»Michiiiii!« Marlene kreischte im Frequenzbereich des Ultraschalls, als sie ihn in die Bar kommen sah. Sie schwang sich über die Theke, hinter der sie eben noch dabei war, Bier zu zapfen, und stürmte auf ihn zu.

»Langsam, langsam«, versuchte er sie zu bremsen, doch es war schon zu spät. Sie hüpfte auf seine Hüfte und umschlang seine Mitte mit ihren langen Beinen, die in einer Art Fischnetzstrumpfhose und kurzen Shorts steckten. »Runter von mir«, wies er sie an, als er feststellte, dass sie sämtliche Blicke in der Bar auf sich zogen und einige der Jungs anfingen zu grölen.

»Aber ich habe dich so lange nicht gesehen und dich so ewiglich vermisst«, murrte Marlene, als er sie mit ihren knöchelbrecherischen High Heels voran auf dem Boden absetzte.

»Du hast mir ja auch ein bisschen gefehlt«, gab er zu. »Wann hast du Schluss?«

»In einer Stunde. Wartest du auf mich?« Ihre Miene hellte sich auf und drückte auf Michaels schlechtem Gewissen herum.

»Ja«, blieb er knapp.

»Juhuuuu!« Voller Enthusiasmus warf sie sich ihm gleich nochmals um den Hals. Er tätschelte ihre Schulter und schob sie dann von sich weg.

»Was willst du trinken?«, fragte sie und fädelte sich wieder zwischen Theke und Spiegelwand mit unzähligen Flaschen ein.

Michael bestellte Gin Tonic, schlüpfte in die seitliche Nische an der Bar und setzte sich auf die mit rotem Kunstleder überzogene Bank. Er beobachtete Marlene dabei, wie sie die Flaschen in der Luft auf den Kopf drehte und, ohne auf die genaue Menge oder das Mischverhältnis zu achten, sein Glas befüllte. Sie sah um einiges älter aus als beim letzten Mal, als sie sich gesehen hatten, benahm sich aber noch immer wie ein kleines Mädchen. Sie wird bis in alle Ewigkeit hinter dieser Bar stehen und Drinks zubereiten, dachte Michael und ihm fiel wieder ein, warum er den Kontakt zu ihr mied.

Es erfüllte ihn mit Schwermut zu sehen, wie sie ihr Leben vergeudete. In der Zeit, als sie sich noch nahegestanden hatten, hatte ihn die Machtlosigkeit, mit der er ihren Verfall mitansehen musste, zermürbt. Also war er, so schwer es ihm auch gefallen war, auf Distanz gegangen. Michael war nicht der Typ, der Probleme oder Herausforderungen scheute. Im Gegenteil. Seine Freunde konnten sich auf ihn verlassen. Wenn man ihn um drei Uhr morgens aus dem Bett klingelte, war sein erster Satz: »Wo soll ich dich abholen?«

Aber dabei zuzusehen, wie seine Schwester sich von Beginn ihres Erwachsenenlebens an von einem Fehler zum nächsten hangelte, wurde irgendwann zur Unmöglichkeit. Je mehr er sich bemühte, ihr zu helfen, desto mehr Ablehnung schlug ihm von ihrer Seite entgegen. Er hatte die Befürchtung, gemeinsam mit ihr unterzugehen, wenn er sich nicht von ihr löste, und führte den unausweichlichen Bruch zwischen ihnen herbei. Den Bruch, den sie ihm sofort verziehen hatte und doch – um es in ihren Worten zu sagen – ewiglich nachtragen würde.

Nicht weil sie von ihm gerettet werden wollte. Sie sah nicht ein, dass sie ihn mit ins Verderben gerissen hätte, wenn er damals nicht von zu Hause ausgezogen wäre und ihre Anrufe für einen längeren Zeitraum ignoriert hätte. Diese Entscheidung hatte sich aufgedrängt, da kurz davor seine Großmutter gestorben war und ihm ihre Wohnung vermacht hatte. Der Zeitpunkt schien ihm ideal, um sich unabhängig zu machen.

Marlene blieb weiter in ihrem gemeinsamen Elternhaus wohnen und verpulverte binnen kurzer Zeit ihren Anteil des großmütterlichen Erbes, das aus einem beträchtlichen Barvermögen bestand. Irgendwann konnte ihre Mutter die Tragik nicht mehr mit ansehen. Sie verkaufte das riesige Haus, erwarb für sich selbst eine kleine Wohnung und mietete in der Nähe ein umso größeres Atelier, in dem sie ihre Kunst ausübte.

Damit stellte sie Marlene vor vollendete Tatsachen und die Herausforderung, ihr Leben endlich in die Hand zu nehmen. Was weniger gut klappte als gedacht. Michael musste einspringen, sonst hätte Marlene sich unter einer Brücke niedergelassen.

Die paar Treffen zwischen ihnen in den letzten Jahren waren geprägt von ihrem Gefühlsüberschwang und seinem nagenden Empfinden, dass er sie ihm Stich gelassen hatte. Bis heute kostete es ihn Überwindung, ihr in die Augen zu sehen. Dass sie ihn mit offenen Armen empfing, wann immer er bei ihr auftauchte, rührte sein schlechtes Gewissen noch mehr auf.

»Brauchst du Hilfe? Oder warum bist du hier?«, fragte sie, als sie sich für eine kurze Pause zu ihm stellte, und musterte ihn. »Du wirst mir doch nicht erklären, dass du einfach nur so – meinetwegen – hier bist.« Sie zwinkerte ihm zu. Rund um ihre Augen waren tiefe Falten, die Michael noch nicht kannte. Unter ihrer solariumgebräunten Haut schimmerte das Grau des Verfalls und er, der fünf Jahre älter war als sie, fragte sich, ob er jemals so alt aussehen würde wie seine kleine Schwester.

»Ich bin hier, weil du bald Geburtstag hast. Deinen dreißigsten!« Michaels Lächeln wollte sich nur halb zeigen. »Ich war vor Kurzem im Atelier und habe Mutter besucht. Du fehlst ihr. *Wir* fehlen ihr. Sie hat sich gewünscht, dass wir an deinem Ehrentag gemeinsam zu Sebastiano essen gehen.«

»Pfff.« Marlene wischte mit einem Lappen über das Holz und versuchte erst gar nicht, ihre Empörung zu verbergen.

Michael hatte es sich auch nicht anders vorgestellt. Zu viel war vorgefallen und zu wenig war darüber gesprochen worden. Aber er hatte seiner Mutter den Wunsch nicht ausreden können, Marlene dazu zu bringen, sich gemeinsam mit ihr und ihm an einen Tisch zu setzen.

»Bitte, Mar–«

»Denkt sie denn wirklich, dass ich einen auf heile Familie mache, nach allem, was passiert ist? Sie interessiert sich doch gar nicht für mich.«

»Du übertreibst«, wandte er ein. »Sie war vielleicht nicht so da für dich, wie du es dir nach Papas Tod gewünscht hättest. Aber für sie war das auch nicht leicht. Und *ich* habe mich doch um dich gekümmert, oder nicht?«

»Ich habe dich nicht darum gebeten«, keifte sie zurück. Gleich darauf verzog sich ihr Gesicht zu einer Fratze und die ersten Tränen schossen aus ihren Augen. Die Wimperntusche zeichnete Spuren auf ihre Wangen, die sie mit den Fingern verwischte.

»Hör mal, Marlene. Vielleicht ist es an der Zeit, die alten Geschichten zu begraben und der Familie eine zweite Chance zu geben«, meinte er.

»Ich brauche niemanden. Mama schon gar nicht. Richte ihr von mir aus, dass sie sich ihre Idee in den Arsch schieben kann. Dieses ganze Theater ist der Mühe nicht wert – nur weil es mein Geburtstag ist. Sie soll sich weiter im Rampenlicht ihres erfolgreichen Radio-Jungen sonnen und mich in Ruhe lassen. Und jetzt muss ich wieder arbeiten.« Ohne ein weiteres Wort stieß sie sich von der Theke ab und wandte sich den Gästen zu, die an der Bar darauf warteten, eine Bestellung aufgeben zu können.

Jedes Mal, wenn Michael das Stakkato hoher Absätze auf Asphalt hörte, sprang er hoch und sah sich um. Er saß seit über einer Stunde auf den Stufen vor dem Hintereingang der Bar und wartete darauf, dass Marlene endlich herauskam. Erst beim gefühlt hundertsten Mal erblickte er sie. Über ihren Schultern hing ein falscher Nerz, unter dem sich die blondierten Haarfransen verbargen. Zwischen ihren Fingern steckte eine glühende Zigarette. Ihre Hand zitterte.

»Warum bist du noch hier?« Sie war ungehalten und blieb nicht einmal stehen.

»Warte doch mal«, bettelte Michael und heftete sich an sie dran. »Soll ich dich nach Hause bringen? Mein Wagen steht gleich da drüben.« Mit dem Finger zeigte er zu einem öffentlichen Parkplatz.

Sie schien darüber nachzudenken, schüttelte dann aber den Kopf. »Das geht nicht. Ich fahre nicht nach Hause, sondern zu Schoki.«

»Schoki?«, fragte Michael und runzelte die Stirn.

»Ben«, erklärte sie und blieb genervt stehen.

»Du weißt aber schon, dass es rassistisch ist, wenn man Menschen aufgrund ihrer Hautfarbe Spitznamen gibt.« Er atmete tief durch. »Du triffst dich noch immer mit ihm?«

Resignation breitete sich in Michael aus. Er hatte gehofft, dass sich die seit Jahren anhaltende On-off-Beziehung zwischen den beiden nach Bens letztem Fehltritt endgültig erledigt hatte. Offenbar hatte er sich getäuscht.

»Ja«, gab Marlene zu. »Wir sind wieder zusammen.«

»Das kann doch nicht funktionieren zwischen euch. Er ist ein Drogendealer und ein sexsüchtiger Fremdgeher. Jeder hier in der Stadt kennt ihn und sein schlechter Ruf ist dabei noch besser als die private Realität.«

»Michi!« Sie stand da, sah ihm direkt ins Gesicht und klang plötzlich ungewohnt ruhig. Weg war der Kleinmädchen-Ausdruck in ihren Augen und das hysterische Gekreische.

»Ja?«, fragte er irritiert.

»Bist du heute Abend nur hergekommen, um mein Leben schlechtzureden und dich aufzuspielen? Dann geh bitte ganz schnell wieder. Ich habe dich vermisst. Jeden verdammten Tag, an dem ich dich nicht höre oder sehe, vermisse ich dich. Verstehst du? Ich hatte eine anstrengende Schicht und will einfach nur in irgendein Bett und pennen.«

»Ich will gar nichts schlechtmachen«, verteidigte er sich, sah aber selbst ein, dass er genau das tat. Noch immer folgte er dem Impuls, sie an der Hand zu nehmen und aus dem Chaos zu zerren. Ihr zu zeigen, dass sie so nicht leben konnte, obwohl sie seit über zehn Jahren das Gegenteil bewies. »Okay, es tut mir leid. Schreib Ben, dass du heute nicht kommst. Ich bringe dich nach Hause, wir schlafen ein bisschen und dann lade ich dich zu einem späten Frühstück ein. Was sagst du?«

»Du schläfst bei mir?« Da waren wieder diese großen Augen und das Mädchenstrahlen.

»Ja! Und jetzt komm, bitte. Mir ist kalt.« Michael legte den Arm um seine kleine Schwester und ging mit ihr so schnell, wie ihre hohen Schuhe es zuließen, zu seinem Wagen.

Immer noch erstaunt über die Verwandlung sah Michael seiner Schwester dabei zu, wie sie sich nacheinander Brötchen, Ei, Käse, Wurst, Marmelade, Tomaten und Obst in den Mund schob, als hätte sie in letzter Zeit kaum gegessen. Sie trug eine Jeans, ein ausgebleichtes Shirt und Turnschuhe. Nichts davon betonte ihre knochige Figur. Die Haare hatte sie zu einem Dutt zusammengedreht, Make-up trug sie keines, dafür eine Sonnenbrille. Das Einzige, was an den vermeintlichen Glamour der vergangenen Nacht erinnerte, waren ihre pinken, künstlichen Fingernägel, die sich gerade in den Schinken gruben, um ihn vom Teller in den Mund zu befördern.

»Hmm«, machte Marlene und kaute genüsslich. Es war die erste Reaktion auf das, was Michael erzählt hatte.

Er war sich nicht sicher, wie es überhaupt dazu gekommen war, dass er ihr alles über seine Beziehung zu Tamara anvertraut hatte. Seine Schwester saß vor ihm, schaufelte Essen in sich hinein und er fühlte sich ihr aus einem unerfindlichen Grund plötzlich sehr verbunden. Das Lokal, in dem sie frühstückten, war bis auf einzelne Tische leer. Die Loungemusik hatte ihn eingelullt, während er an seinem Cappuccino nippte, sein Croissant in die Marmelade tunkte und seiner Schwester beim Essen zusah. Auf einmal hatte er das Bedürfnis gehabt, ihr alles zu erzählen. Da war es aus ihm herausgesprudelt. Sie war eine gute Zuhörerin, so wie er. Kein einziges Mal hatte sie ihn unterbrochen. Auch nicht mit ihrer oftmals eindeutigen Mimik. Sie hatte frei von Vorurteilen gegessen und gelauscht, gegessen und gelauscht.

»Was meinst du mit ›hmm‹?«, hakte Michael ungeduldig nach.

»Also ich frage mich eines: Ist es überhaupt ganz sicher, dass du nicht der Vater bist?«

15

Michaels Hände zitterten so stark, dass er sein Telefon nicht mehr festhalten konnte. Es landete auf dem Teppichboden und blieb mit dem Display nach unten liegen. Er war sich nicht sicher, ob er das Telefonat überhaupt beendet hatte oder die Verbindung zu Tamaras Anschluss noch aufrecht war. Unwichtig. Er hatte nichts zu sagen, nicht der kleinste Laut kam aus seinem Mund.

Es zerriss ihn von innen heraus, dass er nicht wusste, wie es ihr jetzt gerade ging. Er wollte so gern für sie da sein, aber er durfte es nicht. Die Machtlosigkeit, die er empfand, hatte ihm mit voller Gewalt ins Gesicht geschlagen.

Infiziert von Marlenes Frage, ob er sich sicher war, dass Lou nicht seine Tochter war, hatte er die letzten beiden Tage damit verbracht, darüber nachzudenken, wie er Tamara am besten darauf ansprechen konnte. Sie hatte behauptet, dass Stefan der Vater sein musste, und danach war nie wieder darüber geredet worden. Wenn er die Augen schloss, sah er Lou in seinen Armen liegen, wie sie ihn musterte und an ihrem Schnuller nuckelte. War er vor Kurzem noch davon überzeugt gewesen, dass Kinder in den ersten Wochen nach der Geburt ohnehin alle irgendwie gleich aussahen, setzte er nun die Parallelen zwischen ihm und der Kleinen auf eine gedankliche Liste: die langen Fingerchen, die sich blitzschnell um seinen Daumen geschlossen hatten. Die überraschende Kraft, mit der sie dabei zugepackt hatte. Die blauen Augen, obwohl er einmal gelesen hatte, dass sich die Augenfarbe erst Monate nach der Geburt endgültig festlegte.

Daran konnte er seine Vermutung also nicht festmachen. Aber da war dieses eine Detail gewesen, von dem er anfangs nicht zugelassen hatte, dass es sich in seinem Bewusstsein ausbreitete. Als Lous gehäkelte Mütze vom Köpfchen rutschte, hatte er eine Kerbe an ihrer linken Ohrmuschel festgestellt. Dasselbe Merkmal hatte auch Michael. Beide Ohren wiesen am oberen Rand einen leichten Knick auf. Das fiel keinem auf, sofern man nicht genau darauf achtete. Nur er selbst störte sich daran. Wenn er sich im Spiegel betrachtete, sah es für ihn so aus, als wäre er von einem Friseur attackiert worden, der ihm auf beiden Seiten einen kleinen Schnitt verpasst hatte.

Warum hatte er dies nicht schon am Osterfeiertag zum Anlass genommen, um Tamara darauf hinzuweisen? Ihr musste diese Gemeinsamkeit zwischen Lou und ihm doch auch aufgefallen sein. Hatte sie es absichtlich unter den Teppich gekehrt? Hatte sie Lou die Mütze deshalb aufgesetzt, obwohl es ein ausgesprochen milder Tag gewesen war? Michael war davon ausgegangen, dass Babys zu empfindlich waren, um sie ohne Kopfbedeckung ins Freie zu lassen. Hatte er das alles einfach ausgeblendet und sich die Auffälligkeiten schöngeredet, um es nicht noch komplizierter zu machen? Wollte er Lou gar nicht als seine Tochter, sondern nur Tamara, naturgemäß eben mit *ihren* Kindern?

Seine Schwester hatte den Ideenkeim eingepflanzt und gegossen und das Pflänzchen war über Nacht aus dem Boden hochgeschossen.

Schließlich hatte er entschieden, dass kein Weg an einer direkten Konfrontation vorbeiführte. Er musste mit Tamara sprechen und das am besten persönlich. Er hatte ihre Nummer gewählt, um ein ehestmögliches Treffen zu vereinbaren. Es war früh am Vormittag und allein deshalb war ihm ein Schrecken in die Glieder gefahren, als nicht Tamara, sondern Stefan, der um diese Zeit längst im Büro sein sollte, das Gespräch entgegennahm.

Es war wohl den Umständen geschuldet, dass sein Freund sich nicht weiter darüber wunderte, dass Michael vormittags bei Tamara anrief. Natürlich war er Tonys Patenonkel und zudem bald der von Lou. Dennoch war es eine Art althergebrachter Brauch, dass die Männer sich kurzschlossen und Pläne schmiedeten, denen Tamara und die Kinder sich bloß anschlossen.

Was genau passiert war, konnte Michael nur erahnen. Stefans Stimme verriet nichts über seinen erlittenen Schock, genauso wenig sein geschäftsmäßiger Ton, mit denen er die Fakten abspulte. Dies passierte jedoch in einem solchen Durcheinander, dass man den Eindruck hätte haben können, er wäre betrunken. Michael hätte ihm dazu raten sollen, den Wagen am Straßenrand zu parken und sich ein Taxi ins Krankenhaus zu nehmen. Er war jedoch aufgrund der Informationsbrocken, die Stefan in die Telefonleitung schleuderte, selbst derart kopflos, dass er keinen vollständigen Satz aussprechen konnte.

Tamara ist im Flur das Handy aus der Tasche gefallen. Sie fährt im Rettungswagen mit. Ich fahre mit dem Wagen hinterher. Sie hatte einen Anfall. Lou. Sie hat aufgehört zu atmen. War schon blau.

Michael hatte keine Vorstellung davon, was Tamara in diesem Moment empfinden musste. Sie war mit Sicherheit gelähmt vor Angst um ihre Tochter. Selbst ihm fiel das Atmen schwer und er konnte keinen klaren Gedanken fassen.

Das Bild einer leblosen Lou in ihrem Bettchen schob sich vor sein inneres Auge. Ihre durchschimmernde Haut, die kraftlosen Fingerchen, die Bemühungen der Eltern, sie wach zu kriegen. Das hektische Herumfahren erwachsener Gliedmaßen, wenn man in Panik nicht wusste, was man zuerst machen sollte.

Er sah Tamara, wie sie Lou beatmete, hörte sie schreien, spürte das Beben und die Kälte, die einen flutete, wenn die Angst sich vom Rücken in den ganzen Körper ausbreitete. Wie damals, als er Marlene in der Badewanne in der gemeinsamen Wohnung gefunden hatte. Aber es war wahrscheinlich noch schlimmer, wenn es das eigene Kind war, das man vorfand. Er konnte also nur erahnen, was Tamara gerade durchmachte. Denn er selbst hatte ja keine Kinder. Oder doch? Hatte er ein Kind?

»Meine Güte, Michael. Ich halte das nicht aus.« Tamaras Stimme war ein ersticktes Flüstern, das ihm durch die Eingeweide fuhr.

»Tami, ich …« Verzweifelt rang er um die richtigen Worte, aber er hatte keinen blassen Schimmer, was er sagen könnte. Lou wäre beinahe gestorben. Die Rettungssanitäter und der Notarzt hatten sie in der Villa wiederbelebt und so weit stabilisiert, dass sie sie überhaupt im Krankenwagen transportieren konnten.

Im Krankenhaus wurde sie sofort auf die Intensivstation gebracht. Dort lag sie nun, wie nach ihrer Geburt, in einem voll ausgestatteten Mini-Intensivbett, und wurde mit Sauerstoff versorgt. In den kommenden Tagen würden einige Tests auf dem Programm stehen, die den Anfall erklären sollten. Bisher ging man davon aus, dass es sich um einen, glücklicherweise in letzter Sekunde abgewendeten, Fall des plötzlichen Kindstods handelte. Ein bisher noch immer nicht restlos geklärtes Phänomen, das an sich gesunde Kinder in den ersten Lebensmonaten scheinbar grundlos im Schlaf sterben ließ, erklärte Tamara ihm.

»Oder es sind noch die Nachwirkungen von der schwierigen Geburt«, meinte sie abschließend. »Ich weiß es doch auch nicht.« Sie klang so erschöpft.

»Seid ihr bei Lou im Krankenhaus?«, fragte Michael.

»Stefan ist zu den Kindern nach Hause gefahren und ich bleibe hier. Man hat mir ein Zimmer zur Verfügung gestellt, damit ich schnell bei ihr sein kann, falls …« Tamara schniefte.

»Kann ich irgendetwas tun?« Es war unerträglich, nichts ausrichten zu können. Und am schlimmsten war, dass er noch nicht einmal ins Krankenhaus fahren konnte, um Tamara wenigstens mental zu unterstützen. Es stand ihm nicht zu, in die Rolle ihres Felsens zu schlüpfen.

Der Mann, der diese Funktion ausfüllte, fuhr zwischen seinem kranken Baby sowie seiner Frau und den beiden Kindern zu Hause hin und her. Stefan war nun gefordert, allem gerecht zu werden. Michael hatte keinen Anspruch darauf, ihm einen Teil davon abzunehmen.

»Es ist schon spät. Die Ärztin hat mir vorhin ein Mittel gegeben, damit ich zur Ruhe komme. Ich werde versuchen, ein paar Stunden zu schlafen«, meinte Tamara, ohne auf seine Frage einzugehen. »Gute Nacht, Michael.«

»Ich bin da, wenn du mich brauchst«, versicherte er ihr und verabschiedete sich.

16

Michael sah Patrick und Gregor schon von Weitem auf der Parkbank sitzen. Er war spät dran. Seine Freunde warteten seit über zwanzig Minuten auf ihn. Aber er hatte die Strecke unterschätzt und sich selbst um ein Vielfaches fitter in Erinnerung. Mit Mühe quälte er sich die letzten hundert Meter den Anstieg hoch. Der Lenker seines Mountainbikes ließ das Vorderrad unter der Anstrengung nach links und rechts schlenkern. Er hatte in den letzten Wochen so wenig Sport getrieben, dass er einen großen Teil seiner Kondition und Kraft eingebüßt hatte.

»Hallo, Jungs«, keuchte er, als er endlich die Beine vor den beiden auf den Boden stellte. Er nahm seine Getränkeflasche aus der Halterung und trank in gierigen Zügen.

»Mike, auch schon da«, neckte Gregor ihn und warf einen prüfenden Blick auf das Display seines Telefons.

»Hast dich wohl überschätzt«, meinte Patrick.

»Und ihr?«, schlug Michael zurück. »Wo steht denn der Wagen?«

»Dort«, gab Gregor zu und zeigte auf das kleine Waldstück, hinter dem vor einigen Jahren ein Parkplatz für die Spaziergänger errichtet worden war. Nach ein paar Dehnungsübungen stellte Michael sich an den Wegrand. Dieser war bloß mit einem wackeligen und zu niedrigen Holzzäunchen begrenzt, dahinter fiel eine steile Böschung bergab. Der Sicherung diente dieser Zaun nicht, er war höchstens eine leise Warnung. Er atmete durch die Nase die Frühlingsluft ein und stieß sie durch den Mund wieder aus. Langsam normalisierte sich sein Puls und er spürte, wie sich die angespannten Muskeln lockerten. Seine Beine fühlten sich schon viel weniger hart an, wurden jedoch von Sekunde zu Sekunde schwerer.

»Setz dich zu uns!«, schlug Patrick vor. »Du hast uns bestimmt nicht hier hochzitiert, damit wir gemeinsam den Blick über die Stadt genießen.«

»Wenn doch, dann hole ich noch schnell das Gras aus dem Auto«, meinte Gregor. Patrick lachte.

»Wir brauchen einen Plan«, stellte Michael fest und wandte sich seinen Freunden zu. Er sah ihnen nacheinander ins Gesicht. Die beiden starrten verdutzt zurück.

»Ich denke, da musst du etwas konkreter werden«, sagte Gregor.

»Es geht um meine Schwester.«

»Die schöne Marlene«, fing Gregor direkt an zu schwärmen und blickte sehnsüchtig in den Himmel. Doch dabei verzog er sein Gesicht, als ob er unter akuten Zahnschmerzen litt.

»Sei still und lass mich ausreden«, unterbrach Michael ihn und verdrehte die Augen. »Ich war bei ihr. Und ihr Zustand ist – wie seit jeher – bedenklich. In ihrer Wohnung lag überall ungeöffnete Post herum. Sie hat die Umschläge, als ich kam, rasch zusammengerafft und in einer Schublade verschwinden lassen. Es sind also wahrscheinlich Mahnungen oder andere Schreiben, die ich nicht sehen sollte.«

»Ich dachte, *du* kommst für die Wohnung und die ganzen Nebengeräusche auf?«, warf Patrick ein.

»Genau«, bestätigte Michael und nickte. »Und deshalb machen mich diese verschlossenen Briefe und ihr hektisches Verräumen nervös.«

»Verstehe. Und was hast du nun vor?«, fragte sein Freund.

»Sie lässt mich, seit ich damals unsere Wohngemeinschaft aufgelöst habe, nicht mehr in ihr Leben. Also muss ich eine Möglichkeit finden, um wieder an sie heranzukommen.«

»Frag sie doch einfach, welche Briefe das sind. Wenn sie dir nichts sagt, drohst du ihr damit, dass du die Zahlungen einstellst. Also mal ehrlich: Sie kann doch nicht ernsthaft davon ausgehen, dass du als ihr Bruder für alle Zeiten für ihren Scheiß bezahlst.« Gregor schüttelte fassungslos den Kopf.

»Ich weiß, dass man das nicht so leicht nachvollziehen kann. Aber sie ist meine Schwester und ich fühle mich für sie verantwortlich. Nachdem unser Vater so früh gestorben ist, war es für uns alle nicht leicht. Ich will einfach, dass sie weiß, dass man als Familie zusammensteht.«

»Wie lautet denn der Plan?«, lenkte sein Freund ein und sah ihn erwartungsvoll an.

»Marlene hat bald Geburtstag. Ihren Dreißiger. Ich dachte, wenn wir eine kleine Feier für sie veranstalten ...«

»Eine Feier? Sie macht sich doch schon seit Jahren nichts mehr aus ihrem alten Freundeskreis«, bemerkte Gregor und wich dem Blick seiner Kumpels aus.

»Ich weiß, dass das nicht einfach ist für dich. Aber eure Trennung hat eben einiges verändert. Du kannst ihr doch nicht vorwerfen, dass sie danach auf Distanz gegangen ist.«

»Sie war *meine* wunderschöne Marlene. Und dann hat sie eines Tages beschlossen, dass wir ihr alle miteinander nicht gut genug sind. Ich sag dir, Alter«, sein Blick flog hektisch herum, »das hab ich nie ganz weggesteckt.«

»Was erwartest du dir denn von dieser Feier?«, warf Patrick dazwischen und lenkte das Gespräch wieder in eine neutrale Bahn.

»Die Feier soll sie an die alten Zeiten erinnern und daran, dass es Menschen gibt, denen sie sich anvertrauen kann. Sie hat sich doch immer gut mit Simone verstanden und vielleicht bricht das Eis und wir kommen alle wieder näher an sie heran. Ich allein werde das nicht schaffen.«

»Simone ist bestimmt dabei. Die beiden waren gut befreundet. Wenn sie erfährt, dass Marlene Probleme hat, dann wird sie mit Sicherheit zur Stelle sein.«

»Und nach der Feier soll wieder alles so sein wie früher? Alles wieder gut?«, wetterte Gregor.

»Da gebe ich Grex schon recht. Sie wird einen Abend mit uns verbringen und danach wieder ihrer Wege gehen«, vermutete Patrick.

»Der Plan geht ja noch weiter«, erklärte Michael und setzte sich zwischen seine Freunde auf die Bank. »Ich denke, ich schenke ihr zum Geburtstag eine Mitgliedschaft in deiner Schule.« Bevor das Donnerwetter auf ihn niedergehen konnte, klopfte er beruhigend auf Gregors Oberschenkel. Ein Seitenblick in das Profil seines Freundes verriet ihm, was er schon vermutet hatte. Tapfer wischte der sich die Ungläubigkeit aus dem Gesicht und sammelte sich kurz.

»Du willst sie also tatsächlich wieder in mein Kampftraining schicken?«, fragte Gregor nach.

»Ja«, antwortete Michael fest und nickte. »Ich will, dass sie sich wieder mit uns allen verbindet. Und wie ginge das schneller und effektiver, als wenn sie sich zweimal pro Woche in deine Kampfausbildung begibt? Du hast damals selbst gesagt, dass sie ein gutes Gespür dafür hat und sie es bis zur Ausbilderin schaffen könnte. Wärt ihr noch zusammen, würdet ihr die Schule mittlerweile wahrscheinlich gemeinsam führen.«

»Aber dann wollte sie ja weg von ihm«, warf Patrick trocken dazwischen.

»Und jetzt holen wir Marlene eben wieder zurück«, hielt Michael stur dagegen.

»Also, wenn ich da ein bisschen mitreden dürfte ...« Gregor räusperte sich. »Ich habe kein gutes Gefühl dabei. Mir hat diese ganze Sache mit Marlene damals wirklich zugesetzt. Und ich habe keine Lust darauf, dass das alles wieder von vorn anfängt. Jetzt, da ich einigermaßen über sie hinweg bin.«

»Das ist Jahre her. Sei ein Mann – es geht um meine Schwester«, sagte Michael. »Bitte«, schob er kleinlaut hinterher. Sein Freund nickte ergeben und Patrick zog sein Handy aus der Hosentasche. »Ich gebe Simone Bescheid, dass es Zeit dafür ist, einen Kuchen zu backen.«

Michaels Mutter hielt den Blick stur auf das Kunstwerk auf der Staffelei vor ihr gerichtet.

»Das heißt also, sie wird nicht kommen?«, fragte sie.

»Ja, das heißt es«, antwortete Michael. Er hatte ihr offenbart, dass Marlene nichts von der Familienfeier im Restaurant zu ihrem Geburtstag hielt. Wenn sein Plan funktionierte, würde die Überraschungsparty sie daran erinnern, dass es die Leute von früher nur gut gemeint hatten mit ihr. Und dass sie zwischen ihnen immer noch ihren Platz hatte. Dass sie nicht darauf angewiesen war, mit Ben und den anderen zwielichtigen Typen abzuhängen. Vielleicht öffnete ihr der Sprung in ein neues Lebensjahrzehnt die Augen. Sie konnte nicht für immer in diesem Leben hängen bleiben.

»Wir haben sie verloren«, stellte seine Mutter fest.

»Für den Moment noch, vielleicht ... Aber ich versuche, sie wieder zurückzuholen. Gib ihr ein bisschen Zeit.«

Sie nickte und malte ein paar dunkelblaue Tupfen auf den bespannten Keilrahmen. Dann steckte sie den Pinsel schwungvoll in den mit Wasser gefüllten Becher und rührte darin herum, als wollte sie nicht nur die Farbe herauswaschen, sondern auch die Traurigkeit.

Michael stand auf und blieb einen Moment lang unschlüssig im Atelier stehen. Dann verabschiedete er sich und zog leise die Tür hinter sich zu.

Mit dem Tod seines Vaters war seine Mutter in eine Welt eingetreten, zu der er keinen Zugang hatte. Ihre Stimmung war so wechselhaft wie das Wetter im Gebirge. Aber er hatte sich daran gewöhnt.

Manchmal hatte er das Gefühl, dass er der Einzige war, der den Verlust des Vaters zumindest halbwegs unbeschadet überstanden hatte. Er war jedoch keine Wahl geblieben. Daher hatte er gar nicht erst zugelassen, von der Sogwirkung ergriffen zu werden, und seinen Mann gestanden.

Wenn er an seinen Vater zurückdachte, dann sah er einen Mann mit stets abwartendem Ausdruck im Gesicht. Nach seinem Tod fragte sich Michael, ob das Ausharren einer Vorahnung geschuldet war. Das diffuse Wissen, dass im noch jungen Körper ein Fremdkörper heranwuchs, der ihn aus dem Leben reißen würde, wie man eine vollgeschmierte Seite aus einem Notizbuch riss.

Michaels Verbindung zu seiner Großmutter, der Mutter seines Vaters, war nach dem Tod aufgeflammt. Sie redeten oder schwiegen. Sie kochten, kauften ein und jäteten Seite an Seite das Unkraut im Gemeinschaftsgarten der Wohnanlage seiner Großmutter.

Sie und ihr Sohn sahen sich sehr ähnlich, nur das Warten auf den Tod hatte sie nicht im Gesicht. Der kam erst später und auf eine andere Art. Michael fühlte sich ihr, die mit ihrer Trauer ganz anders umging als seine Mutter und Marlene, verbunden. Die beiden schlossen stillschweigend den Pakt, dass sie weitermachen und das gemeinsam durchstehen würden.

Das Leben seiner Schwester geriet völlig außer Kontrolle. Sie trank, sie schlief mit sämtlichen Typen, die ihr über den Weg liefen, sie konsumierte Drogen und verfolgte beharrlich den Gedanken an den eigenen Tod. Alles Gründe, die ihre Mutter zum Anlass nahm, sich komplett wegzuschalten. Nach dem Motto: Wenn ich nichts tun kann außer zuzusehen, sehe ich lieber weg. Sie tauschte das Haus gegen die kleine Wohnung und ein Atelier, lebte von der Hinterbliebenenrente ihres verstorbenen Mannes sowie den Ersparnissen, und malte tagein, tagaus das – wie Michael schien – immer gleiche Motiv. Es mussten mittlerweile Hunderte Bilder des kleinen Mädchens in dem weißen Kleid existieren.

Der Wagen parkte auf der Straße vor dem Atelier seiner Mutter. Michael lehnte sich gegen das Auto und zog sein Telefon aus der Hosentasche. 14:53 Uhr. Er würde noch ein paar Minuten warten müssen, bis er endlich Tamara anrufen konnte. Tony war mittwochs um drei in seinem Gitarrenkurs. Nora würde ohnehin nicht zu Hause sein und Stefan arbeitete bestimmt noch. In seiner letzten Nachricht hatte er die Mittwochnachmittage scherzhaft zu ihrer Telefonflirtzeit erklärt, nachdem Tamara ihn zum wiederholten Mal auf diesen Tag vertröstet hatte. Ihre Vormittage waren mittlerweile ausgefüllt mit Lebensmitteleinkäufen, Kinderwagen-Spaziergängen mit anderen Müttern und Untersuchungsterminen im Krankenhaus.

Man hatte Lou nach einer Nacht zur Beobachtung auf der Intensivstation auf die normale Kinderkrankenstation verlegt und nach zwei Tagen ohne eine wirkliche Diagnose entlassen müssen. Die Ärzte waren überrascht davon, wie schnell sich das kleine Mädchen wieder erholt hatte. Stefan erzählte, dass er und Tamara ein paar Tipps erhalten hatten, wie sie die Schlafsituation von Lou sicherer gestalten könnten. Keine Kissen, keine großen Stofftiere, keine anderen potenziell Erstickung hervorrufenden Gegenstände rundherum.

Lou übersiedelte, ausgestattet mit einem sensiblen Babyfon, vom Elternbett in ihr eigenes Gitterbettchen und dieses wiederum stand nicht im Schlafzimmer, sondern in Lous Kinderzimmer. Es war schlichtweg sicherer, nicht eingepfercht zwischen zwei Erwachsenen zu schlafen. So hatte sie nichts als frische Luft rund um sich und konnte sich ausbreiten.

»Wenigstens hab ich mein Bett und meine Frau jetzt wieder für mich«, hatte Stefan gescherzt. Die Erschöpfung war ihm anzuhören. Den Stich ins Herz, den Michael bei diesem Satz verspürte, konnte diese jedoch nicht abmildern. Er konnte sich nicht vorstellen, dass die Beradis angesichts der Ausnahmesituation, in der sie sich wegen Lou befanden, viele romantische Stunden miteinander verbrachten.

Aber gerade solche beanspruchenden Zeiten wirkten sich zuweilen so aus, dass man die körperliche Nähe des Partners suchte.

Er spürte, dass er Tamara ein Stück weit hatte loslassen müssen. Erst war es die Schwangerschaft gewesen, dann die einschneidenden Erfahrungen der Geburt, jetzt waren es die Sorgen um das Kind. Es schweißte die Familie zusammen und drängte ihn und ihre Beziehung hinaus. Noch wollte Michael nicht aufgeben. Er *konnte* Tamara nicht aufgeben.

Davon abgesehen hatte sich der von Marlene ausgesprochene Satz fest in seinem Gedankengerüst verankert. Bei der nächsten Gelegenheit, also wenn Tamara und er sich persönlich trafen, würde er sie erneut darauf ansprechen, wie gesichert ihre Aussagen hinsichtlich der Vaterschaft waren. Und er würde nicht nur ihre Worte hören, sondern auch ihr Gesicht lesen und ihren Herzschlag fühlen, wenn sie antwortete. Er brauchte Gewissheit.

Es klingelte drei Mal, bis sie sich meldete. Ihre Begrüßung klang müde. Im Hintergrund war das untröstliche Weinen von Lou zu hören.

»Hallo, Tami«, sagte er. Die Traurigkeit darüber, dass sie nicht ungestört waren, konnte er nicht verbergen.

»Mike, schön dass du anrufst«, erwiderte Tamara. »Es ist gerade –«

»Es ist gerade ungünstig«, unterbrach er sie. Er war gereizt. Die Wut sprang an wie ein Rasenmähermotor. Er konnte sie kaum im Zaum halten. Die Sehnsucht nach ihr war zu groß. In diesem Moment fühlte er sich in Konkurrenz mit einem kleinen, wehrlosen, übermüdeten oder einfach nur hungrigen Baby. Er empfand es als unfair und zugleich war ihm bewusst, wie lächerlich er sich damit machte.

»Hör zu, mein Liebster«, flüsterte Tamara. Der Kosename triggerte etwas in ihm. Seine Muskeln entspannten sich ein wenig und er lauschte. »Ich kann jetzt nicht in Ruhe sprechen. Aber ich könnte morgen zu dir kommen. Wann musst du im Sender sein?«

Schnell ging er in Gedanken seinen Sendungsplan durch. »Ich habe morgen das Programm am späten Nachmittag.«

»Sehr gut!«, freute sie sich. »Ich komme zu dir, sobald Nora und Tony aus dem Haus sind. Und ich bringe Frühstück mit.«

»Und was ist mit Lou? Hat Stefan denn frei?«, wollte er wissen. Einen Moment lang war es still in der Leitung.

»Nein, also ... Stefan ist im Labor. Ich dachte, ich kann sie mitbringen«, sagte sie.

»Natürlich!«, beeilte er sich zu sagen, um ihre Unsicherheit zu zerstreuen. »Ich freue mich, wenn ihr kommt.« Es war ihm gar nicht in den Sinn gekommen, dass sie Lou mitbringen könnte. Sie hatten sich immer nur allein getroffen. Er war davon ausgegangen, dass die Familie in einer Affäre keinen Platz hatte. Und vor allem Tamara Wert auf die strikte Trennung legte. Von den unvermeidbaren Treffen mit sämtlichen Beradis, die ohnehin immer seltener wurden, mal abgesehen. Eigentlich kam ihm der gemeinsame Besuch mit der Kleinen sogar gelegen. Er könnte sie noch einmal ganz in Ruhe ansehen, seine Gefühle abfragen. Vielleicht spürte man es ja, wenn man das eigene Kind vor sich hatte?

»Kannst du morgen früh für mich einspringen?« Michael stand vor dem Schreibtisch seines Kollegen Rob, der irritiert von seinen Unterlagen aufsah und ihn musterte.

»Morgen? Ich … also –«

»Bitte!«, unterbrach er ihn. »Es ist wichtig. Ich habe einen Termin übersehen und ich kann ihn nicht mehr absagen.« Rob und er verstanden sich nicht gut. Und lieber biss Michael in eine Zitrone, als nur ein Wort mehr als nötig mit ihm zu wechseln.

Sie beide hatten etwa zur selben Zeit im Sender angefangen und waren seit dem ersten Tag in Konkurrenz zueinander. Es gab weder einen freundschaftlichen Austausch noch ein kollegiales Miteinander.

Während der Anfangszeit arteten ihre Kämpfe oft aus. Rob hatte schnell gemerkt, dass er gegen den Publikumsliebling Mike keine Chance hatte, und war um keinerlei Bosheit verlegen gewesen. Natürlich hatte sich Michael gewehrt, selbst wenn er eher ein harmonischer Typ war und den Ärger vom Arbeitsplatz direkt mit an den Tisch und ins Bett nahm. Er hatte in der Gefechtszeit dreizehn Kilo abgenommen und war wie eine Leiche durch den Sender gewandelt, weil er nachts nicht hatte schlafen können. Mittlerweile hatten sie ein Level erreicht, auf dem sie sich ignorieren konnten und davon absahen, dem anderen zu schaden.

Noch niemals zuvor hatten sie sich gegenseitig um einen Gefallen gebeten. Wenn einer krank wurde, änderten die Programmchefs den Dienstplan. Ansonsten waren beide darauf bedacht, ihre Sendungen einzuhalten oder notfalls einen anderen Kollegen um einen Sendungstausch zu bitten.

Ausgerechnet heute war kein weiterer Moderator im Haus.

Er hatte sich nach dem Besuch bei seiner Mutter auf den Weg in den Sender gemacht, um endlich einen kleinen Teil der Arbeit zu erledigen, die sich auf seinem Schreibtisch angesammelt hatte. Zur Sicherheit hatte er den Dienstplan noch einmal überflogen und festgestellt, dass er morgen für die Frühstückssendung mit Anni vorgesehen war.

Er konnte Tamara unmöglich versetzen. Nicht nur, dass er selbst sie unbedingt sehen wollte. So doof, wie er auf ihren Vorschlag, Lou mitzubringen, reagiert hatte, würde sie womöglich annehmen, er benutzte die Arbeit als Ausrede, um sich zu drücken.

Da Gunther wegen einer Grippe das Bett hütete, führte kein Weg an Rob und seiner Gnade vorbei.

»Na gut«, murmelte der und senkte den Blick wieder auf den Papierstoß vor ihm.

»Ja?«, versicherte sich Michael. Er hatte mit weitaus mehr Widerstand gerechnet. Mit einer trotzigen Absage wegen eigener Termine oder zumindest mit einem süffisanten Spruch. Daher fragte er: »Was willst du dafür?«

Rob schaute ihn wieder an. »Nichts.«

»Okay.« Michael überlegte. »Und welche Sendung soll ich im Gegenzug übernehmen?«

»Such dir irgendeine aus dem Dienstplan aus«, murmelte er, schon wieder in das Lesen der Zeilen auf dem obersten Blatt vertieft.

Michael blieb einen Augenblick lang unschlüssig stehen. Dann wandte er sich zum Gehen und trat mit einem gemurmelten »Danke« aus der Tür.

Das ist zu mühelos gewesen, überlegte er, beschloss aber, sich erst nach dem morgigen Treffen mit Tamara weiter Gedanken darüber zu machen. Dem stand jetzt nichts mehr im Weg. Zur Sicherheit notierte er den Moderatorenwechsel in der Frühstückssendung im internen Dienstplan und schickte ihn dem Chef und Rob per Mail. Wer wusste schon, auf welche Ideen er sonst kam. Vielleicht würde er nicht kommen und behaupten, Michael hätte kein Wort zu ihm gesagt. Nach all den Jahren traute er ihm alles zu.

»Ist was mit Rob? Der verhält sich so komisch«, wollte er von Anni wissen, die er in der Teeküche traf. Sie rührte in ihrem Tee, sah ihn an, schaute schnell wieder in den Becher, als würde sie darin die neuesten Nachrichten lesen.

»Hmm?«, insistierte er, während er im Schrank nach seiner Lieblingskaffeetasse kramte.

»Hast du es noch nicht gehört?«, fragte sie leise. Er fand nicht, wonach er suchte, und griff wahllos irgendeinen Kaffeebecher.

»Was gehört?« Er schloss die Schranktür, stellte den Becher unter die Kaffeemaschine und drückte den Knopf. Anni wartete ab, bis das laute Mahlwerk ihre Arbeit vollbracht hatte und Kaffee aus dem Auslauf floss.

»Den hat seine Frau …« Sie wand sich und überlegte, wie sie weiterreden sollte. Ein prüfender Blick zur Tür, ob jemand in der Nähe war. Dann fuhr sie fort: »Seine Frau hat ihn verlassen.«

»Oh, das wusste ich nicht. Wann denn?«

»Vor etwa einem halben Jahr. Sie hat von heute auf morgen ihre Koffer gepackt und ist nach Spanien gezogen, um dort mit ihrem neuen Lover eine Boutique für Hunde zu eröffnen.«

»Krass. Das ist ein herber Schlag«, sagte Michael und sein Mitleid war echt. So etwas wünschte er nicht einmal Rob. Soweit er wusste, hatten er und seine Frau zwei gemeinsame Kinder im Teenie-Alter. »Hat sie die Kinder mitgenommen?«

»Nein, die sind hier bei ihm. Die Trennung hat Rob und die beiden Jungs kalt erwischt. Sie hatten offenbar überhaupt keine Ahnung, dass sie einen anderen Mann kennengelernt hatte, und standen wie gesagt über Nacht ohne Frau und ohne Mama da.« Wieder hielt sie inne.

»Nun komm schon, Anni. Das war noch nicht alles. Lass dir nicht alles aus der Nase ziehen!«

»Na, ich weiß doch auch nichts Genaues. Aber wie es aussieht, dürfte es ihm jetzt erst so richtig bewusst werden, dass sie weg ist. Anders kann ich mir das auch nicht erklären, dass er plötzlich so durch den Wind ist. Wie gesagt: Ich hab auch keine Ahnung, was da wirklich los ist. Und wir sollten nicht hinter seinem Rücken Spekulationen anstellen. Frag ihn doch einfach selbst, wenn du es genauer wissen willst.« Zur Bekräftigung schob Anni die Besteckladе zu, aus der sie einen Löffel gezogen hatte, und stahl sich an ihm vorbei.

»Ich muss gleich auf Sendung«, rief sie ihm über die Schulter zu und rauschte ab in Richtung Studio.

17

Da sie keine genaue Uhrzeit vereinbart hatten, stand Michael ab acht am Fenster und schaute auf die Straße. Er wurde von Minute zu Minute nervöser. Jedes Mal, wenn ein Wagen die Sackgasse entlangschlich, war er enttäuscht, dass es nicht Tamaras Auto war. Um halb neun klingelte sein Telefon. Er stürmte ins Wohnzimmer und betete zu Gott, dass es nicht sie war, die ihr Treffen kurzfristig absagte. Aber es war Marlenes Name, der ihm angezeigt wurde. Einen Augenblick lang dachte er darüber nach, den Anruf zu ignorieren und sich später bei ihr zu melden. Doch dann rief er sich zur Ordnung. Schließlich hatte er es sich zur Aufgabe gemacht, dass sie das Vertrauen in ihn wiedererlangte. Da war es vermutlich nicht förderlich, sie wegzudrücken.

»Hallo, Marlene«, meldete er sich.

»Hi, Michi. Du klingst gestresst. Störe ich?« Es hörte sich so an, als läge sie noch im Bett. In ihrem hoffentlich und nicht in dem von ihrem Schoki, schoss es ihm durch den Kopf.

»Ich warte auf Besuch«, gab er ehrlich zurück. »Was kann ich für dich tun?«

»Du erwartest, dass ich etwas brauche, wenn ich mich bei dir melde?«

»Wie?« Er hatte Mühe, sich auf das Telefonat zu konzentrieren, und schlurfte zurück zu seinem angestammten Fensterplatz.

»Darf ich meinen Bruder nicht einfach so anrufen? Zum Plaudern?«, hinterfragte Marlene. In ihrem Ton lag etwas Lauerndes. Sie hatte es schon als Kind verstanden, ihn in Bedrängnis zu bringen. Und sie war schlau. Bestimmt hatte sie längst gecheckt, dass er eine Mission hatte. Mission: neues Leben für meine Schwester.

»Hör zu, Marlene. Wenn du nur plaudern möchtest, dann werde ich dich gegen Mittag zurückrufen. Ist das in Ordnung?«, sagte Michael mit fester Stimme. Er würde sich nicht auf dieses Spielchen einlassen.

»Also gut, ich wollte dich nur um einen kleinen Gefallen bitten«, lenkte Marlene ein und schon kamen sie der Sache näher. Er hatte gewusst, dass sie nicht einfach so zum gemütlichen Tratschen anrief.

»Und was wäre das für ein Gefallen?« Seine Gedanken schweiften ab. Genau vor dem Wohnhaus fuhr Tamara ihr Auto in die Parklücke. Sie nahm zwei Anläufe, bis es endlich gerade auf dem Parkplatz stand.

»Mein Vermieter hat einen Brief geschickt, in dem steht, dass er die Miete erhöhen wird«, erklärte Marlene.

»Okay, ich werde es mir das nächste Mal ansehen«, versuchte er das Gespräch zu verkürzen.

»Der höhere Betrag ist aber schon bald fällig. In wenigen Tagen«, druckste Marlene herum. »Außerdem möchte er eine Einmalzahlung als Kaution.«

»Kaution? Die haben wir doch sofort bezahlt, als du eingezogen bist. Eine weitere Zahlung ist nicht vorgesehen. Wofür auch? Du wohnst seit Jahren dort und er hat nichts im Inneren der Wohnung erneuert oder verändert. Oder?«

»Nein, das nicht. Ach, weißt du was? Vergiss es«, sagte Marlene auf einmal. »Ich werde das Geld schon auftreiben. Aber könntest du bitte den Abbuchungsauftrag für die Miete um hundert Euro erhöhen? Ich zahl es dir zurück …«

Sämtliche Alarmglocken schrillten in Michaels Innerem. Einmalzahlung, Mieterhöhung … Er kannte den Vermieter nur oberflächlich, wusste aber, dass er ein ausgewachsener Hund war, wenn es darum ging, seine Mieter auszunehmen. Bisher hatte er Marlene in Ruhe gelassen. Vor allem, weil ihm bewusst war, dass Michael im Hintergrund aufpasste, dass sie nicht abgezockt wurde. Irgendetwas musste vorgefallen sein. Er wusste nur noch nicht was. Vielleicht wollte er sie aus der Wohnung hinausdrängen? Er würde der Ursache für dieses eigenartige Verhalten dringend auf den Grund gehen.

Tamara stieg aus dem Wagen. Ihr mittlerweile wieder vollkommen schlanker Körper war umhüllt von einer knielangen Strickweste. In ihrem Haar, das sie offen trug, steckte eine Sonnenbrille. Sie sah absolut anbetungswürdig aus, als sie sich auf die andere Seite des Autos bewegte und die hintere Tür öffnete. Schwungvoll nahm sie die Babyschale mit Lou darin aus dem Wageninneren und hob den Kopf. Ihre Blicke trafen sich durch das Fenster hindurch. Michaels Knie wurden weich.

»Ich komme kurz nach Mittag zu dir, Marlene«, krächzte er. »Bist du daheim?«

»Ich muss –«

»Sei da!«, sagte er schroff. Seine Geduld war erschöpft.

Seine Schwester murrte eine Zustimmung und er unterbrach das Telefonat. Tamara war mittlerweile aus seinem Sichtfeld verschwunden. Es würde nicht lange dauernd, bis sie vor seiner Wohnungstür stand. Michael atmete tief durch, versuchte, die

Luftzufuhr unter Kontrolle zu halten. Erst jetzt wurde ihm klar, wie sehr sie ihm fehlte, wenn sie nicht da war. Unfassbar, dass er es so lange zwischen ihren Treffen ausgehalten hatte. Er musste sich zurückhalten, um ihr nicht entgegenzulaufen.

Das leise Klopfen an der Tür brachte sowohl seinen Herzschlag als auch seine Atmung wieder komplett aus dem Takt. Diese Frau machte ihn fertig.

»Hallo, Michael!« Allein wie sie seinen Namen aussprach, obwohl sie ihn sonst gern bei seinem Spitznamen nannte, wühlte ihn auf. Sein Blick huschte zwischen Tamara und der kleinen Lou in ihrer Babyschale in seiner Kniehöhe hin und her. Beide schauten ihn aus großen Augen an. Das kleine Mädchen nuckelte an ihrem Schnuller und musterte ihn aufmerksam.

»Hi«, krächzte Michael und räusperte sich. »Kommt doch bitte rein.« Er trat einen Schritt zurück und griff unbeholfen nach dem Henkel der Babyschale, um sie Tamara abzunehmen. Der Kindersitz wog erstaunlich schwer in seiner Hand. Während Tamara ihre Weste abstreifte, trug er ihn mitsamt Baby ins Wohnzimmer und überlegte einen Moment lang, wo er ihn abstellen könnte. Mangels Erfahrung entschied er sich für den Wohnzimmertisch. Das Schaukeln fehlte Lou sofort. Auf ihrer Stirn bildete sich eine feine Falte, gleich darauf plumpste ihr Schnuller aus dem Mund, der sich vor dem ersten Laut zu einer unzufriedenen Grimasse verzog.

»Du musst sie nur ein bisschen anstupsen«, empfahl Tamara grinsend.

»Praktisch«, kommentierte er und warf Tamara über Lou hinweg ein schiefes Lächeln zu, während er den Sitz schaukeln ließ.

Dann wandte er sich wieder Lou zu. Er schien mit seinem Einsatz den gröbsten Frust abgefangen zu haben. Zur Sicherheit hob er den Schnuller von der Decke, die über den Beinchen lag, und führte ihn sanft an ihre Lippen. Die Kleine schnappte sofort danach und begann hektisch zu nuckeln.

»Sie hat Hunger«, meinte Tamara und sah sich um. »Kann ich …?« Sie zeigte auf die Couch.

»Klar«, sagte Michael, als er verstand, dass sie Lou stillen wollte. Wahrscheinlich war es ihr lieber, wenn er ihr ein wenig Privatsphäre zugestand. Daher ging er in die Küche. »Ich mache uns einen Tee. Oder möchtest du etwas anderes?«

»Tee klingt gut. Im Flur steht meine Tasche. Ich habe Croissants mitgebracht«, rief Tamara ihm hinterher. Er zog die Papiertüte mit dem Gebäck aus der offenen Wickeltasche, die neben den Schuhen auf dem Boden stand. Dann füllte er den Wasserkocher und legte die Croissants auf einen Teller. Aus dem Kühlschrank holte er Butter und zwei verschiedene Sorten Marmelade. Er arrangierte alles auf dem Küchentisch und kümmerte sich um den Tee, sobald das Wasser sprudelte. Als das Frühstück fertig vorbereitet war, setzte Michael sich an den Tisch und blätterte in der Tageszeitung. Vom Sofa her waren keinerlei Geräusche zu hören und er selbst bemühte sich ebenfalls, still zu sein.

»Sie ist eingeschlafen«, wisperte Tamara und legte ihre Arme von hinten über seine Brust und seinen Hals. Ein leiser Seufzer entfuhr ihm, als er ihre Körperwärme in seinem Nacken spürte, und er schloss die Augen. Sie löste sich von ihm, er erhob sich und zog sie in eine feste Umarmung. Sie standen lange nur da und fühlten einander.

»Ich habe dich vermisst«, gestand er.

»Ich dich auch«, murmelte sie an seiner Brust. Dann setzten sie sich an den Esstisch und genossen das Frühstück. Sie fütterte ihn mit ihrem dick mit Marmelade bestrichenen Croissant und küsste die Spuren von seinem Mundwinkel weg. Michael ging mit seinen Fingern unter dem Tisch auf die Suche nach ihrem Oberschenkel, streichelte über den Stoff ihrer Leggings, stellte sich die weiche Haut darunter vor. Sie verschlangen die buttrigen Gebäckteile, als wollten sie sich stärken für alles, was noch kommen sollte.

Tamaras Körper lag in seinen Armen. Versonnen streichelte er mit den Fingerspitzen ihre Schulter. Seit ihrer Schwangerschaft und der Geburt war alles an ihr weicher. Die Haut war prall und zart zugleich. Sie war locker um ihre Mitte gewickelt, als müsse sie sich an den geschrumpften Inhalt erst wieder gewöhnen. Tamaras tiefe Atemzüge ließen ihn vermuten, dass sie eingenickt war. Doch sie saß sekundenschnell aufrecht im Bett, als aus dem Wohnzimmer ein leises Raunzen zu vernehmen war.

Lou war aufgewacht und die Lautstärke ihres Quengelns schwoll rasch an. Verständlich, dachte Michael. Sie war in einer fremden Umgebung und sah und hörte nichts von ihrer Mutter. Tamara schlüpfte in ihre Kleider und stürmte aus dem Schlafzimmer. Michael zog die Decke bis zum Kinn und lauschte, wie sich das kleine Wesen sofort beruhigte. Sie hatte schon wieder Hunger oder ein Verlangen nach Mamas Brust. Ein Verlangen, das er, wenn auch aus anderen Gründen, nachempfinden konnte.

Michael schloss die Augen. Durch die geschlossenen Lider nahm er die Sonnenstrahlen wahr, die durch das Fenster hereinspielten. Er presste sie fester zusammen und folgte mit einer gewissen Faszination dem Muster, das in dem dunklen Rechteck von außen nach innen floss. Er konnte das Bild nicht anhalten, es bewegte sich immer weiter, bis er ein wenig Spannung aus seinen Augenlidern nahm und die Ornamente wieder von der rötlichen Helligkeit abgelöst wurde. Er warf die Decke auf den Boden und streckte seine Glieder von sich. Die Nacktheit bedeutete für ihn in diesem Moment Freiheit. Vor und mit Tamara war er gern nackt. Sie nicht mehr. Seit der Geburt von Lou haderte sie mit ihrem Aussehen, obwohl er ihr mit jedem Wort und jeder Berührung versicherte, dass dies völlig unbegründet war. Für ihn war sie die schönste Frau der Welt.

Wenn sie bloß ein wenig mehr Zeit hätten. Wobei sie sich doch länger miteinander befasst hatten, als er gedacht hatte. Tamara erzählte, dass Lous Vormittagsschläfchen oft zwei oder drei Stunden dauerte. Sie dürfte die Ruhe genießen, wenn alle anderen Beradis in der Arbeit und Schule waren und sie allein mit ihrer Mutter war. Mit ein Grund dürfte die Erschöpfung sein. Sie holte vormittags den Schlaf nach, den sie in der Nacht sich selbst und ihrer Familie oft raubte.

So kam es, dass sie sich gegenseitig an den Körper des jeweils anderen pressten und sich nicht mehr losließen, bis eben. Die Nähe hatte sich wie ein warmer Sprühregen auf Michaels Haut gelegt. Ein heißes Begehren war aufgewallt und er hatte alle Mühe gehabt, sich zurückzuhalten.

»Es wird nicht so sein wie vorher«, warnte Tamara ihn und wich seinem Blick aus, als er sie unter sich auf den Rücken gebettet hatte. Er küsste sie, beruhigte sie mit einem leisen »Psst«, ließ seine Hand zwischen ihre Beine gleiten. Vorsichtig schob er sie auseinander und strich mit den Fingerspitzen über ihren Venushügel hinab. Dabei ließ er sie nicht aus den Augen.

Michael versank in ihrem Blick und sie hielt seinem stand. Beinahe trotzig, was ihn um ein Haar schneller werden ließ, als sie es verdient hatte. Auch da zügelte er sich. Er hatte nicht vor, einen Fehler zu machen. Erst als Tamara eindeutig so weit war und kein Zweifel mehr bestand, dass sie nicht länger darauf warten wollte, sich mit ihm zu vereinigen, drang Michael in sie ein.

Er ließ die vergangene Stunde noch einmal durch seinen Kopf und seinen Körper rauschen. Eine ungeheure Erleichterung durchflutete ihn. Nicht dass sie mit ihm geschlafen hatte, machte ihn glücklich. Na gut, das natürlich auch. Aber es steckte mehr dahinter. Es war ein Vertrauensbeweis und gleichzeitig eine Einwilligung, ihre Beziehung weiterzuführen.

Manchmal keimte in ihm die Angst auf, dass Tamara sich von ihm trennte. Die Umstände sprachen alle dafür. Der neue Alltag, das Baby, die Familie, die Erschöpfung. Aber so, wie sie sich gerade vor ihm ausgebreitet hatte, hatten sich seine Ängste in Luft aufgelöst. Sie konnte sich ein Leben ohne ihn offenbar genauso wenig vorstellen, wie er eines ohne sie.

18

»Noch immer hungrig?«, fragte Michael und lehnte sich in den Türrahmen. Er wusste, dass Tony bald nach Hause kommen und Tamara daher gleich heimfahren würde. Also stand er nur in Jogginghose auf der Schwelle ins Wohnzimmer und beobachtete die beiden, die auf der Couch lümmelten.

»Sie kuschelt gern«, erwiderte Tamara und lächelte. Sie sah glücklich aus, beinahe gelöst. Ob es an dem zufriedenen Baby in ihrem Arm lag oder an dem, was Michael und sie eben an Intimität erlebt hatten, konnte er nicht sagen. Es war vermutlich eine Mischung aus beidem. Zärtlich streichelte sie über die Wangen ihrer Tochter, die ihre halb geschlossenen Augen auf das Gesicht ihrer Mama richtete und herzhaft gähnte. Michael schmunzelte bei diesem süßen Anblick und stieß sich ab. Vorsichtig setzte er sich zu den beiden und berührte Lous Füßchen, die in dicken Socken steckten.

»Ich kann sie gut verstehen«, flüsterte er.

»Was?«

»Na, dass sie gern mit dir kuschelt. Mit dir zu kuscheln, ist unglaublich.«

Tamara strich sich mit der freien Hand das Haar aus dem Gesicht, kicherte und sah zwischen Lou und ihm hin und her. Michael hingegen starrte auf jenes kleine Ohr, das nicht an Tamaras Oberkörper geschmiegt war. Er suchte nach Worten, wollte die Frage, die schon ausformuliert gegen die Innenseite seiner Zähne klopfte, endlich loswerden.

»Sie sieht aus wie du«, sagte Tamara plötzlich und ihm wurde schwarz vor Augen. Seine Hand an Lous Beinchen zitterte wie bei einem Fieberschub. Er spürte sein Herz im Hals, keuchte schwer auf, um die Fassung nicht vollends zu verlieren.

Bevor er etwas sagen konnte, sprach sie weiter. »Ich will dir die Wahrheit nicht länger vorenthalten. Es war ein Fehler, nicht von Anfang an mit offenen Karten zu spielen. Und ich weiß, dass du mir das nie verzeihen wirst. Aber ich hatte Angst davor, mir das selbst einzugestehen. Und noch viel mehr davor, mit jemandem offen darüber zu sprechen. Wenn man etwas ausspricht, wird es wahr. Und ich war nicht sicher, ob ich es wahr machen wollte«, schluchzte Tamara. Unbeholfen rutschte Michael an die Kante des Sofas nach vorne und legte sein Gesicht in die Hände.

»Warum?«, wollte er wissen. Seine Stimme war kaum mehr als ein Flüstern. »Ich habe dich gefragt, und du hast –«

»Es war zu viel ... Das alles in diesem Moment. Der Schock über die Schwangerschaft war groß. Ich wollte kein Kind mehr, Michael. Das hat mir für sich allein schon einen riesigen Schrecken eingejagt. Noch einmal von vorne anfangen. Die dreckigen Windeln, überhaupt die ganze Pflege eines Säuglings mit der Verantwortung, dass du ihn irgendwie durchbringen musst. Die Nächte, die Gefahren, wenn sie anfangen, sich an Möbeln hochzuziehen, wenn sie die ersten Schritte wagen und an den Putzmittelschrank gehen. Und dann diese andauernde Bindung an ein kleines Wesen, die erst nach Jahren lockerer wird. Die sich dann auftrennt wie ein fehlerhafter Strickpulli, wenn du eigentlich nicht mehr loslassen kannst. Ein Kind zu haben, ist eine Lebensaufgabe. Nicht zuletzt deshalb, weil mal einen Teil seines Lebens sprichwörtlich aufgeben muss.« Sie seufzte. »Ich bin über vierzig, da steckt man das nicht mehr so leicht weg. Vor allem nicht, wenn man schon zwei Kinder hat. Ich sah dem Ganzen mit mehr als gemischten Gefühlen entgegen. Mit Stefan konnte ich darüber nicht sprechen. Er war ohnehin komplett gegen dieses Kind. All meine Bedenken hätten ihn in seiner Meinung nur noch gefestigt und irgendwie hätte er mich dazu gebracht, abtreiben zu lassen. Daher habe ich von Anfang an klargestellt, dass ich Lou will. Dass ich mich auf sie freue. Vor allem, weil ich tief in meinem Innersten wusste, dass sie von *dir* ist.«

»Aber warum zur Hölle hast du mir das nicht gesagt?«, schrie Michael und war selbst überrascht, wie laut die Verbitterung aus ihm sprach. Gleichzeitig fühlte er sich endlich erlöst von seinen Zweifeln. Schnell versuchte er, sich wieder zu bremsen. »Ich verstehe das nicht.«

»Ich weiß. Das kann ich dir auch wahrscheinlich niemals erklären. Ich habe damals beschlossen, dieses Geheimnis für mich zu behalten. Wenn ich dir davon erzählt hätte, hättest du gewollt, dass ich mich sofort von Stefan trenne. Ich sah aber erst einmal nur die Aufgabe vor mir, die Schwangerschaft hinter mich zu bringen und für meine Kinder da zu sein. Eine solche einschneidende Veränderung wäre nicht möglich gewesen für mich.«

»Aber jetzt …« Der Hoffnungsschimmer strahlte über dem ganzen Chaos, das Tamara in den letzten paar Minuten angerichtet hatte. Er war sich am Anfang so sicher gewesen, dass er der Vater war. Aber er hatte ihr geglaubt, als sie das Gegenteil behauptete, und er hatte sein Bauchgefühl erstickt. Aus Liebe zu ihr hatte er alles so hingenommen, wie sie es ihm kredenzt hatte. Ohne es zu hinterfragen.

Und nun saß sie mit dem Baby im Arm neben ihm auf der Couch und sah ihn von unten herauf erwartungsvoll an. Als läge es an ihm, eine Entscheidung zu treffen. Dabei wusste sie doch, dass er sich immer für und niemals gegen sie aussprechen würde. Zwischen ihnen stand ein Vertrauensbruch, dessen Ausmaß er nicht einschätzen konnte. Er war wohl so erheblich, dass ihm dies ohnehin nie gelingen würde. Für Michael war klar, dass es sich damit genauso wie mit einem körperlichen Schmerz verhalten würde. Immer, wenn die Wucht ihn traf, würde sein Verstand in eine Art Ohnmacht fallen, um sich zu schützen.

»Aber jetzt ist es möglich?«, fragte er bemüht neutral. Er wollte es ihr nicht zu leicht machen. Außerdem konnte Michael selbst nicht einschätzen, wie lange er brauchen würde, um diesen Wendepunkt in sein Leben zu integrieren. Lou war seine Tochter. Er hatte ein Kind mit der Frau, die er liebte.

»Was ist jetzt möglich?«, wollte Tamara wissen.

»Die einschneidende Veränderung. Dass du Stefan verlässt, damit wir beide zusammen sein können. Dafür bist du nun bereit?«, präzisierte er.

Tamara wich in Sekundenschnelle seinem Blick aus. Sie fing an, die unruhig werdende Lou auf dem Arm zu schaukeln, und drehte ihm dabei den Rücken zu. Schon war das erste Krächzen aus dem kleinen Mund zu hören. Tamara stand auf, ging im Wohnzimmer auf und ab, wippte Lou auf dem Arm. Dann wühlte sie mit fahrigen Bewegungen in der Wickeltasche und zog eine Box mit einem Schnuller darin heraus. Sie spazierte wieder zwischen Küche und Couchtisch hin und her, das Weinen verstummte, aber Lou blieb weiter sichtlich angespannt.

Sie spürte die Nervosität ihrer Mutter, als wäre es ihre eigene, konnte nicht damit umgehen, weil sie doch mit ihren wenigen Wochen Lebensalter gar keine Aufregung kennen sollte außer fehlender Nähe, einer vollen Windel und Hunger.

»Ich …«, stammelte Tamara nervös. Michael ließ sie nicht aus den Augen, sagte nichts und wartete. »Das ist nicht so einfach, Mike.«

Sein Schweigen hielt an.

»Glaube mir, wenn es Nora und vor allem Tony nicht gäbe, hätte ich schon längst alles hinter mir gelassen, um mit dir neu anzufangen. Ich liebe dich!«, sagte sie. »Bitte, hör mir zu, Michael: *Ich liebe dich!*«

»Dann –«

»Aber das alles ist schwieriger, als du es dir vielleicht vorstellst. Ich habe eine Verantwortung gegenüber den Kindern. Wir haben keine Ahnung, was passiert, wenn ich Tony seinen Vater wegnehme. Das alles ist ein sehr hohes Risiko, das ich nicht eingehen kann.«

»Du nimmst ihm doch den Vater nicht weg, wenn du dich von Stefan trennst«, hielt Michael verzweifelt dagegen. Er sah das Ziel vor Augen, die wehende schwarz-weiß karierte Flagge. Er würde auf keinen Fall aufgeben.

»Aber er würde es so empfinden. Und was wäre mit uns? Mit dir?«, gab sie zu bedenken. »Kannst du dir tatsächlich vorstellen, dass ich plötzlich mit den Kindern hier einziehe? Wir müssten uns eine größere Wohnung nehmen. Hier könnten wir unmöglich leben. Nora würde vielleicht bei Stefan im Haus wohnen bleiben. Sie ist alt genug und wäre vermutlich sogar froh, wenn sie Tony und Lou nicht dauernd um sich hätte. Aber Tony und Lou und ich … und du.« Sie holte tief Luft.

»Außerdem ist da noch die Freundschaft zwischen dir und Stefan. Sie würde genauso zerbrechen wie das gesamte gemeinsame Leben, das er und ich uns aufgebaut haben. Versteh das bitte nicht falsch, aber mein Mann und ich sind ein eingespieltes Team.«

Mein Mann. Ein unsichtbares Messer rammte sich in sein Herz und die Klinge drehte sich um hundertachtzig Grad.

»Außerdem bin ich finanziell von ihm abhängig. Ich müsste sofort wieder anfangen zu arbeiten. Und wie soll das gehen, mit Lou? Soll ich sie mitnehmen zu Fotoshootings? Davon abgesehen müsste ich erst wieder Aufträge bekommen. Sie braucht mich. Ich denke …« Sie hielt inne und ihr angespannter Gesichtsausdruck verwandelte sich in das zärtliche Gesicht einer Mutter, als der Blick ihrer kleinen Tochter sie in ihren Bann zog.

»Ich verdiene genug Geld«, versicherte Michael ihr und hörte sich an wie ein Bittsteller. Er flehte um eine Chance, dabei spürte er, dass sie Lichtjahre davon entfernt war, sie ihm zu geben. »Und die Wohnsituation müssen wir nicht sofort lösen. Lou ist noch klein. Sie braucht noch kein eigenes Zimmer. Wir werden gemeinsam etwas suchen und wenn sich etwas Passendes ergibt, ziehen wir um«, setzte er seine Bestrebungen fort. Kleinlauter, weil es mühsam und deprimierend war, etwas aus der Untiefe retten zu wollen, auf dem am Grunde des Ozeans schon Korallen wucherten. Sie hatte Zeit gehabt, darüber nachzudenken. Ihr Vorsprung war so enorm, dass sie mit Sicherheit alles gründlich überlegt und abgewogen hatte. Nichts würde sie umstimmen. Tamara hatte sich entschieden.

»Wie soll das denn nun weitergehen?«, fragte Michael und gab sich endgültig geschlagen. Tränen brannten in seinen Augen. Er versuchte gar nicht erst, sie zurückzuhalten.

»Ich liebe dich«, wiederholte sie mit fester Stimme. »Gib mir ein bisschen Zeit. Wenn die Kinder etwas größer sind, wird unsere Zeit kommen. Wenn ich dir dann nicht schon zu alt bin.« Ihr kläglicher Scherz verlor sich für Michael zwischen der Endgültigkeit ihres Entschlusses und der Zuversicht, die sie damit in ihm weckte.

Nach Tamaras überstürztem Aufbruch fand Michael sich plötzlich auf den Treppen in Marlenes Wohnhaus wieder. Er hatte keine Ahnung, wie er hierhergekommen war. Wie ferngesteuert war er in den Wagen gestiegen und hatte den Weg überraschenderweise ohne Zwischenfälle zurückgelegt. Er konnte sich an keine einzige Ampel erinnern, an keine anderen Autos oder Fußgänger. Er erinnerte sich nicht, wie er die Kreuzungen überquert, nicht einmal, welche der beiden etwa gleich langen Strecken er gewählt hatte. Vermutlich hatte er den Wagen genauso ferngesteuert in eine der freien Parklücken in der Wiesengasse geschoben, war ausgestiegen und in das Haus gegangen. Sein Auto würde er nachher suchen müssen. Jetzt, da er langsam zu sich kam, ängstigte ihn sein Zustand. Zum Glück war kein Kind auf die Straße gelaufen. Er war sich nicht sicher, ob er während der Autofahrt überhaupt die Augen offen gehabt hatte.

Das Haus hatte keinen Aufzug und Michael stieg zu Fuß in das oberste Stockwerk hinauf, in dem Marlenes Wohnung lag.

In ihrer Etage war nur noch eine weitere Wohneinheit, die von einer etwa achtzigjährigen Frau bewohnt wurde. Er bewunderte die Dame dafür, dass sie das Treppensteigen so gut verkraftete. Er selbst war zwar sportlich, hatte aber nicht das Gefühl, dass er das im hohen Alter noch schaffen könnte. Marlene hatte ihm einmal erzählt, dass ihre Nachbarin fast taub war, aber ansonsten einen agilen Eindruck machte. Ihre Einkäufe erledigte sie selbst und auch sonst war sie häufig im Flur anzutreffen, meist mit Putzeimer und Lappen bewaffnet. Das vierte Stockwerk glänzte inklusive der beiden Fenster immer, wenn Michael seine Schwester besuchte. Und so, wie er Marlene kannte, war das nicht ihr Verdienst, sondern jener dieser alten Frau.

Auf dem Weg nach oben hörte er plötzlich eine Wohnungstür zufallen und gleich darauf Schritte, die sich eilig in seine Richtung bewegten. Michael blieb stehen, hielt sich am Treppengeländer fest und wartete ab, wer in sein Blickfeld geriet.

»Na, wen haben wir denn da? Herr Thaler, das ist aber gut, dass ich Sie treffe«, trällerte der Vermieter, Peter Fellner, übertrieben laut und freundlich.

»Guten Tag«, erwiderte Michael reserviert. »Meine Schwester hat mich schon informiert, dass es wohl irgendwelche Missverständnisse wegen der Zahlungen gibt«, ging er in die Offensive. Fellner blieb eine halbe Etage über ihm stehen und musterte ihn mit einer Mischung aus Erstaunen und Amüsement.

»Missverständnisse wegen der Zahlungen«, wiederholte er langsam und tat so, als würde er intensiv über die Worte nachdenken.

»Nun, ich bin gerade auf dem Weg zu –«

»Diese Missverständnisse, Herr Thaler, lassen sich mit Sicherheit ganz schnell aufklären.«

»Nun, mich interessiert es einerseits, mit welchem Argument Sie die monatliche Miete ausgerechnet jetzt und in dieser pauschalen Höhe von einhundert Euro erhöhen möchten. Aber dafür gibt es wahrscheinlich Unterlagen zu irgendwelchen Kostenanpassungen, die Sie mir freundlicherweise per Mail zukommen lassen«, redete Michael sich in Rage. »Und zum anderen wundere ich mich über Ihre Kautionsforderung, deren Höhe ich noch gar nicht kenne. Soweit ich informiert bin, ist es selbst für die schwärzesten Schafe unter den Vermietern überaus unüblich, einfach so eine Einmalzahlung zu verlangen. Aber, wie schon gesagt, Sie werden das bestimmt –«

»Halt, halt, halt«, unterbrach ihn der Vermieter, grinste überlegen und wedelte mit den Händen. »Ich fürchte, Sie sind nicht so genau im Bilde über die derzeitige Situation, was das Mietverhältnis mit Frau Thaler betrifft. Das Treppenhaus ist aber vielleicht nicht der richtige Ort, um das zu besprechen. Möchten Sie mir in mein Büro folgen?«

19

Michael war hin- und hergerissen. Sollte er sich nicht erst die Version seiner Schwester anhören? Andererseits wollte er Peter Fellner keinen Vorsprung geben, um irgendetwas aus dem Hut zu zaubern. Wenn er jetzt, da Michael ihn überraschend erwischt hatte, keine Dokumente und Grundlagen für die haarsträubenden Forderungen vorzeigen konnte, dann wäre es um einiges leichter, diese Angelegenheit ohne großen Aufwand aus dem Weg zu räumen. Nun, da der Vermieter wusste, dass Marlene ihn bereits informiert hatte, würde er die Zeit bis zu einem späteren Termin dafür nutzen, um seine Schwester, oder besser gesagt ihn, zur Kasse zu bitten.

»Warum nicht«, entgegnete Michael also spontan und machte auf dem Absatz kehrt.

»Sehr fein«, kommentierte der schmierige Typ, drängte sich an ihm vorbei und stieg die Treppen weiter hinunter. Michael folgte ihm mit geringem Abstand, überquerte hinter ihm die Straße und ließ sich die Tür zu Fellners Büro aufhalten, das schräg gegenüber von Marlenes Wohnhaus lag.

»Darf ich Ihnen einen Kaffee anbieten?« Höflich zeigte der Vermieter auf einen Besuchersessel vor dem Schreibtisch. Michael schüttelte den Kopf und setzte sich. »Aber ich versorge mich noch rasch, wenn es Ihnen nichts ausmacht«, meinte Fellner und verschwand durch die Tür in einem Nebenraum.

Michael ließ den Blick durch den Raum wandern. Er erinnerte ihn an eine Pfandstube, wie man sie aus dem Fernsehen kannte. Die Verglasung an der Frontseite war genauso wie die Glastür an manchen Stellen erblindet. Es hingen Plakate daran, die freie Wohnungen zeigten. Das Büro bestand aus holzgetäfelten Wänden, was ihm einen zwielichtigen Charakter gab. Neben dem halbrunden Schreibtisch, der einen Blick auf die vorbeispazierenden Passanten gewährte, gab es nur zwei Besuchersessel, ein deckenhohes Regal mit Ordnern, Akten und einem surrenden Drucker sowie die schiefe Holztür, hinter der Peter Fellner verschwunden war, um sich einen Kaffee zu holen. Vermutlich gab es dort eine kleine Küchenzeile und eine Toilette. Jedenfalls wirkte das alles ganz anders, als man erwarten würde, wenn man den Chef dieser Firma auf der Straße im Armani-Anzug und in seinem Ferrari sitzend antraf, aus dessen Fenster eine Rolex am Arm funkelte. Andererseits passte das Büro wie die Faust aufs Auge zu den Machenschaften dieses Mannes oder sogar zu dieser Berufsgattung.

Auf dem Schreibtisch war neben einem aufgeklappten Laptop noch ein Stapel mit ungeordneten Papieren zu sehen und eine Schreibtischunterlage, wie man sie von früher kannte. Es handelte sich dabei um einen überdimensionierten Block, auf dem man kritzeln und sich Vermerke machen konnte. Wenn die Seite voll war, wurde das oberste Blatt abgerissen. Die Ränder der Kaffeetassen darauf waren ergiebiger als die Notizen selbst, die Michael zu entziffern versuchte. Obwohl er sicher war, dass er kaum etwas Aufschlussreiches im Zusammenhang mit der Wohnung seiner Schwester darauf finden würde.

»Herr Thaler, danke, dass Sie gewartet haben«, sagte Fellner, als er sich auf den Drehstuhl hinter dem Tisch plumpsen ließ und eine Espressotasse vor sich abstellte. Lässig streckte er seine Arme durch, damit die Hemds- und Sakkoärmel nach oben rutschten und die Sicht auf die teure Uhr sowie ein goldenes Armband auf der anderen Hand freigaben.

»Ich hatte ja auch keine Wahl«, meinte Michael verärgert. Er hatte darauf geachtet, ob der Vermieter von seinem Hinterzimmer Unterlagen mit nach vorne genommen hatte. Aber er kam nur mit einem Kaffee zurück. Er war sich seiner Sache demnach sicher, wenn er ihn spontan in sein Büro einlud und im versteckten Kämmerlein keine Unterlagen frisierte.

Peter Fellner lachte den Ärger seines Besuchers weg und fuhr mit dem solariumgebräunten Zeigefinger über die Kante des Papierstoßes. Rund um das erste Fingerglied mischten sich unter die Bräune eindeutige Nikotinflecken, gegen die nicht einmal ein Bad in Zitronensäure etwas ausrichten könnte. Ekelhaft, dachte Michael.

Er richtete seinen Blick auf die durchsichtige Aktenhülle, die Fellner zielsicher aus dem Papierberg hervorkramte. Daraus zog er ein paar lose Papierblätter und verschaffte sich mit gespielt ernsthafter Miene einen Überblick.

»Ist denn die Frage, warum plötzlich eine weitere Kaution fällig sein soll, so schwierig zu beantworten?«, wollte Michael wissen.

»Nein, nein«, erwiderte Fellner. Er runzelte die Stirn und legte die Papiere verdeckt auf der Kritzelunterlage ab. »Das ist gar nicht schwierig zu beantworten, Herr Thaler. Es handelt sich dabei auch überhaupt nicht um eine Kaution. Ich befürchte, Ihre Schwester verwechselt da etwas«, sagte er nachsichtig. »Vielmehr sprechen wir hier von einer Art Ersatzleistung, verstehen Sie?«

»Ähm«, stotterte Michael. »Nein?«

»Nun, das dachte ich mir schon. Frau Thaler hat wohl noch nicht die Zeit gefunden, um Sie vollständig ins Bild zu setzen.« Die ausschweifende Höflichkeit versetzte Michaels Körper in ein zorniges Zittern. Was war hier los? Der Vermieter wirkte so siegessicher, dass er Angst vor dem hatte, was er gleich zu hören bekommen würde.

»Dann sagen Sie doch endlich, was los ist«, presste Michael hervor.

»Gern«, erwiderte Fellner und ließ sich mit dem Rücken gegen die Lehne des Stuhls fallen. »Als ich vor Kurzem das Objekt, das von Ihrer Schwester bewohnt wird, betrat, fiel mir ein nicht ganz unerheblicher Schaden auf.«

»Betreten? Was haben Sie denn in der Wohnung zu suchen? Sie dürfen doch nicht einfach so in die vermieteten Wohneinheiten hineinspazieren«, regte Michael sich sofort auf. Er hatte Horrorbilder im Kopf, wie sich der schmierige Typ versteckten Zutritt verschaffte, um seine Mieter auszuspionieren, oder gar Schlimmeres vorhatte. Marlene war trotz ihres Lebenswandels eine attraktive Frau. Er traute es Peter Fellner ohne Weiteres zu, dass er Kameras installierte und sich abends zu den Bildern seiner Schwester im Badezimmer einen runterholte.

»Was halten Sie denn von mir?«, fragte der Vermieter beleidigt, als hätte er Michaels Gedanken gelesen. »Ich hatte die Mieter des Hauses rechtzeitig informiert, dass ich an diesem Tag gemeinsam mit einem Mitarbeiter des Internetdienstleisters vorbeikommen würde. Wie Sie wissen, bin ich bei meinen Objekten stets um Modernisierung und Komfort bemüht. Daher war ich mit verschiedenen Anbietern in Verhandlung, um in sämtlichen Wohneinheiten Glasfaseranschluss bis zur

Steckdose zu erreichen. Naturgemäß geht das aber nur, wenn man diese Steckdosen physisch vor sich hat.« Er redete mit Michael, als wäre der ein kleiner Junge, und genoss seinen Vorteil offenkundig. »Wie dem auch sei. Die Mieter waren über diesen Termin rechtzeitig informiert und ich habe im selben Schreiben das Angebot gemacht, den Termin notfalls ohne deren Anwesenheit – in Begleitung eines Schlüsseldienstes – wahrzunehmen. Man will ja niemanden unnötig belasten. Die Parteien hatten zwei Wochen Zeit, entweder den Termin einzuplanen oder meinem Angebot rechtzeitig zu widersprechen. Frau Thaler war weder da noch hatte sie dem vorgeschlagenen Vorgehen widersprochen. Daher war ich mit dem Handwerker allein in der Wohnung und habe Kenntnis von dem Schaden erlangt.«

»Von welchem Schaden?«, hakte Michael vorsichtig nach. Er wusste, dass Fellner mit allen Wassern gewaschen war und er gegen diese dubiose Vorgehensweise – zumindest im Moment – nichts einwenden konnte. Dass er sogar einen Schlüsseldienst beauftragte, um in die Wohnräume seiner Mieter zu gelangen, war bestimmt rechtswidrig. Aber hier war noch etwas anderes ganz und gar nicht in Ordnung. Und Michael konnte es nicht erwarten zu erfahren, was vor sich ging.

»Das Waschbecken in der Gästetoilette ...«, begann der Vermieter und drehte die Papiere auf dem Schreibtisch wieder um. »Das wurde aus der Wand gerissen.« Er legte das unscharfe, auf Kopierpapier gedruckte Foto vor Michael ab. Man sah beschädigte Fliesen an der Mauer und das kleine Waschbecken, das achtlos auf dem Boden lag. Er fühlte sich wie ein Verbrecher, dem während des Verhörs die Beweise für seine Schuld vorgelegt wurden.

»Aber …«, stotterte er. »Das ist …«

»Nein, Herr Thaler, da muss ich Sie gleich unterbrechen. Das Waschbecken kann nicht einfach von der Wand fallen. Es wurde herausgerissen. Das ist für sich noch kein Beinbruch. Nur leider hat Ihre Schwester es verabsäumt, sich um eine Reparatur zu kümmern oder zumindest mich zu informieren. Durch die Wucht, mit der das passiert ist, wurden auch Rohre im Inneren der Wand beschädigt. Da sich tagelang niemand darum gekümmert hat, konnte ungehindert Wasser durch das Mauerwerk sickern, was in der Wohnung darunter zu einem groben Wasserschaden geführt hat. Wir können von Glück reden, dass dort zufällig keine elektrischen Leitungen verlegt sind. Sie können sich vorstellen, was das schlimmstenfalls bedeutet hätte.«

»Ich weiß nicht, was ich sagen soll«, stammelte Michael. Damit hatte er nicht gerechnet. Was war mit dem Waschbecken passiert und warum, um alles in der Welt, hatte Marlene ihm nichts gesagt? Spätestens als er bei ihr in der Wohnung war, hätte sie ihm den Schaden zeigen können. Und dass der schon bestanden hatte, als er zu Besuch war, war klar. Sie hatte ihn kurz vor der Gästetoilette abgefangen und ihm gesagt, er sollte die im Badezimmer benutzen, weil sie im kleinen Klo kein Papier hätte.

»Wie hoch ist der Schaden?«, flüsterte Michael und richtete seinen Blick weiter auf das Bild.

»Das wissen wir noch nicht so genau. Wir gehen ohnehin davon aus, dass der Großteil von der Versicherung übernommen wird«, meinte Fellner gönnerhaft. »Aber, Sie werden verstehen, zu meiner Absicherung wollte ich eine Einmalzahlung in Höhe von tausend Euro von ihr. Natürlich gegen Ausstellung einer Quittung und bei gleichzeitiger Verpflichtung, es ihr sofort zurückzuzahlen, sobald der Fall bei der Versicherung abgeschlossen ist. Die werden sich natürlich auch fragen, warum der Schaden nicht sofort angezeigt wurde und ob eine schnellere Vorgehensweise den erheblichen Wasserschaden im Stockwerk darunter vielleicht verhindert hätte. Sie kennen das ja ... Sachverständigenkram. Ich werde mich aber selbstverständlich um eine vollständige Zahlung durch die Versicherung bemühen. Darauf können Sie sich verlassen, Herr Thaler.«

Michael löste seinen Blick von dem Papier und musterte sein Gegenüber kurz.

»Ich spreche jetzt mit meiner Schwester.«

»Machen Sie das!«, rief Fellner unbekümmert und sprang auf. »Ach ja, und noch kurz zur Miete: Die Erhöhung der Miete wurde damals im Vertrag mit aufgenommen. Hier ...« Er legte Michael eine Kopie des von ihm selbst unterzeichneten Mietvertrags vor. Das, was Peter Fellner sagte, stimmte. Er hatte vergessen, dass er damals einen günstigeren Mietzins für die ersten Jahre in der Wohnung ausverhandelt hatte und die Frist nun verstrichen war.

Die Gewissheit, den Kampf gewonnen zu haben, sah man dem Vermieter an. Michael fand keinen Fehler in dem, was er getan hatte. Und er hatte in diesem Moment sogar ein wenig Mitgefühl mit ihm. Wenn man bedachte, dass er so etwas mit Sicherheit nicht zum ersten Mal mitmachte und er oft derjenige war, der den Dreck hinter seinen Mietern wegmachen musste. Und nicht immer würde er einen zahlungskräftigen Schädiger wie Marlene – oder wie in diesem Fall den Bruder – haben, an dem er sich schadlos halten konnte. Fellner war ein Sackgesicht, aber Michael hatte Verständnis dafür, dass er eine gewisse Freude daraus zog, diese Show abzuziehen.

»Ich melde mich«, sagte Michael kurz angebunden und wandte sich zum Gehen.

»Machen Sie das. Und danke für Ihr Mitwirken«, rief ihm Peter Fellner hinterher, bevor er die Glastür hinter sich ins Schloss fallen hörte.

Michael rannte über die Straße, hechtete die Stufen hinauf zu Marlenes Wohnung und klingelte Sturm.

»Ich weiß gar nicht, was ich sagen soll.« Resigniert ließ Michael sich auf das schmutzige Sofa fallen. Krümel und Staubflusen überzogen den samtroten Stoff. Er konnte sich noch genau daran erinnern, als Marlene und er im Möbelhaus waren und die Einrichtung ausgesucht hatten. Er hatte sich so eine Mühe gegeben, um ihr ein heimeliges Nest zu zaubern, in dem sie ankommen konnte, und hoffte darauf, dass sie das zum Anlass nehmen würde, um ihr Leben in den Griff zu bekommen.

Eine Zeit lang hatte es danach ausgesehen, dass sie ihre Mitte finden würde. Bis sie sich von ihm und den gemeinsamen Freunden abgewandt und angefangen hatte, Ben und die anderen zwielichtigen Leute zu treffen. Ihre damals neue Bekannte Rosa hatte sie endgültig vom Weg abgebracht. Eine dominante, narzisstische Tussi, an der nichts echt war außer ihr abscheulicher Charakter. Sie hatte seiner Schwester vorgelebt, wie man es genau nicht machen sollte, und Marlene hatte sich an sie gehängt wie ein Schoßhündchen. Sie trugen ihre gefälschten Prada-Täschchen durch die Klubs und ließen sich von fiesen Typen aushalten, bis sie an einem von ihnen kleben blieben.

In Marlenes Fall war es der kleinkriminelle Ben, ein knapp vierzigjähriger Somalier, der jetzt gerade im Schlafzimmer seiner Schwester seinen Rausch ausschlief. Sie hatte weniger Glück bei ihrem Abenteuer als diese bescheuerte Rosa, die sich einen schleimigen Start-up-Neureichen angelte und seither im Luxus lebte. Was sie selbstverständlich sofort zum Anlass nahm, um sich von Marlene und dem – in ihren Augen – restlichen Abschaum abzuwenden.

»Ich habe das nicht so eng gesehen«, knurrte Marlene und rührte in ihrem Kaffee.

»Nicht so eng gesehen? Du hast einen riesigen Schaden in deiner Wohnung und machst einfach die Tür zu? Marlene, bitte! Ich bin langsam wirklich am Ende mit meinem Latein.«

»Du sprichst mit mir, als wärst du mein Vater«, keifte sie.

»Du benimmst dich ja auch wie ein Kind!«, schoss er zurück. »Sag mir, wie das Waschbecken runterkrachen konnte. Vielleicht war es einfach nicht ordnungsgemäß montiert. Ich will dir doch helfen, du musst mich nur lassen.«

»Also, ich denke, das war schon richtig festgemacht«, erklärte sie und sah betroffen in den Kaffeebecher in ihrer Hand.

»Aber?«, hakte Michael ungeduldig nach.

»Aber«, wiederholte sie trotzig und atmete tief durch. »Ich hab mich draufgesetzt und dann ist es rausgebrochen.«

»Du hast *was*?«

»Ja, Ben und ich wollten –«

»Hör auf!«, brüllte Michael und krallte sich mit den Fingern in das Couchkissen auf seinem Schoß. »Du willst mir ernsthaft erzählen, dein Lover und du wollten ... Oh mein Gott, ich kann es gar nicht fassen. Und weder er noch du seid auf die Idee gekommen, das reparieren zu lassen oder mir zumindest Bescheid zu geben?«

»Ich wollte es dir schon sagen, aber ich wusste nicht wie«, gab Marlene zu. »Du bist im Moment so angespannt. Wegen der Sache mit Tamara und dem Baby und allem. Da wollte ich dir keine zusätzlichen Probleme machen. Ich dachte, ich warte damit, bis es wieder leichter wird.«

20

»Wenn du mich fragst, dann wird das ein Reinfall«, stellte Simone klar und faltete nebenbei Wäsche auf dem Bügelbrett. Patricks Frau hatte schon immer die Angewohnheit gehabt, mehrere Dinge gleichzeitig zu erledigen, weil sie sonst das Gefühl hatte, zu wenig zu schaffen. Wäsche falten, während Besuch da war. Kuchen backen und daneben Audiodateien ihrer Vorlesungsmitschnitte hören. Badezimmer putzen und Schulaufgaben kontrollieren. Außerdem als Altenpflegerin arbeiten und nebenbei Psychologie studieren.

»Warum denkst du das?«, fragte Patrick, stand auf und quetschte sich an ihr vorbei zum Kühlschrank. Mit zwei offenen Bieren kehrte er zurück zu Michael auf die Couch. Mit einem ›Klack‹ stießen sie ihre Flaschen aneinander, prosteten sich zu und tranken in großen Schlucken.

»Weil Marlene das ganz leicht in den falschen Hals bekommen könnte«, antwortete Simone. »Es sieht für sie vielleicht so aus, als würden wir uns alle in ihr Leben einmischen wollen und davon ausgehen, dass sie allein nichts auf die Kette kriegt. Du solltest dir noch einmal überlegen, ob das eine gute Idee ist, Mike.«

»Du bist doch bloß zu faul zum Kuchenbacken«, neckte ihr Mann sie und kassierte dafür ein bereits zusammengestecktes Sockenpaar ins Gesicht.

»Hey«, rief er mit gespielter Entrüstung. »Da will wohl jemand übers Knie gelegt werden.«

»Ach, komm schon, alter Mann. Diese Zeiten sind doch längst vorbei«, feuerte sie zurück. Michael amüsierte sich über die Frotzelei unter seinen Freunden, wollte das Gespräch aber wieder auf das eigentliche Thema lenken.

»Ich weiß nicht, ob diese Party der richtige Weg ist. Aber er ist jedenfalls der einzige, der mir eingefallen ist. Ich dachte, Gregor und sie würden sich wieder ...« Er stockte kurz und verdrehte innerlich die Augen angesichts dieser dummen Idee.

Gregor hatte bereits klargemacht, dass er sich darauf nicht mehr einlassen wollte. Michael wusste selbst nicht einmal, ob er das überhaupt gut fände. Was er sich wünschte, war ein Neuanfang für beide.

Wenn Michael zurückdachte, sah er das gut gelaunte, unerschrockene Mädchen mit dem lodernden Blick, das Marlene einmal gewesen war. Bevor ihre Gefühle sie in die falsche Richtung getrieben hatten. Sie wollte plötzlich nichts mehr mit ihrem alten Freundeskreis zu tun haben, der ihr zu langweilig und spießig geworden war. Leider gehörte damit auch Gregor der Vergangenheit an.

»Im Grunde weißt du doch selbst, dass sie alt genug ist, um ihre eigenen Entscheidungen zu treffen. Du kannst nicht für immer die Vaterrolle einnehmen. Sie muss allein zurechtkommen. Und du musst lernen, sie loszulassen«, fasste Simone ihre Sicht auf die Dinge zusammen. Ihre Mimik war bedeutend weicher als ihre Worte. Aber das änderte nichts an der Botschaft.

»Wir sind eine Familie«, presste Michael hervor. »Ich werde nicht dabei zusehen, wie sie immer weiter abrutscht. Das mit dem Waschbecken –«

»Das ist eben passiert«, warf Patrick dazwischen.

»Eben passiert? Sie ist doch kein Teenager mehr, bei dem man mit solchen dummen Aktionen rechnet. Marlene ist eine erwachsene Frau. Dieser Ben zieht sie immer weiter in die Tiefe. Wer bitte versucht denn auf einem kleinen Waschbecken für Gäste zu …« Michael unterbrach sich selbst und schüttelte den Kopf.

»Und du denkst, du kannst ihr ihren Lover ausreden?«, fragte Simone. Sie stapelte fein säuberlich die gefaltete Wäsche in den Korb und ließ ihn dabei nicht aus den Augen. »Wenn du mich fragst, dann wird das nicht klappen. Auf eine, so wie du sie beschreibst, toxische Beziehung hat man so gut wie überhaupt keinen Einfluss. Die beiden haben noch mehr das Gefühl, einander zu brauchen, als Paare, die eine gesündere Partnerschaft führen. Marlene hat sich in eine Abhängigkeit hineinmanövriert und bewegt sich permanent zwischen ganz hoch und ganz tief. Es gibt kein Dazwischen. Als Außenstehende ist es eigentlich unmöglich, etwas zu ändern. Sie hätte auch kein Interesse daran, eine – sagen wir mal – normale Beziehung zu führen. Klar bleiben die Tiefen dann meist aus, aber diesen Kick der berauschenden Phasen gibt es eben auch nicht.« Sie war eindeutig in ihrem Element.

Weder Patrick noch Michael unterbrachen sie bei ihrem Vortrag.

»Du kannst die Beziehung, die deine Schwester mit diesem Ben führt, mit einer Droge vergleichen. Aufgrund ihrer ganzen Vorgeschichte, mit dem frühen Tod eures Vaters und allem, was dann kam, ist sie sehr gefährdet, Süchten zu verfallen und extrem zu leben.«

»Also keine Party«, schloss Michael in aller Kürze aus dem Gespräch und drehte ratlos die Flasche in seinen Händen. Das Bier war längst warm geworden. Aber er hatte ohnehin keine Lust darauf, es auszutrinken. Es schmeckte genauso schlecht wie die Erkenntnis, dass er seiner Schwester nicht helfen konnte, außer damit, dass er seine Geldbörse öffnete und zumindest verhinderte, dass sie ihr Dach über dem Kopf verlor.

»Vielleicht habt ihr recht«, lenkte er ein. Patrick hatte sich zwar nicht gegen die Party ausgesprochen, aber er sah seinem Freund an, dass er die Meinung seiner Frau teilte. »Ich werde die Summe, die der Vermieter für die Reparatur des Waschbeckens als Sicherheit haben will, einfach bezahlen und Marlene in Ruhe lassen. Es fällt mir bloß schwer, weil ich mir so sehr eine normale Familie wünsche. Eine, die für den anderen da ist und für den anderen einsteht. Ich kann weder mit meiner Mutter noch mit meiner Schwester einfach irgendwo sitzen, einen Kaffee trinken und über etwas sprechen. Das macht man doch so in Familien, oder?«, brach es aus ihm heraus.

Aber er wartete eine Antwort gar nicht erst ab. »So sollte es sein. Ich habe vielleicht auch ab und zu mal das Bedürfnis danach, dass jemand für *mich* da ist. Versteht ihr, was ich meine? Dass ich der bin, der etwas brauchen darf.«

Simone schien betroffen von Michaels Ausbruch und brauchte einen Moment, bis sie ihre Stimme wiederfand: »Du weißt aber schon, dass *wir* für dich da sind und du mit allem zu uns kommen kannst?« Ihre rhetorische Frage hing einen Moment lang im luftleeren Raum.

»Also, was hast du auf dem Herzen?«, wollte sie schließlich wissen und stemmte auffordernd die Hände in die Hüften.

Nachdem alle Details aus Michael herausgebrochen waren wie der wackelige Milchzahn eines Kindes, das in einen Apfel biss, schmeckte er Blut in seinem Mund. Es quoll aus der Innenseite seiner Wange, auf der er herumkaute, um die Tränen zurückzuhalten. Simones und Patricks Tochter Sabs kam eben ins Wohnzimmer geschlurft und sah fragend von einem zum anderen, erntete jedoch nur leere Blicke.

»Was ist denn hier los? Ist jemand gestorben?«, fragte sie mit der gewohnten Eiseskälte von Pubertierenden. Nachdem sie von keinem eine Antwort bekam, setzte sie sich neben Michael auf das Sofa, grapschte nach der Fernbedienung und zappte in aller Seelenruhe durch die Programme. Der Fernseher lief auf voller Lautstärke. Michael spürte die Vibrationen in seiner Kehle, was zu einem noch heftigeren Kitzeln seiner Tränendrüse führte.

»Geh auf dein Zimmer, Mäuschen«, raunte Patrick ihr zu.

»Wieso?«, kreischte Sabs aufgebracht und knallte die Fernbedienung auf den Tisch zurück. »Was habe ich denn jetzt schon wieder angestellt?«

»Nichts«, beschwichtigte sie ihr Vater. »Aber wie du siehst, haben wir Besuch. Und wir wollen uns in Ruhe unterhalten«, erklärte er weiter. Simone deutete mit dem Kopf eine eindeutige Bewegung in Richtung Tür an und gab ihrer Tochter zu verstehen, dass sie einen Abflug machen sollte.

»Das ist so unfair. Immer muss ich auf mein Zimmer gehen und nie kann ich in Ruhe fernsehen. Ich will endlich einen eigenen Fernseher, so wie Elvira. Die hat ihren schon, seit sie acht ist. Und ich –«

»Guck dir deine Serie im Schlafzimmer an«, nahm ihr Simone den Wind aus den Segeln. Verdutzt stand Sabs auf und stapfte murrend aus dem Zimmer.

»Tür zu!«, rief Patrick ihr hinterher, erhob sich aber gleich darauf selbst und schloss leise die Tür zum Wohnzimmer, damit sie wieder ungestört waren. Dann schlich er, den Blick auf den Boden gesenkt, zurück zu seinem Platz neben Michael. Er würde es offenbar seiner Frau überlassen, sich zu der ganzen Tamara-Geschichte zuerst zu äußern. Die strich mit den Fingern über die gefaltete Wäsche vor ihr, als wäre sie damit beschäftigt, einen Hund zu streicheln. Michael sammelte sich langsam wieder, spülte die Blutspucke mit einem zu warmen Schluck Bier hinunter und stand auf.

»Also, ich gehe dann mal besser.«

»Setz dich!«, befahl Simone. Ihm fiel auf, dass ihr Ton eine ähnliche Schärfe hatte wie vorhin bei Sabs. Trotz des Chaos in seinem Kopf musste er ein wenig schmunzeln und ließ sich wieder auf die Couch fallen.

»Ich habe, zum Teufel noch einmal, keine Ahnung, was ich tun soll«, gestand er sich selbst ein.

»Das ist aber auch wirklich eine vertrackte Situation.« Simone bemühte sich offenbar um eine neutrale Position, während sie den Staub der eben in ihrem Wohnzimmer detonierten Bombe sacken ließ. Patrick sagte nichts und Michael schwieg ebenfalls. Er hatte sich in den letzten zehn Minuten leergeredet. Hatte alles ausgesprochen, was es zu sagen gab.

»Herzlichen Glückwunsch«, flüsterte Patrick und Michael wandte sich ihm mit fragender Miene zu. »Na ja, du bist Vater geworden. Du hast jetzt ein Kind ... ich dachte ...«, stammelte er und unterbrach sich.

Herzlichen Glückwunsch. Du bist Vater. Du hast ein Kind.

Eine Gänsehaut überzog seine Unterarme. So hatte er es noch nicht gesehen und die Erkenntnis, die mitschwang, traf ihn unvorbereitet und überraschend hart. Er war sang- und klanglos Vater eines bezaubernden kleinen Mädchens geworden. Weder hatte er Tamaras Schwangerschaft als werdender Papa erlebt, noch hatten seine Freunde einen Storch vor der Tür seines Wohnhauses aufgestellt. Er war nach der Geburt nicht erschöpft in das gemeinsame Familiennest zurückgekehrt und hatte nicht mit seinen besten Kumpels die Ankunft seiner Tochter gefeiert. Er hatte nicht die Wohnung auf Vordermann gebracht, das Gitterbett zusammengebaut und die Mutter samt Baby vom Krankenhaus abgeholt.

Er hatte bis jetzt noch nicht einmal ein Gefühl davon bekommen, was es hieß, in die Rolle des Vaters zu schlüpfen. Und war es doch. Die Emotionen in ihm kochten erneut hoch und ein Weinkrampf schüttelte ihn so heftig, dass Simone aufgebracht in die Küche rannte und binnen weniger Sekunden mit dem selbstgebrannten Schnaps und drei Gläsern zurückkehrte.

»Medizin für die schmerzende Seele«, murmelte sie, goss ein und streichelte über Michaels Schulter. Dann stürzte sie als Erste den Inhalt ihres Schnapsglases hinunter und schenkte gleich noch einmal nach.

Sie überlegte eine Weile, bevor sie sich räusperte. Michael hob den Kopf und sah ihr flehend ins Gesicht. Er erwartete sich von ihr, die immer für alles eine Lösung parat zu haben schien, ein Patentrezept auf den Umgang mit Tamara und Lou und Stefan und der Beziehung, die bestand, aber nicht sein sollte. Und seiner Vaterschaft, die nicht offiziell war.

»Das Muttersein ist eine große Herausforderung«, begann Simone und bereitete die dritte Runde Schnaps für sich selbst vor. Patrick und Michael hingen beide an ihren Lippen, waren gespannt, wie sie dieses Chaos in einen Rahmen presste und ein geordnetes Bild davon errichtete. »Ich kenne diese Tamara nicht. Und ich weiß auch nichts über ihre Situation zu Hause. Aber ich weiß, dass ein Kind alles ändert. Und dabei spielt es keine Rolle, ob es das erste ist oder das zweite oder das zehnte. Es macht wahrscheinlich auch keinen Unterschied, wer der Vater dieses Kindes ist. Wenn man ein Kind bekommt, dann ist das ganze Leben durcheinander. Sie wird erst ihren Platz in der Welt wiederfinden müssen, bevor sie sich mit all dem befassen und Entscheidungen treffen kann. Du solltest ihr Zeit geben.«

Ihr abschließendes Nicken sollte offenbar das Gesagte bekräftigen. Vielleicht wollte sie sich auch selbst bestätigen, aber es konnte nicht darüber hinwegtäuschen, dass sie dabei verloren aussah.

Es war das Best-Case-Szenario, das sie mit wenigen Worten umrissen hatte. Aber es war so geschickt formuliert, dass Michael aufhörte zu weinen und anfangen konnte zu trinken. Er kippte den scharfen und zugleich umarmenden Inhalt in den Mund. Sofort fühlte er die Wärme von der Speiseröhre in den Kopf steigen und schloss dankbar die Augen.

»Ich liebe sie«, murmelte er.

»Das weiß ich doch«, erwiderte Simone. »Sie dich auch.«

Verwundert öffnete er die Augen und sah sie fragend an.

»Sonst würde sie dir nicht sagen, dass du der Vater bist«, erklärte sie. »Das ist das größte Geheimnis, das es geben kann. Sie hätte es dir nicht sagen müssen. Schon gar nicht freiwillig. Es gehört viel Mut dazu, das zuzugeben. Ich denke, sie ist im Moment einfach noch nicht so weit, sich von ihrem Mann zu trennen. Aber ihr Herz gehört längst dir.« Sie stöhnte leidig auf. »Ich weiß nicht, was ich dir raten kann, Mike. Aber eins weiß ich, du verdienst eine Frau, die dich zu schätzen weiß. Es wäre falsch, sie jetzt unter Druck zu setzen. Gib ihr die Zeit, um die *richtige* Entscheidung zu treffen.«

Michael nickte. Doch dann hakte er nach: »Und was ist mit Lou?« Sie ist meine Tochter, wollte er schreien. Und dass er nicht vorhatte, auch nur einen Tag mit ihr zu verpassen.

»Du wirst das aushalten müssen, Mike«, sagte Simone. »Wenn du die beiden nicht verlieren willst, musst du damit leben, bis deine Freundin so weit ist. Aber wenn du das Amt des Paten einnimmst, kannst du wenigstens die Nähe der Kleinen suchen, ohne dass jemand etwas daran außergewöhnlich findet.« Sie seufzte.

»Das wird eine harte Zeit«, murmelte Patrick. Es war das Erste, was er dazu sagte, und es klang für Michael nach einer perfekten Zusammenfassung der weiteren Aussichten. »Wir sind für dich da«, schob er hinterher.

Auch vor dem Gespräch mit seinen Freunden, das Michael gar nicht geplant hatte, war er sich darüber im Klaren gewesen, dass die kommenden Monate ihn an die Grenzen bringen könnten. Aber Simone hatte ihm mit ihren eindeutigen Worten Zuversicht geschenkt, an die er sich klammerte. Und die Zusage seines Freundes, dass er zu ihnen kommen konnte und nicht allein mit seinen Problemen war, gaben ihm Kraft.

Sie bestärkten ihn dabei, alles auf sich zukommen zu lassen und nicht aufzugeben, an den großen Traum zu glauben. Er wollte mit Tamara zusammen sein, gemeinsam mit ihr und Lou leben, eine normale Familie mit den beiden haben.

Die Patchwork-Situation mit Nora und Tony würde nicht einfach werden, aber Stefan war ein erwachsener Mann. Sie würden Lösungen finden, um das Beste aus der Trennung und der Neuordnung zu machen.

Michael hatte bloß die Aufgabe, zu warten und Tamara die nötige Sicherheit zu vermitteln, damit sie sich den Sprung in dieses Abenteuer zutraute. Und das würde er. Warten und für sie da sein. Ihr zeigen, dass sie es schaffen würden, wenn sie es beide wollten und sobald Tamara bereit war.

»Danke«, flüsterte Michael, stand auf und zog Simone in eine Umarmung.

»Finger weg von meiner Frau!«, knurrte Patrick und alle drei grinsten angesichts der Anspielung.

21

»Herr Thaler!« Überrascht sprang Peter Fellner vom Bürostuhl. Hinter Michaels Rücken schepperte die filigrane Tür auf den Eisenrahmen.

»Bitte sehr.« Ohne sich mit Begrüßungsworten aufzuhalten, legte er ihm ein Blatt Papier auf den Schreibtisch, das die Einmalzahlung für den Schaden bestätigte.

Der Blick des Vermieters flitzte über die Zeilen. Ohne etwas zu erwidern, griff er nach dem Papier, legte es auf den Kopierer und duplizierte es. Auf das untere Ende der Kopie kritzelte er mit einem überteuerten Füllfederhalter ein paar Wörter und setzte schließlich zu einer Unterschrift an.

Michael griff weiterhin wortlos nach dem Zettel, der ihm hingehalten wurde, und überflog Fellners Verpflichtung, die Zahlung nach Eingang der Versicherungssumme auf das angegebene Konto zurückzuerstatten.

»Verbleiben wir so«, murmelte Michael und setzte zu einer Verabschiedung an.

»Wissen Sie, Herr Thaler, ich weiß, dass mir mein Ruf oft vorauseilt«, hielt Peter Fellner ihn zurück. »Aber Sie machen sich keine Vorstellung davon, was ich schon alles gesehen habe. Es ist ein hartes Geschäft, dieses Vermieten. Das, was in der Wohnung Ihrer Schwester vorgefallen ist, fällt bei allem, was mir unterkommt, noch unter die Kategorie ›harmlos‹. Und dennoch muss ich hart vorgehen und Grenzen setzen, sonst ruiniere ich mich selbst. Sie verstehen …«

»Natürlich«, erwiderte Michael. Das war nicht einmal gelogen. Auch wenn er den schleimigen Vermieter nicht ausstehen konnte, hatte er in diesem Fall doch Verständnis für die Vorgehensweise. Er hatte selbst keine Ahnung, wie er am besten mit seiner Schwester umging.

Wahrscheinlich hatte Simone recht. Es blieb ihm nichts anderes übrig, als weiterhin für sie da zu sein, soweit sie das überhaupt zuließ. Und wenn es hieß, ihre Schulden zu begleichen und sie vor finanziellen Schwierigkeiten zu schützen, die ihre Existenz gefährdeten, dann würde er sich damit abfinden.

Er bedauerte, dass er den Draht zu Marlene verloren hatte und nur als Auffangstation für ihre Probleme brauchbar war. Das bedeutete aber nicht, dass er ihr seine Unterstützung vorenthalten würde. Die leise Hoffnung, dass sie irgendwann die Augen öffnete und die Menschen, die sich etwas aus ihr machten, erkannte, gab ihm den nötigen Schub, den Kontakt nicht abzubrechen.

Michael verabschiedete sich mit einem Kopfnicken von Peter Fellner, überquerte die Straße und warf den vorbereiteten Brief an seine Schwester in deren Postkasten. Er hätte auch direkt mit ihr sprechen und ihr erzählen können, dass er das mit dem Schaden geklärt hatte.

Doch langsam verbrauchten die zahlreichen Nebenschauplätze zu viel Kraft. Er hatte einen Job, den er in den letzten Wochen vernachlässigt hatte, obwohl es doch sein Leben war, die Leute vor dem Radio zu unterhalten. Er sehnte sich nach den Teeküchenplaudereien, dem Wälzen seiner vorbereiteten Notizen an seinem Schreibtisch neben dem Studio, bevor er mit

Anni loslegte. In letzter Zeit hatte er es gerade so geschafft, sich pünktlich hinter dem Mikro einzufinden, und er gestaltete die Sendungen mit immer ausschweifenderer Improvisation, was irrsinnig anstrengend für ihn war.

Er wollte sich wieder auf seine Arbeit konzentrieren, auch wenn er die Tatsache, dass er nun Vater war und um seine Familie kämpfen musste, nicht komplett ausblenden konnte.

»Nein, das geht nicht«, echauffierte sich Michael. Er strich sich mit den Fingern die Haare zurück. Dabei fiel ihm auf, dass er dringend wieder zum Friseur musste. Nicht einmal dafür hatte er sich in den letzten Wochen Zeit genommen. Ihm wurde bewusst, dass ihm alles zu entgleiten drohte.

»Jetzt setz dich doch erst einmal und atme durch«, riet ihm sein Chef.

»Ich will mich nicht setzen und ich atme, wann und wie ich will!«, brüllte Michael und schlug mit der flachen Hand auf Toms Schreibtisch. Dann stapfte er zum Fenster und starrte hinaus auf den belebten Vorplatz des Senders. Er beobachtete ein paar Kollegen, die an ihren Zigaretten hingen wie angebundenes Vieh und miteinander scherzten.

»Findest du nicht, dass du ein bisschen übertreibst?«, fragte Tom vorsichtig. »Ich weiß, dass ihr beide euch nicht unbedingt gut versteht. Aber ich muss auf Annis Bitte reagieren und im Moment habe ich keine Alternative, als Rob statt ihr in den Sendungen einzusetzen.«

»Warum will Anni denn überhaupt nach Berlin? Sie hat doch mit der Nachrichtenredaktion überhaupt nichts zu tun.«

Michael wirbelte aufgebracht herum und baute sich wieder vor dem Schreibtisch auf. Die Nachricht, dass Anni um ein Empfehlungsschreiben für einen Radiosender in Berlin angesucht hatte, war wie ein Schlag ins Gesicht für ihn. Wie hatte er das nicht wissen können? Wieso hatte sie ihm das nicht persönlich gesagt? Sie waren doch noch vor einer halben Stunde gemeinsam in der Teeküche gestanden und hatten über den kurzen Rock der Wetterassistentin gescherzt.

War *er* der Grund dafür?

Ausgerechnet jetzt, da er den Eindruck hatte, dass sie sich wieder angenähert und zu einer freundschaftlichen Basis gefunden hatten, wollte sie ihren Job an den Nagel hängen, um in den Nachrichtendienst zu wechseln? Warum, um alles in der Welt, konnte dieses verdammte Karussell nicht einmal für einen Moment anhalten, damit er wieder zum Atmen kam?

»Es steht mir nicht zu, es zu hinterfragen oder Mutmaßungen anzustellen, Mike. Anni will nach Berlin und ich werde ihr keine Steine in den Weg legen.« Tom klang kompromisslos.

»Rob und ich können nicht gemeinsam auf Sendung gehen. Die Chemie zwischen uns stimmt einfach nicht. Denkst du, die Leute da draußen merken das nicht?«

»Nein, weil ihr beide absolute Profis seid und das Beste aus dieser Situation machen werdet! Punkt.«

»Aber –«

»Nichts aber«, unterbrach ihn der Boss. Dann wurde seine Stimme wieder weicher. »Hör mal, Mike. Ich weiß, dass du es gerade nicht leicht hast. Dennoch möchte ich, dass hier im Sender alles läuft. Du bist mein bester Mann und ich will dich nicht verärgern. Aber bitte vergiss nicht, dass das hier dein *Job* ist. Dazu gehört es, dass es manchmal nicht so läuft, wie man es sich vorstellt. Rob wird Annis Platz in den Sendungen übernehmen, bis wir einen Ersatz für sie gefunden haben. Und damit basta.«

»Wie meinst du das?«

»Wie meine ich *was*?« Toms Augenbrauen wanderten fragend nach oben.

»Dass ich es gerade nicht leicht habe ... Woher weißt du das?« Michael durchforstete sein Gehirn, wer dem Boss von seinen privaten Problemen erzählt haben könnte. Anni fiel weg. Sie wusste kaum etwas über seine Situation. Und seine Freunde kannten Tom nicht allzu gut. Woher nahm er also seine Informationen?

»Weil ich dich kenne, Mike«, antwortete der Senderchef. »Du bist nicht ganz bei der Sache, mit deinen Gedanken irgendwo, nur nicht im Sender. *Jeder* hier merkt das. Alle fragen sich, was los ist. Und genauso stehen *alle* hinter dir. Merkst du das nicht? Du warst in den letzten Wochen so unzuverlässig wie noch nie. Du bist mürrisch und ausgesprochen flatterhaft. Solange jedoch die Hörer da draußen nichts merken, lasse ich dir deinen Freiraum. Krieg dein Leben auf die Reihe und bitte akzeptiere Rob als Einspringer.« Er faltete die Hände wie zum Gebet. »Bitte.«

»Okay.« Michael blieb einen Augenblick lang unschlüssig stehen. Dann drehte er sich um und schlich zur Tür. Ihm war bewusst gewesen, dass er sich im Job wieder mehr Mühe geben musste, ja. Aber er war auch der Meinung gewesen, dass noch nichts aus dem Ruder gelaufen war. Die Wahrnehmung seines Chefs holte ihn in die Wirklichkeit zurück. Er hatte keine Kontrolle mehr.

Auf dem Flur stieß er mit der Schulter gegen Rob, der auf dem Weg ins Chefbüro war. Michael hatte ihn komplett übersehen, da er mit gesenktem Blick den Flur entlangschlapfte.

»Entschuldigung«, murmelte er und ging weiter. Tom hatte den Anstand gehabt, Michael als Erstes von den Änderungen zu informieren. Rob war eben auf dem Weg zu der Beförderung seines Lebens. Es würde den Sender eine saftige Gehaltserhöhung kosten, ihn dazu zu bringen, mit seinem größten Konkurrenten auf Sendung zu gehen und gleichzeitig seinen bisherigen Job zu erledigen.

Automatisch schlug er den Weg zu Annis Büro ein, um sie zur Rede zu stellen. Doch vor der angelehnten Tür überlegte er es sich anders und kehrte um. Was erwartete er sich davon, wenn er sie mit seinen Fragen konfrontierte?

Anni wollte nach Berlin und die Gründe dafür hatten ihn nicht zu interessieren. Würde er sie vermissen? Nein, und sie sollte das auch nicht, schimpfte er innerlich mit sich selbst und stapfte weiter zum Besprechungsraum. Michael klopfte und lauschte. Erleichtert betrat er das leere Zimmer und schloss die Tür hinter sich. Er brauchte einen Moment, um nachzudenken.

Eine halbe Stunde später kehrte er an seinen Schreibtisch zurück. Seine Sendung mit Anni lief in wenigen Minuten an. Er stellte fest, dass sie ihm alle Unterlagen sortiert und vorbereitet auf den Tisch gelegt hatte. Michael hatte nichts mehr zu tun, außer ins Studio zu gehen und sein Programm abzuspulen.

Warum zog sie nach Berlin? Er hätte sie *doch* fragen sollen. Seine Gedanken würden die ganze Sendung lang um ihre Motive für diesen überraschenden Wechsel kreisen. Immer, wenn er sie ansah, würde er sich fragen, ob der Grund dafür bei ihm zu finden war. Er hätte sich nicht auf die Beziehung mit ihr einlassen dürfen. Und vor allem auf ihre letzte Begegnung im Schlafzimmer hätten sie definitiv verzichten sollen. Dabei meinte er, dass sie auf einem guten Weg gewesen waren, um wieder die Lieblinge der Radiohörer zu werden. Er war ein selbstgefälliger Trottel, weil er gedacht hatte, sie könnte – so wie er – ein paar Schritte zurückgehen und dann weitermachen, als wäre nichts passiert. Ihm selbst hätte es auch einiges abverlangt, wenn er nicht derart abgelenkt gewesen wäre mit Tamara und dem Baby. *Seinem* Baby. Der Gedanke daran versetzte ihn immer wieder in einen Zustand, den er nicht einordnen konnte.

»Bist du so weit?« Michael hatte nicht bemerkt, dass Anni vor seinen Tisch getreten war. Ihre Stimme klang unbekümmert. Er musterte sie aufmerksam; wollte von ihrem Gesicht ablesen, warum sie diesen Schritt wagte.

»Alles okay, Mike?« Besorgt runzelte sie die Stirn. »Kommst du? In drei Minuten geht's los.« Dann drehte sie sich um und eilte ihm voraus in Richtung Studio.

22

Die Stadt lag ihm zu Füßen. Michael saß auf der Bank und kickte einen Stein gegen das Zäunchen. Seine Schuhe waren mit einer Staubschicht überzogen, die von der Fahrt hier herauf stammte. Der letzte Abschnitt der Strecke war vor Kurzem gekiest worden. Warum, konnte er sich nicht erklären. Es war die bekannteste Mountainbike-Route in der Gegend. Die Person, die für dieses Verbrechen verantwortlich war, hatte eindeutig etwas gegen den Radverkehr.

Neben ihm seufzte Stefan wohlig auf und hielt mit geschlossenen Augen das Gesicht in die Sonne. Man roch den sich anbahnenden Sommer schon. Selbst hier, in achthundert Metern Höhe, war man verführt, nach einem Schattenplatz zu suchen. Vor allem, nachdem man den Weg heraufgeradelt war.

Gestern war Tamara in seinen Armen gelegen, heute saß er neben ihrem Mann auf einer Bank. Zu viel durfte Michael nicht darüber nachdenken. Es würde ihn krank machen. Vor allem die Tatsache, dass er sich Stefan nach wie vor freundschaftlich verbunden fühlte, wühlte wie ein Maulwurf in ihm. Wie konnte das sein? Er müsste ihn meiden. Stefan hatte nicht nur alles, wonach er sich sehnte. Auch das schlechte Gewissen ihm gegenüber sollte Michael davon abhalten, mehr Kontakt als nötig zu halten. Doch diesmal hatte *er* vorgeschlagen, dass es wieder einmal an der Zeit wäre, die Bikes auszupacken.

Nachdem er die Sendung mit Anni heruntergespult hatte wie eine alte Kassette, war er aus dem Gebäude gestürmt und hatte Stefan gefragt, ob er spontan Zeit hätte. Der war eben auf dem Weg vom Büro nach Hause und stimmte überraschend sofort zu. Überraschend deshalb, weil Tamara sich oft unterschwellig bei Michael beklagte, dass sie kaum Freiraum mehr hatte, seit Lou auf der Welt war. Die Dates mit ihm, die immer noch unter der Lüge liefen, sie treffe sich mit Klara, waren so selten, dass Michael sich zwischendrin oft fragte, ob er sich das alles nur eingebildet hatte. Oder ob es schon längst wieder vorbei war, ohne dass er es mitbekommen hatte.

Aber dann stand sie vor ihm und ihr Blick, ihre Küsse, ihre Hände auf seiner Haut rückten die verrutschten Gedanken wieder an den richtigen Platz. Für ihn gab es in diesen Momenten keinen Zweifel. Er und sie waren füreinander bestimmt und ihre gemeinsame Zeit würde kommen. Dass die Zeiträume zwischen ihren seltenen Begegnungen ihn so quälten, verdrängte er.

»Toll, dass du mal wieder Zeit hast«, unterbrach Stefan das ruhige Nebeneinander. »Ich hab mich schon gar nicht mehr getraut, dir ein Treffen vorzuschlagen.«

»Warum?« Michael wurde hellhörig. Witterte Stefan etwa, dass irgendetwas nicht stimmte?

»Na, weil du mich dauernd vertröstest. Wir sehen uns doch nur noch, wenn du die Kinder besuchst. Ich dachte schon, ich muss mir einen neuen Sportpartner suchen«, sagte Stefan und lachte.

»Nein, also … ich war in letzter Zeit tatsächlich ziemlich eingespannt. Es ist gerade alles etwas viel.«

»Willst du drüber reden?«

»Nein«, gab Michael einsilbig zurück. »Die Arbeit, die Familie … du kennst das ja.«

»Ja«, bestätigte Stefan und stöhnte auf. »Wem sagst du das. Ich weiß gar nicht mehr, wohin das führen soll …« Stefan begann einen nicht enden wollenden Monolog über die chronische Unterbesetzung in seinem Labor. Michael hörte bloß mit einem Ohr zu. Er kannte sich mit den Strukturen in Stefans Firma ohnehin nicht aus und konnte keine Ratschläge erteilen.

»Da kommt man nach einem langen Tag aus dem Büro heim, will eigentlich nur noch etwas essen und auf die Couch fallen. Doch dann geht der Wahnsinn erst recht los. Drei Kinder! Kannst du dir das vorstellen? Ich sage dir ganz ehrlich, Michael, ich finde das alles zum Kotzen.«

»Aber Lou ist doch nun schon etwas größer.« Viel größer, dachte Michael. Sie hatte sich in den vergangenen Wochen so entwickelt, dass er sie beim letzten Aufeinandertreffen kaum wiedererkannt hätte. Sein eigenes Kind. »Da wird es doch auch langsam einfacher, oder?«

»Einfacher …«, wiederholte Stefan in leidigem Ton, stemmte die Ellenbogen auf die Oberschenkel und ließ seinen Körper nach vorne kippen. Er schaute auf seine Finger, die er miteinander verknotete, und dachte einen Moment lang nach. »Ich denke nicht, dass es darum geht, ob es einfacher wird. Es hat sich schlichtweg alles verändert. Gerade diese permanente Unsicherheit wegen des schwierigen Starts. Tamara merkt man die ständigen Sorgen an. Sie meistert die Situation großartig. Sogar während Lous Anfall hat sie einen kühlen Kopf bewahrt, alles rundherum organisiert und sich darum gekümmert, dass es weiterläuft. Dabei war sie krank vor Kummer. Und das ist es, was man nicht mehr loswird. Die Ungewissheit, ob so etwas

Schreckliches wieder passieren könnte. Es macht etwas mit einem. Oft denke ich mir: Wir hatten doch schon zwei gesunde Kinder. Nora so gut wie erwachsen, Tony auf dem besten Weg, immer selbstständiger zu werden. Und plötzlich ist alles anders. Das mit Lou war ein Fehler.«

Michaels Muskeln verkrampften sich bei diesen Worten. Stefan sprach in der Überzeugung, er sei der Vater, über *seine* Tochter und bezeichnete das bezaubernde Mädchen als Fehler. Michael presste die Zähne zusammen und schluckte mehrmals, um eine Erwiderung hinunterzuwürgen. In seiner Brust brannte ein zorniges Feuer, gleichzeitig jagte ihm ein kalter Schauer über den schweißüberzogenen Rücken.

»Versteh mich bitte nicht falsch«, relativierte Stefan. »Lou kann nichts dafür. Aber dass wir sie bekommen haben, war falsch. Tamara und ich wollten immer nur zwei Kinder. Der große Altersunterschied zwischen den ersten beiden ist Herausforderung genug. Aber das alles war einkalkuliert, im Plan – mehr oder weniger. Das Baby ist ein Ausreißer und es fällt mir schwer, das zu akzeptieren.«

»Dabei bist du ohnehin so gut wie nie daheim«, schoss Michael zurück und biss sich sofort auf die Zunge. Das konnte er gar nicht wissen, oder? Schnell fuhr er etwas gemäßigter fort: »Also – du bist doch im Labor gefordert und hast deinen Sport. Ich verstehe schon, dass sich bei euch daheim nun ein anderer Alltag einstellen muss. Aber du verbringst doch kaum Zeit zu Hause. Für Tamara hat sich einiges geändert, ja, das kann ich mir vorstellen. Sie ist es schließlich auch, die Lou betreut und ihre Karriere damit wieder zurückstellt.«

»Ihre Karriere zurückstellt?« Stefan hob die rechte Augenbraue. »Tami und ich haben damals gemeinsam entschieden,

Kinder zu bekommen. Sie wusste von Anfang an, dass ich in meiner Position nicht den Part der Kinderbetreuung übernehmen würde. Ich hätte einen Ersatz für mich einstellen oder schlimmstenfalls sogar mein Labor verkaufen müssen und wir wären von den schwankenden und – wenn ich das so sagen darf – weitaus geringeren Einkünften aus ihren Aufträgen abhängig gewesen. Das war also weder bei Noras noch bei Tonys Geburt ein Thema, über das wir ausdrücklich hätten sprechen müssen. Tami wäre selbst nicht bereit gewesen, unser gutes Leben aufzugeben, nur damit sie sich in ihrem Job verwirklichen kann.«

Er zeichnete mit der Schuhspitze ein Muster in den Splitt und atmete seufzend aus. »Diesmal war es jedoch keine Entscheidung, sondern eine plötzliche Tatsache. Oder doch – es war eine Entscheidung, und zwar ihre. Tamara hat sich allein dafür entschieden, dieses Kind zu bekommen. Ich wurde weder miteinbezogen noch hatte sie ein offenes Ohr für meine Bedenken. Daher denke ich nicht, dass sie ihrer Karriere«, beim letzten Wort setzte er Gänsefüßchen in die Luft, »nachtrauert oder von mir erwartet, dass ich mich plötzlich in die Betreuung der Kleinen einbringe. Und nun zu deiner Aussage von vorhin: Natürlich bin ich wenig daheim und der Großteil der Umstellung lastet auf Tamis Schultern. Aber ich wollte dieses Kind nicht.« Er machte eine Pause und ließ den Blick über die Stadt streifen.

»Ich hatte anderes vor mit meinem Leben. Du weißt doch, wie ich mir die nächsten Jahre vorgestellt habe. Und davon einmal abgesehen, hat die neue Situation auch Auswirkungen auf unsere Ehe. Ich fühle mich verraten und nicht ernst genommen. Ich muss hinnehmen, dass sie sich jetzt 24/7 um Lou kümmert, wo wir doch gerade erst wieder damit begonnen haben, so etwas wie ein Leben als Paar zu führen.«

Michael schluckte. Stefan schien nicht zu merken, wie sehr er neben ihm kämpfte.

»In den ersten Lebensjahren dreht sich verdammt noch mal alles um das Kind. Es wird zu einem Staatsakt, wenn man ein Gespräch führen will. Vor allem bei unruhigen Schläfern wie Lou. Dazu kommen ihre gesundheitlichen Probleme am Anfang. Wir alle hatten damit zu kämpfen, verstehst du? Es ist so eine unfassbare Anstrengung, neben zwei anderen Kindern auch noch ein Baby im Krankenhaus zu wissen. Und keiner kann einem sagen, was es hat und wohin das alles noch führt. Alles bleibt auf der Strecke. Die Familie, gemeinsame Ausflüge und Urlaube. Selbst wenn man einmal in den Urlaub fährt, dann ist dieser nicht entspannend, sondern purer Stress. Ich sehne mich spätestens am dritten Tag in mein Büro zurück. Und zu einer Partnerschaft gehört natürlich auch Sex!«

O Gott, bitte nicht.

»Ich will Herrgott noch mal ficken und nicht drei Wochen im Voraus planen, dass alle Kinder aus dem Haus sind, damit ich vielleicht den Hauch einer Chance auf einen Quickie habe. Das gehört doch auch dazu, oder etwa nicht?«, erregte Stefan sich. Er kotzte sich bei Michael aus, weil er ihm vertraute und dringend jemanden brauchte, dem er sein Leid klagen konnte. Seine Ausführungen klangen, als sähe er sich in einer Art Kampf um Tamaras Aufmerksamkeit, und die größte Konkurrentin war seine noch völlig auf ihre Mutter angewiesene Tochter.

Meine Tochter, dachte Michael, es ist *meine* Tochter. Schnell schob er diesen Gedanken wieder beiseite und versuchte, sich auf das Gespräch mit Stefan zu konzentrieren. Dabei bemühte er sich, seine Beziehung zu Tamara und Lou auszublenden. Und für die wenigen Sekunden, in denen ihm das gelang, hegte er so etwas wie Verständnis für Stefan.

»Es renkt sich sicher alles wieder ein«, beruhigte Michael ihn.

»Ja …« Stefan nickte. »Es muss ja irgendwie weitergehen. Ich liebe meine Kinder und Tami sowieso. Ich wüsste gar nicht, was ich ohne sie machen würde.« Die Worte bohrten sich in Michaels Eingeweide und sorgten für einen Schmerz, der ihm die Luftzufuhr abschnitt.

»Ich wünschte nur manchmal, das mit Lou wäre nicht passiert«, gab Stefan zu. »Und ich weiß nicht, ob es an meinem Alter oder an der Tatsache liegt, dass ich dieses Kind wirklich nicht wollte, aber … das Baby kommt mir fremd vor. Als wäre sie gar nicht mein Kind. Da ist keine Verbindung, verstehst du?«

Michael war unfähig, etwas zu sagen, wagte es nicht, Stefan anzusehen. Stattdessen erhob er sich und wankte zu seinem Fahrrad. Wie in Trance probierte er, die Wasserflasche aus dem Trinkflaschenhalter zu lösen. Erst griff er daneben und als er sie endlich zwischen den Fingern spürte, flutschte sie ihm wieder aus der Hand und fiel mit einem dumpfen Geräusch auf den staubigen Kiesweg.

»Mike«, hörte er Stefan alarmiert rufen. Bevor seine Knie nachgaben und er auf den Boden sackte, wurde er unter den Armen gepackt und zurück auf die Bank gezerrt. Es dauerte ewig, bis sich die dunklen Schatten vor seinen Augen auflösten und er wieder atmen konnte, ohne dass sich seine Brust anfühlte wie ein ausgehärteter Betonklotz.

»Was machst du bloß für Sachen?«, fragte Stefan besorgt und hielt ihm auffordernd die Trinkflasche entgegen. Michael öffnete sie und trank in großen Schlucken von dem warm gewordenen Wasser. »Hast du Schmerzen in der Brust? Soll ich lieber einen Notarzt rufen?«

»Nein …«, antwortete Michael matt. »Nein, es geht schon wieder. Ich habe mich nur kurz ein bisschen unwohl gefühlt.«

»Die Anstrengung? Aber wir sind doch schon hundert Mal hier hochgefahren. Bist du krank?«

»Es ist nichts. Ich weiß auch nicht, warum ich plötzlich etwas schwach wurde. Es geht wirklich wieder«, beteuerte er abermals.

»Könnte auch eine Angstattacke gewesen sein, wenn du dich so rasch wieder besser fühlst …«, ließ Stefan nicht locker.

»Ach was«, wiegelte Michael ab. »Mir ist nur der Kreislauf weggekippt. Es ist heute ungewöhnlich warm.« Seine Hände zitterten so heftig, dass er sie fest vor der Brust verschränkte, damit man es nicht sehen konnte. Seine Haut fühlte sich porös an, sein Kopf war so ausgekühlt, wie zuletzt bei einem heftigen grippalen Infekt, der ihn für über eine Woche ans Bett gefesselt hatte. Zwischen den Fieberschüben hatte sich der Raum zwischen seinen Ohren angefühlt, als hätte man seinen Schädelknochen mit Eiswasser aufgefüllt. »Ich denke, wir sollten uns auf den Rückweg machen.« Bevor ich hier sterbe, dachte er weiter.

»Na gut, alter Junge«, willigte Stefan ein und schmunzelte über seine Anspielung darauf, dass an sich *er* derjenige war, der sich solche Schwächen erlauben könnte. Andererseits wusste er scheinbar selbst, dass er einer dieser unverwüstlichen Männer war, die nicht nur mit ihrem ansprechenden Aussehen, sondern zudem mit einer riesigen Portion lebenslanger Gesundheit gesegnet waren. Stefan war ein Typ, der – wenn überhaupt – alle paar Jahre einmal an einem Schnupfen laborierte und mit den besten Blutwerten und schönsten EKG-Aufzeichnungen prahlte. Er trank nur so viel, dass es sich nicht niederschlug, trieb von Kindesbeinen an Sport und hatte niemals auch nur eine einzige Zigarette geraucht. Für eine gesunde Ernährung war erst seine Mutter und gleich darauf Tamara zuständig. Eine robuste Grundausstattung, die gehegt und gepflegt wurde. Wenn das so weiterging, würde er Michael um ein Vierteljahrhundert überleben.

23

Zu Hause stellte Michael sein Fahrrad in den Keller und stieg langsam, Stufe für Stufe, die Treppe nach oben zu seiner Wohnung. Im Grunde hatte er keinen Plan, was er hier verloren hatte. Er wollte in ein Zuhause kommen, in dem Tamara und Lou auf ihn warteten. Die Sehnsucht nach diesen Momenten, in denen er eintrat und ihm Arme um den Hals flogen und Geschnatter rund um ihn ausbrach, wurde mit jedem Schritt nach oben größer.

Wie gern wäre er an Stefans Stelle, der seiner Vorstellung nach genau dieser Situation gegenüberstand. Sie schon so oft durchlebt hatte, dass es nichts Besonderes, sondern etwas Lästiges war. Wenn es danach ging, was er heute erzählt hatte, war der Augenblick, in dem Stefan den Schlüssel ins Türschloss steckte, mit einem automatischen Augenverdrehen verbunden. Eine mit den Jahren angewachsene Abneigung gegen das eigene Leben, in dem er sich als Gefangener sah und um das ihn Michael so beneidete.

Michael betrat die leere Wohnung, sah sich um und ärgerte sich über die Ordnung. Sie schreckte ihn genauso ab wie das Wissen, dass im Kühlschrank drei Scheiben Schinken, ein Stück Käse im Ganzen, fünf Cocktailtomaten und eine verschlossene Packung Hüttenkäse lagen. Es fehlte an jeglicher Überraschung, denn es gab in seinem Privatleben nichts, was von einer anderen Person gesteuert wurde. Keiner futterte ihm die Tomaten weg, niemand zerwühlte die Kuscheldecke auf der Couch. Es fehlten ihm die Glasränder auf dem teuren Esstisch aus Kirschholz, über die sich Stefan stundenlang aufregen konnte. Und ihm fehlte die körperliche Nähe zu den Menschen, die er liebte. Tamara. Lou.

Im Sender, wo Michael sich gern frei entfaltet hätte, wurden ihm Kollegen aufgezwungen, die er nicht ausstehen konnte. Rob war sein Glasrand auf dem Tisch. Für seine Schwester war er nichts weiter als ein Krisenmanager. Und seine Mutter hatte er gemeinsam mit Vaters Tod an ihr Motiv verloren, das sie tagein, tagaus malte.

Obwohl sein Magen leer war und sein Bauch sich schmerzhaft zusammenzog, legte sich Michael nach einer kurzen Dusche in sein Bett. Von da aus schickte er Tamara die gewohnte Nachricht, in der er ihr eine angenehme Nacht wünschte und ihr versicherte, dass er sie liebte. Dann stellte er das Telefon lautlos und kuschelte sich in das Kissen. Es roch nach ihrem Shampoo, obwohl das gar nicht möglich war, weil er erst am Morgen frische Bettwäsche aufgezogen hatte. Angespannt wälzte er sich hin und her, zog die Decke zurecht, drehte sich auf den Bauch und wieder zurück auf den Rücken. Bei ihrer Verabschiedung an der immer gleichen Kreuzung hatte ihn Stefan mit dem Vorschlag überrumpelt, das erste Wochenende im Juni am See zu verbringen. Erst dachte Michael, er plante ein paar Tage abseits der Familie, und fragte sich, wie Tamara wohl reagieren würde, wenn ihr Mann und ihr Liebhaber ein gemeinsames Wochenende verbringen würden. Michael würde sich an ihrer Stelle andauernd fragen, wann die Bombe hochging.

Immer noch geschwächt von dem Anfall auf dem Berg, der ihn an die Panikattacken erinnerte, die ihn nach dem Tod seines

Vaters heimgesucht hatten und die er nur mit Mühe und Hilfe eines Therapeuten in den Griff bekommen hatte, murmelte er eine Mischung aus Zustimmung und »Mal sehen«. Stefan hielt ihm die Hand hin, Michael umschloss sie. Für ihn war es eine Verabschiedungsgeste, für Stefan war damit das Wochenende »abgemacht«, wie Michael gleich darauf erschrocken feststellte.

Im Gesicht seines Freundes lag der Ausdruck ehrlicher Vorfreude, als er verkündete, dass Tamara und den Kindern ein Tapetenwechsel nicht schaden würde und er sofort, wenn er zu Hause war, eine Liste aufsetzen würde, wer was mitzunehmen hatte. Er faselte etwas von saftigem Steak, Wein sowie Grillanzündern und Petroleum für den kleinen Ofen. Das Haus sei komplett ausgekühlt, Lou würde frieren und sich schlimmstenfalls erkälten. Da begriff Michael, dass er das erste Wochenende im Juni mit allen Beradis gemeinsam in dem kleinen Haus am See verbringen würde.

Michael hörte die ersten Vögel vor seinem Fenster zwitschern, bevor er in den Schlaf fand, und kurz darauf klingelte schon wieder sein Wecker.

Das Grüppchen, das sich im Großraumbüro gebildet hatte, gestikulierte heftig. Kaffeetassen wurden in der Luft geschwenkt. Das Getuschel aus den Mündern verdichtete sich zu einem unverständlichen Geräuschteppich. Michael hatte einmal gehört, dass Statisten beim Film, die eine murmelnde Kulisse schufen, immer wieder bloß das Wort »Rhabarber« – oder englisch »rhubarb« – nuscheln sollten. Der Sinn war, dass man sie nicht für eine Sprechrolle bezahlen musste und das Wort in der sich wiederholenden Abfolge so klang, als würden sich die Menschen unterhalten. Das fiel ihm genau in diesem Augenblick ein, da er den Sender betrat und die Erregung wahrnahm, mit der sich die Kollegen – offenbar spontan – versammelt hatten.

»Guten Morgen«, krächzte er im Vorbeigehen. Die Stimme versagte angesichts der nahezu schlaflosen Nacht ihren Dienst. Er würde sich in der Küche nach Annis Teevorrat umsehen, um sich bis zu seinem Einsatz in einer Stunde fit zu bekommen.

»Aaah, Mike! Gut, dass du da bist«, meldete sich Tom aus der Menge. Michael schaute sich suchend um und fand den Chef an einen der Tische gelehnt in der Mitte der Kollegenansammlung. Er wirkte trotz der bemüht lässigen Haltung angespannt.

»Habe ich etwas verpasst?« Michael verwarf den Tee und näherte sich zaghaft.

»Rob hat gekündigt«, platzte eine der Assistentinnen heraus. Sie war erst seit Kurzem beim Sender und er konnte sich ihren Namen nicht merken.

»Aber …« Irritiert suchte er in Toms Gesicht nach einer Erklärung. Anni, die neben ihm stand, starrte in ihren Teebecher.

»Unsere Anni ist mit Ende des Monats in Berlin, wir brauchen also dringend einen Ersatz für sie. Und für Rob natürlich.«

»Warum hat er denn gekündigt?«, hakte Michael nach. Das ergab doch überhaupt keinen Sinn. Endlich hatte Rob die Chance, ihm den Rang als beliebtester Radiomoderator des Landes abzulaufen, und er hatte nichts anders zu tun, als dem Sender den Rücken zuzukehren?

Statt einer Antwort erntete er nur betretenes Schweigen. Die meisten schienen genauso überrascht und ahnungslos zu sein wie er. Schulterzucken und fragende Gesichter. Nur ein erlauchter Kreis, einschließlich Tom und Anni, wirkten betroffen und so, als läge der Grund in etwas Schrecklichem. Sofort fühlte sich Michael verantwortlich. Rob und er waren das eine oder andere Mal aneinandergeraten. Hatte er die Aussicht auf die direkte Zusammenarbeit mit seinem Konkurrenten als Anlass zum Gehen genommen?

Michael hatte ihre Querelen nicht so belastend empfunden. Natürlich hatte ihm Toms Entscheidung, die Sendungen künftig mit Rob zu teilen, nicht geschmeckt. Aber deshalb zu kündigen, war ihm nicht in den Sinn gekommen. Vermutlich aus dem Grund, dass er seinen Platz als Publikumsliebling bloß verteidigte und nicht gegen ihn antrat. Für Rob war die Situation womöglich schwieriger.

»Beenden wir diese spontane Besprechung«, schloss Tom und stieß sich vom Tisch ab. »Jeder überlegt, wie wir diesen überraschenden Engpass lösen können. Wenn jemand denkt, er hat das Zeug zum Moderator und will es versuchen, meldet euch. Wir investieren das nötige Kleingeld in einen Crashkurs und den Rest wird Mike in den Sendungen ausbügeln. Wir müssen jetzt zusammenhalten und das Beste aus der Situation machen.« Er wandte sich an Michael und kam ein paar Schritte auf ihn zu, während sich die Gruppe auflöste und in verschiedene Richtungen strömte. »Wann gehst du auf Sendung?« Tom sah auf die Armbanduhr, um sich die Frage selbst zu beantworten. »Wir sprechen uns noch kurz in meinem Büro«, ordnete er an und trat voraus. Michael folgte ihm mit einem flauen Gefühl im Bauch. Natürlich würde er ihn nicht rausschmeißen. Eben hatte Tom doch selbst gesagt, dass Michael die Leerstellen ausmerzen musste. Fraglich blieb, ob er dazu gezwungen war, damit der Betrieb aufrechterhalten werden konnte, oder ob er weiterhin hinter ihm stand.

Tom und Michael waren nicht befreundet, schätzten einander aber gegenseitig und hatten in den vielen gemeinsamen Jahren gelernt, die Stimmung des anderen binnen Sekunden zu lesen. Heute hing etwas in der Luft, das für Michael schwer einzuordnen war, und das machte ihn nervös.

Sie betraten hintereinander das Büro, Tom schloss die Tür und ließ sich seufzend auf seinen Drehstuhl fallen. Unschlüssig blieb Michael vor dem Schreibtisch stehen. Noch bevor er entschieden hatte, ob er sich auf den Besuchersessel setzen sollte oder nicht, hörte er das Schluchzen. Tom hatte die Hände vors Gesicht geschlagen, sein ganzer Körper bebte. Meine Güte, was ist denn hier los?, fragte sich Michael und räusperte sich. Er wusste nicht, was seinen Chef so aus der Fassung brachte, und er hatte noch weniger Ahnung, wie er damit umgehen sollte.

Bevor die ganze Situation skurril wurde, versiegten die Tränen mit einer Plötzlichkeit, als hätte Tom den Tränenkanal durchgeschnitten. Er wischte sich mit den großen Händen unwirsch über die Wangen, nahm Haltung an und forschte in Michaels Gesicht nach einer Regung, die der nicht fand, weil er sich überhaupt nicht mehr auskannte.

»Wenn wir nicht bald Ersatz für Anni finden, musst du eine Weile allein auf Sendung gehen. Du kriegst das hin, oder?«

»Ja, klar«, versicherte Michael. »Ich will jetzt aber doch endlich wissen, was hier eigentlich los ist.«

Tom atmete tief durch und sah ihm dann direkt in die Augen. »Robs Frau ist vor einiger Zeit mit ihrem neuen Lover nach Sevilla abgehauen.«

»Und die gemeinsamen Kinder hat sie bei ihrem Ex-Mann gelassen. Das weiß ich bereits alles«, warf Michael dazwischen. »Warum hat er gekündigt?«

»Eigentlich hat er nicht wirklich gekündigt. Das ist nur das interne Wording, um seine Privatsphäre zu wahren«, druckste Tom herum und Michael wedelte auffordernd mit der Hand, um ihn zum Weitersprechen zu bringen. Er musste wissen, was hier ablief. Vorher würde er das Büro nicht verlassen. Das schien auch seinem Chef klar zu sein. Er seufzte und fuhr fort. »Rob ist krankgeschrieben.«

Diese Wendung verwirrte Michael. »Aber dann kommt er doch zurück, wenn er wieder gesund ist. Warum also der Aufwand betreffend Ersatz und allem. Wir werden die Zeit doch irgendwie überbrücken. Und Anni ist doch auch nicht sofort weg. Vielleicht kann sie einfach ein bisschen später –«

»Er wird nicht mehr gesund, Michael«, unterbrach Tom. Über seine Stirn zog sich eine tiefe Falte, die ihn älter aussehen ließ. Nichts war übrig von der ansonsten alles überlagernden blendenden Laune, dem Anpackerblick, dem Macherausdruck. »Er hat eine äußerst aggressive Form von Bauchspeicheldrüsenkrebs. Es gibt so gut wie keine Heilungschance.« Toms Augen glänzten wieder. Michael war unfähig, sich zu rühren, und starrte bloß entsetzt ins Leere.

Krebs. So gut wie keine Heilungschance. Zwei Kinder, die bald ohne Vater sein würden. Die Mutter der beiden irgendwo in Spanien.

»Ina, seine Ex, ist schon auf dem Weg zurück. Er hat nur noch ein paar Monate«, erzählte Tom weiter. »Bestenfalls«, schob er hinterher.

»Aber …« Michaels Widerspruch war genauso planlos gesetzt wie seine Hände, die fahrig durch die zu langen Haare fuhren. Die Benommenheit hatte ihn von innen heraus gepackt und brachte ihn zurück an seinen Schreibtisch.

»Wir müssen auf Sendung«, drängelte Anni und klatschte einen Stapel Papiere vor ihn hin.

Die Routine, mit der sie das Programm absolvierte, beeindruckte ihn. Seine Gedanken kreisten unaufhörlich um Rob, um Krebs, ums Sterben. Er war nun selbst Vater. Auch wenn das keiner wusste. Da war ein kleines Baby, das er in diese Welt gesetzt hatte. In eine Welt, die so grausam war, dass es ihm den Magen umdrehte. Er schluckte Magensäure zwischen den platten Witzen, mit denen er die Hörer unterhielt, und suchte über die Technik hinweg immer wieder Annis Blick, der ihm bestätigte, dass sie Bescheid wusste.

Sie mussten weitermachen. Mit der Sendung und mit dem Leben. Aber wozu, wenn doch alles an einem so dünnen, gespannten Faden hing, der jederzeit reißen konnte? Sein Dasein auf Zukünftiges auszurichten, war nichts weiter als eine Lüge, die man sich selbst hübsch verpackt servierte.

Es gab keinerlei Garantie dafür, dass es diese Zukunft überhaupt gab. Nichts führte einem mit mehr Brutalität vor Augen, dass man bloß die Gegenwart zum Leben hatte, als das Sterben. Michael hätte diese Lehre bereits aus dem frühen Tod seines Vaters ziehen müssen. Doch er brauchte offenbar zusätzlich Robs Schicksal, um sich diese Tatsache zu vergegenwärtigen. Es gab vielleicht kein Morgen für das Schöne, für das Leben.

Als er nach diesem Arbeitstag in seine Wohnung trat, verschwendete er keinen Gedanken daran, ob Stefan im Labor und die Kinder im Haus waren. Er wählte Tamaras Nummer und bat sie, ihre Klara-Ausrede zu strapazieren. Sein Bedürfnis, ihren Geruch einzuatmen und sie zu umarmen, war enorm. Er forderte es mit einer Vehemenz ein, die ihr keine Chance ließ, sich zu weigern.

Eine Stunde später bettete er seinen Kopf auf ihrem Schoß und inhalierte sie, die Frau, die er so liebte, und er erklärte ihr, dass er keine Minute mehr ohne sie sein wollte. Er wünschte sich nichts sehnlicher als ein gemeinsames Leben mit Tamara und seinem Kind, das sie daheim bei Nora gelassen hatte.

Michael genoss die seltene Zweisamkeit mit seiner großen Liebe und fühlte sich doch um die Zeit mit seiner Tochter betrogen. Wer sah schon voraus, wie oft man die Gelegenheit hatte, seinem Kind die Wange zu streicheln, seine Hand zu halten, ihm in die Augen zu sehen? Bevor etwas Schlimmes über einen kam, wie Krebs. Die tiefe Traurigkeit in ihm wühlte ihn so auf, dass er Probleme hatte, seine Atmung unter Kontrolle zu halten. Tamaras Finger vergruben sich in seinem Haar und holten ihn zumindest ein wenig aus dem Tal dieser abgründigen Gedanken.

»Ich liebe dich, mein Michael«, flüsterte sie ihm ins Ohr und hörte nicht auf, ihn zu streicheln, bis er sich einigermaßen beruhigt hatte.

Sie schliefen miteinander, wodurch in Michael nur noch mehr Verzweiflung zum Vorschein kam. Weil es sich so unfassbar gut und gleichzeitig vergänglich anfühlte an diesem Tag, an dem sich so gut wie alles im Lichte der Endlichkeit präsentierte.

24

Freitag

Michael ging ein wenig tiefer in die Hocke und kniff ein Auge zu. Dann kam die Drehung aus dem Handgelenk und aus der Schulter zugleich.

»Wow, Onkel Mike!«, staunte Tony und klatschte begeistert in die Hände. »Der ist fünf Mal übers Wasser gehüpft. Jetzt ich!« Er bemühte sich, Michaels exakte Stellung und die Bewegungen nachzuahmen. Doch der Stein platschte in den See und verschwand sofort in der Tiefe.

»Oh nein«, ärgerte sich der Junge und stampfte mit dem Fuß auf. »Warum klappt es bei dir und bei mir nicht?«

»Das liegt nicht an dir«, beruhigte Michael ihn und streichelte ihm über den Kopf. Sofort entzog Tony sich der Zärtlichkeit. Er war ein Kind, das mit einem seiner Vorbilder herumtoben, sich mit einem Erwachsenen messen wollte. Da blieb keine Zeit für Zuneigung. Michaels war er sich ohnehin sicher genug, um sich nun darauf zu konzentrieren, seinen ›Gegner‹ zu besiegen. Michael konnte sich in ihn hineinversetzen. Er selbst hatte sich als Halbwüchsiger auch stets eine Bezugsperson abseits seiner Eltern gewünscht. Einen coolen Onkel, bei dem es sich lohnte, ihm nachzueifern. In diesem Augenblick empfand Michael große Dankbarkeit und ein bisschen Stolz, dass Tony ihn dafür auserwählt hatte.

»Guck mal«, sagte er und zeigte auf die Steine in seiner Hand. »Was haben die alle gemeinsam?«

»Dass sie flach sind?«, vermutete der Junge und hob misstrauisch eine Augenbraue. Die Ähnlichkeit zu seinem Vater war verblüffend.

»Ja, sie sind alle flach«, bestätigte Michael. »Aber sie haben noch etwas gemeinsam: Sie alle sind einzigartig.«

»Ihre Gemeinsamkeit ist, dass sie nichts gemeinsam haben?«, hakte Tony nach und sah ihn an, als wäre er besorgt um Michaels Geisteszustand.

»Genau!« Michael nickte und grinste. Tony war ein schlaues Kerlchen und wissenshungrig auf alles, was die Welt ihm zu zeigen hatte. Er würde einmal, genauso wie sein Vater, ein Unternehmen leiten und Erfolg haben. »Das Einzige, was sie alle gemeinsam haben, ist, dass sie einzigartig sind. Es gibt keinen Stein, der exakt so aussieht und so beschaffen ist wie der andere. Und daher kann es gut sein, dass mit einem von ihnen ein toller Wurf gelingt, während der nächste bei gleichem Können und gleicher Technik sofort untergeht.«

»Es ist also ganz leicht, es auf andere zu schieben, wenn es schlecht läuft«, resümierte Tony. Sein Gesichtsausdruck spiegelte wider, wie tief ihn diese Erkenntnis traf. Michael staunte noch mehr über die Art, wie der Knirps diesen komplexen Gedankengang innerlich aufgedröselt hatte. Er hatte es gut gemeint und ihm das Gefühl des Versagens ersparen wollen, doch angekommen war bei ihm, dass man bloß einen anderen Verantwortlichen dafür suchen musste.

»Ich glaube, ich habe einfach zu steil geworfen«, entschied Tony und war deutlich zufriedener mit dieser Erklärung. Michael verstand seinen Wunsch nach einer Ursache, die das

Scheitern oder Nichtscheitern nicht von äußeren Umständen abhängig machte. Das Ziel des Kleinen war es, irgendwann mit *jedem* Stein erfolgreich zu sein.

»Das kann natürlich auch sein«, sagte Michael daher. »Lass uns einfach weiterüben.«

Tony war schon wieder dabei, flache Steine aus der Erde zu kratzen. Unter den Fingernägeln hatten sich schwarze Ränder gebildet, die er selbst mit Tamaras Hilfe später nur mühsam wieder wegbekommen würde. Aber das schien ihm nichts auszumachen. Er lebte in diesem Moment, nicht in der Zeit, die bevorstand. Eine Gabe, die ihm hoffentlich länger erhalten bleiben würde als den meisten Erwachsenen. Auch Michael löste fest eingebettetes Gestein mit dem Schuh aus dem Boden und sammelte eine Handvoll davon, bevor sie sich wieder ans Seeufer stellten und weiter Steine auf die glitzernde Wasseroberfläche patschen ließen.

Sie bemerkten erst, dass sie Gesellschaft hatten, als sie angesprochen wurden.

»Na, Jungs, seid ihr bereit für das Abendessen?«

Michael drehte sich um und blickte direkt in Tamaras Gesicht, eingerahmt von ihren wilden Kastanienlocken. Die Anspannung der merkwürdigen Konstellation, in der sie alle dieses Wochenende verbringen würden, war ihr anzusehen. Aber er erkannte zudem ein helles Strahlen, das ihm die Knie weich machte. Über ihrem Bikini, von dem nur die Neckholder-Bändchen zu sehen waren, trug sie eine bunte Tunika. Ihre etwas milchigen Beine hatten noch immer eine mütterliche Weichheit, die sie hasste und meist unter langen Hosen versteckte. Michael genoss den Anblick ihrer Haut, die er so liebte.

Am liebsten wäre er vor ihr auf die Knie gegangen und hätte seine Lippen auf die Innenseite ihrer Schenkel gedrückt, um ihr zu zeigen, wie aufrichtig er sie begehrte und wie schön sie war.

Das Bild rührte ihn außerdem, weil Lou auf dem Arm ihrer Mutter thronte und in ihrem zitronengelben Frühlingsoverall aussah wie eine Prinzessin. Der Blick, mit dem sie ihren Bruder musterte, war wach und forschend. Sie nuckelte an ihrem Schnuller und streckte ein Ärmchen in seine Richtung. Der Einklang, mit der die beiden hier standen, ließ Michaels Herz hart gegen die Brust klopfen. Keine zwei Meter von ihm entfernt war seine Familie, seine ganze Welt, und er fühlte sich betrogen. Seinem Impuls, den Abstand zwischen ihm und den beiden zu schließen, sie zu umarmen, ihre Stirn zu küssen, gab er nicht nach. Am oberen Ende des Grundstücks befand sich die Terrasse, auf der Stefan in diesem Moment die Steaks vom Grill nahm und Nora die Soßen und Salate auf dem Tisch arrangierte. Und Tony, der ehrgeizig an seiner Steinwurftechnik feilte, war ebenfalls da.

Dieses Wochenende würde zur reinsten Qual werden. Warum bloß hatte er sich überhaupt darauf eingelassen? Er brauchte einen Vorwand, um diese Schnapsidee abzubrechen. Ein Vorfall in der Familie. Oder im Sender, der nach ihm verlangte. Irgendetwas würde er aus dem Hut zaubern, damit er sich aus diesem Elend befreien konnte. Während er nach einer Ausrede suchte, trat Tamara auf ihn zu und drückte ihm Lou auf den Arm.

»Jetzt zeige ich euch mal, wie das geht«, sagte sie beschwingt und nahm Michael die Steine ab. Automatisch schloss sich seine frei gewordene, staubige Hand um den Rücken des kleinen Mädchens, das ihn skeptisch ansah. Auf die makellose Stirn, die er so gern geküsst hätte, legten sich zwei kaum erkennbare Falten. Michael hatte Angst, dass sie sich gleich darüber beschweren würde, nicht mehr bei ihrer Mama zu sein und stattdessen auf seinem Arm getragen zu werden. Doch sie weinte nicht. Sie betrachtete Michaels Gesicht.

Er schenkte ihr ein Lächeln, das ihr nicht nur die Skepsis nehmen, sondern zudem seine eigenen Tränen zurückdrängen sollte. Der kleine Körper entspannte sich. Lou gähnte, der Schnuller fiel ihr aus dem Mund und purzelte über den abschüssigen Boden in Richtung See. Es schien sie nicht zu stören. Sie kuschelte das Köpfchen gegen Michaels Brust. Er sah, wie ihr die Lider schwer wurden, und traute sich nicht, sich zu rühren. Ihr eingekerbtes Ohr lag genau an der Stelle, wo sein Herz auf Hochdruck arbeitete. Das Klopfen spürte er bis ihn den Hals.

Das kleine Mädchen atmete geräuschvoll aus und schloss die Augen. *Sein Mädchen.*

»Onkel Mike muss unbedingt bei uns einziehen«, schlug Tony später beim Essen vor. »Der hat Lou dazu gebracht, einzuschlafen. Dann können wir auch endlich wieder schlafen.«

Stefan lachte laut. »Der müsste sich aber zu einem von euch Kindern legen. Langsam wird es voll bei uns daheim.«

»Von mir aus gern«, flüsterte Nora in Michaels Richtung und zwinkerte ihm unauffällig zu.

Er selbst sagte nichts und stocherte in seinem Essen herum. So gern es ihn wegzog, er beschloss, hierzubleiben. Er hoffte, dass sich mehr dieser Momente ergaben, um seiner Tochter so nah zu sein wie vorhin. Zum ersten Mal war er froh, dass er Lous Patenonkel werden sollte. Damit fiel es nicht weiter auf, wenn er die Nähe zu ihr suchte und sich einen Platz in ihrem kleinen Herzchen eroberte.

Die Taufe war für den Herbst angesetzt. Es war eine Art Tradition, dass die Kinder der Beradis im September getauft wurden. Für Michael war dieser späte Termin eine Erleichterung. Eine Rolle zu übernehmen, die derart im Widerspruch zur Natur stand, war ohnehin nicht leicht.

Auf der Suche nach einem besseren Empfang stakste Michael durch das hohe Gras rund um das Haus. Die Finsternis war rasend schnell über das Grundstück hereingebrochen und das Einzige, was den Boden unter seinen Füßen beleuchtete, war der Lichtschein, der durch die Holzfenster mit den schnuckeligen Fensterläden aus der Stube herausdrang.

»Scheiße«, fluchte er leise, als er sich in der Wurzel einer Pflanze verhedderte und beinahe stürzte. Michael schüttelte die Schlinge vom Fuß, ging weiter und hielt das Handy in verschiedene Richtungen. Eine Telefonverbindung würde er hier zustande kriegen. Aber die mobilen Daten streikten seit dem frühen Abend.

Dabei war ausgerechnet kurz nach dem Abendessen eine hitzige Diskussion in der Chatgruppe, die er mit seinen Freunden betrieb, ausgebrochen. Man überlegte, ob nicht doch irgendeine Party für Marlene organisiert wurde. Wütend war er über Gregors Vorschlag hinweggefegt. Die Möglichkeit, ein Fest zu organisieren, hatten sie vor ein paar Monaten gehabt. Jetzt, zwei Wochen vor dem dreißigsten Geburtstag seiner Schwester, war diese Chance verpasst.

Allen voran Gregor, der sich gesträubt hatte wie eine Katze vor dem Wasserloch, kam jetzt mit dieser Schnellschussidee um die Ecke. Bei allem Verständnis für die Gefühle, die sein Freund für Marlene gehegt hatte – er war strikt dagegen, jetzt eine halbherzige Party aus dem Ärmel zu schütteln.

Unterstützung bekam Gregor von Simone, bei der sich das schlechte Gewissen für ihre anfängliche Ablehnung meldete. Sie argumentierte in ihren Nachrichten damit, dass ein runder Geburtstag doch etwas Besonderes sei und es absolut nicht passend war, dass sie darüber hinweggingen. Die Freundschaft zwischen ihnen und Marlene hätte zwar gelitten, aber dennoch fühlte sie sich ihr aufgrund der weit zurückreichenden gemeinsamen Vergangenheit verbunden.

Der Abend war eben gemütlich geworden und Michael hatte es sogar hinbekommen, sich auf der Terrasse im familiären Kreis der Beradis zu entspannen, als – völlig aus dem Nichts – diese Konversation vom Zaun gebrochen wurde. Da er immer wieder versuchte, die stotternde Verbindung zu überlisten, wich die anheimelnde Stimmung einer nervösen Müdigkeit in Stefans und Tamaras Gesichtern. Tony kämpfte am Rand zum abschüssigen Grundstück mit einem Stock gegen einen unsichtbaren Ninja und Nora posierte für ihre Handykamera.

Bloß Lou schien ausnahmsweise zufrieden zu sein. Dass sie ausgerechnet in Stefans Armen eingeschlummert war, versuchte Michael zu ignorieren.

Die Anspannung übertrug er auf direktem Weg auf seine Gastgeber. Tamara, die sich davon ohne Filter anstecken ließ, kompensierte ihre Ruhelosigkeit, indem sie Tony pausenlos ermahnte, nicht zu wild zu sein und sich nicht zu verletzen. Bis der Junge die Lust verlor und sich bockig auf den Stuhl neben Michael fläzte.

»Ich denke, es ist Zeit fürs Bett«, meinte Tamara nach ein paar Minuten und beendete damit den Abend nicht nur für Tony. Es war ein längeres Zusammensitzen geplant gewesen. Dennoch freute sich Michael, als er sich darauf konzentrieren konnte, in die immer weiter fortschreitenden Partyplanungen hineinzugrätschen.

Seine Schwester hatte sich seit dem Brief, den er ihr in den Postkasten geworfen und in dem er sie darüber informiert hatte, dass er für ihre Schulden geradestand, nicht gemeldet. Nicht einmal ein kleines Danke hatte sie ihm geschickt. Er hatte überhaupt keine Lust mehr, sich weiter mit dieser störrischen Ziege auseinanderzusetzen. Wenn sie sich so gern ihr Leben versaute, dann sollte sie das doch bitte schön tun, dachte Michael. Er hatte davon endgültig genug und verspürte keinen Funken Verantwortung, ihr einen »schönen Geburtstag«, wie Simone es nannte, auszurichten.

Marlene wollte ohnehin lieber mit ihren Raufbrüdern und Drogenbuddys durch die Klubs ziehen. Wieso sollte er sich aufdrängen und ins Zeug für etwas legen, das sie ihm hinterher vorwarf? Er hatte eingesehen, dass es diese Familie, die er sich so gewünscht hatte, nicht gab. Sie war gemeinsam mit seinem Vater der Vergänglichkeit zum Opfer gefallen. Reanimation ausgeschlossen.

Die Suche nach stabilem Empfang wurde immer aussichtsloser. Der sei hier am See und umringt vom Gebirge anfällig für die Wettergegebenheiten, hatte Stefan beim Abräumen der schmutzigen Gläser gesagt. Dann hatte er ihm, noch immer Lou an sich gekuschelt, eine gute Nacht gewünscht und war im Haus verschwunden.

»Dein Bett im Zimmer oben links ist frisch bezogen«, sagte Tamara und warf ihm einen wehmütigen Blick zu. »Gute Nacht«, wiederholte sie dann hastig die Worte ihres Mannes, senkte den Kopf und folgte Stefan hinein.

Der Vorstellung, wie die beiden sich im Schlafzimmer nebeneinander ins Bett legten, durfte er keinen Platz einräumen, sonst hätte er sofort packen und heimfahren müssen. So gesehen war der Chat mit seinen Freunden eine willkommene Ablenkung, selbst wenn er ihn inhaltlich in seinen Eingeweiden traf. Nicht nur sein Kopf, sondern sein gesamter Körper sehnte sich nach innerem Frieden. Er wollte einfach an nichts denken und glücklich mit sich selbst sein. Stattdessen waren da seine mit einem anderen Mann verheiratete große Liebe und sein Kind in den Armen seines Freundes, was sein Herz zerbröselte. Und als wäre das nicht genug, auch noch seine Schwester, die er zu retten versuchte, es aber nicht schaffte. Selbst wenn es ihm gelang, das alles für Bruchteile einer Sekunde von sich wegzuschieben, sah er prompt Rob vor sich stehen, der ihm tief in die Augen sah und flüsterte: *Und mit dem nächsten Wimpernschlag kann alles vorbei sein.*

»Suchst du mich?«

Erschrocken riss Michael die Hände nach oben und taumelte zurück. Dann erst erkannte er Nora, in die er beinahe hineingelaufen wäre. Über ihrem Kopf zog eine – eindeutig nach Gras riechende – Rauchschwade hinweg. Warum hatte er diesen Geruch nicht schon früher wahrgenommen? Michael zweifelte langsam an seiner Zurechnungsfähigkeit.

»Was machst du denn da?«, empörte er sich und zeigte mit dem Finger auf den Joint in ihrer Hand.

»Wonach sieht es denn aus, du Schlaumeier?«, spottete Nora und nahm genussvoll einen langen Zug.

»Sag mal, spinnst du? Da oben ist das Schlafzimmer deiner Eltern und du ziehst dir hier in Seelenruhe eine Tüte rein?«

»Das Schlafzimmer ist auf der anderen Seite«, erwiderte sie und nahm ihn ins Visier. »Willst du auch mal ziehen?« Mit einer routinierten Bewegung drehte sie den Joint zwischen Zeigefinger und Daumen und hielt ihn Michael entgegen. Er starrte darauf. Mit einem Ruck durch die Hand forderte sie ihn auf, danach zu greifen.

»Nein«, zischte er und schüttelte den Kopf. »Ganz sicher nicht! Und du solltest das auch nicht tun. Was soll denn das?«

»Das machen alle«, gab sie leichthin zurück, zuckte mit der Schulter und führte den glühenden Stängel wieder an ihren Mund.

»Wissen deine Eltern davon?«

»Keine Ahnung. Und wenn schon ... Willst du mich jetzt verpetzen, *Onkel* Mike? Bestrafen vielleicht?« Ihre kindliche Stimmlage unterstrich sie mit einem treuherzigen Augenaufschlag. »Oder gibt es vielleicht etwas, das ich tun kann, damit du das Geheimnis für dich behältst?«

Er hatte keine Zeit, sich vorzubereiten. Ihre freie Hand schoss aus der Dunkelheit direkt in seinen Schritt. Durch seine Shorts hindurch hatte sie ihr Ziel sofort ertastet. Ihre Finger schlossen sich um seinen Penis und kneteten ihn in einem intensiven Rhythmus. Michael hatte keine Ahnung, wie ihm geschah. Der kurze Augenblick, den er brauchte, um sich nach dem Überraschungsmoment der Situation zu entziehen, reichte aus, dass sein Körper auf Noras Annäherung reagierte. Das war ihr nicht entgangen und sie stieß ein leises, kehliges Lachen aus, das ihm den Magensaft die Speiseröhre hochtrieb.

»Wow, *Onkel Mike*, so groß und hart …« Sie stöhnte auf. »Ich wusste, dass ich auf das richtige Pferd setze. Du kannst es mir bestimmt so richtig besorgen. Aber hey …« Sie hielt inne und schon spürte er ihren Atem in seinem Ohr. »Du musst ganz vorsichtig sein, damit du mir nicht wehtust mit deinem Riesenschwanz. Du weißt doch, ich bin doch noch ein Mädchen und so eng und … mhmmm … so einen großen hatte ich noch nie in meiner Muschi. Du machst mich so an.«

Michael packte sie an den Schultern und schüttelte sie. »Sag mal, was läuft bei dir eigentlich falsch? Ich könnte dein Vater sein! Ich kenne dich, seit du ein kleines Mädchen warst, und ich habe absolut kein Interesse daran, mit dir irgendwas anzufangen. Warum zum Teufel willst du das denn nicht verstehen?«

In ihrem Gesicht lag zumindest die Andeutung eines Schrecks. So etwas wie ein Erwachen erhoffte Michael sich nicht. Schnell ließ er sie los und trat erneut einen Schritt zurück.

»Nora, ich bitte dich! Du musst damit aufhören! Du bist doch ein kluges Mädchen und weißt, dass nichts etwas zwischen uns laufen wird. Davon mal abgesehen, dass ich keinerlei Interesse an dir habe, würde ich nie im Leben eine solche Grenze überschreiten. Ich kann mir wirklich nicht erklären, warum du dir das in den Kopf gesetzt hast. Aber eines ist klar: Du musst das so rasch wie möglich abstellen, sonst muss ich mit deinen Eltern darüber sprechen.«

»Aber –«

»Ich meine das ernst. Wenn du das nicht sofort abstellst, dann werde ich deiner Mutter erzählen, was du seit Monaten veranstaltest. Und das hat nichts damit zu tun, dass ich dir etwas Böses will oder möchte, dass du Ärger bekommst. Ich muss mich selbst schützen, verstehst du das? Was würde dein Vater denken, wenn er uns in so einer Situation wie eben überrascht? Ich denke, er wäre alles andere als einverstanden damit und er würde die Schuld ganz sicher erst einmal bei mir suchen. Im schlimmsten Fall könnte ich sogar ins Gefängnis gehen!« Michael steigerte sich immer weiter hinein und konnte nur mit Mühe die Lautstärke seiner Stimme kontrollieren. Am liebsten hätte er Nora angeschrien für ihre blödsinnige Idee und diese grausliche Inszenierung, in der sie ihn gefangen hielt.

Sie schwiegen beide und Nora sah ihn unverwandt an. Dann räusperte sie sich. »Du machst dir Gedanken darüber, was mein Vater davon halten könnte?«, fragte sie und ihre Stimme klang fast normal. Die Femme fatale darin war genauso verschwunden wie das kleine Mädchen.

»Ja, natürlich«, bestätigte Michael verständnislos. Was war bloß los mit diesem Kind, dieser Frau, diesem Mädchen? Er hatte jegliche Empfindung für die Person vor ihm verloren.

Sie nickte und schien zu überlegen. Vielleicht kam sie ja doch zur Vernunft. Er war der Erwachsene, er würde diese Situation klären und dann abhaken. Dieses entstandene Chaos durfte nicht zwischen ihnen stehen und er würde ihr jetzt die Chance geben, die Sache zu bereinigen. Trotz der begrenzten Lichtverhältnisse sah Michael die tiefe Falte, die auf Noras Stirn aufzog wie ein Gewitter. Ein reinigendes Gewitter, so hoffte er und setzte an, sie mit seinen Argumenten auf den richtigen Weg zu bringen. Doch sie erstickte sein Vorhaben, indem sie die Hand hob und ihn aus zusammengekniffenen Augen musterte.

»Und denkst du auch darüber nach, was mein Vater davon halten würde, wenn er wüsste, dass du seine Frau vögelst?«, raunte Nora.

Michael erstarrte und durchforstete seine vernebelten Gehirnwindungen nach Worten. Doch er tastete ins Leere und brachte nicht mehr zustande, als Nora erst anzustarren und ihrem Blick dann auszuweichen.

»Hmm«, stieß Nora aus. Ihre Stirn glättete sich und ihr Mund verzog sich zu einem teuflischen Grinsen. »Ich habe es dir doch schon beim letzten Mal gesagt. Man sieht es euch an und ich verstehe überhaupt nicht, warum du dich mit dieser faltigen Alten abgibst, wenn du mich haben könntest«, sagte sie und schnippte den längst erloschenen Stummel ins Gebüsch. »Wahrscheinlich ist das so eine Art Fetisch. Schade, *Onkel Mike*, wir wären so ein schönes Paar.« Sie sah ihn nicht mehr an und stapfte davon.

25

Samstag

Unauffällig beobachtete Michael Nora über den Tisch hinweg dabei, wie sie mit einem Löffel in der Tasse rührte und in ihr Handy tippte. Sie hatte ihn weder eines Blickes gewürdigt noch ein Wort von sich gegeben, seit er auf die Terrasse getreten war. Sein allgemeines »Guten Morgen« in die versammelte Runde war von ihrer Seite unbeantwortet geblieben. Sie ignorierte ihn völlig und das war von allen Varianten, die er sich in der Nacht ausgemalt hatte, die beste.

Wenn überhaupt hatte er zwei Stunden geschlafen. Die restliche Zeit hatte er sich auf der viel zu weichen Matratze von einer Seite auf die andere gedreht und in die Dunkelheit gestarrt. Die Dunkelheit, die hier am See tatsächliche Finsternis bedeutete. Anders als in der Stadt.

Nora war ganz offensichtlich eifersüchtig, weil er sich in ihre Mutter verliebt hatte. Dass die beiden jetzt auch noch ein Kind hatten, das größtenteils unerwünscht war im Hause Beradi, setzte ihrer Eifersucht wahrscheinlich die Krone auf.

So oder so schwebte die gestern bloß angedeutete Drohung über ihm, dass Nora ihren Vater informieren könnte. Das und die Endlosschleife an Argumenten im Chat mit seinen Freunden hatten ihn um seinen Schlaf gebracht.

Und nun wich er Tamaras Blick aus, die eben dabei war, seine Tasse mit dampfendem Kaffee zu füllen. In ihrem Gesicht war ein großes Fragezeichen abzulesen. Sie kannte ihn gut genug, um zu bemerken, dass es etwas nicht stimmte.

»Tony!«, rief Stefan und riss Michael aus der Konzentration, mit der er Milch in den Kaffee tropfte, als wäre er Zeuge eines physikalischen Wunders.

»Ich komme ja schon«, brüllte der Junge vom Grundstück herauf und rannte langsam in ihr Sichtfeld. »Was ist denn?« Völlig außer Atem setzte er sich neben Mike und stürzte ein Glas Wasser hinunter. Es war früher Morgen und der Junge war jetzt schon völlig verschwitzt. Auf seiner kurzen Hose und dem Shirt waren unübersehbare Schmutzspuren.

Tamara verdrehte bloß die Augen, schloss sie dann und führte genießerisch die Kaffeetasse an ihren betörenden Mund, der im Sonnenschein glänzte. Sie hatte bestimmt den farblosen Pflegestift aufgetragen, der nach Vanille und Weihnachten schmeckte. Bei der Erinnerung daran, wie sich der Geschmack mit ihrer Zunge in Michaels Mund vermischte, wäre er gern vom Stuhl gesprungen und hätte sie geküsst.

»Was haltet ihr davon, wenn wir das Boot aus dem Bootshaus holen und den See erkunden?«, wandte Stefan sich an seinen Sohn und Michael.

»Jaaaa«, rief Tony und hüpfte im Sitzen aufgeregt auf und ab. »Das machen wir!«

»Sehr gut!« Zufrieden über Tonys Enthusiasmus nickte Stefan und drehte den Kopf in Richtung Nora. »Kommst du mit, Spatz?«

Nora hob langsam den Blick von ihrem Handy und sah ihren Vater skeptisch an. Sie schien sich zu fragen, ob er die

Einladung ernst gemeint hatte. Ob er tatsächlich annahm, sie ließe sich dazu herab, mit ihrer Familie gemeinsam einen Bootsausflug zu unternehmen. Stefan hielt stand und wartete auf eine Antwort.

»Nein, danke«, sagte sie langsam. »Chris holt mich in zehn Minuten ab und wir fahren in den Ort.« Die künstlichen Wimpern senkten sich wieder auf halbmast und ihre Daumen malträtierten weiter das Display ihres Telefons. Michael fiel ein Stein vom Herzen. So wie es aussah, verbrachte Nora den Tag mit ihren Freunden von hier. Sie würden das kleine Touristenzentrum unsicher machen und er hätte etwas Zeit, um sich nach der gestrigen Begegnung mit ihr zu erholen.

»Gut, dann also nur wir Jungs.« Das Boot war locker groß genug für sechs Personen. Michael war der Meinung gewesen, dass auch Tamara und Lou mitkamen. Aber wie es aussah, hatten sie schon vor seinem Auftauchen darüber gesprochen, dass die beiden zu Hause blieben.

»Also ich …«, stotterte Michael, der die Chance witterte, ein paar Minuten mit Tamara und seiner Tochter allein sein zu können. Stefan zog die Augenbrauen hoch. In seinem Blick lag kein Argwohn, sondern reines Interesse.

»Tut mir leid, aber ich werde nicht mitkommen. Ich habe schlecht geschlafen. Ich werde mich nach dem Frühstück noch einmal hinlegen.« Es war ja nicht gelogen, dass seine Nacht mehr als bescheiden gewesen war. Selbst wenn die Umstände andere wären, hätte er keine große Lust darauf, in seiner Verfassung auf dem See herumzuschippern. Ob er sich wieder im Gästezimmer verkriechen würde, lag nicht an ihm, sondern an Tamara. Die ignorierte das Gespräch zwischen ihm und ihrem Mann komplett und schüttelte eine kleine Rassel in Form einer

Raupe vor Lous Gesicht. Das Mädchen saß in einer Wippe, die Tamara neben ihr auf der Bank platziert hatte, und quietschte vergnügt.

»Wenn das so ist, dann wird das wohl eine waschechte Vater-Sohn-Expedition. Was hältst du davon, Großer?«, sagte Stefan. Tonys Freude hatte sich deutlich abgekühlt, als er erfuhr, dass Michael nicht mitkommen würde. Aber er verfügte über eine für sein Alter äußerst ausgeprägte Empathie. Er nickte und strahlte seinen Vater an, damit er ihn nicht enttäuschte, woraufhin Stefan zufrieden sein Brot mit Butter beschmierte.

Von der Straße oberhalb des Hauses ertönte ein Hupen. Nora leerte ihre Tasse, stand auf und verabschiedete sich mit einem filmreifen »Ciao«. Sie schob die Sonnenbrille von ihrem Haar herunter auf die Nase, wandte sich ab und stöckelte in halsbrecherisch hohen Sandaletten mit wippenden Hüften fort.

Die Wärme war um diese Uhrzeit noch so zurückhaltend, dass man am Frühstückstisch eine Weste trug. Noras pralle Rundungen steckten in knappen Jeansshorts, die das untere Drittel ihres Pos zeigten, und einem hautengen, knallpinken Top, unter dem sie eindeutig keinen BH trug.

»Na, dann starten wir«, rief Stefan vergnügt, schnappte sich die Tasche mit den geschmierten Broten und ein paar Utensilien, die sie auf dem Boot brauchten. Tony wollte unbedingt seine neue Taucherbrille mit Schnorchel ausprobieren und verdrehte genervt die Augen, als Tamara zum dritten Mal damit anfing, dass sie auf sich aufpassen sollten. Sie ließ sich von Stefan auf den Mund küssen und warf gleich darauf einen betroffenen Blick in Michaels Richtung. Er wandte sich ab und tat so, als hätte er nichts davon mitbekommen.

»Und ihr bleibt anständig, während wir weg sind«, witzelte Stefan. Er klopfte Michael auf die Schulter, griff nach der Hand seines Sohnes und stapfte mit ihm den Abhang hinunter in Richtung Bootshaus.

Tamara und er sahen den beiden nach, bis sie verschwunden waren. Gleich darauf krähte die Kleine auf Tamaras Arm, als würde sie die Stille, die nur von den Geräuschen aus der Natur unterbrochen wurde, nicht gut finden.

»Du hast Hunger, hmm?«, flüsterte Tamara zärtlich und zog sich ins Innere des Hauses zurück. Michael war unentschlossen, ob er sich im Gästezimmer verkriechen oder lieber warten sollte, bis Tamara wieder nach draußen kam. Natürlich wollte er die kurze Zeitspanne, die für sie beide allein blieb, nützen und seine leeren Tanks auffüllen. Seine Nase in ihr Haar stecken, ihre Wange streicheln, sie küssen und ihren warmen Körper an seinem spüren.

Kurz überlegte er, wie lange das noch möglich sein würde, ohne dass Lou bewusst wurde, was zwischen ihrer Mutter und ihm vor sich ging. Wie viel Zeit blieb ihnen? Zwei Jahre oder weniger? Aber die Beziehung konnte sowieso nicht weitergehen wie bisher. Michael wollte Tamara für sich haben. Er hatte nicht vor, weiterhin die Küsse des Ehemanns zu ertragen und seinem eigenen Kind der Patenonkel zu sein. Irgendwann würde Tamara den nötigen Mut fassen und Stefan verlassen.

Michael spazierte an der Hausmauer entlang und schob einen alten Perlenvorhang zur Seite. Dahinter verbargen sich in einem Unterstellplatz zwei zusammengefaltete Liegestühle. Einen davon zog er heraus, klappte ihn auseinander und klopfte den Staub von dem Stoff. Dann stellte er ihn in die Sonne und legte sich darauf. Er würde es damit in Tamaras Hände legen, ob sie die Zeit, die Tony und Stefan auf dem See verbrachten, miteinander teilten oder nicht. Wenn sie nicht mehr aus dem Haus käme, würde er behaupten, dass er eingeschlafen war.

26

»Du bleibst doch morgen noch bis zum Abend, oder?« Tamaras Stimme riss ihn aus den Gedanken. Er fuhr mit dem Oberkörper hoch und sah direkt in ihre Augen. Ein warmes Lüftchen zerzauste ihre Haarspitzen und trug den Duft ihres Shampoos direkt in seine Atemwege. Sie stand vor ihm und schien unschlüssig, ob sie sich zu ihm auf den Liegestuhl setzen sollte. Das war Michael jedoch zu gefährlich, daher rückte er nicht zur Seite, um mehr Platz zu schaffen.

Tamara schob einen Rattanhocker an die Liege heran und setzte sich. Ihrer beider Blick war auf den See gerichtet, auf dem sich an diesem herrlichen Samstag unzählige Boote tummelten. Auf einem davon waren Stefan und Tony unterwegs. Daher widerstand Michael dem Drang, nach ihrer Hand zu greifen. Obwohl es völlig ausgeschlossen war, dass die beiden aus dieser beträchtlichen Entfernung irgendetwas erkannten.

»Natürlich«, antwortete er auf ihre Frage. »Ich werde mir doch nicht Tonys Geburtstagsfeier entgehen lassen.«

»Gut«, erwiderte Tamara. »Er freut sich so, wenn du da bist. Stefan wird sich um das Essen kümmern und die Torte hole ich heute Abend ab.«

»Du hast sie nicht selbst gemacht?«

»Nein. Das Hotel im Zentrum hat eine eigene Konditorei. Da wäre ich doch blöd, wenn ich mir diesen Stress mache. Es ist doch ohnehin alles so viel im Moment.« Seufzend legte sie ihr Kinn in ihre offene Hand und stützte ihren Kopf.

»Schläft Lou?«, wollte Michael wissen.

»Ja, sie ist beim Stillen eingeschlafen. Ich habe sie in der Stube in das Bettchen gelegt.«

»Sie scheint mir ein Sonnenschein zu sein«, fuhr Michael vorsichtig fort. »Stefan erwähnte, dass es ziemlich anstrengend ist mit ihr. Aber –«

»Ach, Stefan«, redete sie dazwischen. »Der hat doch gar keine Ahnung, was Anstrengung bedeutet. Er ist den ganzen Tag im Büro und bekommt gar nicht mit, wie viel sich mit einem Baby tatsächlich verändert. Dass man nicht duschen gehen kann, wenn man möchte. Dass man permanent die eigenen Bedürfnisse hintanstellen muss, um die des Babys sofort zu erfüllen. Dass man keine Privatsphäre mehr hat, nicht einmal die Zeit, einen Gedanken zu Ende zu denken. Das ist das, was mir wirklich zu schaffen macht. Und ich denke, das ist auch der Grund, warum ich keine so weitreichende Entscheidung treffen kann, wie die, mich von Stefan zu trennen.«

Michael verschwieg, dass die Ankunft von Lou an Stefans Nervenkostüm rüttelte und es für keinen leicht war im Augenblick. Stattdessen versuchte er, Tamara zu helfen. »Kannst du denn niemanden um Hilfe bitten? Lou ist doch jetzt schon etwas größer. Deine Mutter wohnt bloß drei Kilometer von euch entfernt. Du könntest dir Auszeiten schaffen, einen Vormittag in der Woche oder auch zwei. Du könntest sogar wieder anfangen zu fotografieren, wenn du Lou in guten Händen weißt.«

»Nein, das will ich nicht«, lehnte sie prompt ab und schüttelte zur Bekräftigung den Kopf. »Ich brauche keine Hilfe.«

»Aber –«

»Ich sagte Nein«, betonte sie scharf und seufzte. »Es tut mir leid. Meine Mutter ist nicht die richtige Person, um auf Lou aufzupassen. Da gebe ich mein Kind lieber zu einem Wildfremden, als es mit ihr allein zu lassen. Aber eigentlich will ich sie überhaupt nicht weggeben. Sie braucht mich. Und ich komme schon klar, mach dir keine Gedanken. Ich erzähle dir das alles nur, weil ich hoffe, dass du mich dann besser verstehen kannst. Ich will dich nicht hinhalten. Im Moment fehlt mir einfach die Kraft für so eine einschneidende Veränderung.«

»Ich verstehe dich ja«, gab er klein bei. Ihm war klar, dass ihre Mutter nicht die erste Wahl war, um auf Lou aufzupassen. Einmal hatte Tamara ihm erzählt, dass ihre Kindheit der reinste Stress für sie war. Beide Elternteile waren beruflich eingespannt und ihre Mutter hatte neben ihrem Vollzeitjob als Steuerberaterin einige Charity-Projekte laufen. Sie kümmerte sich lieber um von Hungersnot betroffene Kinder in Afrika als um ihr eigenes, das auch mit Fieber zur Schule geschickt wurde. Zu Hause war, selbst wenn sie krank war, kein Platz für Tamara. Die Karriere der Eltern hatte Vorrang.

Im Alter von knapp neun Jahren schrieb sie dem Christkind einen Wunschzettel, auf dem stand: Ich wünsche mir eine Kinderfrau, damit ich daheimbleiben darf, wenn ich mich nicht gut fühle und Mama arbeiten muss.

Mittlerweile waren die Eltern getrennt und ihre Mutter verbrachte den Ruhestand in einer schicken Vorstadtvilla. Michael dachte, sie hätte jetzt womöglich mehr Zeit und Geduld, um ihre Fehler, die sie in Tamaras Kindheit gemacht hatte, bei ihren Enkelkindern wiedergutzumachen.

Doch wie es aussah, hatte Tamara kein Interesse daran, sich mit ihrer Mutter zu versöhnen. Es gab eben selbst zwischen Eltern und ihren Kindern Wunden, die nicht zu heilen waren.

»Aber bitte vergiss eins nicht, Michael!«, riss Tamara ihn aus seinen Gedanken. Sie stand auf und kniete sich vor ihm auf den Boden. Mit ihren kleinen Händen griff sie nach seinen und verknotete ihre Finger miteinander. Sie sah ihm tief in die Augen und lächelte. »Ich bin sehr verliebt in dich.«

Michael übte einen leichten Druck auf ihre Finger aus und näherte sich ihrem Gesicht mit seinem Mund. »Wir waren doch schon einen Schritt weiter, Tami?«, flüsterte er. »Wir lieben uns doch, oder?« Das Flehen ließ sich nicht unterdrücken. Er wollte auf diesem harten, beschwerlichen Weg nicht den klitzekleinsten Rückschritt machen.

»Wie meinst du das?« Irritiert schaute Tamara ihn an.

»Du sagtest, du seist in mich verliebt. Beim letzten Mal meintest du, du würdest mich lieben. Das ist doch ein Unterschied«, erklärte er.

Tamara lachte heiser auf und legte ihren Mund auf seine Wange, während sie weitersprach. »Ich liebe dich, Mike«, sagte sie und jedes Wort kribbelte auf seinem Gesicht. »Und noch mehr bin ich in dich verliebt. Verliebt zu sein, ist eine viel seltenere Empfindung als Liebe. Daher ist es wichtig, dass du weißt, dass ich dich nicht einfach nur liebe. Ich bin so verliebt, dass mein Bauch beinahe explodiert, wenn du mich anlächelst. In meinen Ohren rauscht der Ozean, wenn du sprichst, und es ist dabei völlig egal, was du sagst und zu wem. Wenn du mich berührst, und sei es nur zufällig, fährt ein Blitz durch meine Nervenbahnen, der mich von der erschöpften, alten Mutter zu einem quietschlebendigen Mädchen macht, das am liebsten mit dir an der Hand von einer Klippe in ein Wasserloch springen würde, von dem es nicht weiß, wie tief es ist. Ich bin so verliebt, dass ich mich immer wieder dabei ertappe, wie ich dümmlich grinse, sobald ich eine Nachricht von dir auf dem Handy lese. Liebe ist ein Gefühl, das man sich erarbeitet. Verliebt zu sein und es zu bleiben, erfordert noch viel mehr. Es ist die Kirsche auf dem Sahnehäubchen. *Du* bist meine Kirsche.«

Michael fehlten die Worte. Er hatte noch nie erlebt, dass eine Liebeserklärung direkt von der Seele aufgesogen wurde und alle Zweifel und Sorgen auslöschte. Es war, als hätte Tamara ihren Wortschwall in eine unentwegt vor sich hin glühende Feuerstelle gekippt. Es war wie eine Befreiung. Er war sich bloß nicht sicher, wie lang diese anhalten würde. Doch er würde diese innere Ruhe genießen, solange sie da war, und Kraft für die Tage tanken, in denen ihn die Verzweiflung angesichts dieser scheinbaren Aussichtslosigkeit übermannte. Vielleicht musste er doch geduldig sein und sich an der Hoffnung entlanghangeln, dass er irgendwann mit Tamara zusammen war.

»Wartest du auf mich?«, flüsterte sie und sah ihn aus ihren großen braunen Augen an. Die Zärtlichkeit, die in Michael aufkam, ließ sich nur mühsam in Schach halten.

»Natürlich«, krächzte er und streichelte verstohlen über ihren Rücken. »Ich würde für immer auf dich warten. Aber ich hoffe, dass ich das nicht muss.«

»Ich würde es nicht aushalten, wenn ich dich verliere«, gestand sie ein. »Bitte verlasse mich nicht.«

»Das werde ich nicht.«

»Darf ich dich etwas fragen?«

»Natürlich. Du darfst mich *alles* fragen.«

»Schläfst du auch mit anderen Frauen?«

»Nein«, kam es ihm prompt über die Lippen. Gleichzeitig fiel ihm Anni ein. Seine Antwort empfand er nicht als die Lüge, die sie war. Alles, was nicht mit Tamara zusammenhing, blendete er aus. Jetzt war es zu spät. Er würde ihr nicht sagen, dass er in einem Moment der Schwäche mit Anni im Bett gewesen war.

»Ich meine … ich würde das schon verstehen. Wir haben nie darüber gesprochen. Und das mit uns ist ja doch eine sehr eigentümliche Beziehung. Ich will dich nicht blockieren. Wenn du also …«

»Du bist die einzige Frau, die ich will.« Er dachte nicht darüber nach, ob er die Antwort hören wollte, als er fragte: »Und du? Schläfst du mit –«

»Hello! Na, störe ich?«

»Nora! Was machst du denn hier?« Ruckartig drehte sich Tamara um. Sie hatten sie nicht kommen hören. Wie lange stand sie schon hinter ihnen? Hatte sie ihr Gespräch belauscht?

Tamara versteifte sich, rückte jedoch nicht von ihm ab. Es würde den Eindruck erwecken, als wären sie ertappt worden. Michael und sie saßen zwar nah beisammen, es dürfte aber als freundschaftliches Geplauder in der Sonne durchgehen. Wenn da nicht die Ungewissheit wäre, ob Nora etwas vom Inhalt des Gesprächs mitbekommen hatte.

»Da fühlt man sich ja richtig willkommen«, ätzte Nora und nahm auf einem der Gartenstühle Platz. Von drinnen ertönte Lous Weinen. Nora verdrehte die Augen und verzog bei dem Geräusch ihrer Schwester angewidert das Gesicht.

»Ich muss zu ihr«, sagte Tamara, sprang augenscheinlich erleichtert auf und ließ Michael mit Nora allein.

»Ich dachte, du wolltest wieder ins Bett? Oder habt ihr drei *Familie* gespielt, kaum dass alle anderen weg waren?«, stichelte sie.

»Man kann sich ja auch im Freien ausruhen«, hielt er dagegen. Nora saß breitbeinig auf ihrem Stuhl, die nackten Schenkel quollen über das Rattangewebe. Michael schloss die Augen. Sie waren nach der vergangenen Nacht ohnehin schwer und es hatte den Vorteil, dass er Nora nicht ansehen musste.

27

Sonntag

Ein gellender Schrei riss Michael aus dem Schlaf. Er brauchte einen Moment, um überhaupt zu erfassen, wo er war. Sein Traum hatte ihn in seine eigenen vier Wände getragen. In sein Bett, neben ihm die schönste Frau der Welt und die herrlich nach ihr duftende Bettwäsche an seinem Körper. Er stöhnte auf und lauschte. Vor der Tür des Gästezimmers nahm er Hektik wahr. Schritte, die rasch und unachtsam gesetzt wurden, und ein Stimmengewirr, dessen Inhalt er nicht hörte. Dazwischen vernahm er Tony in einem weinerlichen Ton eine Frage stellen, die er nicht verstand.

Ein Blick auf das Telefon verriet ihm, dass es erst kurz vor fünf war. Michael hievte seine Beine aus dem Bett und zog rasch eine Jogginghose über. Mit zwei Schritten war er an der Tür. Er riss sie auf, trat in den schmalen, holzverkleideten Flur und versuchte, den Grund für den morgendlichen Trubel zu erfassen. Stefan stürmte aus dem Raum gegenüber. Er nahm Michael gar nicht wahr und rempelte ihn unsanft an, während er den Flur entlang- und die Treppe hinunterrannte. Michael erblickte einen völlig eingeschüchtert dreinschauenden Tony im Türrahmen stehen. Er rührte sich keinen Millimeter weg, zitterte aber wie ein Apfelbäumchen im Wind. Sein Gesicht war so blass, als hätte er einen Geist gesehen.

»Was ist los?«, fragte Michael ihn und ging auf ihn zu. Er legte die Hand auf seine Schulter und warf gleichzeitig einen Blick in das Zimmer, in dessen Türrahmen sie standen.

»Lou«, flüsterte Tony nur. Und da sah Michael es selbst. Auf dem Boden lag Lou. Tamara kniete neben ihr, hatte ihren Oberkörper über sie gebeugt, sodass er anfangs nur die Beinchen sah, die heftig zuckten.

Von unten ertönte die aufgeregte Stimme von Stefan, der offenbar den Notarzt alarmierte.

»So rasch wie möglich … bitte schnell … ich weiß es nicht …« Die Fetzen des Telefonats flogen zu ihnen herauf. Michael war völlig unfähig, irgendetwas zu tun. Als Tamara sich etwas aufrechter hinhockte, sah er erst ihr tränenverschmiertes Gesicht, das wie ein ins Wasser geplumpster Hefeteig aussah. Sein Blick fiel auf seine Tochter. Ihre Lippen waren blau, die Augen aufgerissen. Aus ihrem geöffneten Mund kam kein Laut. Ein letztes Aufbäumen. Dann atmete sie nicht. Lou war dabei, zu ersticken.

Endlich löste sich die Starre in ihm auf und er stürzte neben Tamara auf den Boden. Ohne nachzudenken, presste er seine Lippen auf die seiner Tochter und beatmete sie. Aus Tamaras Kehle kam ein hysterisches Gurgelgeräusch, das er noch nie gehört hatte. Es klang, als würde sie in diesem Moment und in der Umgebung ertrinken.

»Der Rettungswagen ist gleich da!«, rief Stefan, der auf einmal hinter ihm stand. Er drängte Michael aus dem Weg, hob Lou von dem Boden auf und trug sie die Stufen hinab in die Stube. Tamara rührte sich nicht von der Stelle und kreischte hysterisch auf, als ihre Tochter nicht mehr neben ihr war.

Tony. Michael sprang hoch und sah sich nach dem Jungen um. Der stand noch immer an derselben Stelle. Seine Augen waren so stumpf, als hätte man sie mit Schmirgelpapier abgeschliffen.

»Hey, Tony, komm«, sagte Michael zu ihm und nahm seine Hand, die an einem schlaffen Arm hing. Er ließ sich von ihm in Michaels Zimmer führen, wo er ihn auf die Bettkante drückte.

»Du bleibst jetzt mal hier sitzen und ich komme gleich wieder, okay?« Er sah Tony forschend ins Gesicht und wartete auf eine Reaktion. Vergebens. Durch das Fenster sah er in der morgendlichen Dämmerung ein Blaulicht schimmern. »Ich bin gleich wieder da«, wiederholte er und drückte ihm die Schulter, als würde ihm das Trost einflößen. Der Junge stand eindeutig unter Schock. Und Michael ging es nicht besser.

Er hatte überhaupt kein Gefühl für diese Situation. Er wusste nur, dass er den Gedanken, dass seine Tochter dabei war zu ersticken, nicht zulassen durfte, sonst würde er auf der Stelle sterben. Michael rannte die Treppen hinab, scannte die Stube und stellte im selben Moment fest, dass Lou eben zur Haustür hinausgeschoben wurde. Die Rettung war schnell hier gewesen. Ein Hoffnungsschimmer.

Stefan lief erneut von draußen ins Haus und grapschte nach seinem Autoschlüssel und dem Handy auf dem Tischchen neben der Garderobe. Von Tamara war nichts zu sehen. Sie saß wohl gemeinsam mit Lou im Rettungsauto.

»Was ist mit Lou?«, fragte Michael, bevor Stefan sich wieder davonmachte. Dieser sah ihn an, als hätte er ihn bis soeben gar nicht wahrgenommen.

»Sie hatte einen Anfall. Die Rettung bringt sie ins Krankenhaus in die Stadt«, berichtete er monoton.

»Lebt sie?«, schrie Michael.

»Ja ... sie bringen sie ins Krankenhaus«, wiederholte er tonlos.

»In welches?«

»In unseres.«

»Aber ...«, Michael rechnete nach. »Das dauert doch ewig. Warum nicht in das nächstgelegene?«

»Sie ist stabil genug und die Ärzte dort kennen ihre medizinische Vorgeschichte. Ich fahre mit dem Wagen hinterher«, gab Stefan zurück. Michael hätte ihn am liebsten an den Oberarmen gepackt und die Lethargie aus ihm herausgeschüttelt.

»Was ist mit Tony?«

»Tony ...« Stefan überlegte einen Moment. »Kannst du ihn mit nach Hause nehmen? Nora ist heute Nacht nicht heimgekommen. Ich schicke ihr eine Nachricht, dass sie vorerst bei ihren Freunden bleiben soll.« Er erinnerte sich, dass Nora erst Lou ins Bettchen gebracht und sich im Anschluss daran spontan mit ihren Bekannten getroffen hatte. Er hatte den liebevollen Blickwechsel zwischen Tamara und Stefan gesehen, als die große Schwester unverhofft in die Wippe gegriffen hatte und mit den Worten »So, du kleiner Schreihals, es ist Zeit fürs Bettchen« mit dem Baby auf dem Arm ins Schlafzimmer der Kleinen gewandert war.

Dass Nora die ganze Nacht weggeblieben war und Stefan sich nicht mehr Sorgen darüber machte, verwunderte ihn. Doch Michael verdrängte den Gedanken an Nora. Im Grunde war er froh, dass er sich nicht um sie kümmern musste.

»Ich nehme Tony mit«, versprach er. Stefan nickte, drehte sich ohne ein weiteres Wort um und trat hinaus. Keine Minute später hörte Michael, wie der Wagen gestartet wurde und die Reifen über die gekieste Einfahrt knirschten. Er schloss für einen Augenblick die Augen, um sich zu sammeln. Irgendwie war er froh, dass er Tony babysitten musste. Es lenkte den Fokus darauf, das Beste aus dieser Katastrophe zu machen. Er hatte die Verantwortung dafür aufgedrückt bekommen, dass dieser Tag so wenig Trauma wie möglich in der zarten Kinderseele hinterließ, und diese Aufgabe würde ihn davon abhalten, durchzudrehen. Durchzudrehen, weil seine Tochter auf dem Weg ins Krankenhaus war. Weil ihre Lippen so blau gewesen waren wie der See, in den sie gestern erst eines ihrer Füßchen gesteckt hatte. Weil er nicht bei ihr sein durfte, obwohl er seit knapp sechs Monaten der Vater dieses wunderbaren Wesens war. Weil er nicht wusste, warum sein Mädchen erneut von einem dieser rätselhaften Anfälle heimgesucht wurde.

Michael seufzte laut, dann riss er sich zusammen. Er musste jetzt für den Jungen funktionieren. Daher gab er sich einen Ruck und ging in das obere Stockwerk.

»Hey, Kurzer«, raunte Michael und platzierte sich neben Tony. Er stand am Fenster und starrte hinaus auf den Parkplatz.

»Ich habe Papa wegfahren sehen. Sind jetzt alle fort?«

»Ja, dein Papa fährt mit seinem Auto hinter dem Rettungswagen her.«

»Und Mama?«, fragte Tony leise.

»Mama ist mit Lou im Rettungswagen«, antwortete Michael. Bevor das Schweigen anfing zu drücken, redete er rasch weiter. »Die fahren bestimmt mit Blaulicht. An den Kreuzungen schalten sie vielleicht sogar die Sirene ein. Ziemlich cool, oder?«

»Stirbt Lou jetzt?«, wollte Tony wissen.

»Aber nein, die Ärzte haben das im Griff«, beschwichtigte Michael ihn. Hoffentlich, dachte er. »Wir beide machen hier jetzt dicht und dann fahren wir nach Hause. Was hältst du davon?«

»Okay«, erwiderte der Junge tonlos.

»Übrigens: Alles Gute zum Geburtstag, Großer!«, sagte Michael und merkte selbst, dass es total bescheuert war, ausgerechnet an so einem Scheißtag Geburtstag zu haben. Noch dazu als Kind.

»Fahren wir«, meinte Tony, stieß sich von der Fensterbank ab und verzog sich in sein Zimmer. Vermutlich, um für die Rückfahrt zu packen.

Michael verstaute seine Kleidung und die Sachen aus dem Badezimmer in seiner Reisetasche. Er machte das Bett und zog dann weiter in die anderen Schlafräume. Er war unschlüssig, ob er die Kleidung der Beradis aus den Schränken räumen und mitnehmen sollte, entschied sich aber dagegen. Er würde nicht in ihren privaten Sachen herumkramen und beschloss, nur das Wichtigste, wie Ladekabel, Stefans Tablet und Tamaras Terminkalender, mitzunehmen.

Als sie fertig waren, setzte er Tony ins Auto und bat ihn, kurz zu warten. Michael eilte noch einmal zurück ins Haus und machte einen prüfenden Rundgang. In dem Raum, in dem Lou auf dem Boden um ihr Leben gekämpft hatte, verharrte er. Ein kalter Schauer jagte ihm über den Rücken. Ohne lange zu überlegen, riss er die Kommode auf und zog einen kleinen Strampelanzug heraus. Er betrachtete ihn, roch an ihm, dann stopfte er das Kleidungsstück in die Gesäßtasche seiner Jeans und rannte zurück zum Wagen, in dem Tony auf ihn wartete.

»Los gehts«, sagte Michael so frohsinnig wie möglich. Der arme Junge hatte Geburtstag, verdammt noch mal.

»Danke, dass du dich um Tony gekümmert hast.« Abgekämpft lehnte Stefan an der Wohnungstür und wirkte unschlüssig, ob er Michaels Einladung zu einem Kaffee annehmen sollte, bevor er seinen Sohn ins Auto packte und nach Hause fuhr. Es war bereits später Abend und alle waren durch mit diesem Tag. Tony saß seit zwei Stunden vor dem Fernseher und streamte Kinderserien. Michael hoffte dennoch, dass Stefan kurz blieb, damit er mehr erfuhr über Lous Zustand und wie es Tamara ging.

Bisher hatte er nur gehört, dass Lou so weit stabil sei und nach ein oder zwei Beobachtungsnächten wieder entlassen werden sollte. Die Anfälle, die sie hatte, waren zu unspezifisch, als dass man ihr im Krankenhaus helfen könnte. Man vermutete Fieberkrämpfe oder eine noch nicht vollständig entdeckte und unerforschte Form der Epilepsie. Um das alles abzuklären, bräuchte man ›mehr Erfahrung‹ und ›Details zur Krankengeschichte‹. Was so viel bedeutete, dass man schlimmstenfalls weitere dieser Anfälle würde beobachten und bewerten müssen, bis man einen geeigneten Therapieplan aufstellen konnte, um Lou vor diesen immer wieder überraschenden und lebensbedrohlichen Krämpfen zu schützen. Eine alles andere als erbauliche Diagnose, die einen allein beim Zuhören mutlos werden ließ. Wie oft würde das kleine Mädchen so etwas über sich ergehen lassen müssen, bis man ihm helfen konnte?

Und vor allem: Wer garantierte, dass sie immer gerettet wurde? Dass überhaupt jedes Mal jemand in der Nähe war, der ihr half? Michael dachte daran, dass Lou irgendwann älter und allein zu Hause sein würde. Vielleicht sogar in einer eigenen Wohnung leben würde. Sein Magen drehte sich um bei der Vorstellung, dass sie komplett auf sich gestellt war, wenn ein solcher Anfall ihren Körper beutelte und niemand da war, der sie davor bewahrte, sich die Zunge abzubeißen. Oder sich den Kopf anzuschlagen. Wenn sie krampfte und um Hilfe gurgelte und keiner kam, der Mund-zu-Mund-Beatmung machte und die Notfallkette in Gang setzte, wenn die Atmung versagte. Michael krallte seine Finger in die Garderobenstange in Höhe seines Kopfes, um nicht umzukippen.

»Willst du nicht reinkommen?«, fragte er erneut. Er musste sich dringend setzen. Tamara war noch im Krankenhaus bei Lou und würde nicht von ihrer Seite weichen. Für sie war das mit Sicherheit alles eine unsagbare Belastung. Das ist *deine* Familie, die da durch die Hölle geht, sagte ihm der dunkle Teil seines Gedankenguts vor. Er schwankte.

»Ich denke, es ist besser, wir fahren nach Hause. Tony muss ins Bett. Der Junge tut mir leid, weil doch sein Geburtstag ist.«

»Wir haben das Beste aus dem Tag gemacht. Mach dir keine Sorgen«, erwiderte Michael. Seine Stimme zitterte. Er räusperte sich. »Er wird darüber hinwegkommen.« Ob dem wirklich so war, konnte er nicht mit Sicherheit behaupten. Möglicherweise würde Tony ab jetzt an jedem seiner Geburtstage von einem unguten Gefühl begleitet sein und Flashbacks mit seiner blau angelaufenen Schwester vor dem inneren Auge ablaufen sehen. Aber was brachte es, Salz in die Wunde zu streuen? Dieser Tag war einfach zu viel, zu lang und zu schrecklich für alle. Dabei konnten sie von Glück reden, dass sie Lou rechtzeitig gefunden und sofort für Sauerstoffzufuhr gesorgt hatten. Nicht auszudenken, was passiert wäre, wenn Tamara nicht in aller Herrgottsfrüh zufällig in das Bettchen geschaut hätte.

»Tony!«, rief Stefan ins Wohnzimmer. »Komm, mein Schatz. Wir düsen nach Hause.«

Schon stand Tony neben Mike und kuschelte seinen Kopf an seine Seite. Die Müdigkeit war ihm ins Gesicht geschrieben, die Arme hingen schlaff an ihm herunter und er murmelte nur ein leises »Okay«.

»Hier, Großer«, sagte Michael und hielt ihm die Stofftasche hin, in die er für ihn seine Geschenke und einen Haufen Süßigkeiten gepackt hatte. »Vergiss die nicht.«

»Danke«, erwiderte der Junge freudlos. Ja, es gab Momente, da konnten einem Süßkram und Geschenke gestohlen bleiben. Michael hatte Mitleid mit ihm. Tony durfte sich nicht selbst leidtun, weil es doch da die arme, kranke Schwester gab. Im Gegensatz dazu war ein Geburtstag nichts wert. Er kämpfte mit seinen erst sieben Jahren schon mit dem Gewissen und dem Selbstwert. Und so schlau, wie er war, machte er sich das nicht leicht. Das Thema würde lange in ihm arbeiten.

Als Michael die Tür hinter den beiden zudrückte, sackte er auf dem Boden im Flur zusammen und ließ den Zusammenbruch zu, den er sich den ganzen Tag lang verbissen hatte. Die Tränen kamen nicht lautlos, sondern begleitet von einem Schluchzen aus dem Bauch heraus. Es fühlte sich an, als würde sein Kopf platzen, so schnell brach das Weinen hervor. Als wäre der Ausgang zu klein für all die angestauten Emotionen, die so hinausdrückten.

Er hatte kein Gefühl dafür, wie viel Zeit vergangen war, bis er sich ein wenig beruhigte und von seinem Platz aus in das leere Wohnzimmer starrte.

Er sah, wie sich sein Handy auf dem Tisch rührte. Das Vibrationsgeräusch drang nicht bis zu ihm durch. Dafür ging seine Atmung zu rasselnd. Erst fand er nicht die Kraft, aufzustehen und den Anruf entgegenzunehmen. Dann kam ihm der Gedanke, dass es Tamara sein könnte, die versuchte ihn zu erreichen.

Michael stemmte sich hoch und stürzte sich auf das Telefon. Doch der Anrufer hatte bereits aufgelegt. Mit fahrigen Bewegungen probierte er, den Bildschirm zu entsperren. Die Gesichtserkennung streikte, was ihn angesichts des eben erlittenen Zusammenbruchs nicht wunderte. Immer wieder vertippte er sich beim Versuch, das Handy mit dem Code zu entsperren. Endlich klappte es und er sah, dass er nicht nur diesen einen Anruf verpasst hatte. Während er sich um Tony gekümmert hatte, war sein Telefon im Lautlosmodus hier gelegen, wofür er sich jetzt am liebsten geohrfeigt hätte. Was, wenn Tamara ihn brauchte? Was, wenn er ins Krankenhaus hätte kommen sollen? Warum war er bloß so dumm?

Die Anrufliste war einerseits beruhigend, auf der anderen Seite ernüchternd: Es war seine Schwester gewesen, die ihn drei Mal angerufen hatte. Drei Mal. Warum meldete sie sich so oft hintereinander und das ausgerechnet heute?

Er ließ sich auf das Sofa sinken und starrte auf den Bildschirm. Marlenes Name beschwor ihn, sie zurückzurufen. Sein Kopf riet ihm dringend davon ab, sich mit diesem Anruf den nächsten Tiefschlag einzuholen. Es war irgendetwas passiert, sonst würde sie es nicht so oft bei ihm versuchen. Aber sie war doch seine Schwester und er … völlig egal. Er kam sowieso nicht darum herum.

Er wählte, seufzte und wartete auf das Freizeichen. Noch bevor es in der Leitung klingelte, hörte er erst ein Rascheln und dann Marlenes Stimme.

»Mike!« Die Erleichterung schwappte direkt in sein Ohr.

»Marlene, hör zu: Ich hatte einen verdammt miesen Tag und wenn du nicht in akuter Lebensgefahr bist, dann reden wir morgen oder –«

»Was ist denn passiert?«, fragte sie und klang alarmiert. Michael wog ab, ob er Marlene von Lou erzählen sollte. Sie war eine der wenigen, die wussten, dass er ein Kind hatte. Doch er entschied sich dagegen.

»Warum hast du angerufen, Marlene?«, fragte er, anstatt ihr zu antworten, und öffnete ihr damit Tür und Tor, um die nächsten Probleme über ihm auszukippen.

»Ich wollte mich bedanken«, murmelte sie. »Weil du doch die Kaution bezahlt hast.«

»Das war keine Kaution«, knurrte er. »Aber deshalb rufst du doch nicht plötzlich – und Wochen später – dreimal an. Was brauchst du?« Einen kurzen Augenblick hatte er den Verdacht, dass er seiner Schwester unrecht tat mit seiner Annahme, dass sie sich nur deshalb meldete, weil sie ihn brauchte.

»Na schön, da ist noch was«, gab sie zu. »Aber nichts Schlimmes!«

Michael stöhnte.

»Nein, wirklich! Ich wollte mich erkundigen, ob wir zu meinem Geburtstag nicht vielleicht doch etwas zusammen machen könnten.«

»Mit der alten Clique?«, fragte Michael überrascht. Hatte Simone etwa hinter seinem Rücken mit ihr darüber geredet? Er hatte doch ausdrücklich gesagt, dass er das nicht guthieß.

»Was?« Seine Schwester klang irritiert. »Wie kommst du darauf?«

»Ach, vergiss es. Was meintest du?«

»Ich dachte, wir. Du und Mama und ich. Das hast du doch einmal vorgeschlagen«, sagte sie und wartete ab.

»Diese Einladung hast du aber damals abgelehnt. Woher kommt denn jetzt dieser Sinneswandel?«

»Darf man denn an einem runden Geburtstag nicht mit der eigenen Familie essen gehen wollen?«, motzte Marlene. »Weißt du was? Vergiss es wieder.«

»Nein, das werde ich nicht einfach vergessen«, erwiderte Michael so besonnen wie möglich. »Du hast heute einen wirklich unpassenden Tag erwischt, um irgendwelche Spielchen mit mir zu spielen. Du meldest dich seit Jahren immer nur dann, wenn du etwas brauchst oder von mir willst. Die Vermutung, dass etwas vorgefallen ist, das zu deinem Wunsch nach einem gemeinsamen Essen mit unserer Mutter und mir geführt hat, ist also naheliegend.« Er stoppte, weil er sich dabei ertappte, wie er bei jedem Wort lauter wurde.

Seine Schwester schnaufte pikiert auf, sagte aber nichts.

»Bitte, Marlene! Der Zeitpunkt ist gerade schlecht. Ich weiß, dass du dich nicht wirklich für die Probleme anderer Menschen, eingeschlossen meinen, interessierst. Aber zu deiner Information: Sie existieren. Mach es also kurz oder lass mich in Ruhe.«

»Hast du dich von Tamara getrennt?«, riet sie ins Blaue.

»Nein. Und seit wann machst du dir etwas aus meinem Leben? Ich warte auf eine Antwort auf meine Frage«, schoss Michael genervt zurück.

»Kann ich zu dir kommen?«

»NEIN!«, brüllte er. »Ich will nicht, dass du kommst. Ich will einfach nur wissen, warum du plötzlich auf ein Geburtstagsessen mit der Familie drängst.«

»Ist ja schon gut!«, grummelte sie und holte tief Luft. Michael hörte den Ton einer eingehenden Nachricht im Ohr und rutschte nervös auf der Couch hin und her. War sie von Tamara? Oder war es bloß der finale Dienstplan für die kommende Woche, den Toms Assistentin meist am Sonntagabend ausschickte? »Schoki ist weg.«

»Ben? Wo ist er denn?«, fragte Michael und konnte sich kaum mehr auf das Gespräch mit seiner Schwester konzentrieren.

»Er hat mich verlassen«, flüsterte Marlene. Dem Satz folgte ein herzerweichendes Weinen, das Michael trotz seines Ärgers auf sie berührte.

»Das ist doch nicht das erste Mal, dass ihr beide euch eine Pause gönnt«, versuchte er zu relativieren. »Eure Beziehung ist ein ständiges Auf und Ab. Das pendelt sich schon wieder ein. Und wenn nicht, dann ist das auch kein –«

»Doch! Das ist ein Drama!«, schluchzte sie und zog hörbar den Rotz die Nase hoch. »Diesmal ist es anders. Er ist endgültig weg. Wahrscheinlich ist er gar nicht mehr in Österreich.«

»Oh«, entfuhr es Michael.

»Ja! Er war hier und hat mir kurz angebunden erklärt, dass er mit zwei Kumpels nach Bulgarien muss. Als ich ihn gefragt hab, wann er wiederkommt, meinte er: Wahrscheinlich gar nicht mehr. Sie haben dort wohl bei irgendeiner Start-up-Bude angeheuert und brechen ihre Zelte hier ab. Kannst du dir das vorstellen? Ich habe jetzt niemanden mehr. Alle sind weg oder blöd.« Ihr Weinen schwoll wieder an.

»Ach was, das ist doch nicht wahr. Wer weiß, ob es so nicht besser ist«, sprach Michael sanft auf sie ein. Und er schalt sich innerlich für die Genugtuung, die sich in ihm ausbreitete. Wenn seine Schwester aus der Schussbahn dieser Menschen war, hatte sie endlich eine realistische Chance, ihr Leben in geordnete Bahnen zu lenken. In Bahnen, in denen keine Waschbecken aus Mauern brachen und nicht nächtelang gekokst und gefeiert wurde. »Nun beruhige dich doch ein bisschen, Marlene. Ich weiß, dass das schwierig sein muss. Aber das wird schon wieder. Ich rede mit Mama, dann machen wir an deinem Geburtstag etwas Schönes. Mir fällt bestimmt etwas ein.«

Diese Gelegenheit, Marlene auf seine Seite zu ziehen, würde er trotz all der Baustellen in seinem Leben nicht verstreichen lassen. »Schick mir nachher deinen Dienstplan für nächste Woche. Ich sehe zu, dass wir uns so bald wie möglich treffen.« *Dienstplan*. Das Stichwort erinnerte ihn an die Nachricht, die vorhin eingegangen war. Er musste unbedingt nachsehen, von wem sie war.

»Danke«, schniefte Marlene und schnäuzte sich geräuschvoll.

»Ich bin doch immer für dich da, meine Kleine.« Michael flüsterte bloß, weil er selbst kaum die Kraft hatte, sich aufrecht zu halten. Und dennoch war es ein Versprechen, das er ihr gab.

»Danke«, wiederholte sie und legte auf.

Er legte das Telefon beiseite. Die Erschöpfung zwang ihn, sich hinzulegen und er fiel sofort in einen traumlosen Schlaf.

28

Michael starrte auf den Keilrahmen, vor dem seine Mutter stand. Er selbst saß auf dem einzigen Stuhl in ihrem Atelier und beobachtete sie dabei, wie sie die Pinselstriche setzte. Das Bild, das entstand, sah er schon vor sich, obwohl sie eben erst angefangen hatte zu malen. Es zeigte ein Mädchen mit langem Haar, das ein weißes Kleid trug und die Arme nach einem Mann ausstreckte, der sich nur als Schatten am Ende einer Birkenallee abzeichnete.

»Wird es dir nicht langweilig, immer nur Marlene zu malen?«, fragte er und konnte dabei den Unwillen in seiner Stimme nicht unterdrücken. Die Müdigkeit und überhaupt die letzten Wochen, Monate drückten auf sein Gemüt. Im Moment war er es sogar leid, das Bild anzuschauen, das erst entstand.

Er hatte genug davon, dass seine Mutter damit in der Vergangenheit rührte wie in einem Nudeltopf. Das Mädchen konnte Tausende Male die Hände in die Richtung ihres Papas ausstrecken. Vater blieb tot. Und es half niemandem, wenn sich alle im Selbstmitleid und Weltschmerz suhlten.

Michael hatte die Schnauze voll davon, der Starke zu sein.

»Hmm?«, setzte er verärgert hinterher, nachdem seine Mutter in aller Ruhe weiter ihre Striche zog, ohne zu antworten.

»Du verstehst gar nichts«, sagte sie schlicht und schüttelte den Kopf.

Er stöhnte auf. »Ben ist weg und Marlene will ihren Geburtstag mit uns feiern. Ich sehe das als einmalige Chance für unsere Familie und wir sollten sie nützen.«

Zur Antwort erhielt er bloß ein Nicken. Er schaute auf die Uhr und versuchte den Kloß im Hals hinunterzuschlucken, was ihm seit Tagen nicht gelang. Vielleicht hatte er auch Krebs. So wie Rob. Er war der Nächste, den es dahinraffte wie einen Igel auf der Fahrbahn. Dann wäre wenigstens eindeutig geklärt, dass er sich sein Leben lang in einem Hamsterrad abgestrampelt hatte. Sich auf das Morgen zu verlassen, war dämlich. Und dennoch war der Ausblick in eine Zukunft mit Tamara und Lou das Einzige, was ihn überhaupt atmen ließ.

Tamara. Sie hatte ihn mit Angabe einer genauen Uhrzeit ins Krankenhaus bestellt wie eine Pizza. Im ersten Moment hatte er sich über ihre Nachricht gefreut, dass sie ihn sehen wollte und in Lous Zimmer schleusen würde. Damit er seine Tochter besuchen konnte, was eigentlich nur den nächsten Angehörigen vorbehalten war. Dann hatte ihn die Wut gepackt. Ihm wurde bewusst, dass er doch genau das war. Nämlich Lous Vater. Was aber keinen zu interessieren schien, außer ihn. Nicht einmal seine Tochter selbst, die zu klein war. Würde sie es denn überhaupt jemals erfahren? Die Melancholie kam nach der Wut. Die Traurigkeit über die Liebe, die er für Tamara und Lou empfand, die ihn daran hinderte, etwas Unüberlegtes zu tun, um sein Recht durchzusetzen.

Michael hatte zugesagt und erneut am Dienstplan herumgeschoben, was Tom beinahe zum Explodieren gebracht hatte. Aber das war ihm egal. Der Sender war ihm egal. Sein Job war ihm egal. So schnell würde man ihn nicht vor die Tür setzen, wenn man berücksichtigte, dass ein Personalnotstand herrschte wie nie davor. Dennoch nahm er sich vor, in Zukunft wieder zuverlässiger zu sein. Allein deshalb, um Toms Nerven zu schonen. Er sah so aus, als wäre er in den letzten Wochen um Jahre gealtert.

Wenn er pünktlich im Krankenhaus sein wollte, musste er los. Seine Mutter schien ohnehin in ihrer eigenen Welt zu sein.

»Ich reserviere einen Tisch und sage dir Bescheid, wann wir uns treffen.« Michael stand auf, stellte sich kurz neben sie und sah ihr dabei zu, wie die Beine des Mädchens unter dem Kleid auf den Weg gestellt wurden. Sie sahen aus, als würden sie kurz davor sein, sich in Bewegung zu setzen.

»Er ist ihre einzige Rettung«, flüsterte sie.

»Tja, Papa ist aber nun mal leider tot«, entgegnete Michael unwirsch. Sie schnalzte ungehalten mit der Zunge und schüttelte wieder den Kopf. Er ertrug es nicht, sich dieser Bedrückung weiter auszusetzen, tätschelte zum Abschied Mutters Schulter und verließ das Atelier.

Auf der Fahrt zum Krankenhaus scrollte er mit dem Knopf der Freisprecheinrichtung am Lenkrad durch das Telefonbuch und überlegte, Marlene anzurufen. Aber er entschied sich, zuerst einen Tisch bei ihrem Lieblingsitaliener zu reservieren. So würde er eine gewisse Verbindlichkeit schaffen, damit dieses Geburtstagsessen auch tatsächlich stattfand und er wieder Zutritt zum Leben seiner Schwester erhielt. Selbst wenn sich dieser bescheuerte Schoki-Ben dazu entschloss, doch wieder nach Österreich zu kommen. Michael würde alles daransetzen, sie diesmal auf sicheren Boden zurückzuholen.

Vielleicht konnte er ihr sogar einen Job besorgen, dem sie tagsüber nachging. Wer arbeitete mit über dreißig schon in der

Nachtgastronomie? Und wie lange schaffte man so einen Lebenswandel überhaupt? Michael würde Simone und Patrick fragen, ob sie eine Idee hätten, wo er sich wegen einer Arbeit für Marlene umsehen könnte. Sonst hatte bestimmt Anni einen Rat. Sie hatte einen riesigen Bekanntenkreis. Da tat sich mit Sicherheit etwas für seine Schwester auf. Sofern diese mitspielte. Man wusste bei ihr nie, wie sie auf solche Angebote reagierte. Er musste behutsam vorgehen, um sie nicht sofort zu verschrecken.

Trotzdem sah er es als gutes Vorzeichen an, dass sie den Kontakt zu ihm gesucht hatte. Er spürte, dass diesmal eine Veränderung für sie infrage kam. Dann würde er wieder friedlicher schlafen können. Dann würde seine Mutter endlich aufhören, Marlenes und Papas zu malen. Dann würden sie wieder eine Familie sein.

Die Kurzparkzone im Umkreis des Krankenhauses war bis auf den letzten Platz gefüllt. Auch nach der zweiten Runde hatte Michael keinen Parkplatz gefunden. Wenn er pünktlich sein wollte, blieb ihm nichts anderes übrig, als sich eine Lücke in der engen Parkgarage zu suchen. Er kannte die unterirdische Anlage in- und auswendig. Die letzten Wochen ihres Lebens hatte seine Großmutter auf der Palliativstation dieses Spitals verbracht. Er hatte sie täglich besucht und sich niemals damit aufgehalten, einen Parkplatz draußen zu suchen. Jede arbeitsfreie und wache Minute hatte er auf einem harten Holzsessel neben ihrem Bett gesessen und ihre faltige, dürre Hand gehalten, die durchscheinende Haut betrachtet und über die dunkelblauen Adern gestreichelt.

Er hatte sich darüber gewundert, wie trocken ihre Unterarme waren und warum man bei alten Menschen keine Haare mehr auf dem Körper sehen konnte. Waren die verschwunden oder waren sie so dünn und grau, dass sie nicht auffielen? Michael hatte von seinem Tag erzählt, als säßen sie noch immer bei einer Tasse Kaffee in ihrer kleinen Küche, die jetzt seine war. Wenn ihn die Nachtschwester nach Hause schickte, fuhr er mit dem Fahrstuhl auf die Etage, in der sein Auto stand, und auf der Fahrt hinab betete er zwei Vaterunser. Er flehte Gott an, seine Großmutter am nächsten Tag wieder aufwachen zu lassen.

Gleichzeitig wusste er, dass sie seit Tagen nur noch deshalb die Augen aufschlug, weil ihr Enkel sie nicht loslassen konnte. Zwischen diesem Bewusstsein und der Erkenntnis, dass er sie erlösen sollte von diesem Druck, lag eine ganze Woche. Die Erschöpfung war von Besuch zu Besuch greifbarer und letztendlich kam der eine Abend, an dem er sich bei ihr mit denselben Worten wie jeden Tag von ihr verabschiedete: »Schlaf gut, Omi. Wir sehen uns morgen in alter Frische!«

Auf der Fahrt mit dem Fahrstuhl zu seinem Auto betete er nur ein Vaterunser. Danach bat er stumm um den Frieden für seine Großmutter, nach dem sie sich so sehnte. Der Anruf aus dem Krankenhaus am darauffolgenden Morgen riss ihm dennoch mit voller Wucht den Boden unter den Füßen weg.

Auch heute lief ihm ein kalter Schauer den Rücken hinab, als er daran dachte, dass er es womöglich beeinflusst hatte, wann seine Großmutter ihren letzten Atemzug tat. Sie hatte darauf gewartet, dass er sie gehen ließ, und sie wollte allein sein, wenn sie die Augen für immer schloss. Dabei wäre er so gern für sie da gewesen.

Jetzt lenkte er den Wagen mit Anspannung und Widerwillen an die Schranke heran, zog ein Ticket und fuhr an das hintere Ende des Parkgeschoßes. Er hatte herausgefunden, dass sich da ein versteckter Eingang ins Gebäude befand, den bis auf das Krankenhauspersonal niemand zu kennen schien. Im vorderen Bereich drängten sich die Autos aneinander. Dort hinten waren nur vereinzelte Stellplätze besetzt.

Michael schlug die Tür zu und versperrte den Wagen, drückte die unscheinbare Brandschutztür auf und durchschritt den langen unterirdischen Gang in Richtung Aufzug. An den Wänden links und rechts von ihm waren nur alle paar Meter graue Stahltüren zu sehen, die gemäß den Schildern nicht durch Unbefugte geöffnet werden durften. Beim Vorübergehen stellte er sich jedes Mal vor, dass dahinter die Leichen in Kühlboxen gestapelt wurden und auf eine Autopsie oder den Abtransport durch ein Bestattungsunternehmen warteten. Auch heute wieder, was seinen Schritt automatisch beschleunigte und ihn frösteln ließ. Ein kalter Windhauch strich über seinen Kopf, was seine Fantasie weiter befeuerte, indem sie ihm vormachte, dass sich eben eine der Kühltruhen geöffnet hatte.

So lang war ihm der Weg vom Auto bis zum Aufzug noch nie erschienen. Er drückte erleichtert den Knopf für die dritte Etage. Tamara hatte ihm geschrieben, dass Lou dort in einem der Krankenzimmer in der Sonderklasse untergebracht war. Im Erdgeschoß stiegen drei Personen zu, eine vierte – eine ältere Frau in einem gepflegten Kostüm – zögerte und entschied sich letztlich, auf den nächsten Fahrstuhl zu warten.

»Auf Wiedersehen«, sagte er beim Aussteigen. Doch sein Gruß blieb ohne Erwiderung.

29

Michael öffnete die Glastür zur Station mit den Sonderklassezimmern, schlich den langen Gang entlang und sah sich suchend um. Der Infopoint, an dem es ansonsten von Pflegepersonal nur so wimmelte, war verwaist. Überhaupt war es seltsam still, als wäre es mitten in der Nacht. Sein Marsch endete an einem riesigen Fenster, das den Blick auf den Landeplatz für die Helikopter freigab, der ebenfalls leer vor ihm lag.

»Mike!« Tamaras Stimme erklang hinter seinem Rücken. Er drehte sich um und sah sie vor einer Krankenzimmertür stehen, die er eben passiert hatte. Eilig trat er auf sie zu und zog sie in seine Arme.

»Du hast mir gefehlt«, nuschelte er und steckte seine Nase in ihr Haar, das sie ungewohnterweise zu einem hohen Knoten auf ihrem Hinterkopf hochgesteckt hatte.

»Mike«, krächzte sie wieder und wurde keine Sekunde später von einem Weinen geschüttelt.

»Was sagen die Ärzte denn?« Er hielt sie weiter fest, hatte nicht vor, sie überhaupt jemals wieder loszulassen. Es fühlte sich paradiesisch an, sie im Arm zu halten. Selbst die Traurigkeit, die sie beide in diesem Moment verband, tat der Wärme, die ihn durch die Nähe zu ihr durchflutete, keinen Abbruch.

Tamara legte ihr Ohr an seine Brust. »Ich liebe es, deinem Herz zuzuhören«, flüsterte sie. »Das tut so gut. Auch wenn ich das, was es erzählt, nicht verstehe, ist es das Schönste, was ich je gehört habe.« Ihre Worte trafen ihn mitten in sein Herz, das für sie ein paar Extraschläge machte.

»Sie wissen gar nichts«, redete Tamara weiter. Kurz musste Michael sich sammeln, um zu verstehen, dass sie seine Frage von vorhin beantwortete. »Kannst du dir das vorstellen, Mike? Mein Kind erleidet einen beinahe tödlichen Krampfanfall und alles, was sie mir sagen, ist, dass sich die Ursache nicht feststellen lässt.« Sie verharrten weiter in der Umarmung. Rund um sie rührte sich nichts. Stefan war ebenfalls hier im Gebäude, in seinem Labor. Oder war er zu Hause bei Tony? Es war bereits Nachmittag. Wer kümmerte sich um den Jungen, wenn Tamara im Krankenhaus und sein Vater in der Arbeit war?

»Ich kann das nicht hinnehmen«, unterbrach Tamara seine Gedanken. »Ich muss wissen, was sie hat.«

»Vielleicht sollten wir es positiv sehen«, versuchte er sie zu beruhigen. Michael verwendete das ›wir‹ absichtlich. Er sah den Augenblick als einen der wenigen, den sie als Eltern miteinander verbrachten.

»Positiv?« Tamara hob irritiert den Kopf an. Michael drückte ihn rasch wieder an seine Brust.

»Nun, wenn es irgendeinen markanten Auslöser für ihre Anfälle gäbe, dann hätten sie ihn doch mittlerweile gefunden.«

»Du meinst einen Tumor?« Ihre Stimme war leise, jedoch schriller als vorhin.

»Ich meine nichts Bestimmtes. Schließlich bin ich kein Arzt. Aber ich denke, dass man die Ursache mittlerweile herausgefunden hätte, wenn es sich um eine schlimme Krankheit handeln würde. Vielleicht sind es tatsächlich noch ein paar Nachwirkungen der Geburt und eine Neigung zu Fieberkrämpfen oder so was.« Sein Ansinnen, sie mit seinen Worten zu beruhigen, scheiterte.

»Ich will verdammt noch mal wissen, was sie hat«, sagte Tamara ernst und löste sich aus der Umarmung.

»Aber –«

»Die Ärzte müssen es herausfinden, auch wenn es bedeutet, dass Lou vielleicht etwas länger im Krankenhaus bleiben muss. Ich will, dass alle Tests gemacht werden, die es gibt. Ich will, dass sie das Blut analysieren, ihren Kopf scannen, ihren Körper durchleuchten. Das, was mit ihr passiert, muss einen Grund haben. Und ich gehe so lange nicht von hier weg, bis ich ihn kenne.« Tamaras Augen blitzten auf. Ihre Entschlossenheit sah man auch an der Furche, die sich quer über die Stirn zog. Die dunklen Schatten unter ihren Augen ließen sie wie eine Kriegerin aussehen. Eine bildhübsche Kriegerin, wie Michael sich eingestand. Dennoch kam er nicht umhin, seine Bedenken zu äußern.

»Das bedeutet aber vielleicht, dass ihr Wochen hier verbringen müsst. Was ist mit Tony? Und hast du daran gedacht, was das für Lou bedeutet? All die Untersuchungen ... das ist –«

»Wenn sie größer ist, wird sie sich nicht daran erinnern«, fiel sie ihm ins Wort. »Und selbst wenn: Sofern die Chance besteht, dass man ihr damit das Leben rettet, wiegt das alles auf. So kann das jedenfalls nicht weitergehen.«

»Frau Beradi!« Eine weibliche Stimme ließ sie beide herumfahren.

»Frau Doktor Lissner«, begrüßte Tamara eine junge Frau in einem blütenweißen Arztkittel. Deren Hände steckten in den Taschen des Mantels. Um ihren Hals trug sie ein Stethoskop und die langen Haare waren zu einem ordentlichen Zopf geflochten, der seitlich über die Schulter nach vorne ragte. Ihr Mund erinnerte Michael spontan an den von Julia Roberts. Wie in einer Arztserie schritt sie mit geradem Rücken auf sie zu und nickte Michael skeptisch zu.

»Das ist ein enger Freund der Familie und Lous Taufpate«, warf Tamara ein, als sie den Blick der Ärztin sah. »Ist der Blutbefund endlich da?«

»Ja«, antwortete Doktor Lissner und kümmerte sich nicht weiter um Michael. Da war er wieder spürbar, dieser Sonderstatus der Beradis.

»Und?«, hakte Tamara ungeduldig nach.

»Es gibt keinerlei Auffälligkeiten. Die kleine Lou kann aus unserer Sicht entlassen werden«, antwortete die Ärztin geduldig.

Michael merkte, dass sie den Namen absichtlich zärtlich ausgesprochen hatte. Tamara hatte wohl schon vorgesprochen und angekündigt, dass sie weitere Tests für ihre Tochter wünschte, was das Personal offenbar genauso aufnahm wie er.

»Dann suchen Sie weiter«, ordnete Tamara kühl an und hielt dem Blick der Ärztin stand. Einige Sekunden lang duellierten sich die Frauen im Stillen.

»Jede weitere Untersuchung ist eine Reise ins Ungewisse, Frau Beradi. Ich kann Ihnen nur dringend dazu raten, mit Lou in ihr Zuhause zurückzukehren und Ruhe einkehren zu lassen. Natürlich sind wir hier im Spital bestrebt, den Aufenthalt für unsere Patienten so angenehm wie möglich zu gestalten. Aber dennoch sind wir in einem Krankenhaus. Die Situation hier bedeutet für die kleine Lou Stress. Und jede weitere Untersuchung sowieso.«

»Nein! Ich will –«, setzte Tamara an, wurde aber sofort unterbrochen.

»Wir haben keine Ahnung, in welche Richtung wir im Fall Ihrer Tochter nachforschen sollen. Das Einzige, was noch ausständig ist, sind die Ergebnisse der Genetik. Falls irgendeine Erbkrankheit vorliegen sollte, werden wir das in den nächsten Wochen erfahren. Die Verfahren zur Abklärung dauern erfahrungsgemäß sehr lange. Bis dahin ist es am besten, wenn Sie mit Ihrer Tochter nach Hause fahren. Es gibt nichts, was wir tun könnten.«

Die junge Ärztin schob ihren Zopf zurück, nickte den beiden noch einmal zu, drehte sich um und ging. Tamara sah ihr nach. In ihrem Gesichtsausdruck lag eine Mischung aus Zorn und Machtlosigkeit.

»Das …« Ihre Stimme brach und die Tränen sprangen aus ihren Augen. Erneut legte Michael seine Arme um ihren schmalen Körper und hielt sie fest. Innerlich atmete er erleichtert auf. Er verstand Tamaras Wunsch nach Antworten. Aber die Aussicht, dass sein Baby einen Untersuchungsmarathon über sich ergehen lassen musste, ohne dass sich die Mediziner Ergebnisse davon erwarteten, machte ihm Angst.

Für den Weg hinunter nahm er die Treppe. Er trabte die drei Stockwerke bis ins Erdgeschoß hinab, ohne die vorbeigehenden Menschen zu beachten. Seine Gedanken kreisten um sein kleines Mädchen, das er kurz besuchen durfte. Ein paar Minuten lang hatte er ihm zugesehen, wie es in dem Hightech-Krankenbett friedlich vor sich hin schlummerte. An Lous Zeigefinger, der kaum dicker war als ein Strohhalm, klemmte ein Messgerät, das ihre Sauerstoffsättigung überprüfte. Ihre andere Hand schloss sich um den Arm des weißen Teddys, den er ihr geschenkt hatte. Sie zuckte einmal heftig im Schlaf, als träumte sie etwas, dann nuckelte sie aufgeregt. Schnell griff Michael nach dem Schnuller, steckte ihn ihr in den Mund und sie atmete beruhigt auf. Er ließ seine Hand über die weiße Decke wandern, in die ihre Beinchen gewickelt waren. Am oberen Ende des Bettzeugs krochen drei oder vier Kabel wie Blindschleichen hervor.

»Sie ist für zwei Tage an ein Echokardiogramm angeschlossen. Die Aufzeichnungen werden zeigen, ob mit ihrem Herz alles stimmt«, erklärte Tamara auf seine Frage hin. Die Elektroden klebten bloß auf ihrer Haut, beruhigte sie ihn. Kurz hatte er sich vorgestellt, wie die grauen Schläuche direkt in den kleinen Körper hineinführten.

Michael hatte sich nicht allzu lang in dem Krankenzimmer aufgehalten. Die Gefahr, dass sie vom Pflegepersonal erwischt wurden oder – noch schlimmer – Stefan plötzlich auftauchte, um nach seiner Tochter zu sehen, war zu groß. Er wusste nichts von seinem Besuch, wie Tamara ihm erklärt hatte. Sie hätte nicht die Kraft dafür, sich mehr als nötig mit ihm zu unterhalten und gar irgendwelche Gründe zu finden, die diesen Besuch erklärten. Dass er in der Rolle des Taufpaten und Freundes der Familie auf dem Weg zur Arbeit von sich aus herkam, erschien ihnen beiden zu penetrant. Daher trennte er sich schweren Herzens von seinen zwei Lieblingsmenschen. Er hatte Tamara, genauso wie kurz davor Lou, einen zarten Kuss auf die Stirn gedrückt und war gegangen. Denn mit jeder Minute, die er allein mit den beiden verbrachte, fiel es ihm schwerer, sich von ihnen zu lösen.

»Bitte geh mit Lou nach Hause«, hatte er Tamara angefleht. Doch sie hatte nur das wiederholt, was er schon von ihr gehört hatte: »Ich muss wissen, was mit ihr nicht stimmt.«

Selbstverständlich sehnte auch er sich nach Gewissheit über den gesundheitlichen Zustand seiner Tochter. Es gab nichts

Beklemmenderes und Angsteinflößenderes als diese furchtbar großen Fragezeichen. Aber zu welchem Preis? Michaels Herz hatte geschmerzt beim Anblick des kleinen, zerbrechlichen Babys in diesem Bettchen. Am liebsten hätte er ihr die Kabel von der Brust gezogen, ihr die Klemme vom Finger gerissen und sie an sich gedrückt, um sie mitzunehmen.

Auf den Stufen ins Untergeschoß machte er wieder kehrt und trat zurück in den Eingangsbereich des Krankenhauses. Das Foyer des modernen Gebäudes glich einem kleinen Einkaufszentrum. Neben einem Selbstbedienungscafé gab es einen Laden mit Zeitschriften und Büchern sowie einen Friseur und einen Geschenkshop.

Michael steuerte die Theke der Cafeteria an und reihte sich in eine Menschenschlange ein. Es ging nur träge voran, was ihm mehr Zeit verschaffte, um über seine kleine Tochter nachzudenken. *Ich bin ihr Vater, Herrgott noch mal.* Warum war das alles nur so verdammt kompliziert? Er wollte neben Tamara am Krankenbett ihres gemeinsamen Kindes stehen und über alles informiert werden, jede Entscheidung mittragen, selbst mit der Ärztin die Möglichkeiten besprechen. Und was passierte stattdessen? Er war ein Außenstehender, der angewiesen war auf die Informationen, die Tamara oder Stefan ihm gaben. Zeitlich versetzt, bis die engste Familie sich ein Urteil gebildet hatte, und er erfuhr auch nur das, was sie für nennenswert erachteten.

Endlich war er an der Reihe, seinen Cappuccino und ein Stück Apfelkuchen zu bestellen. Er hatte in den letzten Tagen kaum gegessen. Jetzt meldete sich ein dunkler Schwindel, der ihn daran erinnerte, dass seinem Körper langsam die Energie ausging.

»Danke«, murmelte er, legte das Geld auf den Tresen und griff nach dem Pappbecher und dem Teller. Mit voll beladenen Händen schlängelte er sich an den von hinten drängenden Personen vorbei zu den Tischen, die alle besetzt schienen. Das war nicht verwunderlich, denn die Einrichtung erinnerte überhaupt nicht an ein Krankenhaus. Wenn, dann waren es die Gäste, die den Eindruck eines normalen Cafés ein wenig trübten.

An jedem Tisch saß zumindest eine Person, die nicht besonders gesund aussah. Sie wurden von ihren Angehörigen und Freunden hierhergebracht, um ihnen direkt im Krankenhaus eine Auszeit zu bieten. Als Michael schon aufgeben wollte, sich nach einem freien Platz umzusehen, und sich damit abfand, den Kuchen mit ein paar Servietten einpacken zu lassen, um ihn im Auto zu essen, hörte er plötzlich seinen Namen von hinten.

Verwirrt drehte er sich um seine eigene Achse und reckte sich, um über die ganzen Menschenköpfe hinweg den Absender auszumachen.

»Michael«, sagte die Stimme wieder. Sie war etwas brüchig, krächzend. Aber trotz der Abgeschlagenheit, die ihr innewohnte, erkannte Michael sie beim zweiten Mal, da er seinen Namen hörte. Rob saß allein an einem Tisch am Fenster, das den Blick auf einen großen Innenhof freigab. Er trug einen dunkelblauen Trainingsanzug, der vor ein paar Jahrzehnten einmal modern gewesen war. Außerdem erkannte er die Ränder weißer Socken, die in klobigen Hauspantoffeln steckten. Rob sah aus, als wäre er soeben auf einer Parkbank aufgewacht. Er erweckte einen durch und durch ramponierten Eindruck. Das knochige Kinn war übersät mit grauen Bartstoppeln. Selbst die rahmenlose

Brille, die Michael nie zuvor an ihm gesehen hatte, sah verbogen aus.

»Rob«, sagte er, sowie er sich mit seinem Kaffee und dem Kuchen zu ihm vorgearbeitet hatte. »Was machst du denn hier?« Michael biss sich auf die Zunge angesichts dieser blöden Frage.

»Krank sein«, antwortete Rob trocken und deutete mit der Hand auf den freien Stuhl ihm gegenüber.

Eigentlich war Michael überhaupt nicht danach, sich zu ihm zu setzen. Sein Kopf war voll mit den Sorgen wegen Lou und dem Herzschmerz, den ihm die Beziehung mit Tamara bereitete. Außerdem schürte Robs Krankheit Michaels Angst. Ihm war klar, dass er sich nicht mit Krebs anstecken würde, wenn er sich in seiner Nähe aufhielt. Aber die Vergänglichkeit so vorgezeigt zu bekommen, bewirkte etwas in ihm. Allein Robs Anblick ließ ihn hineinhorchen in seinen eigenen Körper. Wie war es möglich, dass dieser attraktive, sportliche Mann binnen kürzester Zeit eine Wandlung zu einem Wrack durchgemacht hatte, auf dessen eingefallenen Wangen das Wort ›sterbend‹ geschrieben stand? Heute Lebemann, morgen tot. Wer ahnte schon, was im eigenen Körper vor sich hin schwieg, um unvermittelt ohrenbetäubend aus der Ecke zu springen. Dann, wenn es zu spät war, um etwas zu retten.

Bei all der fehlenden Sympathie für Rob fiel es Michael unheimlich schwer, ihn so zu sehen. Die Erinnerungen an den Mann, mit dem er um den Platz eins im Sender gerungen hatte, waren auf einen Schlag verpufft.

»Wie geht es dir?« Die Frage klang selbst in Michaels Ohren hohl. Er zerstach den Kuchen mit der Gabel, der sich dabei nicht in mundgerechte Stücke, sondern in einen Bröselhaufen verwandelte.

»Mir geht's beschissen«, antwortete Rob trocken. In seinem Ton lang nicht die Spur von Verärgerung. Es war die Resignation, die aus jemandem sprach, der zu jung zum Sterben verurteilt wurde.

Michael nickte und schwieg. Die Suche nach richtigen Worten brannte hinter seiner Stirn.

»Du fehlst uns im Sender«, sagte er. »Bekommst du gerade eine Chemo? Oder wie sieht der Behandlungsplan aus?«

Rob lachte gequält auf, ließ sich aber nicht auf dieses Thema ein. Michael las in seinem Gesicht: Wozu darüber reden, wenn es ohnehin nicht zu ändern war? Wozu auf die Tränendrüse drücken? Wozu über etwas sprechen, das schreckliche Bilder heraufbeschwor? Bilder vom eigenen Tod, dem er sich bald stellen musste. Bilder von seinen Kindern, die ohne ihn aufwachsen würden. Bilder von sich, der um seine Karriere gekämpft hatte, bis ihm das Schicksal zeigte, dass es im Leben um völlig andere Dinge gegangen wäre. All das blieb unausgesprochen, aber Michael verstand.

»Und was machst du hier?«, fragte Rob stattdessen. Er führte ein Glas mit trüber Flüssigkeit an den Mund und sah seinem Gegenüber forschend ins Gesicht. »Du siehst nicht so beschissen aus wie ich.«

Die Antwort, die Michael hätte geben sollen, lautete: *Ich habe jemanden besucht.* Doch das, was aus ihm herausbrach, war wie heiße Lava eines seit Ewigkeiten brodelnden Vulkans. Eine Mischung aus Lebensbeichte, Geständnis, Abbitte.

Während Michael erzählte und Rob ihm schweigend zuhörte, kam ihm der Gedanke, dass möglicherweise *er* verantwortlich dafür war – für Lous Leid. Dass die Konstellation, in die sie hineingeboren worden war, sie krank machte und er mit seiner egoistischen Haltung, sich in die Frau eines Freundes zu verlieben, ein Urteil über sie gefällt hatte. Er sprach und sprach, bis keine Worte mehr da waren und ihm nichts anderes übrig blieb, als auf eine Reaktion von Rob zu warten. Dieser sah ihm eine Zeit lang unverhohlen ins Gesicht. Dann räusperte er sich und tarierte seine Stimme aus, dass sie nicht so zittrig klang.

»Die arme Kleine«, krächzte er. »Sobald man Kinder hat, ist man selbst nur noch ein Nebengeräusch im eigenen Leben. Da läuft das Herz ganz plötzlich auf zwei Beinen neben einem her – völlig schutzlos. Man muss sich von der Sekunde ihrer Geburt an der Angst stellen, dass sie zu Schaden kommen.«

Michael erschauderte angesichts der Zusammenfassung der Gefühle, die Eltern empfanden, und hätte Robs Worte sofort unterschrieben.

»Du bist als Vater genauso für sie verantwortlich wie deine Freundin«, redete Rob weiter. »Dass keiner davon wissen soll, wer der wirkliche Vater ist, macht es schwieriger. Aber eins sag ich dir, Mike: Nutze jeden Tag deines Lebens dafür, dein Kind zu beschützen. Ich kann gar nicht sagen, wie sehr ich mir wünschte, ich hätte mehr Zeit, und wie sehr ich die vielen Stunden und Tage bereue, die ich vergeudet habe, weil ich mir dachte, das alles hat erst ein Ablaufdatum, wenn die Kinder ihr eigenes Leben leben.« Die Erschöpfung in seinem Blick wich einem Aufflackern. »Wer weiß, ob diese Krämpfe nicht von außen hervorgerufen werden.«

Michael war verwirrt. Er hatte keine Ahnung, worauf Rob hinauswollte, und sah ihn entgeistert an.

»Nun ja, …« Sein Kollege strich sich mit den Fingern über den Bartschatten. Das Knistern durchbrach die typischen Kantinengeräusche und elektrisierte Michael. »Du meintest doch, dass der Ehemann deiner Freundin das Kind gar nicht wollte. Vielleicht …« Der Satz blieb unvollendet in der Luft hängen. Michael wurde schwindlig bei dem Gedanken, den Rob versuchte, ihm in den Kopf zu pflanzen. Hatte Stefan etwas mit Lous Anfällen zu tun? War er dabei, sie aus dem Weg zu räumen?

Nein. Bei all der Abneigung gegen das dritte Kind konnte Michael sich nicht vorstellen, dass Stefan dazu in der Lage wäre. Er verfügte zwar über einiges an medizinischem Wissen. Das brachte sein Beruf im Labor und die jahrelange Zusammenarbeit mit dem klinischen Personal mit sich. Und er hatte mit Sicherheit seine Quellen, wenn es darum ging, auf illegalem Weg Medikamente zu beschaffen. Dennoch traute Michael seinem Freund so etwas nicht zu.

Lou war krank. Und bald würde man herausfinden, was ihre Anfälle verursachte. Stefan war, trotz allem, ein guter Vater und er würde es schon allein Tamara nicht antun, ihr – seines Wissens nach – gemeinsames Kind zu schädigen. Er hatte doch gesehen, wie er gelitten hatte an dem Morgen am See und wie sehr ihn das alles mitnahm. Auch wenn Lou für Stefan kein Wunschkind war, würde er sie doch nicht umbringen. Nein.

Oder?

Michael erhob sich von seinem Platz und taumelte. Er starrte auf die Kuchengabel in seiner Hand, warf sie auf den Bröselhaufen, den er auf dem Teller veranstaltet hatte, und griff rasch nach der Lehne des Stuhls, um nicht umzukippen. Die Wut, die er in jenem Moment auf diesen todkranken Mann empfand, legte sich wie ein Pelz auf seine Zunge, der ausgespuckt werden wollte. Doch er schluckte sie hinunter, drehte sich um und bahnte sich einen Weg zwischen den Tischen hinaus aus dem Krankenhaus-Café. Dass er Rob vermutlich nie wiedersehen würde, war kein Anlass für ihn, sich zu verabschieden. In diesem Moment war es das Einzige, das ihn davon abhielt, Streit mit ihm anzufangen.

30

Michael schob versonnen das Spielzeugauto auf dem Teppich hin und her. Noch immer. Obwohl Tony vor fünf Minuten aufgesprungen und in sein Zimmer gerannt war. Er hörte Stefan die Kellertreppe nach oben poltern und stemmte sich hoch, schlenderte zum Esstisch, auf dem bereits zwei Weingläser standen.

»Für mich bitte nur einen kleinen Schluck, ich muss gleich los«, sagte Michael und sah Stefan dabei zu, wie er den Wein entkorkte, am Korken schnüffelte, die Flasche ins Licht hielt, eingoss.

»Es freut mich, dass du dennoch die Zeit gefunden hast, kurz bei uns vorbeizuschauen. Was hast du denn noch vor?«

»Ich treffe mich mit meiner Schwester und unserer Mutter bei Sebastiano«, antwortete er mechanisch. »Es ist Marlenes Geburtstagsessen.«

»Oh, das klingt nach einem netten Abend.«

Du hast keine Ahnung, dachte Michael und griff nach seinem Glas. »Ja. Und davor wollte ich mal sehen, wie es euch geht. Wie lange muss Lou noch im Krankenhaus bleiben?« Er versuchte, nebenbei zu fragen. Tamara beantwortete seine Nachrichten zwar rasch und informativ, aber er konnte daraus nicht ableiten, wie es wirklich um seine Tochter stand. So sehr er sich an ihre Liebesschwüre klammerte, waren sie doch nur die Hälfte dessen, was er brauchte. Die andere Hälfte war sein Bedürfnis nach umfangreichen Informationen über Lou. Am liebsten würde er sie täglich im Krankenhaus besuchen. Aber er wusste selbst, dass das zu gefährlich war. Das Personal auf der Station würde anfangen zu tuscheln, und mit der Zeit würden sie Stefan ins Bild setzen.

»Ich weiß es nicht.« Stefan seufzte und schüttelte den Kopf. »Ich habe wirklich keine Ahnung, wie es weitergehen soll. Meine Güte, das ist alles so ein Riesenhaufen Scheiße.« Er trank gierig von dem teuren Wein, dann redete er weiter. »Ich muss mich hier zu Hause um alles kümmern. Tony braucht Hilfe bei den Hausaufgaben, hat Arzttermine, will bespaßt werden. Nora ist zwar so gut wie nie daheim, aber auch sie fordert mich. Entweder sie braucht Geld oder verlangt nach Entscheidungen, die ansonsten ihre Mutter trifft. Und wenn sie mal ausnahmsweise daheim ist, ist sie genervt. Überhaupt seit Lou bei uns ist. Sie ist so wahnsinnig schwierig. Tamara fehlt hier. Das ist Fakt.«

Nora war auch heute nicht zu Hause, wie Michael gleich nach Betreten der Villa festgestellt hatte, und er war froh, dass er sich ihr nicht stellen musste. Ihm war aufgefallen, dass Nora die Umstellung wegen Lou frustrierte. Ihre Stimmungsschwankungen waren unberechenbarer als davor. In einem Moment herzte Nora ihre Schwester, im nächsten beschwerte sie sich über alles, was mit ihr im Zusammenhang stand.

»Ja, ich kann mir gut vorstellen, dass das für alle schwierig ist«, bestätigte Michael und schwieg gleich wieder, um Stefans Redefluss nicht zu stoppen. Der Verdacht, den Rob ihm ins Gehirn gepflanzt hatte, ging nicht mehr weg. Im Gegenteil. Seine Worte ließen ihn nicht nur an Stefan zweifeln. Je länger er darüber nachdachte, desto mehr Sinn ergab der leichtfertig ausgesprochene Einfall.

Wenn nicht Stefan es war, der Lous Gesundheit negativ beeinflusste, so war es möglicherweise Nora, die ihr übel mitspielte. Suchte sie deshalb immer wieder die Nähe zu Lou, um keinen Verdacht zu erwecken? Aber wie stellte sie es an? Sie hatte keinen Zugang zu Arzneimitteln wie ihr Vater. Doch wer wusste schon, welche Substanzen sich die Jugendlichen einwarfen. War es möglich, dass Nora ihre Schwester unter Drogen setzte, damit sie den ›kleinen Schreihals‹, wie sie sie immer wieder nannte, aus der Familie hinausdrängen konnte?

Ja, Rob hatte mit seiner geistigen Brandstiftung ganze Arbeit geleistet. Wie es ihm wohl gerade ging? Würde er noch einmal nach Hause kommen oder war er ins Krankenhaus gegangen, um dort zu sterben? Wo waren seine Kinder? Wie fühlte es sich für die beiden an, zu wissen, dass ihr Papa bald tot sein würde? Robs Ex-Frau war mittlerweile bestimmt nach Österreich zurückgekehrt. Kümmerte sie sich um alles?

Raus aus meinem Kopf. Ich bin hier, um etwas über meine Tochter zu erfahren.

»Weißt du, eines muss ich zugeben: So, wie Tamara sich für Lou einsetzt ... das ist schon beeindruckend. Ich bin nicht einverstanden damit, dass so viele Untersuchungen und Tests mit unserer Tochter gemacht werden. Das habe ich ihr auch gesagt. Aber gegen ihren Willen bin ich machtlos. Du kennst sie ja: Wenn sie sich etwas in den Kopf gesetzt hat, dann ...« Stefan stockte. In seinem Gesicht spiegelte sich eine Mischung aus Resignation und Bewunderung für seine Frau wider. »Jedenfalls habe ich sie durch diese ganzen Probleme mit Lou von einer ganz anderen Seite kennengelernt. Sie kämpft wie eine Löwin darum, Lou zu helfen. Dabei funktioniert sie auch in den Notfallsituationen wie ein Schweizer Uhrwerk. Man könnte meinen, es sei normal, dass man die Nerven verliert, wenn das eigene Kind blau anläuft und von Krämpfen geschüttelt am Boden liegt. Sie nicht. Sie hat auch bei dem Vorfall am See sofort reagiert und Lou wahrscheinlich das Leben damit gerettet. Keine Ahnung, ob ich dazu in der Lage gewesen wäre.«

Keine Ahnung, ob du das überhaupt gewollt hättest. Ihr Leben retten.

Schnell führte Michael das Glas an den Mund. Ein Blick auf die Uhr an der Wand verriet ihm, dass nur noch ein paar Minuten übrig waren, bevor er losmusste.

»Wie dem auch sei«, schloss Stefan und stand auf. Er holte ein Glas aus dem Küchenschrank und füllte es mit Leitungswasser auf. »Ich weiß jedenfalls nicht, wann die beiden wieder heimkommen. Dieser ganze Untersuchungsmarathon, den Tamara nun verlangt, kann einige Zeit in Anspruch nehmen. Ich konnte ihr das nicht ausreden. Auch wenn ich der Meinung bin, dass es zu nichts führt und es besser wäre, wenn sie endlich nach Hause kommen würde. Sie hat schließlich noch andere Kinder, die sie brauchen.«

»Und für Lou sind die Untersuchungen wahrscheinlich auch nicht gerade angenehm«, ergänzte Michael patzig. Er ärgerte sich in diesem Moment so maßlos über Stefans Egoismus, dass er sich zusammennehmen musste, um nichts Falsches zu sagen. Offenbar war ihm bloß wichtig, wie er sich selbst wieder mehr Freiraum verschaffen konnte. Für seinen Job, sein Labor. Tamara fehlte ihm, weil dann die Arbeiten zu Hause an ihm hängen blieben. Der Zustand der Kleinen war ihm egal. Er redete überhaupt so gut wie gar nicht über sie. Lou war ein Störfaktor für ihn, war sie von Beginn an gewesen.

Verstohlen musterte er Stefan, der mit seinen gepflegten Händen die Weinflasche umschloss und schräg kippte, um das Etikett zu studieren.

Was, wenn Rob recht hatte? Wenn Stefan tatsächlich etwas mit Lous Anfällen zu tun hatte? Wie stellte er es an? Hatte er ihr Medikamente verabreicht, die Krämpfe bei ihr auslösten? Oder steckte ein anderer Plan dahinter?

Michaels Magen zog sich schmerzhaft zusammen. Die Säure des Weins brannte die Speiseröhre hinauf. Wie hatte er so blind sein können? Stefan war von Anfang an gegen ein weiteres Kind gewesen. Tamara hatte die Entscheidung, Lou nicht abzutreiben, allein getroffen. Er musste sich übergangen, ja, sogar betrogen fühlen. Mit der Konsequenz, dass er jetzt zu Hause die Verantwortung für all das übernehmen musste, was normalerweise von seiner Frau erledigt wurde.

Stefan hatte sich durch seinen Vorsatz, Lou zu schaden, den gesamten *Mental Load* aufgehalst. Sagte man das nicht so? *Mental Load* … ein Frauenproblem. Die geistige Überladung durch eine Art Generalverantwortlichkeit, damit Männer und Kinder überlebten und keinen Schaden nahmen. Nur weil sein perfider Plan, Lou aus dem Weg zu räumen, gescheitert war.

Plötzlich war alles sonnenklar, sodass Michael Mühe hatte, nicht vom Stuhl zu springen und Stefan an die Gurgel zu gehen. Stefan, der seelenruhig bei einem Glas Wein seinen Freiheitsverlust betrauerte. Der sich die Frechheit herausnahm, sich von seinem Freund bemitleiden zu lassen, nachdem der Mord an seiner – wie er immer noch glaubte – eigenen Tochter nicht aufgegangen war.

Oder hatte er etwa gar den Verdacht, dass das Kind von einem anderen Mann war? Und fiel es ihm deshalb leicht, es aus dem Leben schaffen zu wollen wie einen unliebsamen Schädling?

»Ich muss los«, stammelte Michael und erhob sich. Stefan stand überrascht ebenfalls auf.

»Aber der Wein …«

»Marlene wartet bestimmt schon.« Ohne sich von Tony zu verabschieden, marschierte er in den Flur, schlüpfte in die Schuhe und öffnete die Haustür.

»Dann bring doch nächstes Mal mehr Zeit mit«, sagte Stefan freundlich und legte ihm die Hand zum Abschied auf die Schulter. Michael nickte nur, drehte sich um und stapfte den Weg zu seinem Wagen. Nicht eine Sekunde länger hätte er es in diesem Haus ausgehalten, bei dem Menschen, den er für einen Freund gehalten hatte und der seine Tochter absichtlich schädigte. In der Nähe des Freundes, den auch er hintergangen hatte. Die Gedanken verkomplizierten sich in seinem Gehirn und er musste sich konzentrieren, um die Strecke zum Italiener unfallfrei hinter sich zu bringen.

»Du könntest doch auch einmal was dazu sagen«, fuhr Marlene ihre Mutter an und warf die Gabel auf den Rest Pasta auf ihrem Teller.

»Was soll ich denn dazu sagen?«, fragte Emma Thaler und biss ein Stück Pizza ab, die sie mit der Hand zum Mund führte. »Ich mische mich bei euch Kindern nicht ein. Ihr wisst schon, was ihr tut, und ich halte mich raus.«

»Das hast du ja immer so gemacht«, warf Marlene ihr vor. »Wir waren dir doch egal. Seit Papa tot ist, lebst du nur noch für deine blöde Malerei. Es interessiert dich einen Scheiß, was aus uns wird und wie es uns geht.«

»Das nimmst du zurück!«

»Nein, das werde ich nicht. Ich erzähle, dass ich mir einen neuen Job suchen und überhaupt mein Leben ändern will, jetzt, da Schoki weg ist, und was sagst du dazu? Nichts.«

»Marlene, bitte …«, knurrte Michael und sah sich um. Bis jetzt hatten sie keine Aufmerksamkeit auf sich gezogen. Das war aber nur noch eine Frage der Zeit, wenn der Abend so weiterging. Dass seine Schwester vorhatte, sich einen anderen Job zu suchen, kam seinen Plänen entgegen. Er musste unbedingt im Freundeskreis herumfragen, ob jemand eine Idee hatte, wo sie Fuß fassen könnte. Nach der Chat-Diskussion über die geplante und schließlich geplatzte Geburtstagsparty für Marlene war es still geworden zwischen ihm und seinen Freunden. Aber Michael würde das wieder geradebiegen und er zählte auf sie.

»Ich schlage vor, wir genießen den Abend und wenden uns wieder dem eigentlichen Thema zu: Nämlich deinem Geburtstag, Schwesterherz. Bitte sehr!« Er schnappte sich die Geschenktüte, die er zu seinen Füßen platziert hatte. Sie griff missmutig danach und warf einen verstohlenen Blick hinein.

»Was ist das?«, fragte sie. In ihre Augen legte sich ein kindliches Strahlen. Eines, das Michael vermisste und ihn an die Zeit erinnerte, als alles noch ein wenig leichter war.

»Ja, hier«, fiel seine Mutter mit ein und kramte aus ihrer Handtasche ein kleines Päckchen, das sie vor ihrer Tochter auf den Tisch legte.

Marlene entschied sich, erst das Geschenk ihrer Mutter auszupacken. Sie zog das dicke Papier ab. Darunter kam eine Art große Zündholzschachtel zum Vorschein, deren Inhalt eine nicht erkennbare Anzahl grüner Geldscheine war.

»Danke«, sagte Marlene artig, aber Michael sah die Enttäuschung in ihrem Gesicht. Es war ihr dreißigster Geburtstag und sie hatte ein anderes Präsent erwartet. Etwas Persönlicheres, etwas Erinnerungswürdiges. Er kannte die Ignoranz seiner Mutter seit jeher und wunderte sich nicht darüber.

»Und was haben wir da?«, fragte seine Schwester, die das Geld schnell in ihrer eigenen Tasche verstaut hatte und wieder die Tüte begutachtete.

»Pack schon aus!«, forderte Michael sie auf und spürte die freudige Ungeduld in sich. Er hatte lange überlegt, was er ihr schenken könnte, und hoffte inständig, dass er sich richtig entschieden hatte.

Dass Anni ihm bei der Auswahl geholfen und sie es gewesen war, die ihn überhaupt auf die Idee gebracht hatte, würde er vor Marlene nicht zugeben. Aber er war Anni dankbar für ihren Einfall. Ohne sie hätte er sich in den Gedanken rund um seine Mission ›Rette-deine-Schwester‹ verrannt. Die Stimmung im Sender war im Moment so angespannt, dass man kaum ein privates Wort wechselte. Anni steckte mitten in den Vorbereitungen für ihren Aufbruch nach Berlin und war gedanklich kaum noch bei ihrer Arbeit. Obwohl jetzt, da Rob ausgefallen war und Michael sich als unzuverlässigster Moderator in der Geschichte des Senders auszeichnete, jede Unterstützung vonnöten war. Tom hatte schon die Befürchtung geäußert, dass bald dieser Tag X eintreten würde, an dem die Mikrofone unbesetzt blieben und die Hörer nichts als weißes Rauschen hörten.

Es war ein Warnschuss, den er in Richtung Michael abgefeuert hatte. Er hatte sich daraufhin vorgenommen, zur Vernunft zu kommen und seine Arbeit wieder ernster zu nehmen. Bei all den Freiheiten, die er sich als Senderliebling erlauben konnte, würde er dennoch bald an die Grenze des Verständnisses stoßen.

Jedenfalls war er nach einer Teambesprechung allein mit Anni im Konferenzraum zurückgeblieben und hatte oberflächlichen Small Talk betrieben. Dabei kamen sie auf den Geburtstag seiner Schwester zu sprechen, was dazu führte, dass sich seine Ex-Freundin als Engel erwies. Dabei wusste sie in diesem Moment gar nicht, dass sie nicht nur ein perfektes Geschenk vorschlug, sondern damit außerdem seinen Plänen entgegenkam.

»Oh mein Gott«, kreischte Marlene und die Verzückung ließ sie aufspringen, den Tisch umrunden und Michael um den Hals fallen. »Danke!«

»Gern«, sagte er und war erleichtert, dass er mit dem Geschenk offenbar ins Schwarze getroffen hatte. Marlene kehrte auf ihren Platz zurück und blätterte in der Broschüre, die dem Gutschein für den neu eröffneten Wellnesstempel am Stadtrand beigelegt war. Die Eröffnung des Fünfsternehotels vor knapp zwei Monaten war in den Medien derart ausgeschlachtet worden, dass mittlerweile jeder den Hotelnamen ›Feel-Gut‹ kannte.

»Ich dachte, dir könnten ein paar Tage Entspannung nicht schaden«, schob Michael als Erklärung hinterher und erntete ein verzücktes Strahlen.

»Da ist wohl der Reichtum ausgebrochen«, zeterte seine Mutter und studierte pikiert die Weinkarte.

Zum Glück hatte Anni ihn davon abgehalten, seine ursprüngliche Idee umzusetzen: nämlich Marlene und sie gemeinsam in das Hotel zu schicken. Für ihn wäre das die Idealvorstellung und ein Startschuss in Richtung Familienwiederfindung gewesen. Doch seine Ex-Freundin hatte nur mitleidig den Kopf geschüttelt. Marlene sollte ein paar Tage allein genießen, sich nach Strich und Faden verwöhnen lassen.

Das Package, das er zu ihrem viertägigen Aufenthalt dazugebucht hatte, versprach ein kurzweiliges Programm aus Massagen, Gesichts- und Körperbehandlungen, Saunaaufgüssen und sogar drei private Stunden bei einem Personal Coach waren inbegriffen, der sich in seinen Methoden in erster Linie auf das Einswerden von Körper und Geist konzentrierte. Michael klopfte sich innerlich auf die Schulter für diesen Gutschein, dessen Einlösen hoffentlich einen Wendepunkt in Marlenes Leben darstellte.

In seiner Hosentasche vibrierte sein Telefon und er zog es rasch heraus. Tamara!, dachte er. Doch auf dem Display erschien eine Nachricht von seiner Schwester, die sie scheinbar unter dem Tisch getippt hatte: ›Lass uns das Essen hier abbrechen und Mama heimbringen. Danach gehen wir noch was trinken. Was meinst du?‹

Er schmunzelte und schickte ein verstohlenes Nicken in ihre Richtung.

31

»Wann wurde sie so?«, fragte Marlene versonnen und ließ die Eiswürfel gegen das Glas klacken. »War es wirklich Papas Tod oder war sie schon immer so?«

»Ich weiß es nicht«, gab er ehrlich zurück. »Aber das alles soll dir deinen Geburtstag nicht verderben. Du hast ein paar wichtige Punkte angesprochen heute. Ich will gar nicht so sehr darauf herumreiten oder dir Tipps geben. Nur eins sollst du wissen: Ich liebe dich, Schwesterherz. Und du kannst auf mich zählen. Ich werde dir helfen, wo ich nur kann.« Er sprach mit einem solchen Nachdruck, dass Marlene grinste.

»Du machst es mir nicht leicht, Michi. Ich bin ganz sicher, dass ich dich enttäuschen werde. So hoch, wie deine Erwartungen immer sind ...« Sie klang traurig.

»Nein, sag so was nicht. Du kannst mich nicht enttäuschen.«

»Und doch tu ich es am laufenden Band. Was hast du denn schon von deiner Familie? Eine durchgeknallte Schwester, die seit mittlerweile ein paar Stunden über dreißig ist und ihr Leben noch immer nicht im Griff hat. Für die ein Schicksalsschlag in der Jugend Anlass genug war, alles wegzuwerfen und nie wieder auf die Beine zu kommen. Und eine Mutter, die dasselbe als Grund nahm, sich komplett abzuschotten vom irdischen Dasein, und seither nur noch Mädchen auf Wegen malt. Wir waren dir nie eine Stütze und du bist im Gegensatz dazu immer für uns da. Ich will nur, dass du weißt, dass mir das sehr wohl bewusst ist. Wir – deine Familie – haben auf der ganzen Linie versagt.«

»Das stimmt doch nicht. Ich finde es schön, dass wir heute, an deinem Geburtstag, hier gemeinsam sitzen und reden. Manchmal vermisse ich dich sehr«, gestand er ein.

»Der Geburtstag ist Schnee von gestern«, korrigierte sie ihn nach einem Blick auf die Uhr.

Tatsächlich war es bereits ein Uhr nachts vorbei und sie saßen in einer kleinen, ranzigen Bar in der Nähe von Marlenes Wohnung. Die steinernen Mauern strahlten Kühle aus, genauso wie die Tatsache, dass nur wenige Gäste im Lokal waren. Michael saß mit seiner Schwester in einer der Ecknischen und sie nippten an ihren Drinks. Hin und wieder trat der Barmann an ihren Tisch und fragte, ob er noch etwas bringen durfte.

Michael hatte mit einem Mal Lust auf eine Zigarette und wunderte sich, dass ihn dieses Verlangen nach all den Jahren ohne Nikotin immer wieder überfiel.

»Ich werde es diesmal schaffen«, stellte Marlene unvermittelt fest und suchte seinen Blick. »Ich *will* es schaffen.«

»Das wirst du auch«, bestärkte Michael sie.

»Wie geht es dir?«, fragte sie dann ohne Umschweife und er war davon so überrumpelt, dass er sie nur verdutzt ansah.

»Na los, erzähl! Was ist mit deiner Freundin und der Kleinen?«, half sie ihm auf die Sprünge.

Michael atmete geräuschvoll aus und ein. Und schon sprudelte es aus ihm heraus. Jedes winzige Detail erzählte er und spürte dabei, wie sich seine Akkus füllten. Dass er mit seiner kleinen Schwester trotz all der Probleme so ein enges Vertrauensverhältnis hatte, verlieh ihm eine ungeahnte Kraft.

Genau das war es, was ihm gefehlt hatte. Das war das, was er brauchte, damit er weitermachen konnte. Michael benötigte einen Plan, wie er den Verdacht gegen Stefan aus dem Weg räumen oder schlimmstenfalls beweisen konnte. Es war seine Pflicht, sich für das Leben seines Kindes einzusetzen und in weiterer Folge den Platz als Lous Vater für sich zu beanspruchen.

Er wollte Tamara nicht vor den Kopf stoßen. Aber auch seine Schwester war der Meinung, dass sie etwas ändern mussten. Sie sah Michael daran zugrunde gehen, wenn er bei diesem Theater länger den Komparsen spielte, obwohl ihm eine der Hauptrollen zustand.

»Die Ehe der beiden ist doch ohnehin gescheitert«, schloss sie aus Michaels Erzählungen. »Sie muss sich zwischen dir und ihm entscheiden. Man kann nicht alles haben.«

»Ja«, bestätigte Michael. »Aber Stefan hält große Stücke auf Tamara. Erst heute hat er hervorgehoben, wie perfekt sie alles meistert und wie gut sie für die Kinder sorgt. Ich denke, dass er sie wirklich liebt.«

»Das mag schon sein, dass er sie toll findet. Aber vor allem liebt er es, dass sie ihm die gesamte Arbeit daheim abnimmt und sich um die Kinder kümmert, während er Karriere und seine Pläne für den Ruhestand macht. Er hat sich daran gewöhnt, dass sie funktioniert. Es ist kein Liebesbeweis, dass er das nun vor dir hervorhebt.«

»Da hast du wahrscheinlich recht.«

»Natürlich habe ich recht! Er ist ein Mann. Er will den leichteren Weg gehen und verschließt die Augen vor den Bedürfnissen anderer. Und wenn es stimmt, was du sagst, dann geht er in der Umsetzung seiner eigenen Vorstellungen sogar über Leichen.«

»Was machst du hier?« Erschrocken torkelte Michael ein paar Stufen rückwärts.

»Dich besuchen!«

»Es ist drei Uhr morgens«, entgegnete er entsetzt und durchwühlte sein vernebeltes Gehirn nach einem Plan, wie er aus diesem Aufeinandertreffen herauskam. Und das alles, ohne die minderjährige Nora mitten in der Nacht vor die Tür zu setzen.

»Wie kommst du überhaupt hier herein?«, wollte er wissen und hörte sich selbst dabei zu, wie er lallte. Die Feier mit Marlene war nicht ausgeartet, hatte sie aber dennoch aus dem Lokal wanken lassen.

Nachdem er seine Schwester bis zu ihrer Wohnungstür begleitet hatte, war er in ein Taxi gestiegen und hatte vor sich hin gedöst, bis der Taxifahrer ihn geweckt und um das Geld für die Fahrt gebeten hatte.

Im Auto hatte er davon geträumt, dass er Anni anrief und sie zu sich einlud. Der Alkohol vernebelte seine Sinne und auf eine angenehme Art fühlte er sich von seinem Sorgenrucksack befreit, den er seit Monaten mit sich herumschleppte.

Dass nun Nora vor ihm stand, aufgedonnert wie eine Escortdame, jedoch – soweit er sie einschätzte – zumindest nüchtern, überrumpelte ihn. Ihr süßlicher Duft setzte sich in den Härchen seiner Nase fest und vermischte sich mit dem Nachgeschmack des minderwertigen Alkohols in den Drinks. Ihm wurde augenblicklich übel. Das alles war wie ein verfrühter Kater, mit dem man am Morgen neben der falschen Frau aufwachte. Bloß dass er noch gar nicht geschlafen hatte und vor ihm auch keine Frau, sondern ein Mädchen stand und ihn mit ihrem Blick aus den kajalgerahmten Augen aufspießte.

Er wartete vergebens auf eine Antwort, wie sie es ins Haus geschafft hatte. Da fiel ihm ein, dass der Türschnapper nicht ordentlich einrastete.

»Darf ich reinkommen?«

»Nein!« Die Empörung schlug sich in seiner Lautstärke nieder. Um die Nachbarn nicht zu wecken, strich er sich mit den flachen Händen über das Gesicht und mäßigte sich. »Du musst nach Hause. Weiß dein Vater überhaupt, dass du so spät nachts noch unterwegs bist?«

»Meinem *Vater* ist das egal. Und außerdem bin ich schon ein großes Mädchen«, entgegnete Nora und machte keine Anstalten, von seiner Wohnungstür abzurücken.

»Du kannst mit reinkommen und dort warten, bis das Taxi hier ist, das ich dir rufe«, gab Michael sich geschlagen und quälte sich langsam die restlichen Stufen nach oben.

Er traf das Schlüsselloch auf Anhieb und war zuversichtlich, dass er seinen leichten Rausch vor Nora verbergen konnte. Zumindest hoffte er das. Sie würde sich sonst wie eine Hyäne auf ihn stürzen und seine verlangsamte Denke und die dadurch gehemmten Reflexe gnadenlos ausnutzen. Michael trat voran in den Vorraum, streifte seine Schuhe ab und öffnete das Fenster im Wohnzimmer, um frische Luft hereinzulassen. In der Küche füllte er ein Glas mit Leitungswasser und trank es in einem Zug leer.

»Kann ich heute bei dir schlafen?«, fragte Nora.

»Ganz sicher nicht«, erwiderte er mit zusammengebissenen Zähnen. Michael zog das Handy aus der Jeans und tippte die Nummer eines Taxidienstes ein.

»Bitte, ich bin auch ganz brav. Versprochen!« Nora klimperte mit den Wimpern und sah ihn mit schräg gelegtem Kopf an wie ein Welpe. Was war sie doch mal für ein hinreißendes Mädchen gewesen, schoss es Michael durch sein umnebeltes Gehirn. Und jetzt? Nun war sie eine Femme fatale, die sich an ihn ranschmiss, als wäre er ihr Sugardaddy. Wenn er doch bloß nicht so viel getrunken hätte und sie in diesem Moment nicht sogar ein wenig attraktiv fände. Die Bilder von ihr am See in ihrem anliegenden Top und den zu knappen Shorts schossen ihm durch den Kopf. *Oh mein Gott, nein!*

»Ach du Scheiße«, brüllte er und warf das Glas, aus dem er getrunken hatte, mit voller Wucht in die Spüle. Es zersprang lautstark. Die Splitter flogen durch die Luft, rieselten wie Hagelkörner auf den Küchenboden nieder. Wie konnte er solche Gedanken zulassen? Michael ekelte sich vor sich selbst und schämte sich so sehr, dass er am liebsten aus seiner eigenen Wohnung gerannt wäre.

Nora hatte offenbar nicht mit dem Ausbruch aus dem vermeintlichen Nichts gerechnet und saß nun kerzengerade auf dem Sofa. In ihrem Gesicht zeichnete sich Angst ab. Michael musterte sie kurz, senkte dann den Blick auf die Scherben auf dem Boden und schüttelte den Kopf.

»Ist irgendwas nicht in Ordnung?«, erkundigte Nora sich kleinlaut.

»Nichts«, flüsterte er. »Nichts ist mehr in Ordnung.«

»Also, ich …« Sie hielt inne und schien zu überlegen. »Ich gehe dann mal lieber.« Nora stand auf und griff nach der Handtasche.

»Halt!«, rief er und schaute sie wieder an. In ihm drinnen brodelte es. Die Wut auf sich selbst, der Zorn gegen Nora, der sich schon lange aufstaute, und die Traurigkeit darüber, dass der gelungene Abend, den er mit seiner Schwester verbracht hatte, seine Überschattung fand. Es war fast wie früher gewesen, als sie dagesessen und sich unterhalten hatten. Es hatte sich gezeigt, dass sie noch immer so eng miteinander verbunden waren und nicht viele Schritte davon entfernt waren, sich wieder so nah zu werden, wie es sich gehörte.

Natürlich wäre es besser, und vor allem einfacher gewesen, Nora gehen zu lassen. Doch erstens hatte er noch keinen Transport für sie organisiert und es widerstrebte ihm, sie in die Nacht hinauszuschicken. Wenn ihr ausgerechnet heute etwas zustieß, würde er sich das nie mehr verzeihen. Und zweitens war es an der Zeit, diese unerträgliche Spannung zwischen Nora und ihm aufzulösen.

Sie hatte sich wieder auf die Couch zurückfallen lassen und sah ihn abwartend an. In ihren Augen blitzte etwas auf.

»Wir werden nur reden«, nordete Michael ihre wirren Gedanken ein. »Willst du auch ein Wasser?«

»Hast du kein Bier? Oder ein Gläschen Wein?«

»Schluss damit, Nora!«, herrschte er sie an und schlug mit der flachen Hand auf den Küchentresen. »Es reicht nun mit diesen Spielchen. Das alles hat hier und heute ein Ende. Ich habe keine Ahnung, was du mit deinem Verhalten mir gegenüber bezweckst. Erst flirtest du mit mir, dann bedrängst du mich und nun stellst du mir auch noch nach. Warum zur Hölle machst du das? Was habe ich getan?« Obwohl sich alles in ihm dagegen sträubte, ließ er sich auf der anderen Seite der Couch fallen und sah sie an. Die Erschöpfung war stärker als sein Drang, gegen sie zu kämpfen. Er wollte, dass Frieden einkehrte.

»Ich steh eben auf dich«, schoss Nora trotzig zurück und zog die Schultern nach oben. Ihre langen Fingernägel knibbelten an den Pailletten ihres schwarzen Tanktops herum, die einen glitzernden Totenkopf bildeten.

»Aber das geht doch nicht«, wehrte Michael lahm ab. »Das ist durch und durch falsch. Du bist doch ein kluges Mädchen –«

»Ich bin kein Mädchen, sondern eine Frau! Warum willst du das denn nicht sehen?«, unterbrach sie ihn gekränkt.

»Schon gut«, lenkte er ein und hob die Hände zu einer entschuldigenden Geste an. »Du bist eine intelligente Frau und weißt, dass das mit uns nicht klappen kann. Davon einmal abgesehen, dass ich kein Interesse an dir habe, ist es absolut undenkbar, dass zwischen uns irgendetwas passieren wird. Du bist für mich die Tochter meiner Freunde, die ich schon kenne, seit sie klein war. Und ich kann dich niemals so wahrnehmen, wie du dir das in den Kopf gesetzt hast.«

»Und außerdem bist du in meine Mutter verschossen«, platzte Nora heraus. »Du kannst es doch gar nicht erwarten, bis du mit ihr und Lou einen auf Familie machen kannst. Sie ziert sich noch ein bisschen, aber du wirst sie schon noch so weit kriegen, oder? Und was ist dann mit uns?«

»Wie kommst –«

»Bemühe dich nicht. Keine Ahnung, warum Papa so dumm ist und das nicht sehen will. Eure Affäre ist so offensichtlich wie das Wetter beim Blick aus dem Fenster. Aber weißt du was? Es ist mir egal. Auch wenn ich nicht verstehe, was du von ihr willst, wenn du die jüngere Version haben könntest.«

»Hör auf damit. Ich bitte dich«, flehte Michael. Das alles war zu viel für ihn. Wie schaffte es Nora, das, was Tamara und er hatten, in wenigen Worten auf den Punkt zu bringen? Für ihn war sie nie mehr als ein dreister Teenager gewesen, der sich für nichts außer sich selbst interessierte. Und nun redete sie von seiner Beziehung zu ihrer Mutter mit einer Selbstverständlichkeit, die erschreckend war. Und sie sprach von Lou. Mit schwang ein eifersüchtiger Zug, wenn sie seine Pläne umriss. Sie tat so, als wollte er ihr und Tony die Mutter wegnehmen.

Seine Reaktion schien sie in ihrem Vorwurf endgültig bestätigt zu haben.

»Warum ich mich an dich herangeschmissen habe, willst du wissen?«, fuhr sie unbeirrt fort. Ihr Ton hatte etwas Erbarmungsloses und sie klang auf einmal viel erwachsener, als er es von ihr kannte. Eine beunruhigende Tonalität lag in ihrer Stimme. Als wäre sie es ebenfalls leid, dieses ganze Theater. »Weil ich mich in dich verliebt habe und ich mit dir zusammen sein will! Du bist mein Traummann und ich will dich. Außerdem will ich mit dir schlafen und dich spüren. Bitte, ich –«

»Herrgott noch mal, Nora, sag bitte nicht so etwas!« Michael beherrschte sich, um ihr weiter zuhören zu können.

»Aber es stimmt. Nicht umsonst lässt meine Mutter sich von dir flachlegen. Ich kenne es von ihr und meinem Vater, wie sie miteinander vögeln. Habe das oft genug gehört, hin und wieder sogar sehen müssen, wenn ich ungelegen in ein Zimmer platzte. Bei euch Alten ist das etwas anderes.«

Er hatte keine Worte, die er darauf erwidern konnte. Das Bild von Tamara und Stefan flackerte vor seinem inneren Auge auf und Michael war zu schwach, um es wegzuschieben. Er war zu schwach dafür, irgendetwas dabei zu fühlen. Kam er nun, dieser Punkt, ab dem es ihm egal wurde? Ab dem sein System abschaltete, um nicht heiß zu laufen? Er hoffte es.

»Aber gut, *Onkel* Mike. Wie du willst. Ich hab es nun kapiert. Das mit uns beiden wird nichts. Auch wenn ich mir das cool vorstelle, wenn du mich auf deine tollen Veranstaltungen mitnimmst, zu denen du vom Sender aus gehen musst. Und meine Freundinnen würden ausrasten, wenn sie erfahren, dass ich mir dich endlich geangelt hätte.«

Endlich. Das bedeutete, dass sie mit ihren Freundinnen über ihn sprach. Sie fieberten wahrscheinlich mit und warteten darauf, dass der alte Knacker sich von ihr einspinnen ließ.

»Danke«, sagte er und setzte an, den Deckel auf das von ihr Gesagte zu schrauben. »Danke, dass du deine Bemühungen um mich aufgibst. Ich kann damit wirklich nicht umgehen. Ich will mir gar nicht vorstellen, was deine Eltern dazu sagen würden, wenn sie das mitbekommen«, gab er zu.

»Meine Eltern. Du meinst deine Geliebte und ihren Ehemann«, stichelte sie, stand auf und holte sich etwas zu trinken. Sie stieg über die Glassplitter auf dem Boden hinweg, dann drehte sie sich mit dem Glas an den Lippen zu ihm herum und musterte ihn.

»Ich weiß nicht, wie das passieren konnte«, murmelte Michael, weil er das Gefühl hatte, ihr eine Erklärung schuldig zu sein.

»Ich verstehe schon. So etwas kommt in den besten Familien vor«, säuselte sie. »Aber wenn ich dir einen Rat geben darf?«

Einen Rat, von einer Siebzehnjährigen, die auf dich steht, dachte Michael. Von einem Mädchen, das sich um ihre Familie bangte. Er konnte es kaum abwarten.

»Mama hat jetzt andere Prioritäten, als sich von Papa zu trennen und mit dir durchzubrennen. Das mit Lou ist heftig für sie. Wir bekommen sie zu Hause so gut wie gar nicht mehr zu Gesicht. Papa kümmert sich um alles, also zumindest um Tony. Für mich bleibt neben dem Job und dem Kurzen und dem ständigen Gerenne wegen Lou sowieso keine Zeit mehr. Womit haben wir diesen kleinen Schreihals bloß verdient? Alles hätte so schön sein können, wenn dieses Kind niemals zur Welt gekommen wäre. *Dein* Kind.«

Sie trank einen weiteren Schluck und stellte das Glas behutsam auf die Splitter in der Spüle.

»Aber das alles stört mich nicht mehr«, fuhr sie fort, als sie wieder auf der Couch saß. »Anfangs habe ich mir nicht nur einmal gewünscht, dass Lou einfach verschwindet. Dass wir eines Morgens aufwachen und sie ist einfach weg.«

Michael horchte auf und spannte seine Schultern an.

»Dass sie jetzt zwar nicht für immer weg, aber zumindest aus dem Haus draußen ist, ist eigentlich noch besser, als ich es mir vorstellt habe. Denn sie hat Mama mitgenommen und ich bin aus der Schusslinie. Endlich kann ich tun, was ich will, und werde von ihr in Ruhe gelassen. Sie kann fürchterlich anstrengend und anhänglich sein. Keine Ahnung, wie ich das als Kind ausgehalten habe und wie Tony das wegsteckt.«

»Sie ist nun einmal eure Mutter«, gab Michael zu bedenken. »Da ist man eben fürsorglich und wünscht sich nichts mehr, als dass es den Kindern gut geht.«

»Das kann man auch übertreiben, glaub mir! Und sie ist weit mehr als einfach nur eine Glucke. Aber das ist eine andere Geschichte. Das, was jetzt für mich zählt, ist: Keiner sagt mir mehr, was ich zu tun habe und was nicht. Keiner zählt das Geld im Tresor nach und will wissen, wo ich übernachte und mit wem ich mich treffe. Es ist alles einfacher, seit sie weg ist, und ich hoffe, sie bleiben noch lang im Krankenhaus.«

Erschrocken hob Michael seine Faust und drückte sie gegen sein Brustbein, das brannte, als würde ihm Säure durch die Knochen jagen.

»Wie kannst du denn so etwas sagen? Das sind deine Schwester und … deine Mutter«, keuchte er. War tatsächlich sie es, die Lou aus dem Weg räumen wollte? Hatte Nora Lous Gesundheit manipuliert? Aber … wie? Und war sie überhaupt fähig, ihr etwas anzutun? Ihr Hass auf Lou und ihre Familie sowie die Konstellation mit Michael schwang in jeder gesprochenen Silbe mit. Über seine Unterarme lief ein Schauer.

»Ich sage ja nicht, dass ich mir ihren Tod wünsche«, redete Nora weiter. »Aber frag doch mal Papa! Der ist mit Lou auch nicht einverstanden. Noch dazu ist da jetzt dauernd irgendwas mit ihren Krämpfen und Anfällen. Kurzum: Ich sehe, dass er langsam wieder etwas chillen kann, seit die beiden im Krankenhaus sind.«

Stefan *chillte* also, während seine Frau mit Lou von einer Untersuchung zur nächsten hetzte, um zu erfahren, was mit dem Kind nicht stimmte. Das fiel ihm natürlich nicht schwer, denn er wusste vermutlich, woran die Kleine litt. Entweder Nora oder er waren verantwortlich dafür, dass es seiner Tochter immer wieder schlecht ging. Und Michael fasste den Entschluss, das zu beweisen.

Versonnen blickte er in Noras Richtung, schaute durch sie hindurch.

»Kann ich hierbleiben?«, fragte sie nach einem Moment der Stille, von dem er keine Ahnung hatte, wie lang er angedauert hatte. Er fokussierte ihr Gesicht, betrachtete das verlaufene Make-up und die halb geschlossenen Augen. Er beobachtete die kindliche Geste, mit der sie sich verstohlen über die Wangen strich, und hatte unversehens ein warmes Gefühl im Bauch. Eines, das ihn mit ihr versöhnte.

»Ich bringe dir eine Decke«, sagte er, stand auf und holte aus dem Schrank das Bettzeug und frische Bettwäsche. Als er mit dem Beziehen fertig war und ins Wohnzimmer zurückkam, fand er Nora eingerollt in die braune Kuscheldecke auf den Zierkissen schlafend wieder. In ihrer rechten Hand hielt sie ihr Mobiltelefon wie früher ihre Kuschelmaus, die sie überallhin mitgeschleppt hatte. Die Nacht war beinahe vorüber, als er im Wohnzimmer leise die Rollläden schloss und das Licht löschte. Und er hatte nur noch wenige Stunden, bis er im Sender auftauchen musste.

32

Anni legte den Kopf schräg und sah Michael unverwandt in die Augen. Sie überlegte einen Augenblick, ob sie antworten sollte. Man sah ihr an, wie sie zögerte. Seine Frage, ob ein Mann hinter ihren Berlinplänen steckte, hatte sie überrumpelt. Dabei hätte sie sich doch denken können, dass er das wissen wollte. Wissen musste. Auch wenn er die Beziehung beendet hatte, war die Trennung nicht spurlos an ihm vorübergegangen. Er hatte sie gern, sehr sogar.

Heute nach ihrer gemeinsamen Sendung war er ihr in die Teeküche gefolgt und hatte sie mit Fragen gelöchert. *Wie lange bist du noch da? Wer arbeitet dort mit dir? Wo wirst du wohnen?* Und: *Hast du einen Freund in Berlin?*

»Du musst es mir ja nicht verraten«, befreite er sie aus ihrem Hadern und tat so, als würde es ihm nichts ausmachen. So, als wäre es ihm einerlei, ob sie eine neue Beziehung hatte oder nicht. Im Grunde konnte es ihm völlig egal sein, sein Herz gehörte Tamara. Erst heute, als er auf sein Handy gesehen hatte, war sie mit einer emotionalen Nachricht über ihn gefallen wie eine warme Decke. So tief, wie die Gefühle für diese Frau gingen, musste er alles daransetzen, um die längst überfällige Entscheidung für eine Trennung von Stefan endlich herbeizuführen.

»Nein, ich ziehe nicht wegen eines anderen Mannes nach Berlin«, antwortete Anni und griff sich in ihrer Verlegenheit ein Zuckertütchen, das sie durch die Finger gleiten ließ und auf der mit Kaffeerändern übersäten Arbeitsplatte hin- und herschob. »Ich denke, es ist Zeit, einen neuen Abschnitt in meinem Leben zu beginnen.«

Michael horchte auf. Sie räusperte sich, sah ihn nicht an, während sie weitersprach. »Ich habe lange darüber nachgedacht, ob das der richtige Weg ist. Flucht …«

Flucht? Wovor denn?

»Ich habe dich geliebt, Mike. Ich liebe dich noch immer. Und es fällt mir schwer, dich jeden Tag zu sehen, und noch schwieriger ist es, dir eine gute Freundin zu sein, die du offenbar so dringend brauchst. Für mich ist es wohl die einzige Möglichkeit, um den nötigen Abstand zu bekommen, damit ich über dich … über uns … hinwegkomme. Und meine Freundin Eva, die ich seit dem Gymnasium kenne, wohnt doch seit vielen Jahren in Berlin.«

Er erinnerte sich. Sie hatten einmal vorgehabt, Eva und ihren Mann in der großen Stadt zu besuchen. Das war an einer Krankenstandswelle im Sender gescheitert. Anni war enttäuscht gewesen. Offenbar war die Freundschaft zwischen den beiden Frauen inniger, als er vermutet hatte. Annis Worte drangen wie durch einen Nebel zu ihm hindurch. Wollte sie wegen *ihm* nach Berlin? Waren wirklich achthundert Kilometer Strecke zwischen ihnen beiden nötig, um neu anzufangen? Er fühlte sich schuldig.

»Habe ich dich ausgenutzt?«, murmelte er. »Ich meine nicht während unserer Beziehung. Sondern danach …«

»Nein«, beruhigte Anni ihn. »Zumindest nicht bewusst. Ich denke, wir wären gute Freunde, wenn wir uns nicht zwischendurch dafür entschieden hätten, uns zu verlieben.« Sie schluckte hart. »Also ich … ich war sehr verliebt in dich«, gab Anni zu und hatte plötzlich einen Glanz in den Augen.

»Es tut mir leid«, flüsterte Michael. Und es stimmte. Alles tat ihm leid. Nicht nur, dass er für Annis Liebeskummer verantwortlich war. Vor allem, dass sie wegen ihm ihre Zelte hier abbrechen und woanders neu beginnen musste. Sie hatte sich wohlgefühlt hier im Sender. Wieder erinnerte er sich an ihren ersten Tag, als sie durch die Tür und so voll Energie in diesen Job geschwebt war. Man hatte ihr die Neugierde angesehen und sie hatte mit ihrem Wesen bei den Kollegen für frischen Wind gesorgt. Seinetwegen musste sie in eine neue Unbekannte vorstoßen und nochmals diese Kraft aufbringen.

»Das muss es nicht. Aber ich hoffe, dass du verstehst, dass ich das machen muss. Und wenn ich dich um eines bitten darf?« Annis Ton war ernst. Er nickte.

»Tom und die Kollegen denken, ich lasse den Sender im Stich. Sie reden hinter meinem Rücken, dass ich egoistisch sei, weil ich ausgerechnet jetzt, da Rob so überraschend ausfällt, meine Pläne dennoch durchziehen will. Ich möchte, dass du dich nicht auf deren Seite schlägst, sondern hinter mir stehst. Kannst du das für mich tun?«

»Natürlich!«, antwortete Michael. Er sah ihr die Spuren der Verletzung darüber an und hätte sie am liebsten in die Arme genommen. »Obwohl ich nicht denke, dass sie das tatsächlich über dich denken. Du bist wunderbar. Und Tom hat sich in meiner Gegenwart niemals in diese Richtung geäußert. Im Gegenteil: Er hat sofort klargemacht, dass er dir keine Steine in den Weg legen würde.«

»Schon, aber …« Sie schüttelte den Kopf.

»Was wolltest du sagen?«

»Ich habe gehört, wie zwei Redakteure darüber gesprochen haben. Es ist nicht leicht, wenn man plötzlich draußen ist.«

»Das kann ich mir vorstellen. Aber nimm dir das bitte nicht zu Herzen.«

»Schon gut, bald bin ich ja weg«, sagte sie, stand auf und Michael wurde klar, dass das Gespräch beendet war.

»Anni«, rief er, als sie die Teeküche verlassen wollte. Sie drehte sich zu ihm um. »Es tut mir wirklich leid.«

Anni nickte. »Ich weiß.«

Michael machte sich sofort nach dem Gespräch mit Anni auf den Weg ins Krankenhaus. Tamara hatte ihm, während er auf Sendung war, eine Nachricht geschrieben, dass sie ihn vermisste. Dass er ihr so sehr fehlte, dass ihr Herz hart gegen ihre Brust schlug und sie nur schwer atmen konnte. Diese Worte, die sie für die Nachrichten an ihn immer wieder fand, berührten ihn zutiefst – und gleichzeitig war da dieser Zorn, dass sie nicht wie ein normales Paar zusammen sein konnten.

Er schaukelte zwischen den beiden Gefühlen hin und her, versuchte, sich damit zu trösten, dass es eben ein Teil ihrer Geschichte war, sich nicht komplett zu haben. Noch nicht. Er klammerte sich an die Hoffnung, dass eine derart besondere Verbindung erst Hürden nehmen musste, bis sie in einer Art Vollendung aufging. Auf keinem der Schritte auf dem Weg dahin durfte ihm die Luft ausgehen. Es hieß durchhalten und stark sein. Nicht nur für sich, auch für Tamara, die im Krankenhaus an einer anderen Front zu kämpfen hatte.

Wenn er sie jetzt, da sie ihre volle Konzentration auf Lou richtete, unter Druck setzte, würde er sie verlieren. Also nahm er dankbar das, was sie ihm gab – nämlich trotz des Gefechtes, dem sie sich für die Gesundheit ihrer gemeinsamen Tochter stellte, an ihnen beiden festzuhalten. Damit musste er sich vorerst begnügen, selbst wenn es ihm alles andere als leichtfiel.

Zum Glück ergatterte er heute einen Parkplatz draußen vor dem Krankenhaus. Er warf ein paar Münzen in den Parkautomaten, platzierte das Ticket hinter der Frontscheibe seines Wagens und schritt durch die Drehtür. Unbewusst sah er sich um, ob er Rob im Foyer erblickte. Aber von den zahlreichen Menschen erkannte er keinen.

Der Aufzug war an diesem Tag verwaist. Auf dem Weg nach oben atmete er tief durch. Oben angekommen stieg er aus der Fahrstuhlkabine und machte sich auf den Weg zu Lous Zimmer.

Tamara hatte geschrieben, dass Lou und sie allein waren. Stefan hatte seinen Besuch erst für den frühen Abend angekündigt. Und es standen keinerlei Untersuchungen auf dem Programm für diesen Nachmittag. Umso überraschter war er, als er nach einem kurzen Klopfen ins Krankenzimmer trat. Rund um das Bett standen zwei Krankenschwestern und die Ärztin, die er bei seinem letzten Besuch gesehen hatte. Frau Doktor Lissner. Sie lehnte mit einem Klemmbrett und Stift in der Hand abseits der anderen an der Wand und notierte etwas. Zwischen den Pflegerinnen hindurch ragte das kleine Ärmchen von Lou, von dem in diesem Moment etwas heruntergezogen wurde, das aussah wie ein Schwimmflügel.

»Blutdruck ist normal«, sagte die eine Schwester und überließ das Gerät der anderen, um es in einem silbernen Wägelchen mit Kunststoffladen zu verstauen.

»Oh, Besuch«, stellte die Ärztin fest und sah streng in seine Richtung. Sie schien von seinem Hereinschneien nicht erfreut und richtete ihre Aufmerksamkeit auf Tamara, augenscheinlich in der Erwartung, dass sie ihn hinausschickte. Sie saß versteckt von den Pflegerinnen auf der anderen Seite von Lous Bett und erhob sich.

»Hallo, Mike«, sagte sie. In ihren Augen blitzte Freude auf. Sie machte keine Anstalten, ihn zu bitten, draußen zu warten. Dennoch entschuldigte er sich unter dem scharfen Blick der Ärztin, trat aus dem Raum und zog die Tür hinter sich zu. Sie schien nicht erfreut darüber zu sein, dass die Beradis sich über die Besucherregeln hinwegsetzten, als gehörte ihnen das Krankenhaus. Aber sich mit ihnen anzulegen, war ihr dann wohl doch ein wenig zu gefährlich.

Eine Hand wäscht die andere. Und sie riskierte im Sinne ihrer Patienten nicht, sich mit dem Leiter des Labors zu überwerfen. Oft entschieden wenige Stunden über das Wohlergehen eines Menschen. Sie würde es nicht in Kauf nehmen, auf der Prioritätenliste nach hinten gereiht zu werden. Daher blieb es bei den strengen Blicken.

Michael war es unangenehm genug. Er hielt wenig davon, sich über Regeln hinwegzusetzen. Aber hier ging es nicht darum, einen Vorteil für sich herauszuschlagen, sondern um Zeit mit Tamara und seiner Tochter. Nicht eine Minute davon wollte er ungenutzt verstreichen lassen. Der einzige Grund, warum er so oft wie möglich ins Krankenhaus kam, obwohl nur die Eltern eine Besuchsberechtigung hatten. *Eltern.* Er war schließlich Elternteil. Auch wenn kein Mensch das wissen durfte.

Die Stimmen von drinnen drangen nur gedämpft zu ihm hinaus. Michael bekam bloß mit, dass es sich um eine normale Visite handelte und nichts Außergewöhnliches vorgefallen war. Er entspannte sich ein wenig, als er das Lachen einer der Schwestern hörte, und lehnte sich gegen die Wand.

Keine zwei Minuten später wurde der Raum geöffnet und das Pflegeteam trat nach draußen. Auf dem Wagen, den die etwas fülligere Hilfsschwester vor sich herschob, balancierte ein Pappteller gekrönt mit drei Muffins. Verwundert sah Michael ihnen einen Moment lang nach, dann ging er endlich zu seinen beiden Lieblingsmenschen hinein.

»Die Pflegerinnen fahren Kuchen spazieren. Hast du das gesehen?«, teilte er nach einer langen Umarmung und einem liebevollen Streicheln über Lous Köpfchen seine Verblüffung. Seine Tochter sah ihn voller Neugier an und strampelte mit den Beinchen. Der Schnuller flog ihr aus dem Mund und sie fing an zu brabbeln. Ein Entwicklungsschritt, der ihn so sehr in den Bann zog, dass er kaum seinen Blick von ihr abwenden konnte.

»Ja, die Muffins habe ich mitgebracht«, erklärte Tamara.

»Du?« Verwundert wandte er sich ihr zu. »Wann hast du die denn gebacken? Ich dachte, du bist die ganze Zeit hier bei Lou?«

»Ich musste gestern Abend einmal raus. Tony ist schon ganz unleidlich, weil ich nie zu Hause bin, und Stefan auch.«

»Aha«, erwiderte er argwöhnisch. »Und Stefan war in der Zwischenzeit hier bei Lou?«

»Nein.« Sie schüttelte den Kopf und wich seinem Blick aus. »Lou ist allein hier gewesen und heute Morgen bin ich wieder hergekommen.«

»Du hast sie allein gelassen?«, fragte er und war selbst erschrocken über die Entrüstung in seinem Ton.

»Das musst du verstehen! Stefan ist mit den Nerven am Ende. Tony liegt ihm dauernd damit in den Ohren, dass er seine Mama vermisst. Nora ist gar nicht erst nach Hause gekommen. Es entgleitet ihm alles und ich muss mich nicht nur um Lou, sondern auch darum kümmern, dass für den Rest meiner Familie alles funktioniert.«

Die Worte bohrten sich wie Dolche in Michael. Ihm war bewusst, dass sie vollkommen recht hatte mit allem, was sie sagte. Doch seine persönliche Betroffenheit darüber, dass die Familie über Lou und ihn hinausging, beziehungsweise er gar nicht erst Teil davon war, ließ sich nicht verdrängen.

Stefan war es gewesen, der sie so weit gebracht hatte, Lou über Nacht allein hierzulassen. Er zwang Tamara dazu, sich zwischen Lou und dem Rest der Familie zu entscheiden. Was würde Tamara sagen, wenn er ihr von seinem Verdacht erzählte, dass Stefan oder Nora verantwortlich waren für die Anfälle? Würde sie dann immer noch am Weiterfunktionieren ihrer *Familie* festhalten? Die entsprechenden Sätze brannten schon Löcher auf seine Zunge, auf der sie sich wälzten. Aber er schluckte sie hinunter.

Erst brauchte er Beweise dafür, dass jemand versuchte, Lou aus dem Weg zu räumen. Auch wenn er mittlerweile der festen Überzeugung war, dass höchstwahrscheinlich Stefan das kerngesunde Mädchen sukzessive in den Tod schicken wollte, musste er das erst belegen. Ansonsten lief er Gefahr, dass Tamara sich von ihm abwandte. Damit verlor er nicht nur sie, sondern außerdem die Aussicht auf ein Leben mit ihr und den Zugang zu seiner Tochter, den sie ihm jetzt so bereitwillig und oft einräumte.

»Schon gut, ich verstehe«, lenkte er ein. »Ich stelle es mir nur so trostlos für Lou vor, hier allein im Krankenhaus zu sein. Die ganze Nacht«, gestand er.

»Ja. Es fiel mir sehr schwer, sie allein zu lassen.« Tamaras Augen glänzten. »Ich versuche wirklich, allem und jedem gerecht zu werden. Das scheint mir gerade nicht zu gelingen.«

»Ach Tami.« Michael legte seinen Arm um ihre Schulter und drückte sie aufmunternd. »Du bist eine wunderbare Mutter und ich bin sicher, dass Lou es verkraftet, eine Nacht allein zu bleiben. Tony braucht dich natürlich auch. Das ist doch vollkommen verständlich. Es ist wohl alles etwas viel zurzeit.«

»Sie ist hier gut aufgehoben«, verteidigte Tamara sich. »Die Pflegerinnen kümmern sich rührend um sie und ich habe mit den meisten hier schon fast so etwas wie eine Freundschaft geschlossen. Daher auch die Muffins. Wenn man so viel Zeit im Krankenhaus verbringt, dann lernt man die Abläufe und die Menschen gut kennen. Ich habe Lou in ihre Obhut gegeben, weil ich ihnen tatsächlich vertraue.«

»Du musst dich vor mir nicht rechtfertigen«, beschwichtigte Michael sie. »Gibt es denn schon etwas Neues? Könnt ihr bald nach Hause?«

Tamara atmete geräuschvoll aus. Ihre Miene wurde von einer Sekunde auf die andere starr. »Sie wollen uns vermutlich morgen nach Hause lassen.« Ihr Ton troff vor Verachtung.

»Aber das ist doch gut!«, sagte Michael. »Das bedeutet, dass die ganzen Untersuchungen unauffällige Ergebnisse geliefert haben.«

Er genoss die Erleichterung, die ihn flutete. In all den Wochen waren ihm viele Szenarien durch den Kopf geschossen, welche Krankheiten die Tests im Krankenhaus offenbaren könnten.

Er träumte von Gehirnscans, die Tumore so groß wie Golfbälle zeigten. Er sah frische Operationsnarben am kahlrasierten

Schädel seiner Tochter, die plötzlich aufplatzten und die Wände mit grauer Gehirnmasse sprenkelten. Manchmal waren es Millionen Larven, die sich in dem kleinen Körper vermehrten und ausbreiteten und ihr aus den Augenhöhlen krochen.

Keine Ergebnisse waren in diesem Fall gute Nachrichten. Tamara sah das anders. Sie wollte Gewissheit haben und Lou erst nach Hause bringen, wenn die Ursache für ihre Anfälle geklärt war.

»Vielleicht kann ich die Ärzte noch umstimmen«, sagte sie und hob Lou, die gerade anfing, sich in ihrem Bett zu langweilen, und entsprechend quengelte, auf ihren Arm. Ausnahmsweise hingen keine Schläuche und Kabel an ihr. Sie sah aus wie ein vollkommen fittes Mädchen, das bereit war, diese Welt für sich zu entdecken.

»Tu das nicht«, bat er sie leise. »Es wird ihr guttun, endlich wieder in ihrem eigenen Bettchen und in ihrem Zuhause zu schlafen.« Michael war bewusst, dass er Sensibilität und Verständnis walten lassen musste, um Tamara nicht zu kränken. Die Verantwortung gegenüber seiner Tochter ließ sich jedoch nicht ausblenden.

»Keiner versteht mich«, sagte Tamara voller Verzweiflung. Ihre Fingerspitzen strichen über Lous Wangen. »Alle wissen es besser. Die Ärzte, Stefan ... du. Niemand hört auf meinen Mutterinstinkt, der mir sagt, dass man sich um sie kümmern muss. Sie ist krank und die Ärzte wollen es nicht sehen.« Sie schniefte, bevor sie weitersprach. »Aber ich habe keine Wahl. Ich beuge mich der Meinung der Ärzte und werde die Entlassung nicht weiter hinauszögern. Die Zeit wird uns zeigen, ob das der richtige Weg ist.« Ihre Stimme klang jetzt zittrig. Sie gab den

Kampf, den sie gegen die Ärzte führte, um endlich herauszufinden, was Lou fehlte, auf.

Das bedeutete gleichzeitig, dass sie morgen wieder nach Hause gehen würden. Dahin, wo Stefan und Nora waren. Dahin, wo die Person, die Lou schadete, vollen Zugriff auf sie hatte und ihre Pläne weiterführen konnte. Durch Michael schoss eine Hitzewallung hindurch. Seine Tochter würde ihnen erneut ausgeliefert sein.

Dennoch war es schwer vorstellbar für ihn, dass Nora dazu imstande war, ihrer Schwester das anzutun. Stefan hatte nicht nur besseren Zugang zu Medikamenten, er erschien ihm in der Verwirklichung dieses Plans auch zielstrebiger als eine pubertierende Jugendliche.

Möglicherweise war es doch besser für alle, wenn Lou noch für ein paar Tage im Krankenhaus blieb. Zumindest bis er seinen Verdacht so weit gefestigt hatte, dass Tamara ihm glaubte, wenn er sie damit konfrontierte. Wie er das anstellen sollte, war ihm nicht klar. Aber er hatte eine leise Idee, wer ihm helfen könnte.

Doch vorher legte er seine Nase an Tamaras Hals und sog ihren Duft ein. Er vermisste die Nähe, die sie so oft genossen hatten.

»Du fehlst mir so wahnsinnig«, flüsterte er ihr ins Ohr. Sie seufzte auf und presste ihren immer dünner werdenden Körper an seinen.

»Und du mir. Ich kann dir gar nicht sagen, wie sehr. Auch wenn du vielleicht das Gefühl hast, ich würde dich oder uns vernachlässigen. Die ganze Zeit über, wenn ich an Lous Seite sitze oder liege und ihr dabei zusehe, wie sie atmet, führen mich meine Gedanken zu dir. In deine Arme, in meinen sicheren

Hafen. Mike …«, setzte sie an und machte eine kurze Pause. »Ich brauche dich. Und ich liebe dich. Bitte gib uns nicht auf.«

»Das werde ich auf keinen Fall, meine Schöne«, erwiderte er und drückte sie fest an seine Brust.

»Dein Herz erzählt mir gerade etwas«, meinte sie versonnen und er hörte das Lächeln, mit dem sie es sagte.

»Natürlich, es redet pausenlos nur von dir.«

Tamara kicherte und Michael genoss den Augenblick, der sich leichter anfühlte, als er war. In letzter Zeit erlaubte er sich zu selten, glückliche Momente anzunehmen.

Michael trat auf den Gang hinaus. Er dachte darüber nach, erst Rob zu besuchen und seine Meinung einzuholen, ob sein Plan überhaupt funktionieren könnte. Noch immer war er verwundert, dass er seinem Kollegen, der in seiner gesamten Zeit im Sender sein Konkurrent gewesen war, alles über sein Privatleben erzählt hatte.

Auf dem Weg zum Treppenhaus sah er sich um. Im Krankenhausflur herrschte reges Treiben. Geschirr schepperte. Eine Frau, deren Gesicht von einem Niqab bis auf die Augen vollständig bedeckt war, schob Essenstabletts in einen Wagen. Am Pflege-Checkpoint telefonierte eine Schwester lautstark und klatschte Kunststoffmappen auf die Theke.

Für einen Ort, an dem kleine Menschen sich erholen sollten, war es Michaels Empfinden nach zu laut und hektisch. Aus dem Augenwinkel sah er eine Frau aus einem der Krankenzimmer treten. Gestützt von ihrer Hand schlurfte ein Junge, etwa in Tonys Alter, aus der Tür. In seinem Gesicht sah Michael die Resignation und das Leid, das ihm in seinen wenigen Jahren auf der Erde wohl schon widerfahren war. Eine alte Seele, schoss es ihm durch den Kopf. Vielleicht waren es aber bloß die fehlenden Haare und Augenbrauen, die diesen Eindruck vermittelten. Ein Greis, gefangen im Körper eines Volksschulkindes.

Michael wandte sich ab. Er warf im Vorbeigehen einen Blick in den verglasten Raum hinter dem Schwesternstützpunkt. Doch der war leer. Wohin war die Ärztin verschwunden?

Langsam schlenderte er weiter, in der Hoffnung, sie auf dem Weg hinaus aus der Station anzutreffen. Aber er wurde enttäuscht.

Am Fahrstuhl drückte er den Rufknopf und überlegte. Mit dem Öffnen der Türen kam ihm eine Idee. Michael las die Schilder neben den Stockwerksziffern quer und blieb bei der Acht hängen. Er hatte gefunden, wonach er gesucht hatte. Ohne lange darüber nachzudenken, presste er seinen Daumen auf den entsprechenden Knopf, atmete tief durch und schloss für die kurze Dauer der Fahrt die Augen. Er war sich nicht sicher, ob das, was er machte, überhaupt Sinn ergab. Aber im Moment sah er keine andere Möglichkeit.

33

Auf der achten Etage verließ er den Aufzug. Der Treppenhausbereich sah haargenau gleich aus wie in dem Stockwerk, auf dem Lou untergebracht war. Bevor er sich umentscheiden konnte, stieß er die Tür zur Station auf. Drinnen sah hingegen alles komplett anders aus als in der Kinderabteilung. Hier hingen statt der Kinderzeichnungen und Fotos genesener Kinder, die in Dankeskarten steckten, große Landschaftsdrucke in vergoldeten Rahmen an der Wand. Unter einem jeden Motiv prangte ein hoffnungsvoller Vers oder eine religiöse Schriftstelle, die das Leben im Paradies zum Inhalt hatten. Michael schlug die morbide Art, wie einem hier die Vergänglichkeit auf dieser Welt vor Augen geführt wurde, augenblicklich auf den Magen.

Der Gedanke, der sich, seit er von Robs Diagnose wusste, ohnehin in Dauerschleife in sein Bewusstsein drängte, schrie in diesem Moment laut: *Jeder stirbt. Manche später, manche früher. Manche viel zu früh. Manche schon im Kindesalter. Niemand weiß, wann es einen trifft – und was noch schlimmer ist: Niemand kann es verhindern. Auch nicht beim eigenen Kind.*

Die feinen Gesichtszüge der kleinen Lou legten sich wie ein Schleier über die Angst, die ihn überkam. Ihr Lächeln, das hinter dem Schnuller hervorblitzte. Das großartige Gefühl, wenn sie sich in seinen Armen entspannte und in den Schlaf fiel. Diese Momente zeugten von dem unerschütterlichen Vertrauen, das sie in diese Welt und die Menschen rund um sie hatte. Wenn da nicht jemand dabei wäre, dem sie besser nicht vertrauen sollte, dachte Michael und sein Zorn kochte hoch. Er hatte die Pflicht, Lou zu beschützen.

Es musste einen Weg geben, um Stefan zu überführen. Denn das, was er sich nicht eingestand, war: Was, wenn er nichts mit den Anfällen seiner Tochter zu tun hatte? Dann schlummerte eine mysteriöse Krankheit in dem kleinen Körper des unschuldigen Kindes, die immer wieder wie aus dem Nichts auftauchte und sie in Lebensgefahr brachte. Und das war eine noch schlimmere Vorstellung, weil er absolut machtlos dagegen war. Dann würde er sich mit Tamara verbünden und sie darin bestärken, Lou so lange durchchecken zu lassen, bis das Ergebnis endlich einmal nicht ›ohne Befund‹ lautete.

»Entschuldigen Sie bitte!« Michael hielt eine der vorbeieilenden Krankenschwestern auf.

»Ja, bitte?«, fragte sie genervt, blieb aber stehen. Ihre Stirn glänzte.

»Ich suche Herrn Robert Eder. Können Sie mir bitte seine Zimmernummer sagen?« Es hörte sich komisch an, Robs vollen Namen auszusprechen. Er war kein Robert, sondern ein Rob. Was würde auf seinem Grabstein stehen?, fragte Michael sich im Stillen und reagierte mit einer Gänsehaut auf seinen Armen.

»Herr Eder ist nicht mehr bei uns.« Die Schwester schickte sich an, weiterzugehen, doch er hielt sie zurück.

»Er wurde entlassen?«, fragte er überrascht.

»Nein, er wurde verlegt. Palliativ, erster Stock.« Sie setzte sich wieder in Bewegung und diesmal ließ er sie ziehen.

Palliativ. Endstation.

Die Schwester eilte den Gang weiter entlang und verschwand hinter einer der Türen, die alle gleich aussahen.

Eine Welle der Müdigkeit spülte durch Michaels Körper. Am liebsten hätte er eine der wenigen Sitzflächen, die mit der Wand verschraubt waren, ausgeklappt und sich hingesetzt. Es waren Warteplätze für Besucher, wenn sie das Zimmer während der Visiten verließen. Jetzt drängten sie sich ihm als Platz zum Ausruhen auf. Bloß einen kurzen Moment die Augen schließen und damit alles ausblenden. Vielleicht sogar ein paar Minuten schlafen und zu Kräften kommen. Stattdessen setzten seine Beine sich in Richtung der Fahrstühle in Bewegung. Er musste zu Rob. Jetzt erst recht.

Es war womöglich eine der letzten Möglichkeiten, ihn zu sprechen. Und Michael erhoffte sich davon einen Rat, wie er auf die Ärzte in diesem Krankenhaus einwirken konnte. So viel Zeit, wie Rob hier verbracht hatte, schlug er ihm vielleicht eine Brücke zu einem Arzt, der Lou – entgegen jeder medizinischen Indikation – ein paar Tage länger hierbehielt. Sie durfte nicht nach Hause entlassen werden, bevor Michael nicht sicher war, dass ihr dort nichts zustoßen würde. Noch hatte er keinen blassen Schimmer, wie er Stefans Schuld belegen sollte. Er musste jetzt auf Zeit spielen.

Palliativ. Was löste es in einem aus, wenn man auf diese Station verlegt wurde? In den ersten Stock, näher an die Kühlfächer. Ein verkürzter Transportweg, damit die Leiche nicht durch das gesamte Gebäude chauffiert wurde.

Sein Kollege saß ausgemergelt und aschfahl vor ihm in dem gemütlich anmutenden Korbsessel im Aufenthaltsraum. Diese Station erinnerte Michael aufgrund der Individualität, die sie aufwies, an die Kinderstation, auf der Lou lag. Im Gang draußen hingen Kunstwerke, gemalt und gebastelt von den

Patienten, die sich – sofern sie dazu in der Lage waren – die Zeit bis zum Tod vertrieben. Sie wollten etwas hinterlassen, und wenn es nur ein mit Acrylfarben beschmiertes Zeichenpapier war.

Sobald man auf dieser Station angekommen war, hatte man wieder einen Anspruch auf Freundlichkeit und Sonderwünsche, wie als Kind. Am Anfang des Lebens hatte man einen Freibrief für vieles. Man durfte in die Windeln kacken, brüllen, bis seine Bedürfnisse gestillt wurden. Keiner erwartete, dass man sich länger als drei Minuten auf etwas konzentrierte oder seinen Egoismus unterdrückte. Schritt man auf das Ende zu, war es offenbar ähnlich.

»Du bist doch nicht etwa hier, um dich von mir zu verabschieden«, warf Rob ein. Das schelmische Grinsen erlosch in seinen Augen wie eine in den Schnee gesteckte Fackel.

»Dass sie dich hierher verlegt haben, bedeutet doch gar nichts. Du kommst bestimmt wieder raus.«

Das schmerzverzerrte Lachen blieb in Robs Kehle stecken und verwandelte sich in einen röchelnden Husten.

»Was sagen die Ärzte?«

»Weißt du, was ich gemacht habe, während die anderen hier die letzte Energie in ihre Verzweiflung stecken und den Kopf hängen lassen?«, fragte Rob ihn, ohne auf die Frage einzugehen.

Michael schüttelte den Kopf. Er knetete die schweißnassen Hände im Schoß und verdrängte den Geruch, der in den Wänden hing. Den Geruch nach Tod und Desinfektionsmittel.

»Ich habe mit meiner Anwältin zweiundzwanzig Schriftsätze aufgesetzt, die alles regeln, wenn ich ins Gras beiße. Nicht nur das Leben der Kinder habe ich bis ins letzte Detail geregelt, sogar mein Hund hat ausgesorgt. Erst heute habe ich das letzte

Papier unterschrieben. Sie hat die Mappe vollständig versiegelt und persönlich zum Notar getragen. Damit habe ich alles getan. Ich bin zufrieden.« Rob nickte bekräftigend. »Stell dir mal vor, ich hätte mich mit dem Porsche überschlagen und wäre im Fluss ersoffen. Meine Ex-Frau hätte sich alles unter den Nagel gerissen, die Kinder nach Spanien deportiert und den Hund hätte sie wahrscheinlich erschießen lassen. Aber so ... so hatte ich die Möglichkeit, alles zu regeln. Das ist ein gutes Gefühl, das kann ich dir sagen. Ich würde sogar so weit gehen zu behaupten, dass ich dankbar bin.«

Michael wusste nichts darauf zu sagen. Das Gespräch war ihm durch und durch zu makaber. Er sprach nicht gern über den Tod, schon gar nicht, wenn er unmittelbar bevorstand.

Ihm war – zumindest als Außenstehender – das abrupte Abtreten lieber als das Warten darauf. Als sein Vater gestorben war, standen alle unter Schock. Aber der Schmerz davor war ausgeblieben. Seine Großmutter hingegen hatte das Sterben für ihn von einem plötzlichen Ereignis zu einem langwierigen Prozess gemacht.

Er schämte sich für seine Gedanken, als er Marlene bewusstlos in der Badewanne gefunden hatte: *Wenn sie sowieso stirbt, dann ist es hoffentlich ganz schnell vorbei.*

Die Mienen der Rettungssanitäter, die sie abgeholt hatten, waren derart hoffnungslos gewesen, dass er der Meinung war, sie würde den Weg ins Krankenhaus nicht überleben. Und da war dieser Lichtstrahl in seinem vernebelten Gehirn, dass es so für alle besser wäre, als wenn sie für Wochen oder gar Monate im Koma liegen würde, ohne große Hoffnung, dass sie jemals wieder aufwachte.

Die Unmenge an Tabletten, die sie geschluckt hatte, bevor sie in die Badewanne stieg, waren laut Aussagen der Rettungskräfte weniger problematisch als die große Unbekannte, wie lange sie unter Wasser gewesen war, bevor Michael sie herauszog. Er hatte sich selbst dafür verurteilt, dass er seiner eigenen Schwester den Tod gewünscht hatte, nur damit ihm ein langer, kräfteraubender Abschied erspart blieb.

Die Ärzte hatten sie nach wenigen Tagen aus dem künstlichen Tiefschlaf geholt, im Zuge dessen sie sich offenbar erholt hatte. Marlene hatte keine bleibenden Schäden am Gehirn erlitten, wie zuerst befürchtet. Im Gegenteil. Sie spazierte eine Woche nach ihrer Einlieferung aus dem Krankenhaus und führte ihr zerstörerisches Leben weiter, als wäre nichts gewesen. Auf Michaels Frage, warum sie versucht hatte, sich umzubringen, schwieg sie bis heute beharrlich. Zuweilen stellte er die Vermutung an, dass sie es selbst nicht wusste. Oder dass das alles nur ein großes Missverständnis war und sie ihr Leben gar nicht beenden wollte.

Die Ungewissheit war hart. Aber in der Realität gab es nun mal nicht immer auf alles eine Antwort, wie in Filmen oder Büchern. Erzählte Geschichten mussten bis ins letzte Detail und nach den Regeln der Logik aufgelöst werden, sonst warf man dem Regisseur oder dem Autor Schlampigkeit, wenn nicht sogar Faulheit vor. Die Wirklichkeit war der Inbegriff der Faulheit und der Schlampigkeit. Sie ließ etwas offen, wenn ihr danach war. Miese Rezensionen konnte man maximal ans Universum schreiben, oder bei Gott abgeben, sofern man gläubig war.

»Alles gut?«, riss ihn Rob aus den Gedanken. Michael schüttelte sich bei der Redewendung, die so inflationär verwendet wurde, dass einem schlecht werden konnte. Andererseits gab es kaum eine passendere Gelegenheit, diese endlich einmal selbst zu verwenden.

»Ja, alles gut«, erwiderte er, stand auf und setzte ein weiteres »Alles gut« nach, während sich in seinem Kopf die Gedanken überschlugen. Nichts war gut. Alles gut. Nichts würde gut werden. *Alles gut.*

»Alles gut«, wiederholte er ein drittes Mal, klopfte Rob auf die Schulter, die in ein paar Tagen oder Wochen kalt, fleischig, leblos sein würde.

»Ich wünsche es dir«, sagte Rob mit einem wissenden Lächeln auf den Lippen. Er fragte nicht nach dem Grund, weshalb Michael ihn besucht hatte. Und Michael hätte gar keine Antwort mehr darauf gehabt. Was hatte er sich von dem Besuch bei einem Sterbenden erwartet? Gekommen war er wegen Lou. Aber stimmte das denn? War es vielleicht eher Versöhnung, wonach er suchte, nach dem jahrelangen Hahnenkampf, den sie geführt hatten? Absolution für alle Menschen, denen die Erleuchtung, die Rob erfahren hatte, noch nicht zuteilgeworden war?

»Auf Wiedersehen«, murmelte Michael. Er konnte Rob dabei nicht in die Augen sehen. Die Angst, er würde sich dabei das Bild des auf das Sterben wartenden Mannes einprägen, siegte über seine Manieren. Noch war die Erinnerung, die schon jetzt einsetzte, obwohl er noch gar nicht tot war, eine Sammlung zahlreicher Momentaufnahmen. Diese würden von diesem letzten Aufeinanderprallen ihrer beiden Blicke für immer überlagert werden.

Michael wandte sich schnell ab und schlich durch die Tür. Michaels Hände waren schweißnass. Er wischte sie an seinen

Hosenbeinen ab, stürzte zum Fahrstuhl und fuhr den Weg zurück hoch auf die Kinderstation.

»Ich muss mit Frau Doktor Lissner sprechen«, platzte er zwischen zwei Telefongespräche, die die Schwester hinter dem Informationsschalter führte.

»Einen Augenblick –«

»Nein, ich kann nicht warten. Bitte sagen Sie mir, wo ich sie finde«, unterbrach er die Bemühung. Die Frau musterte ihn kurz. Sie schien sich zu fragen, ob er ein Verrückter war, der der Ärztin etwas antun wollte, kam aber offenbar entweder zu dem Schluss, dass er nichts dergleichen vorhatte, oder es war ihr schlichtweg egal.

»Sie ist im Büro«, sagte sie und deutete mit dem Kopf an das Ende des Flurs in entgegengesetzter Richtung zu Lous Behandlungszimmer. Ein Glück, denn so war die Gefahr, dass Tamara ihn sah, geringer.

Michael hatte sich vorneweg eine Ausrede zurechtgelegt, falls sie sich über den Weg liefen. Er würde ihr sagen, dass er seine beiden Lieblinge vermisste und sich nicht trennen konnte. Dass er noch einmal Lous Kopf streicheln und Tamaras Mund küssen wollte, bevor er nach Hause fuhr. Dennoch hoffte er, dass es nicht so weit kommen würde. Denn das würde seine Pläne, mit der Ärztin zu reden, durchkreuzen.

Michael klopfte gegen die Tür, auf der ein schlichtes Schild mit der Aufschrift ›Büro‹ klebte, und wartete. Nichts rührte sich. Enttäuschung überkam ihn, doch als er dabei war, sich umzudrehen und wieder zum Pflegepoint zu stapfen, hörte er von drinnen das Geräusch von über den Boden scharrenden Stuhlbeinen.

Er versuchte ein erneutes Klopfen, diesmal mit mehr Nachdruck. Vielleicht hatte sie ihn vorhin nicht gehört.

»Moment!«, klang es zu ihm heraus. Ungeduld und Strenge lagen im Ton. Michael straffte seine Schultern und trat automatisch einen Schritt nach hinten. Dann wartete er. Es verstrichen Minuten, bis sich die Türklinke, die er in der Zwischenzeit hypnotisiert hatte, nach unten bewegte. Zwischen Türblatt und Rahmen entstand ein schmaler Spalt und Michael hörte, dass die Ärztin nicht allein, sondern in einem Gespräch war. Schlagartig wurde ihm klar, mit wem sie sich unterhielt.

34

Er erkannte Tamaras Stimme und ein Schrecken fuhr ihm durch die Glieder. Weglaufen? Stehen bleiben? Wie sollte er seine Anwesenheit vor dem Büro der Ärztin erklären?

»Michael!« Tamara trat aus dem Zimmer und hielt überrascht inne. »Was machst du denn hier?« Ihr Gesicht wies deutliche Spuren einer tränenreichen Unterhaltung auf.

»Ist etwas mit Lou?«, fragte Michael und sah bestürzt von seiner Freundin zur Ärztin, die Tamara sanft an den Schultern herausschob.

»Es ist alles in Ordnung mit Lou«, mischte sich Frau Doktor Lissner ein und war dabei, die Tür zu schließen, doch ihr Blick verfing sich zum Glück in Michaels. Aus ihrem Gesicht las er ab, dass sie begriffen hatte, dass er nicht nach Tamara, sondern nach ihr gesucht hatte. Sie deutete ein Nicken an, das er als Einverständnis verstand, später erneut zu ihr zu kommen. Dann schloss sie die Tür endgültig.

»Warum bist du noch hier, Mike?«, ließ Tamara nicht locker und schniefte geräuschvoll.

»Ich ...«, stotterte Michael. Es fiel ihm schwer, sie anzulügen, doch er musste es für seine Tochter tun. Er sah ein, dass er keine andere Wahl hatte. »Also ... ich war schon auf dem Weg zum Auto und ich hatte plötzlich das Gefühl, dass ich dich nicht loslassen kann. Du fehlst mir, verstehst du?«

Tamara nickte, war aber sichtlich skeptisch.

Schnell sprach er weiter. »Die Krankenschwester hat dich hier hereingehen sehen und mir gesagt, wo ich dich finden kann.« Er zeigte auf die Bürotür der Ärztin. »Ich wollte dich noch einmal kurz sehen und außerdem fragen, ob du heute Abend vielleicht auch vorhast, wieder rauszukommen aus dem Krankenhaus. Ich hole dich ab und wir könnten bei mir zu Hause etwas essen. Danach bringe ich dich wieder zurück. Du kannst aber auch bei mir übernachten.« Er redete schnell und ohne nachzudenken.

Natürlich war es ihm nicht recht, wenn Lou allein im Krankenhaus schlief. Aber das erschien ihm sicherer als die Alternative. Nämlich, dass sie entlassen und in Stefans Zugriffsbereich gebracht wurde.

»Ich weiß nicht …« Tamara überlegte einen Moment und schüttelte dann den Kopf. »Es tut mir leid, ich kann mir jetzt gerade keine Gedanken darüber machen. Die Ärzte wollen Lou morgen entlassen.«

»Also tatsächlich morgen?« Michael versuchte, die Panik zu unterdrücken.

»Ja. Sie halten sie für kerngesund. Und sie können nichts mehr tun.« Die Wut überlagerte ihren traurigen Ausdruck. »Das alles ist doch ein Witz, oder?«, polterte sie los. »Sie denken, sie kennen mein Kind besser als ich. Ich weiß, dass sie krank ist. Sie braucht Pflege, sie braucht medizinische Hilfe, sie braucht *mich.*«

»Natürlich braucht sie dich«, bestätigte Michael und streichelte beruhigend über ihren Rücken. Noch immer standen sie vor dem Büro der Ärztin. Vorsichtig setzte er sich in Bewegung, um Tamara zurück in Lous Zimmer zu bringen. »Sie braucht dich, weil du die beste Mama der Welt bist. Dabei ist es egal, ob ihr im Krankenhaus seid oder zu Hause.«

Tamara verfiel in ein zorniges Schweigen. Am liebsten hätte Michael ihr gesagt, dass er es auch nicht guthieß, wenn Lou entlassen wurde. Aber Tamara war ohnehin schon so aufgewühlt. Das musste er selbst erst mit der Ärztin klären.

Zwanzig Minuten später stand Michael wieder vor dem Büro von Frau Doktor Lissner und atmete tief durch. Er warf einen Kontrollblick zur Tür von Lous Krankenzimmer, doch die war nach seiner Verabschiedung geschlossen geblieben.

Er räusperte sich und klopfte wieder gegen die Tür.

»Herein«, erklang es prompt von drinnen. Freundlicher diesmal.

»Ah, Herr …«

»Thaler.«

»Kommen Sie herein, Herr Thaler!«

Michael trat rasch ins Büro und schloss die Tür hinter sich.

»Setzen Sie sich.« Die Ärztin deutete auf den hölzernen Stuhl vor ihrem Schreibtisch.

»Danke.« Er setzte sich und ließ den Blick durch den tristen Raum schweifen. Er sah Kellerregale mit Medizinbüchern und Patientenakten, einen alten Computer auf dem Tisch, einen Infusionsständer, auf dem ein Stethoskop und ein weißer Mantel hingen. Das Fenster war durch einen vergilbten Vorhang verdeckt und die Lichtbahnen an der Decke flackerten leicht.

Es schien ihm unmöglich, hier länger als eine Stunde konzentriert zu arbeiten. Aber es war auch nicht die vorrangige Tätigkeit von Ärzten, sich hinter Bildschirmen zu verkriechen, und sie hatten entsprechend niedrige Ansprüche an die Ausstattung ihres Büros.

»Sie schienen ein dringendes Anliegen zu haben, Herr Thaler. Was kann ich für Sie tun?«, unterbrach Frau Doktor Lissner seine Beschau.

»Ähm … ja«, stotterte er. »Ich wollte mit Ihnen über Lou sprechen.«

»Das dachte ich mir schon«, merkte sie an. »Aber wenn ich richtig informiert bin, sind Sie ein Freund der Familie. Ich darf Ihnen also überhaupt keine Auskunft geben, was die Patientin betrifft.«

»Das verstehe ich«, druckste Michael herum und sah ein, dass er sich das Gespräch leichter vorgestellt hatte. Die Ärztin hielt sich an ihre Verschwiegenheitspflicht. Er musste ihr gegenüber ehrlich sein und ihr von seinem Verdacht erzählen. Ihm wurde gleichzeitig heiß und kalt. Schließlich war er drauf und dran, seinen Freund zu verraten. Schlimm genug, dass er in seine Frau verliebt war.

Wenn er das aussprach, was ihm im Kopf herumgeisterte, würde er ihn einer Straftat bezichtigen. Michael hatte keine Beweise dafür, dass Stefan etwas mit Lous Zustand zu tun hatte. Allein aufgrund eines Gefühls traf er eine Entscheidung, die seinen Freund als Gefährder seines eigenen Kindes dastehen ließen.

»Dann wüsste ich nicht, wie ich Ihnen weiterhelfen kann«, holte ihn die Ärztin ins Jetzt zurück. Demonstrativ wandte sie sich dem Bildschirm zu und klickte mit der Maus.

»Lassen Sie Lou noch ein paar Tage hier«, flehte er und suchte ihren Blick.

»Wie bitte?«

»Ich ersuche Sie, mir noch ein paar Tage Zeit zu geben. Lou darf noch nicht zurück nach Hause. Ich muss davor noch etwas herausfinden.« Auch wenn er sich sicher war, dass dafür ein paar Tage nicht reichten. Es war zumindest einen Versuch wert und er hoffte, dass er bis zu Lous Entlassung einen Einfall hatte. Er oder seine Freunde. Er würde alle Köpfe rund um ihn aktivieren. Wenn ihn das nicht weiterbrachte, konnte er immer noch direkt mit Tamara sprechen. Aber das war sein absoluter Notfallplan.

»Herr Thaler«, sagte Frau Doktor Lissner und sah ihn dabei an, als wäre er ein Verrückter. »Wir sind hier in einem Krankenhaus. Wir behandeln kranke Menschen ... Menschen, die unsere Hilfe benötigen, um wieder gesund zu werden. Auch wenn ich damit schon gegen meine Schweigepflicht verstoße, verrate ich Ihnen hiermit, dass wir alles getan haben, um Lous Gesundheitszustand abzuklären, und dabei sind wir nun an unseren Grenzen angelangt. Es macht keinen Unterschied, ob sie hier im Krankenhaus ist oder in ihrem normalen, familiären Umfeld zu Hause. Das hat auf ihr Wohlbefinden keinen Einfluss. Verstehen Sie? Daher ist es nötig und richtig, dass die Patientin nicht länger als solche angesehen wird. Lou darf morgen nach Hause und glauben Sie mir, es ist längst an der Zeit.«

In ihrem letzten Satz schwang Unmut mit. Der rührte gewiss daher, dass die Beradis all ihren Einfluss hatten spielen lassen, um für Lou eine Untersuchung nach der anderen zu veranlassen. Er konnte sich vorstellen, wie stressig die Situation auf kleine Kinder wirkte, wenn sie in verschiedene Geräte geschoben wurden, unterschiedliche Fremde sich ihnen näherten, sie abtasteten, mit Lichtern in ihre Augen leuchteten.

Es musste beängstigend sein, denn Lou war in einem Alter, in dem sie nicht verstand, was rund um sie vor sich ging. Die Ärztin hatte, obgleich ihres emotionslosen Blickes und der kühlen Worte, bestimmt Mitleid mit der Kleinen.

»Ich weiß. Und ich kann Ihnen nur sagen, dass ich das sehr gut verstehe. Auch ich wünsche mir nichts mehr für Lou, als dass sie endlich unbeschwert nach Hause kann und ein ganz normales Baby sein darf«, beeilte Michael sich zu sagen. »Aber Sie müssen mir vertrauen. Es wäre besser, wenn sie noch ein paar Tage hierbleiben könnte. Bitte.«

»Ihnen vertrauen?« Die Ärztin lehnte sich gegen die Schreibtischkante. »Sie kommen hier herein und verlangen von mir, dass ich ein gesundes Baby im Krankenhaus behalte, weil ... warum eigentlich?«

»Das kann ich Ihnen nicht im Detail erklären. Aber es ist wichtig. Glauben Sie mir«, bettelte Michael und hatte die Hoffnung, dass er zu ihr durchgedrungen war.

»Tut mir leid, Herr Thaler. Ich kann Ihnen nicht weiterhelfen. Das alles scheint mir mehr als sonderbar und ich erwäge, Frau Beradi von Ihrem Besuch hier in meinem Büro zu informieren. Was denken Sie sich dabei, sich in diese Angelegenheit so nachdrücklich einzumischen?«

Sehr gut, dachte Michael, ich habe ihre Neugierde geweckt, sonst würde sie sich längst nicht mehr mit mir unterhalten. Er musste ihr nur ein paar Bröckchen hinwerfen, dann würde sie zustimmen.

»Ich bin besorgt um Lou, weil ich den Verdacht habe, dass die Anfälle mutwillig herbeigeführt werden«, gestand er und beobachtete die Ärztin genau.

Ihre Miene wurde starr. »Von wem? Eltern, Geschwister? Jemand zu Hause …?«

»Das möchte ich nicht –«

»Von wem?«, unterbrach sie ihn.

»Von ihrem Vater, denke ich«, gab Michael zu und schloss die Augen. Er hatte es ausgesprochen und er konnte es nicht mehr zurücknehmen. Nora hatte er absichtlich nicht als seine zweite Verdächtige genannt. Die Ärztin würde ihn ansonsten für einen Geisteskranken halten, der in jedem Menschen einen potenziellen Mörder witterte.

Frau Doktor Lissner ließ sich gegen die Rückenlehne ihres Bürostuhls sinken und atmete geräuschvoll ein. Man sah ihr an, wie sie sich Stefan Beradis Gestalt vor das geistige Auge zog und innerlich abwog, ob Michael recht haben könnte.

»Geben Sie mir drei Tage«, flüsterte er. »Dann weiß ich mehr.«

»Es tut mir leid«, sagte sie nach einem kurzen Schweigen. »Ich kann Ihnen nicht helfen. Selbst wenn sich Ihr Verdacht trotz meiner Zweifel bestätigt, kann ich auf Basis meines Wissens als behandelnde Ärztin nicht entscheiden, dass Lou weiterhin hierbleibt. Wenn ich Ihnen einen Rat geben darf?«

Michael nickte, als ihm klar wurde, dass das keine rhetorische Frage war. Er schätzte das, denn ansonsten konnten die Menschen es nicht eilig genug damit haben, in ihren Augen erlesene, aber ungewollte Ratschläge zu verteilen.

»Überlegen Sie gut, ob Lous Vater wirklich dazu fähig sein könnte, sein eigenes Kind zu schädigen. Und wenn Sie diese Frage für sich mit Ja beantworten, dann sprechen Sie mit der Mutter. Das, was Sie behaupten, ist keine Kleinigkeit. Ich wünsche Ihnen aufrichtig alles Gute.« Sie stand auf und zwang ihn damit, sich selbst zu erheben. Wie ferngesteuert verließ er das Büro, die Station, das Krankenhaus.

35

»Wie lange dauert es noch?« Marlene rutschte aufgeregt auf dem Beifahrersitz hin und her. Michael grinste in sich hinein. Er sah seiner Schwester die Vorfreude an und klopfte sich wieder anerkennend auf die Schulter. Dieses Geburtstagsgeschenk war eine ausgezeichnete Idee gewesen. Was für ein grandioser Einfall von Anni.

Seine Gedanken schweiften ab, hin zu seiner Ex-Freundin, die eben dabei war, ihre Koffer zu packen und die Wohnung aufzulösen. Konnte er sie, wenn er sich anstrengte, davon überzeugen, hierzubleiben?

Er hatte keine Ahnung, wieso, aber er würde sie vermissen. Sein Herz schlug nur für Tamara und dennoch hatte er das Gefühl, dass er sich bei Anni eine Art Hintertür offen gehalten hatte. In den dunkelsten Momenten, in denen die Liebe zu Tamara ihm so aussichtslos wie ein Sechser im Lotto erschien, war der Gedanke an Anni und ihn – wie sie gemeinsam durch die Stadt schlenderten und Sushi in sich hineinschaufelten – ein Hoffnungsschimmer.

»Wir sind gleich da«, sagte Michael. Das Navi zeigte eine Restzeit von wenigen Minuten an. »Hast du schon den Plan bekommen?« Er hatte auf der Website des Hotels gelesen, dass man nach der Buchung des Aufenthalts einen individuellen Behandlungsplan per Mail zugeschickt bekam. So hatte man

Zeit, sich auf das Programm einzustellen und die Freizeit rundherum mit eigenen Aktivitäten zu füllen.

Zur Verfügung stand ein buntes Angebot, damit einem nicht langweilig wurde. Wobei die Langeweile ja an sich gar nichts Schlechtes war, wie man betonte. Der Weg dahin, bis man sie genoss, war allerdings lang und meist reichte ein einziger Aufenthalt in dem Wellnesstempel nicht aus, um ausreichend innere Ruhe zu sammeln.

»Ja«, antwortete Marlene und kramte aufgeregt in ihrer Handtasche herum. »Also ... ich dürfte seit zehn Minuten einchecken«, sagte sie und warf ihm einen strengen Blick zu. Obwohl er sich auf den Verkehr konzentrierte, hörte Michael den Vorwurf heraus. Er lächelte und sie las weiter von einem bedruckten Blatt Papier ab. »Während mein Gepäck in meine Suite gebracht wird, nehme ich meinen Begrüßungsdrink an der Hotelbar. Gleich danach gibt es einen leichten Snack und um sechzehn Uhr habe ich bereits meinen ersten Termin.«

»Und was ist das für ein Termin? Massage, Gesichtsbehandlung? Geführter Saunagang?«

»Da findet das Einführungsgespräch mit meinem Personal Coach statt.«

Reflexartig schlossen sich Michaels Finger fester um das Lenkrad.

»Da vorne, da ist es«, sagte er, als sich der moderne Gebäudekomplex in ihr Sichtfeld schob.

Michael lud Marlenes Gepäck auf den Kofferwagen, umarmte sie und wünschte ihr einen angenehmen Aufenthalt. Dann setzte er sich in den Wagen und fuhr die Strecke zurück in die Stadt. Er hatte bis etwa siebzehn Uhr Zeit, da würde seine Schwester anrufen.

Zu Hause überlegte er, Tamara eine Nachricht zu schreiben. Sie und Lou müssten heute Vormittag entlassen worden sein. Er hatte damit gerechnet, dass er etwas von ihnen hören würde. Sie hatte sich auch gestern Abend nicht mehr gemeldet, obwohl sie ihm Bescheid geben wollte, ob sie bei ihm vorbeischaute. Doch er hatte nach seinem Besuch im Krankenhaus überhaupt keinen Kontakt mehr zu Tamara gehabt und langsam wurde er nervös.

Planlos wischte er auf dem Telefon herum, öffnete den Chat mit Tamara, schloss ihn wieder, las die Schlagzeilen im Newsticker, wählte einen Fußballbericht aus, überflog den Text, ohne dass der Inhalt bei ihm ankam. Er seufzte und sah aus dem Fenster. Dann öffnete er die Kontaktliste und wählte Stefans Nummer.

Dessen Ruhe, mit der er von den jüngsten Vorfällen im Krankenhaus berichtete, könnte auf eine intensive Form der Resignation oder zurückgedrängte Verzweiflung hindeuten. Das wäre nicht verwunderlich, angesichts der Dramatik, die sich in den späten Abendstunden und in der Nacht abgespielt hatte. Aber gepaart mit Michaels Vorahnung ergaben Stefans Ausführungen, die er mit Stoizismus und Präzision vortrug, ein immer klareres Gesamtbild.

Michael musste bei Stefans Bericht am Telefon mehrmals hart schlucken. Seine Beine zitterten beim Zuhören und er war unfähig, etwas zu sagen. Also ließ er ihn reden.

Als Stefan im Krankenhaus angekommen war, um Lou zu besuchen und seine Frau eine Zeit lang freizuspielen, schlief die Kleine bereits. Er traf eine aufgelöste Tamara an, die sich nicht erklären konnte, warum man ein krankes Kind nach Hause schickte. Er versprach ihr, neben Lou zu wachen, bis sie wieder da war. Tamara wollte kurz heim und nach dem Rechten sehen, kurz duschen, sich mit Nora unterhalten und Tony einen Gutenachtkuss geben. Außerdem hatte sie vor, Lous Bettchen frisch zu beziehen, da die Entlassung in greifbare Nähe gerückt war.

Als sie nach etwa zwei Stunden wieder ins Krankenhaus kam, schlief Lou immer noch tief und fest. Stefan hatte die ganze Zeit über seine Mails abgearbeitet und kämpfte beim Heimfahren gegen die Müdigkeit an, die ihm aufgrund des Sitzens in dem abgedunkelten Krankenzimmer in den Knochen saß. Zu Hause angekommen lag Tony im Bett und Nora saß vor dem Fernseher. Er selbst ging sofort ins Schlafzimmer. Er war seiner Erzählung nach aus dem Tiefschlaf gerissen worden, als plötzlich sein Handy klingelte und die Stationsärztin ihm mitteilte, dass Lou medizinisch versorgt wurde, da sich ihr Zustand dramatisch verschlechtert hatte.

Sie hatte gegen ein Uhr nachts heftiges Fieber bekommen und war von der Nachtschwester mit Schüttelfrost und Schreikrämpfen persönlich in die Notaufnahme gebracht worden. Dort hatte man festgestellt, dass sich der intravenöse Zugang, der ihr bei ihrer Ankunft im Krankenhaus gelegt worden war, um sie mit Flüssigkeit zu versorgen, und der erst am Entlassungstag entfernt werden sollte, entzündet hatte. Der kleine Körper reagierte mit hohem Fieber und Schmerzen. Wie es zu einer Verunreinigung des Kanals gekommen war, war den Medizinern unerklärlich.

Den Medizinern. Nicht Michael. Er musste seine gesamten Kräfte aufbringen, um Stefan nicht anzubrüllen. Für ihn bestand kein Zweifel, dass er derjenige war, der sich an Lous Zugang zu schaffen gemacht hatte. Und er wollte sich gar nicht erst vorstellen, wie er das angestellt hatte.

Bei dem Gedanken, dass er im Anschluss daran seelenruhig nach Hause gefahren war und sich in sein Bett gelegt hatte, musste Michael die Übelkeit unterdrücken. Was für ein Ungeheuer versteckte sich in diesem Menschen, dass er einem kleinen unschuldigen Kind solche Qualen antat, nur weil er es nicht in seinem Leben haben wollte? Weil er lieber den Lebensabend genießen wollte, mit seiner sexy Frau an seiner Seite an einer karibischen Poolbar sitzend und sich die Sonne auf den Bauch scheinen lassend.

Wenigstens ließ sich Nora damit endgültig von seiner Liste der Verdachtspersonen streichen. Sie war nicht einmal in die Nähe des Krankenhauses gekommen. Zumindest hatte keiner etwas davon gesagt.

Er konnte sich nicht daran erinnern, wie er das Gespräch beendet hatte. Ob er sich überhaupt von Stefan verabschiedet hatte. Er saß auf der Kante des Sofas und starrte durch einen dunkelroten Zornesvorhang. Es galt, den Wutschaum, der sich in seinem Mund sammelte, hinunterzuschlucken. Erst dann konnte er mit Tamara sprechen.

Michael musste sich dringend mit ihr in Verbindung setzen und er hoffte, dass er sie auf dem Handy erreichte. Ihr war mit Sicherheit auch nicht entgangen, dass sich Lous Zustand verschlechterte, wenn Stefan in der Nähe war. Selbst für sie musste das mittlerweile auf der Hand liegen.

Die Ärztin, die Stefan kontaktiert hatte, war dieselbe, mit der Michael sich unterhalten hatte. Sie würde ihm endlich glauben und die nötigen Schritte einleiten, damit Stefan nie wieder in die Nähe seiner, Michaels, Tochter kam.

Derart mit dem Leben eines Kindes zu spielen, nur weil es unbequem und nicht gewünscht war, war an Widerwärtigkeit nicht zu übertreffen. Dazu kam, dass Michaels Vaterherz ausblutete, wie ein geschächtetes Lamm, und der Schmerz kaum zu ertragen war.

Er sprang vom Sofa und tigerte im Wohnzimmer auf und ab. Der Drang, sich zu übergeben, sandte Hitzestöße durch seinen Körper. Er brauchte einen klaren Kopf, fuhr sich durch die Haare, die er immer noch nicht hatte schneiden lassen. Er roch seinen eigenen Schweiß und spürte das Aufwallen in sich.

Das Vibrieren seines Telefons, das auf dem Wohnzimmertisch lag, lenkte seinen Blick auf die Wanduhr. Das war mit Sicherheit seine Schwester. Mit ihrem Anruf hatte er zu dieser Zeit gerechnet. Er musste ihn annehmen, auch wenn ihm nicht der Kopf danach stand.

Michael angelte nach dem Telefon und stellte fest, dass nicht Marlene anrief. Er seufzte kurz auf, dann nahm er den Anruf entgegen. Gregor fackelte nicht lange, sondern redete sofort drauflos.

»Da hast du dir ja etwas ganz Feines ausgedacht, hmm? Mike, eins sag ich dir. Wenn sie mir wieder ins Herz scheißt, dann fackle ich deine Bude ab! Du wusstest ganz genau, dass ich hier den Personal Coach mache in diesem Schickimicki-Tempel, und hast nichts Besseres zu tun, als Marlene zu mir zu schicken. Was denkst du dir denn eigentlich dabei? Ich hab Wochen – nein, was sag ich – Moooonate gebraucht, um über sie hinwegzukommen! Zumindest so weit, dass ich wieder schlafen kann und nicht die ganze Nacht durchheule wie ein verdammtes Baby. Also – ich frage dich, mein *Freund* – warum? Warum machst du das?«

Michael amüsierte sich über Gregors Schimpftirade. Auf der anderen Seite beschlich ihn das Gefühl, dass er einen Fehler gemacht hatte, als er Marlene absichtlich in das Hotel geschickt hatte, in dem Gregor seit Kurzem einen lukrativen Nebenjob zu seiner Kampfschule hatte.

»Glaubst du mir, wenn ich dir sage, dass ich nicht daran gedacht habe, als ich ihr den Aufenthalt im Feel-Gut zum Geburtstag geschenkt habe?«, versuchte er sich herauszuwinden. Er hatte kein Glück damit.

»Nicht einmal ansatzweise! Du hast das eiskalt berechnet! Du hast eine Ich-rette-meine-Schwester-Mission gestartet und mich voll mit reingezogen. Und weißt du, was das Schlimmste ist? Sie spaziert nichtsahnend in meine Einführungsstunde und ich bin verloren. Verstehst du das? Marlene ist meine gottverdammte Traumfrau! Ich werde nie wieder eine andere lieben können, weil sie so scheißperfekt ist.« Gregors eigentümliche Art, seine Gefühle zu erklären, war wie ein Heilmittel für Michael.

Er konnte seine Worte nachempfinden. Schließlich war er heillos verliebt in Tamara, sodass er kein Zu-Schwierig und kein Unmöglich sah, wenn es darum ging zu kämpfen. Wie gern hätte er seinem Freund versprochen, dass er und Marlene wieder zueinanderfanden. Doch es lag allein an seiner Schwester, ihr Leben zu gestalten.

Er hatte bloß die Möglichkeit, Wege aufzuzeigen, von der Beifahrerseite ein bisschen ins Lenkrad zu greifen, doch am Steuer saß sie. Er musste behutsam sein, sonst würde sie ihn an der nächsten Ecke aussteigen lassen. Sein Vorstoß, sie wieder mit Gregor in einen Raum zu bringen, war gewagt genug gewesen. Eigentlich hatte er damit gerechnet, dass *sie* ihn um diese Zeit anrufen und schimpfen würde, weil er sich einmischte.

Da hatte er sich getäuscht. Denn während er mit Gregor über den Lautsprecher telefonierte, sah er eine Nachricht von Marlene im Chat, die aus einem lachenden Smiley und einem Teufelchen bestand. In der zweiten schrieb sie: ›Geschickt eingefädelt, mein lieber Bruder.‹

Michael schmunzelte in sich hinein. Die Erleichterung darüber, dass Marlene den kleinen Trick nicht zum Anlass nahm, um ihn direkt wieder auszuschließen, war enorm.

»Hör mal, Gregor. Ich denke, sie hat wirklich vor, ihr Leben zu ändern. Was wäre ich für ein Bruder, wenn ich nicht das Beste für sie möchte und ihr nicht dabei helfen würde? Ich kann dir weder versprechen, dass ihr beide wieder ein Paar werdet, noch dass sie dir nie wieder wehtut. Aber ich wünsche mir nichts mehr, als dass ihr beide glücklich werdet. Gemeinsam oder jeder für sich.«

Gregor schwieg, also setzte Michael nach: »Es tut mir leid, dass ich dich da mit reingezogen habe. Du –«

»Schon gut«, unterbrach ihn sein Freund. »Ich werde mir den Arsch aufreißen, um diese Frau zurückzuerobern. Marlene ist … Sie gehört einfach zu mir, verstehst du?«

»Ja«, bestätigte er, auch wenn er sich nicht sicher war, ob das stimmte. Er wünschte sich, dass Gregor recht hatte. Nicht umsonst war er seit vielen Jahren sein Freund. Er war einer von den Guten und genau so einen Mann sah er an der Seite seiner Schwester.

Als die beiden noch ein Paar gewesen waren, hatte Michael sie beneidet und er hatte nahezu so was wie Liebeskummer, als Marlene die Beziehung gegen die Wand gefahren hatte. Hoffentlich ließ sie sich bloß dann auf einen neuerlichen Versuch ein, wenn es ihr ernst war. Sonst hätte er einen Anteil der Schuld daran, dass Gregor endgültig genug hatte von Frauen und Beziehungen. Und schlimmstenfalls von der Freundschaft zu ihm.

»Weißt du was, Gregor?«, meinte Michael und wischte sich mit der Hand über das Gesicht. »Lass uns ein anderes Mal weiterreden. Ich muss noch etwas klären.«

»Mit Marlene?«, fragte sein Freund hellhörig.

»Nein. Es geht um Lou.«

»Was ist mit der Kleinen? Geht es ihr mittlerweile besser?« Er klang besorgt. Der Buschfunk funktionierte gut. Simone erkundigte sich immer wieder nach Lous Gesundheitszustand und dem aktuellen Status, was die Beziehung zwischen Tamara und ihm betraf. Wie er nun heraushörte, wurden die Details unter den Freunden brüderlich geteilt und jeder war tagesaktuell auf dem Laufenden.

Michael hatte nichts dagegen. Sein engster Freundeskreis war eine eingeschworene Gruppe, für die er seine Seele verkaufen würde. Es beruhigte ihn sogar in gewisser Weise, dass ihm so innige Verbindungen zu diesen Menschen geschenkt waren.

»Sie liegt im Krankenhaus. Du weißt Bescheid?«

»Ja«, antwortete Gregor.

»Nun, sie hätte heute entlassen werden sollen. Aber es kam wohl in der Nacht zu einem erneuten Zwischenfall. Ich weiß auch noch nichts Genaueres«, log Michael. Er hatte nicht die Zeit und schon gar nicht die nötige Ruhe, Gregor von seinem Verdacht zu erzählen.

»Ach herrje.«

»Ja, darum muss ich jetzt Schluss machen.«

»Verstehe schon. Alles Gute, Mann.«

»Danke. Ciao«, verabschiedete Michael sich und legte das Telefon zurück auf den Wohnzimmertisch. Dann stellte er sich unter die Dusche. Frisch angezogen setzte er sich in den Wagen und fuhr ins Krankenhaus. Er musste seine Tochter sehen und dringend mit Tamara sprechen.

36

»Mike«, schluchzte sie und warf sich in seine Arme. Er hatte sie in Lous Zimmer angetroffen. Von der Kleinen fehlte jede Spur.

»Wo ist Lou?«, wollte Michael wissen und inhalierte den vertrauten Duft, den Tamara verströmte, während er sie im Arm hielt und ihren Rücken streichelte.

»Sie wird jeden Moment von der Intensivstation hierher verlegt.«

»Sie ist schon wieder auf der Intensivstation?« Er konnte seine Entrüstung kaum verbergen. Während des Telefonats mit Stefan hatte es sich so angehört, als hätte man ihr den Zugang entfernt und die Wunde gereinigt. Offenbar war das die weichgespülte Geschichte zu dem Drama, das sich in den letzten Stunden hier abgespielt hatte.

Und einmal mehr hatte er das Gefühl, dass er außen vor gelassen wurde, obwohl er Lous Vater war. Er warf Tamara nichts vor, aber er wollte das auch nicht länger hinnehmen.

»Warum hast du mich nicht informiert?«, fragte er so sanftmütig wie möglich.

»Es ging alles drunter und drüber hier. Es tut mir leid.« Sie umarmte ihn fester und weinte an seiner Schulter.

»Ich möchte so etwas nicht erst durch Stefan erfahren und dann nicht einmal die ganze Wahrheit. Bitte versteh das, Tami, ich sorge mich auch um unsere Tochter.«

»Du hast völlig recht. Es tut mir leid. Mir war das alles zu viel und ich habe nicht daran gedacht. Aber das hätte ich sollen. Bitte verzeih mir.«

»Schon gut«, flüsterte er und schloss für einen Moment die Augen. Michael versuchte, ihr etwas von seiner Stärke zu übertragen, die er eigentlich selbst gar nicht mehr hatte. »Wie geht es ihr?«

Tamara löste sich von ihm und sah ihn aus ihren geschwollenen und rot geweinten Augen an. Dann senkte sie den Blick und atmete tief durch, bevor sie anfing zu berichten.

Im Großen und Ganzen deckten sich ihre Erzählungen mit dem, was er bereits von Stefan am Telefon erfahren hatte. Bloß dass er Lous kritischen Zustand nicht erwähnt hatte.

»Die Verunreinigung hat sich rasch ausgebreitet und das Entfernen der Kanüle und das Spülen reichten nicht aus. Sie mussten ihr Antibiotika und was weiß ich noch alles verabreichen, um den Schaden so gering wie möglich zu halten. Zur Sicherheit haben sie Lou bis jetzt in ein Intensivbettchen gelegt. Vorhin war eine Schwester da und meinte, sie könnte jetzt wieder verlegt werden. Zum Glück haben sie das in den Griff bekommen. Mein Gott, Mike ... ich hatte solche Angst um sie. Wer rechnet denn mit so etwas? Dass eine kleine Verunreinigung innerhalb kürzester Zeit eine lebensbedrohliche Situation auslösen kann?« Wieder schluchzte sie auf, als wäre sie angeschossen worden. Michael setzte sich neben sie auf einen der Besucherstühle und legte den Arm um ihre Schulter.

»Nun ja, wer weiß, wie lange die Verunreinigung sich schon ausbreiten konnte. Wissen die Ärzte schon, wie es denn dazu gekommen ist?«, fragte er und bemühte sich um einen neutralen Tonfall.

»Was meinst du?«

»Na, wie denn der Zugang verunreinigt worden ist. Das habe ich noch nie gehört. Der Ursache muss man doch auf den Grund gehen.«

»Ach so …« Tamara überlegte einen Augenblick. »Hmm. Ich denke, das kann passieren, wenn die Kanüle nicht rechtzeitig entfernt oder gewechselt wird.«

»Die Ärzte sollten das überprüfen«, setzte Michael nach. »Vielleicht kann man herausfinden, welche Art von Verunreinigung das war?«

»Ich weiß nicht. Kann sein«, gab Tamara zurück. Ihm fiel ein, dass vermutlich Stefans Labor damit beauftragt werden würde, das herauszufinden. Er würde nicht davor zurückschrecken, die Ergebnisse zu fälschen. Daher insistierte er nicht weiter und beschloss, Tamara vorerst nichts von seinem Verdacht zu sagen. Es galt, den sicheren Weg einzuschlagen und die Ärztin, Frau Doktor Lissner, ins Boot zu holen.

Die Tür wurde aufgerissen und die korpulente Stationsschwester schob ein Babybettchen auf Rollen ins Zimmer. Sie nickte Tamara freundlich zu, drehte sich um und verschwand wieder.

Michael sprang auf und beugte sich über seine Tochter, die erneut an Schläuchen und Kabeln hing. Ihre Augen waren weit aufgerissen und auf ihn gerichtet. Sie nuckelte an ihrem Schnuller. In ihrer Hand hielt sie ihren Stoffteddy so fest, dass ihre Knöchel an den Fingern weiß hervortraten.

Michael spürte ihre Angst und die Schmerzen, die Verzweiflung und die Frage, was mit ihr passierte. Das kleine Mädchen hatte keinen blassen Schimmer, was geschah, und suchte in seinem Gesicht nach einer Antwort.

Hilf mir, Papa!, las er in ihren Augen und seine Knie fingen an zu zittern. Der Stich in seiner Brust entwickelte sich zu einem anhaltenden Ziehen und er merkte erst, dass er weinte, als er die nassen Flecken, die seine Tränen auf der weißen Krankenhausbettwäsche hinterließen, sah. Da konnte er sich nicht mehr zusammenreißen. Aus seiner Kehle drang ein heiserer Schrei und er weinte, wie er es zuletzt als Kind gemacht hatte.

Tamaras Hand, die beruhigend über seinen Rücken strich, registrierte er kaum. Und dennoch gab sie ihm Halt. Sonst wäre er mit Sicherheit komplett zusammengebrochen.

Tamara drängte ihn sanft zur Seite und streichelte über Lous Wange. In ihrer Geste lag etwas Trauriges und doch schien sie in diesem Moment stärker zu sein als Michael. Er war dankbar dafür, dass er sich auf sich konzentrieren konnte und nicht auch noch ihre Verzweiflung abfedern musste. Bei allem, was in der letzten Zeit passiert war, fiel es ihm zunehmend schwerer, den Felsen zu mimen, für den man ihn hielt.

»Mein kleines Sonnenscheinchen«, wisperte Tamara und schenkte ihrer Tochter ein Lächeln. Lous Mund verzog sich zu einem breiten Grinsen, als sie die Stimme ihrer Mama hörte. Der Schnuller flutschte ihr dabei durch die Lippen. Doch das schien sie nicht zu stören. Sie streckte ihre Ärmchen in die Luft und krähte gut gelaunt darauflos.

»Ich hole eine Krankenschwester, damit sie ihr die Kabel entfernen. Sonst kann ich sie gar nicht herausnehmen, ohne einen Alarm auszulösen«, sagte Tamara und ging zur Tür.

Michael nickte und warf einen Blick auf den Monitor, der am Bettrand klemmte. Er zeigte in grünen Kurven Lous Herzschlag und bezifferte in der rechten oberen Ecke ihren Puls.

»Ihr Herz schlägt viel zu schnell«, rief Michael Tamara hinterher und spürte, wie die Panik in ihm hochstieg. »Tami!«, schrie er, doch sie hörte ihn nicht mehr. Lous Blick hatte sich verdunkelt, aber sie schien keine Schmerzen zu haben. Warum war der Puls so verdammt hoch? Er musste irgendetwas unternehmen, wollte sie jedoch nicht allein im Zimmer zurücklassen, um Hilfe zu holen. Vergeblich suchte er nach einem Notfallknopf.

Da flog die Tür auf und Tamara trat mit einer plappernden Schwester im Schlepptau herein.

»Ihr Herz!«, brüllte Michael. »Es ist viel zu schnell. Tun Sie etwas!«

»Was meinen Sie?«, wunderte sich die Pflegerin und studierte mit zusammengekniffenen Augen den Bildschirm. »Das sieht doch alles gut aus.«

»Es schlägt viel zu schnell! Sie hat einen Herzanfall oder so was. Helfen Sie ihr doch, bitte!« Tamara war neben ihn getreten und drückte seine Hand.

»Das ist normal, Michael«, beruhigte sie ihn. »Der Puls von Babys und Kleinkindern ist viel höher als bei Erwachsenen. Es ist alles in Ordnung.«

»Genau, es gibt keinen Grund zur Beunruhigung«, bestätigte die Krankenschwester, grinste ihn an und witzelte: »Frau Beradi ist mittlerweile schon Expertin und könnte jederzeit als Pflegerin oder gar Ärztin bei uns anfangen, falls mal wieder ein Personalnotstand hier ausbricht.« Sie beugte sich über Lous Bettchen, maß ihre Temperatur im Ohr und notierte sich verschiedene Werte.

»Eines kann ich Ihnen sagen, die letzten Jahre haben uns ordentlich zugesetzt. Die, die hier im Krankenhaus arbeiten, haben allesamt keine Energie mehr. Wir bräuchten mindestens drei Monate Urlaub am Stück, um wieder zu Kräften zu kommen. Aber wissen Sie, was stattdessen passiert?« Sie sah zwischen Michael und Tamara hin und her, er schüttelte den Kopf und versuchte, sich auf das, was sie erzählte, zu konzentrieren, obwohl es ihn nicht interessierte.

Sie wandte sich wieder Lou zu und schlang den grauen Schwimmflügel um ihren zarten Oberarm. Als sie die Blutdruckwerte eingetragen hatte, fuhr sie fort. »Wir machen immer mehr Überstunden, müssen Doppeldienste schieben, haben noch weniger Urlaub. Das Gesundheitssystem bricht nach und nach zusammen. Viele Kollegen haben sich beruflich umorientiert. Sie konnten nicht mehr und ich will denen das auch gar nicht vorwerfen. Aber je mehr gehen, desto mehr wird auf die abgewälzt, die übrig sind. Es bleibt aber abzuwarten, wie sich das alles noch entwickelt.« Die Krankenschwester seufzte und schüttelte den Kopf. Michael hakte in die Stille ein und unterbrach den Redeschwall.

»Lou wird aber heute nicht entlassen, oder?«, führte er sie zum eigentlichen Thema zurück.

»Nein«, sagte die Krankenschwester und lief rot an. Es schien, als hätte er sie in die Wirklichkeit zurückgeholt.

Natürlich hatte er Mitleid mit ihr und all ihren Kollegen. Doch nun stand seine Tochter, die Tamara mittlerweile in ihre Arme geschlossen hatte, im Fokus. Lous Augen wurden schwer und sie guckte zufrieden in das Gesicht ihrer Mama, während sie wegdämmerte.

»Ich weiß nicht, wie es mit der kleinen Patientin weitergeht. Aber später wird Frau Doktor Lissner nach ihr sehen und Sie über die weiteren Schritte informieren. Ich habe sie vorhin schon auf dem Gang angetroffen. Sie macht bestimmt bald ihre Runde.« Nach einem kurzen Nicken zum Abschied verschwand die Krankenschwester mit dem Klemmbrett, auf dem Lous Werte notiert waren, aus dem Zimmer.

Michael fiel auf, dass sie in seinem Beisein gesprochen hatte, als gehörte er zur Familie. Sie hatte nicht daran gedacht, weil sie schwer trug an ihrem Job und der schier nicht zu bewältigenden Aufgabe, dieses angeschlagene Gesundheitssystem aufrechtzuerhalten. Dennoch: Er war erstmals kein ungebetener Zaungast am Krankenbett seiner Tochter gewesen.

»Etwas Gutes hat es ja«, sagte Tamara. Michael schaute sie verständnislos an. »Sie wird nicht entlassen.«

»Aber das ist nichts Gutes«, widersprach Michael. Obwohl er innerlich derselben Meinung war, bloß aus anderen Gründen.

»Doch. Du siehst selbst, wie filigran ihr Zustand ist. Eine solche Kleinigkeit, wie eine leichte Verunreinigung im Zugang, löst so einen grauenhaften Zustand bei ihr aus. Das ist nicht normal«, erklärte Tamara. Michael entgingen nicht die Tränen, die über ihre Wangen flossen.

Wer wusste, womit Stefan die Kanüle manipuliert hatte. Er wollte vielleicht auf Nummer sicher gehen und Lou endgültig ausschalten.

Wieder haderte Michael mit sich, ob er Tamara einweihen sollte. Jetzt, da sie das Elend der Kleinen greifbar in Erinnerung hatte, war sie womöglich empfänglicher für seinen Verdacht. Er biss sich auf die Zunge.

»Gib sie mir mal«, bat er sie stattdessen und streckte seine Hände nach seiner Tochter aus.

»Aber sie ist gerade eingeschlafen«, flüsterte sie zurück, ohne den Blick von dem entspannten Gesichtchen abzuwenden.

»Bitte«, flehte er. Die Sehnsucht, Lou im Arm zu halten, war gigantisch.

Tamara lächelte ihn an, erhob sich von dem Besucherstuhl, gab ihm ein Zeichen, dass er sich setzen sollte, und legte ihm die schlafende Lou auf die Brust. Er nahm das geringe Gewicht wahr, merkte, wie sich ihre beiden Körper verbanden – Lous Herz auf seinem. Fehlte nur ... Bevor er den Gedanken fassen konnte, legte Tamara ihre Hand in seinen Nacken.

Sie war hinter ihn getreten und fügte sich in die Vereinigung ein wie das letzte fehlende Puzzleteilchen. Wie schön wäre es, wenn sie nicht hier im Krankenhaus und nicht unter diesen besorgniserregenden Umständen, sondern gelöst bei ihm zu Hause sein könnten. Wie eine richtige Familie.

Doch er wollte nicht undankbar sein. Dieser Augenblick mit seinen zwei wichtigsten Menschen auf der Welt war zu wertvoll. Lou driftete in den Tiefschlaf ab. Der Schnuller, ohne den er sie kaum sah, rutschte aus dem Mund und fiel zu Boden. Michael drückte sein Kinn auf die Brust, um einen kurzen Blick auf ihre zarten, rosaroten Babylippen zu erhaschen. Ihre Lippen bewegten sich sanft. Sie strahlte einen hinreißenden Frieden aus. Überhaupt war sie das süßeste Geschöpf auf dieser Erde.

»Sie ist wunderschön. Genau wie du«, hauchte Michael.

»Ich liebe dich«, flüsterte Tamara.

Sie ließ von ihm ab und setzte sich auf den anderen Stuhl, der ein Stück abseits von ihm stand. Sofort vermisste Michael ihre Nähe und suchte ihren Blick.

»Kuschle noch ein bisschen mit uns«, bat er.

»Stefan ... er meinte, er kommt nachher noch«, erklärte sie und sah auf den Boden. Sie entzog damit dem Zauber die nötige Triebkraft. Michael nickte. Er konzentrierte sich komplett auf Lou.

»Ich liebe dich, mein Engel. Du schaffst das, du schaffst alles. Und ich bin für dich da. Du kuschelst dich jetzt zu deiner wunderschönen, zauberhaften Mama. Und ich werde da hinausgehen und für dich kämpfen. Ich werde dafür sorgen, dass es dir von nun an nur noch gut geht. Dir wird nichts mehr geschehen. Ich werde dich beschützen und alles in meiner Macht Stehende tun, damit wir ganz bald Tausende solcher Momente wie eben miteinander haben.« Das erzählte er Lou, ohne es auszusprechen.

Michael stand auf. Tamara nahm ihm das Baby ab und hauchte ihm einen Kuss auf die Wange.

»Ich liebe dich auch«, flüsterte er ihr ins Ohr. Dann trat er auf den Gang hinaus. Er sah sich um, doch es war niemand zu sehen. Ihm gefiel es ganz und gar nicht, dass Stefan heute herkommen würde. Der wusste natürlich, dass dies von ihm erwartet wurde. Seine Anteilnahme am Schicksal seiner Tochter. Niemand sollte ihm Desinteresse vorwerfen oder gar irgendeinen Verdacht schöpfen. Zum Glück war Tamara hier und nahm ihm damit die Gelegenheit, sich an Lou zu vergreifen.

37

Michael hatte seinem Mädchen ein Versprechen gegeben und er hatte vor, es zu halten. Ab nun zählte jede Minute. Er musste sofort handeln und hoffte inständig auf die Unterstützung durch Frau Doktor Lissner. Sie war unterkühlt und hielt sich an die Vorschriften. Aber ihr war bestimmt nicht entgangen, dass zwischen Stefans Besuch gestern und der Verschlechterung von Lous Zustand von ›völlig gesund‹ auf ›in Lebensgefahr‹ ein Zusammenhang bestand.

Zielstrebig schritt er auf das Zimmer mit dem Schild ›Büro‹ zu und klopfte.

»Suchen Sie mich?« Die Stimme traf ihn in den Rücken und er fuhr zusammen.

»Ja«, sagte er und legte eine gewisse Dringlichkeit in seinen Ton. »Ich muss mit Ihnen sprechen.«

»Das habe ich schon erwartet«, erwiderte sie und suchte auf ihrem Schlüsselbund nach dem richtigen Schlüssel für das Zimmer.

Schneller, dachte er, bevor Stefan hier auftaucht.

Endlich hatte sie ihn gefunden. Sie schloss auf, trat hinein und schaltete die Deckenlampe an. Michael wartete nicht darauf, hereingebeten zu werden. Er würde sich nicht abwimmeln lassen. Rasch folgte er ihr in den Raum, schloss die Tür hinter sich und setzte sich, ohne dass sie es ihm angeboten hätte.

»Sie sehen doch selbst, dass das nicht mit rechten Dingen zugeht«, fiel er mit der Tür ins Haus und fixierte sie mit seinem Blick.

»Nun, es tut mir leid. Wie ich Ihnen schon beim letzten Mal gesagt habe, kann ich Ihnen weder Auskunft erteilen noch Ihnen weiterhelfen. Ich bedaure, aber –«

»Schluss damit!«, begehrte er auf. »Es geht hier nicht um irgendwelchen bürokratischen Schnickschnack, den Sie einhalten müssen. Hier geht es um das Leben meiner Tochter!«

Die Augen der Ärztin weiteten sich, doch sie schien nicht sonderlich überrascht. Das, was sie darauf erwiderte, bestätigte, dass sie gemutmaßt hatte, dass er mehr war als der liebe Onkel, der sich über die Maßen um das Kind sorgte.

»Auch wenn dem so ist«, sagte sie und räusperte sich. Sie schien ihre Worte abzuwägen. »Selbst wenn Sie der biologische Vater von Lou sind, darf ich Ihnen nichts sagen. Tamara und Stefan Beradi sind die gesetzlichen Vertreter von Lou.«

»Er macht sie krank«, echauffierte Michael sich. Nur mit Mühe hielt er seinen Körper auf dem Stuhl. Am liebsten hätte er den Schreibtisch umrundet, die Ärztin an den Schultern gepackt und so lange geschüttelt, bis sie zur Vernunft kam.

»Haben Sie mit Frau Beradi über Ihren Verdacht gesprochen?« Aha, dachte Michael. Sie war auf seiner Seite. Sie war wie er der Meinung, dass Stefans Anwesenheit mit der rapiden Verschlechterung von Lous Zustand im direkten Zusammenhang stand.

»Nein.« Michael schüttelte den Kopf. »Es steht zu viel auf dem Spiel. Ich weiß nicht, wie sie darauf reagiert, und daher muss ich das allein klären. Daher darf ich sie erst damit konfrontieren, wenn ich es beweisen kann.«

Frau Doktor Lissner seufzte und schwieg einen Augenblick. »Sehen Sie, Herr Thaler …«, setzte sie an. Sie hatte sich seinen Namen gemerkt. Er war kein Verrückter für sie. Es war bloß die verdammte Schweigepflicht, die sie davon abhielt, ihm Brocken in die Hand zu geben, mit denen er seinen Verdacht zu etwas Handfestem ausbauen konnte. »Es wäre mein beruflicher Untergang, wenn ich meine Schweigepflicht brechen würde. Der hippokratische Eid verlangt von uns, dass wir Leben und Gesundheit retten. Dazu gehört es auf den ersten Blick, einen jeden Schaden von Personen abzuwenden. Aber – und nun hören Sie bitte gut zu – ich bin nicht nur Lou gegenüber verpflichtet, sondern aufgrund ihrer Unmündigkeit auch ihren Eltern. Verstehen Sie, was ich damit sagen will? Ich kann nicht zur Polizei gehen und einen losen Verdacht in den Raum werfen, falls Sie sich das so vorgestellt haben. Es ist mir untersagt.«

»Aber …« Michael merkte, wie seine Gesichtszüge einfroren. Alles, was ihm die Ärztin erzählte, war nachvollziehbar und mit Sicherheit korrekt. Warum sollte sie ihn anlügen? Dennoch war es an Gefährlichkeit für Lou nicht zu übertreffen.

»Kein Aber«, murmelte die Ärztin. Versonnen schob sie den Kugelschreiber auf dem Tisch vor und zurück. Irgendetwas spannte sich in ihr an. Wie ein Pferd vor dem Sprung über ein Hindernis erstarrten ihre Muskeln und die Kraft, die in ihr steckte, trat sichtbar nach außen.

»Ich würde Ihnen gern sagen, welche Art von Verunreinigung mein privater Kontakt, den ich um einen Gefallen gebeten habe, im Labor gefunden hat. Aber ich darf es nicht.«

In seinem Gehirn ratterte es. Sie hob den Kugelschreiber auf und kritzelte auf einen Zettel, den sie ihm über den Tisch schob.

»Sie sollten jetzt gehen«, meinte sie und erhob sich von ihrem Drehstuhl. Mechanisch griff er nach dem abgerissenen Blatt Papier in Visitenkartengröße, stand ebenfalls auf und stapfte grußlos aus dem Zimmer.

Im Aufzug hatte er die Telefonnummer, die die Ärztin aufgeschrieben hatte, bereits auswendig gelernt. Im Wagen ärgerte er sich, dass der Akku seines Telefons leer war. Wie ein Mantra sagte er die Nummer zu Hause immer wieder auf, bis die Energieanzeige auf dem Handy grün aufleuchtete, sodass er telefonieren konnte.

»Ja?« Die männliche Stimme wirkte distanziert.

»Ich habe Ihre Nummer von –«

»Fäkalien«, unterbrach der Mann ihn. »Laut DNA ihre eigenen, vermutlich entnommen aus der Windel. Die Probe enthielt auch entsprechende Zellstoffspuren.«

Gleich darauf war die Leitung tot und in Michael stürzte alles in sich zusammen.

»Was hat er denn?«

»Geh bitte auf dein Zimmer, Schatz.« Nur am Rande nahm Michael die Unterhaltung wahr. Er hielt die Augen geschlossen und bewegte sich auch nicht, als Sabs ihn unsanft an den Schultern rüttelte.

»Ist er tot?«

»Nein! Er braucht nur ein bisschen Ruhe. Und jetzt geh bitte hoch«, sagte Simone so sanft, wie nur eine Mutter zu ihrem aufmüpfigen, taktlosen Spross sprach.

So unrecht hatte Sabs mit ihrer Befürchtung nicht. Michael hatte das Gefühl, dass in ihm drin alles ausgestorben war. Wie eine verlassene Geisterstadt kam er sich vor. Michael hatte keine Worte dafür, wie sehr er die Menschheit verabscheute für das, wozu sie fähig war.

Er sah den Strahlemann Stefan vor sich, wie er sich in der Sonne aalte und lächelnd Geschichten zum Besten gab. Wie er sich vor seinen Freunden und seiner Familie profilierte, als könnte ihm die Welt nichts anhaben. Er erinnerte sich an die zahlreichen Fahrradtouren, die sie gemeinsam bestritten hatten, und die Momente, in denen sie beide sich vertraut gewesen waren.

Doch das, was Michael von seinem sogenannten Freund zu sehen bekommen hatte, war bloß die schimmernde Oberfläche, die er aufgezogen hatte wie eine zweite Haut. Jahrelang hatte er nur das gesehen, was Stefan bereit war, in die Öffentlichkeit zu tragen. Oft genug hatte er sich gedacht, dass dieser Laborchef mit seiner perfekten Familie und der Villa am Stadtrand der Inbegriff des guten Lebens war.

Er hatte ihm das alles von Herzen gegönnt, denn für ihn war Stefan ein hart arbeitender Mensch, der zwar mit Sicherheit das eine oder andere Mal Glück gehabt hatte und dennoch nichts dem Zufall überließ. Es erforderte Willen und Mühe, um sich das zu erschaffen, was die Beradis hatten. Michael war kein Mensch, der anderen etwas neidete, weil er wusste, dass einem nichts geschenkt wurde.

Umso erschreckender war seine Erkenntnis, dass ebendieser Wille und die damit verbundene Mühe solche Ausmaße annehmen konnten.

Stefan zeigte auf, wie weit er bereit war zu gehen, um seine Vorstellungen durchzusetzen. Augenscheinlich hatte er aus Lous Windeln Exkremente entnommen, den Verschluss der Kanüle geöffnet und den Zugang damit gefüllt.

»So etwas Widerwärtiges habe ich wirklich noch niemals in meinem Leben gehört«, stöhnte Simone, als sie allein waren, und setzte sich zu Michael auf die Couch, auf der er in eine Kuscheldecke gewickelt lag. Sie tätschelte seinen Unterarm, doch der Trost erreichte ihn nicht.

»Wer macht denn bitte so eine Schweinerei?«, fuhr sie fort. »Kot in offene Wunden hineinschmieren. Was da alles passieren kann ...« Sie schnaufte entrüstet aus. Michael blieb stumm.

»Bist du wirklich sicher, dass Stefan zu so etwas fähig ist? Ich meine ... so gut kenne ich ihn nicht. Aber so eine Idee muss doch aus dem Gehirn eines Psychopathen stammen.«

»Wer, wenn nicht er?«, stammelte Michael. »Er will Lou aus dem Weg schaffen. Sie passt nicht in sein Lebenskonzept.«

»Unfassbar.« Die Entrüstung ließ Simones Stimme zittern.

Die Tür zum Wohnzimmer öffnete sich und Michael schlug die Augen auf.

»Was ist denn hier los?« Patrick blieb, bepackt mit zwei Tüten Lebensmittel, mitten im Raum stehen und sah zwischen seiner Frau und Michael hin und her. Dem fehlte die Kraft, die Abscheulichkeit erneut zu erzählen, und er überließ es Simone, ihren Gatten über die jüngsten Ereignisse rund um Michaels Tochter ins Bild zu setzen.

»Das ist doch unmöglich. Wer bringt denn so etwas übers Herz?«, fragte Patrick und verzog angewidert das Gesicht.

»Einer, der Hass empfindet. Einer, der es nicht akzeptieren kann, dass es nicht nach seinem Kopf geht und er seine eigenen

Bedürfnisse zurückstellen muss«, meinte Michael und empfand selbst nichts anderes als Hass.

»Dabei weiß er doch gar nicht, dass er nicht der Vater ist, oder? Also muss er doch davon ausgehen, dass er das seiner eigenen Tochter antut.«

Michael nickte und drängte die Tränen zurück, die in ihm hochstiegen. Simone streichelte mütterlich über seine Schulter, dann stand sie auf und verschwand in der Küche.

Man hörte, wie die Kaffeemaschine nach dem Einschalten durchspülte. Beim Gedanken an Kaffee wurde Michael übel. Er hatte seit Stunden nichts gegessen und getrunken. Mittlerweile wusste er nicht, woher die Schwäche kam, die ihn an das Sofa fesselte und seit der Ankunft im Haus seiner Freunde in einer dumpfen Lethargie gefangen hielt.

»Was willst du jetzt machen?«, stellte Patrick die Frage aller Fragen.

»Keine Ahnung«, gab Michael zu und schloss demonstrativ die Augen. Er wollte schlafen. Am liebsten würde er in einen Traum abgleiten, der ihn mitnahm in ein friedliches Leben mit Tamara und Lou, und nie mehr aufwachen.

»Du musst etwas tun«, stellte Patrick klar und rüttelte an ihm. Widerwillig öffnete Michael die Augen wieder und betrachtete seinen Freund durch zwei schmale Schlitze. Das Gesicht vor ihm spiegelte seine eigene Wut wider, doch es war entschlossener. Darauf war die Kraft zu sehen, die ihm endgültig ausgegangen war.

»Du solltest ihn anzeigen«, schlug Patrick vor.

»Ja klar.« Michael stemmte sich ächzend ein Stück weit hoch und verlagerte das Gewicht seines Oberkörpers auf die Ellenbogen. Seine Arme bebten, woraufhin er sich wieder in die

Kissen fallen ließ. »Und wie stellst du dir das vor? Die glauben mir kein Wort. Wenn ich der Polizei erzähle, dass ich – der leibliche Vater des Kindes und der Liebhaber der Mutter – den offiziellen Vater verdächtige, dass er solche Grausamkeiten anstellt, um sie loszuwerden, dann halten die mich doch für völlig verrückt. Sie werden denken, dass *ich* derjenige bin, der *ihn* aus dem Weg räumen will. Ich habe doch keinen einzigen Beweis!«

»Was ist mit diesem Labortypen, von dem du die Informationen hast?«

»Der hat gleich im Anschluss an unser Gespräch sein Handy abgestellt. Gut möglich, dass die Nummer bloß zu einem Wertkartentelefon führt und die Polizei nie erfährt, wer dahinter steckt. Und selbst wenn ich mich täusche: Sie werden das doch gar nicht erst überprüfen, wenn ich ihnen nicht mehr liefern kann als einen leisen Verdacht. Die einzige Möglichkeit, die Polizei in Wallung zu bringen, ist, wenn die Anzeige vom Krankenhaus kommt. Oder von Tamara.«

»Gut, dann musst du mit Tamara sprechen«, schlussfolgerte Patrick nüchtern und warf seiner Frau einen zärtlichen Blick zu, als sie ihm und Michael einen Kaffee auf den Wohnzimmertisch stellte.

»Und das ist das nächste Problem: Denkst du wirklich, dass sie mir glaubt? Stefan und sie sind seit Ewigkeiten ein Paar. Bei aller Routine und Distanz, die sich im Laufe einer Beziehung einschleicht, ist da doch so eine Art Urvertrauen in den anderen. Wenn man schon nicht mehr so verliebt ist wie am Anfang, dann hat man doch die Liebe, die einen verbindet«, meinte Michael und dachte an den Moment, in dem ihm Tamara den Unterschied zwischen Verliebtheit und Liebe erklärt hatte. »Sie haben ein gemeinsames Leben, sie sind Freunde, Vertraute.

Denkst du, sie blendet das aus und sagt ›Hey, ach so … na gut, wenn du meinst, Mike, dann lass uns Stefan mal anzeigen und sehen, was dabei rauskommt‹?«

»Nein, aber –«

»Im schlimmsten Fall verliere ich sie. Verstehst du, Patrick? Sie wird sich von mir abwenden und mir den Zugang zu Lou entziehen. Dann habe ich überhaupt keine Möglichkeit mehr, mit ihnen in Kontakt zu treten. Sie würde mich womöglich von Lou fernhalten und mir damit endgültig die Chance nehmen, die Unklarheiten rund um die Gesundheit meiner Tochter zu beseitigen.«

»Wie lautet also dein Plan?«, lenkte Patrick ein und sah ihn neugierig an.

Michael zuckte mit der Schulter.

Dann sprach er das aus, was er als den einzigen Weg sah. »Ich werde noch einmal mit der Ärztin sprechen. Vielleicht kann sie mir noch mehr helfen. Durch das Herstellen des Kontakts zu diesem Labormitarbeiter hat sie mir gezeigt, dass sie mir glaubt.«

38

»Auf gar keinen Fall.«

»Bitte! Sie sehen doch selbst, dass es gar keine andere Möglichkeit gibt. Wenn Sie das bis heute Abend organisieren, werde ich dafür sorgen, dass Stefan ein paar Stunden allein sein wird mit Lou.« Michael hatte keine Ahnung, ob er Tamara dazu bringen würde, sich mit ihm zu treffen und ihren Mann zu bitten, an Lous Krankenbett zu wachen. Aber er hatte keine andere Wahl, als alles auf diese eine Karte zu setzen.

»Das geht nicht, Herr Thaler. Das ist völlig ausgeschlossen. Selbst wenn das Ihre Vermutung beweisen würde, könnten Sie das Videomaterial nicht als Beweis verwenden. Das ist ein krasser Verstoß gegen meine Verschwiegenheitspflicht und ich würde ins Gefängnis gehen.«

Er hörte Frau Doktor Lissner dabei zu, wie sie die einzige Möglichkeit, Stefan zu überführen, zwischen ihren Worten zerrieb und die Körnchen seiner Hoffnung durch die Finger rieselten.

»Ich ...« Michael fuhr sich mit den Händen durch das Haar und suchte nach den richtigen Argumenten, um die Ärztin umzustimmen.

Er brauchte bloß eine winzige Kamera in dem Raum, die das Geschehen filmte, während Stefan mit seiner Tochter ungestört war.

»Sie haben doch bestimmt auch auf anderen Stationen Kameras, die der Überwachung dienen. So eine kleine Kamera kann doch kein Problem sein. Sie müssen sie nur unauffällig platzieren und das Bildmaterial an die Polizei übergeben. Oder meinetwegen mache ich das. Damit Sie nicht damit in Verbindung gebracht werden. Es fehlt mir einfach nur die Gelegenheit, das Gerät in dem Zimmer anzubringen, weil ich nicht allein bei Lou sein darf.«

»Nein«, wiederholte Frau Doktor Lissner. Ihr Ton wurde entgegen der Weichheit, die sich in den letzten Tagen zwischen ihnen eingeschlichen hatte, resolut. »Ich werde nicht meine Zulassung aufs Spiel setzen und gegen ethische Grundsätze verstoßen.«

Michael schwieg und schaute ihr direkt ins Gesicht.

Sie hielt seinem Blick stand, räusperte sich und sprach weiter: »Ich kann das leider nicht machen. Wenn sich Lous Zustand nicht verändert, darf sie morgen nach Hause.« Wieder verstummte sie, obwohl sie offensichtlich noch etwas sagen wollte.

Er nickte ihr aufmunternd zu. Die Ärztin gab sich einen Ruck. »Wir werden den Eltern eine Überwachungsmatte mit nach Hause geben. Das dient vorrangig dazu, Frau Beradi ein wenig zu besänftigen und ihr die Angst zu nehmen, dass Lou etwas zustoßen könnte.« Man sah ihr förmlich an, wie sie sich auf die Zunge biss.

»Eine Überwachungsmatte?«, ließ Michael dennoch nicht locker.

»Genau«, bestätigte sie unwillig, beschloss dann jedoch offenbar, dass sie ihre Schweigepflicht ohnehin schon verletzt hatte. »Das ist eine dünne elektronische Platte, die unter die Matratze im Gitterbett gelegt wird und die Bewegungen des Kindes im Schlaf registriert. Jede Regung, also auch die kaum merklichen Atembewegungen, wird erkannt. Wenn das Gerät über zwanzig Sekunden lang nichts wahrnimmt, sendet es einerseits einen lauten Alarm direkt im Bettchen aus und löst andererseits auf einem Empfängergerät, das die Eltern bei sich haben, ein Warnsignal aus. Vorrangig wird diese Art der Überwachung zur Vorbeugung von SIDS-Fällen eingesetzt.«

»SIDS?« Michael runzelte die Stirn. Er konnte mit diesen Fachbegriffen nichts anfangen. »Ist Lou so ein SIDS-Fall?«

»Nein, nein!« Die Ärztin wedelte zur Beschwichtigung mit den Händen. »SIDS steht für *Sudden Infant Death Syndrome*, also für das Phänomen des plötzlichen Kindstods.« Davon hatte Michael gehört und er nickte.

»Meine Kollegen und ich haben uns dafür entschieden, Lous Eltern mit diesem Überwachungsgerät auszustatten, vor allem, um Frau Beradis Angst zu zerstreuen. Wir denken, dass sie sich damit sicherer fühlt«, erklärte die Ärztin. »Obwohl wir, also das Krankenhauspersonal, nicht der Meinung sind, dass Lou gefährdet ist, an plötzlichem Kindstod zu versterben. Eher bin ich der Auffassung, dass die Beeinträchtigung von außen erfolgt«, ergänzte sie vage.

Nun war sie es, die Michaels Blick suchte und ihm fest in die Augen sah. »Hören Sie, Herr Thaler. *Ich* kann hier nichts mehr tun. Aber vielleicht finden Sie eine Möglichkeit, um Lou in ihrem Zuhause zu schützen.«

Sie stand auf und verabschiedete sich. Wie in Trance verließ er das Büro. Ohne Zwischenstopp fuhr er mit dem Aufzug in die Tiefgarage, in der sein Auto geparkt war. Zum ersten Mal machte er sich keine Gedanken über den Tod und die Kühltruhen, in denen Rob bald seinen Platz finden würde. Er stieg in den Wagen und fand sich kurze Zeit später vor dem Elektrogeschäft am Stadtrand wieder.

»Kann ich Ihnen helfen?«, fragte eine Verkäuferin, die in Noras Alter war. Sie sah ihr verblüffend ähnlich mit ihrer eng sitzenden Kleidung und den grell lackierten Fingernägeln, mit denen sie ihr Wasserstoffhaar von einer Seite auf die andere kratzte, während sie ihn erwartungsvoll ansah.

»Ich bin auf der Suche nach einer Überwachungskamera.«

»Da hinten haben wir ein paar Modelle, die sich für den Außenbereich eignen. Sie lassen sich ganz leicht an der Wand über der Eingangstür anbringen und zeichnen auf, sobald der Sensor eine Bewegung registriert.«

Funktioniert ja so ähnlich wie die Überwachungsmatte, dachte Michael und folgte der Frau in den hinteren Teil des Ladens.

Diese erwies sich als erstaunlich kundig, was die Kameras betraf, und erklärte auf dem Weg zu den Ausstellungsstücken weiter: »Die Videos werden direkt in die Cloud geladen. Außerdem haben Sie Live-Zugriff auf die Bilder über die App des Herstellers, die Sie auf Ihr Handy laden können.«

»Aha«, stammelte er, als sie vor der Wand mit den verschiedenen Außenkameras standen. »Aber die sind alle so groß. Und wie werden die betrieben?«

Die Verkäuferin, auf deren Namensschild über ihrem üppigen Busen der Name »Lilli« prangte, zog eine Kamera von der Wand und drückte sie ihm in die Hand.

»Die Stromversorgung läuft ganz praktisch über eine Steckdose«, erklärte sie.

»Das geht nicht. Ich brauche ein Gerät ohne Kabel. Und es muss viel kleiner sein. Dieses ist zu auffällig.«

»Ich verstehe«, sagte sie und ihr Gesicht behauptete das Gegenteil. »Aber die Kamera soll für den Eingangsbereich Ihres Hauses sein?«

»Nein, es ist für drinnen.«

»Was genau möchten Sie denn damit überwachen?« Nun wurde sie neugierig. Wahrscheinlich witterte sie in ihm einen eifersüchtigen Ehemann, der das Schlafzimmer im Blick behalten wollte, wenn er nicht zu Hause war.

»Meine Katze«, improvisierte er. »Ich habe sie erst seit Kurzem und ich möchte wissen, wie sie sich verhält, während ich in der Arbeit bin.«

»Oh«, meinte Lilli daraufhin und verzog den Mund.

Michael schlug sich innerlich mit der flachen Hand gegen die Stirn. Das Argument, die vorherigen Modelle wären zu auffällig, zogen angesichts der Katzen-Geschichte natürlich nicht. Doch er hatte Glück. Die Dame verzog den Mund und war augenscheinlich enttäuscht von der wenig schlüpfrigen Erklärung. »Dann vielleicht lieber eine Nannycam?«

»Eine Nannycam also. Wenn Sie meinen, dass das funktioniert?«

»Im Prinzip läuft es ganz ähnlich. Die Kamera registriert Bewegungen und startet daraufhin die Aufzeichnung beziehungsweise schickt Livebilder auf Ihr Handy. Die Qualität ist nicht so gut wie bei den Kameras, die ich Ihnen gezeigt habe. Aber für die Katze wird es reichen«, behauptete sie und ging voran in einen schmalen Gang, in denen sich die Kameras aneinanderreihten.

»Und diese funktionieren mit Batterie?«

»Sie verfügen über Akkus. Die halten, je nach Modell, vier bis maximal acht Stunden. Man kann sie jedoch auch während des Aufladens verwenden.«

Michael dachte nach. Bei dem teureren Modell, das nicht größer war als das Ladekästchen seiner In-Ear-Kopfhörer, würde der Akku eine Nacht lang halten. Sollte er in Lous Zimmer nicht zufällig eine versteckte Steckdose finden, musste er einen Vorwand aus dem Ärmel schütteln, um täglich bei den Beradis vorbeizukommen und unauffällig die leere Kamera gegen eine aufgeladene zu tauschen.

Das Nachdenken brachte ihn zu einem einzigen Ergebnis: Er hatte keine andere Wahl.

»Ich nehme zwei von diesen hier«, sagte er und deutete auf das Modell mit der längsten Akkulaufzeit.

Michael starrte aus dem Fenster hinab auf den Vorplatz. Bis hierhin meinte er, den Zigarettenqualm zu riechen. Ich könnte wieder mit dem Rauchen anfangen, dachte er. Warum nicht? Es war ungesund. Ja. Und kostspielig. Für einen Augenblick stellte er sich vor, wie er als Obdachloser die halb gerauchten Kippen von den unbrauchbaren Stummeln aus den Mülleimern in der Stadt trennte. Ein Tageswerk daraus machte und seine Zufriedenheit darin fand, um sich abends – nach getaner Arbeit – auf seinen Karton zu kuscheln. Mit den tagsüber gesammelten Schätzen in der Manteltasche.

»Das ist doch nicht das Ende«, riss Tom ihn aus dem Tagtraum. »Im Prinzip ist es sogar eine ganz neue Chance für dich.«

»Das glaubst du doch selbst nicht«, flüsterte Michael. In ihm brodelte es. Aber bloß kurz. Er hatte schon lange keine Kraft mehr, um angemessene Wut zuzulassen.

»Natürlich! Es liegt ganz allein an dir, was du aus dieser Veränderung machst. Schare ein Team um dich, geh in Klausur und nächstes Jahr startest du durch.«

»Ich will aber nicht *durchstarten*. Ich will meinen Job machen«, schoss Michael zurück.

»Tja«, erwiderte Tom. »Dann hättest du das auch in den letzten Monaten tun sollen. Ich kann deine Unzuverlässigkeit nach Annis und Robs Weggang nicht länger kompensieren. Du hättest an meiner Stelle dasselbe gemacht.«

»Ausgerechnet Eddi Mayer.« Michael blieb das Kopfschütteln stecken, so angewidert war er von der Vorstellung, dass ihn dieser Lackaffe vom größten Konkurrenzsender des Landes ersetzen sollte.

»Er ist ein alter Hase im Geschäft und will unbedingt zu uns wechseln. Außerdem hat er versprochen, zwei oder drei weitere Moderatoren vom alten Sender mitzunehmen. Ich brauche hier wieder ein stabiles Team und er hat gute Ideen, wie wir die Sendungen aufmotzen können«, rechtfertigte sich sein Chef. »Es ist doch nicht so, dass ich dich rausschmeißen würde. Du weißt selbst, dass ich das niemals machen würde. Aber ich will nicht jeden Morgen mit der Sorge aufwachen, dass die Radios da draußen stumm bleiben.«

»Okay, ich verstehe. Sondersendungen also …«, grummelte Michael. »Und was stellst du dir darunter vor?«

»Nun, ich dachte daran, dass wir über das Jahr hinweg anlass- oder themenbezogene Sonderformate bringen. Weihnachten zum Beispiel, oder Charity-Sachen.«

Unausgereifter Schwachsinn, wetterte das zornige Teufelchen im Kopf. Sie wollten ihn loswerden. Nicht sofort, weil sie wussten, dass er private Probleme hatte, und keinen Medienzirkus auslösen wollten. Aber über kurz oder lang würden sie ihn immer leiser werden lassen und ihn zwingen, sich einen anderen Job zu suchen.

»Also gut.« Michael konnte sich den Widerwillen im Ton nicht verkneifen. Er musste Tom eigentlich dankbar sein, dass er ihm in den letzten Monaten so viel durchgehen hatte lassen. Er hatte nicht nur seinen Job vernachlässigt, sondern das Team im Stich gelassen. In seinem Kopf hatten nur noch seine privaten Probleme Platz gehabt. Dabei war ihm entgangen, dass er Monat für Monat überdurchschnittlich gut weiterbezahlt worden war.

»Ich hätte mit dir reden sollen«, gestand er und vermied es, sich zu Tom umzudrehen. »Über das, was bei mir so los war. Ich weiß, es ist zu spät, aber es tut mir leid, dass ich dich habe hängen lassen.«

Tom schwieg.

»Ich könnte dir jetzt sagen, dass ab nun alles wieder anders wird und ich noch eine Chance brauche, um dir das zu beweisen ... Aber das kann ich nicht. Zuerst muss ich alles andere in meinem Leben auf die Kette kriegen.«

Er dachte an Lou, sehnte sich nach ihrem kleinen Körper, der sich warm an ihn presste, wenn sie auf seinem Arm in den Schlaf fiel. Und an Tamara, die er am liebsten noch heute in einer Kapelle heiraten würde, um bis in alle Ewigkeit mit ihr zusammenzubleiben.

Seine alleinige Sorge sollte sein, dass er hoffentlich vor ihr starb, wenn sie alt und grau waren. Damit er nicht einen einzigen Tag in seinem Leben mehr ohne diese Frau war.

Er dachte auch an seine Schwester und er schaute auf die Uhr. In weniger als drei Stunden musste er sie, wie versprochen, im Hotel abholen und nach Hause bringen. Er hatte keine Zeit und keine Energie, um Tom irgendetwas zuzusagen.

Das Angebot seines Chefs war mehr, als er erwarten durfte. Sie würden ihn mitschleppen, bis er sich gefangen hatte, und ihn erst später absägen. Vielleicht würde er die eine oder andere Sondersendung zustande bringen. Jetzt, da er darüber nachdachte, blinkten gleich einige Ideen auf, die er sich später notieren würde.

»Nimm dir die Zeit, die du brauchst«, sagte Tom.

Als Michael sich ihm zuwandte, sah er ihm die Erleichterung über die Reaktion an. Es war schwierig, der Boss zu sein, wenn man den anderen mochte. Das erforderte einen permanenten Drahtseilakt zwischen Beruflichem und Privatem, der ihn eine Menge Nerven gekostet hatte in den letzten Wochen.

Sein Gewissen drückte schwer auf seiner Brust, als er Tom die Hand entgegenstreckte. Der erhob sich von seinem Drehstuhl und ergriff sie.

Michael stotterte ein schlichtes »Danke«.

»Schade übrigens, dass du gestern nicht dabei warst«, wechselte Tom leichthin das Thema.

»Gestern?« Michael runzelte die Stirn und Tom begann, von Annis Abschiedsparty zu erzählen, die er verpasst hatte. Ihm wurde heiß und kalt zugleich.

»Anni ist schon weg?«

»Ja, gestern war doch ihr letzter Tag. Ihr Flug ging heute in den frühen Morgenstunden. Mittlerweile flaniert sie bestimmt schon über den Ku'damm«, witzelte Tom.

Das Telefon auf dem Schreibtisch klingelte und er murmelte etwas von »da muss ich rangehen«.

Michael wankte aus dem Büro. Er hatte tatsächlich Annis Abschiedsparty vergessen und nun hatte er keine Gelegenheit mehr, sich von ihr zu verabschieden und ihr das Beste für ihren Neuanfang zu wünschen. Sie war bestimmt enttäuscht gewesen, dass er sich gestern nicht hatte blicken lassen. Er hatte als Kollege und Freund versagt. Anni hatte es nicht verdient, dass er sie nach Berlin fliegen ließ, ohne dass sie noch ein letztes Mal gesprochen hatten.

Rasch zog er das Telefon aus der Hosentasche und tippte eine Nachricht an sie: ›Es tut mir leid, dass ich gestern nicht da war. Es ist unverzeihlich. Ich bin ein Vollidiot.‹

Alles, was er ihr ansonsten hätte schreiben können, klang mindestens genauso hohl, daher hielt er sich an die Wahrheit.

Sein Selbstwertgefühl war ihm Keller. Das Einzige, was ihn wieder in die richtigen Bahnen bringen konnte, war, dass er Lou vor Stefan beschützte und er endlich mit seiner Familie zusammen sein würde. Er durfte sich kein Baden im Selbstmitleid erlauben. Es war an der Zeit, den letzten, entscheidenden Kampf zu führen.

Als hätte sie seine Gedanken gelesen, erschien in diesem Augenblick eine Antwortnachricht von Anni auf dem Display seines Telefons: ›Lieber Mike! Ich wünsche dir von Herzen alles Gute.‹

39

Glücklicherweise meldete sich Marlene bereits nach dem zweiten Klingeln.

»Es tut mir leid, aber du musst mit dem Taxi nach Hause fahren. Ich bezahle das natürlich. Aber ich kann dich nicht abholen.« Hastig lenkte Michael den Wagen durch die Einbahnstraßen und kollidierte beinahe mit einem rückwärts aus einer Zufahrt schiebenden Müllwagen. Er bremste scharf ab, setzte ein paar Meter zurück und trommelte mit den Fingern auf dem Lenkrad herum.

»Ach ja? Was ist denn so wichtig, dass du deine Schwester versetzt?« Er hörte ihr Grinsen und schmunzelte. Marlene klang glücklich. Das Wochenende war offenbar ein voller Erfolg gewesen. Sie hatte sich kein einziges Mal gemeldet und auch von Gregor hatte er nichts mehr gehört.

»Ich muss auf Tony aufpassen.«

»Babysitten?«

»Ja, und das kommt mir sehr gelegen. Lou wird heute aus dem Krankenhaus entlassen und Stefan holt sie und Tamara ab. Nora ist nicht zu Hause und da hat Stefan gefragt, ob ich solange bei ihm bleiben kann. Ich muss das machen. Es spielt mir bei dem, was ich geplant habe, mehr als in die Hände. Aber das erkläre ich dir später. Du fährst also mit dem Taxi, ja?« Endlich rauschte der Laster mit Getöse ab und Michael setzte seine Fahrt fort.

»Nein, aber mach dir keine Sorgen. Ich komme schon nach Hause.« Marlene sprach in Rätseln.

Und er wurde hellhörig. »Und wie, wenn ich fragen darf?«

»Gregor hat nur noch einen Termin, dann fährt er ohnehin in meine Richtung. Er nimmt mich mit. Wollte dich sowieso schon anrufen und dir mitteilen, dass du dir den Weg sparen kannst.« Michael lächelte in sich hinein, sagte aber nichts dazu. Er wollte das empfindliche Pflänzchen nicht übergießen oder gar zertrampeln.

»Nun, dann kann ich ja ganz beruhigt sein.« Der Kommentar ließ sich nicht verkneifen.

»Du hast gewusst, dass Gregor hier arbeitet, oder? War das der Grund, warum du mich hier hingeschickt hast?«, fragte sie und ihre Neugier klang laut durch.

»Spielt das eine Rolle?«

»Ja ... nein, also ... eigentlich nicht.«

»Eben. Konntest du den Urlaub genießen?«

»Ja«, antwortete Marlene schlicht. Er hörte ihr Lächeln.

»Schön! Ich muss auflegen. Wir reden später. Wünsch mir Glück!«

»Viel Glück, bei was auch immer. Bis dann.«

Michael verabschiedete sich und legte auf. Er sprang aus dem Wagen und rannte zur Tür. Gerade noch rechtzeitig rettete er sich unter das Vordach, bevor die Wolken brachen und ein heftiger Regen einsetzte.

»Da bist du ja! Hallo, Mike. Danke, dass du so kurzfristig einspringst.« Stefan bat ihn in das Haus und bot ihm etwas zu trinken an. Dann rief er nach Tony und schnappte sich seinen Schlüssel.

»Ich hole nun die Mädels ab und Onkel Mike bleibt in der Zwischenzeit hier«, sagte er zu seinem Sohn, bückte sich zu ihm hinunter und zog ihn in eine kurze Umarmung. Michael musste sich abwenden, weil er es nicht aushielt, dass er Tony anfasste. Ein solches Monster sollte überhaupt nicht in die Nähe von anderen Menschen, schon gar nicht von Kindern gelassen werden. Er schluckte hart und füllte in der Küche ein Glas mit Wasser, um sich abzulenken.

Ich hole nun die Mädels ab. Der Satz donnerte durch Michaels Kopf und überschlug sich. Er spielte die Optionen durch, die er hatte. Entweder er setzte Stefan an Ort und Stelle außer Gefecht, um Lou erst gar nicht mehr der Gefahr, die von ihm ausging, auszuliefern, oder er hielt an seinem Plan fest und hoffte, dass er damit kein zu großes Risiko einging. Versonnen klopfte er gegen die Tasche seiner Regenjacke, die er am Körper trug. Er ertastete die Kamera darin und entschied sich, alles auf diese eine Karte zu setzen.

Als Vorwand dafür, dass er ab sofort jeden Abend in dieses Haus kam, um die Kamera gegen die aufgeladene auszutauschen, hatte er einen komplizierten Lego-Technik-Bausatz besorgt, der Tony und ihn für einige Tage beschäftigen würde. Er hoffte, dass sein Patenjunge ihm keine Ruhe lassen würde, bis sie die Weltraumrakete fertiggebaut hatten.

Natürlich durfte er jeden Tag nur eine Stunde oder weniger investieren, sonst wäre das Projekt zu schnell erledigt. Außerdem musste er Tony davon abhalten, allein weiterzubauen, wenn er nicht da war. Er hoffte, dass der Junge sich daran halten würde und ihm so den Zugang zum Haus der Beradis zumindest für ein paar Tage sicherte, ohne dass es auf Tamara und Stefan eigenartig wirkte.

Vor allem auf Stefan. Denn Tamara konnte er mit einem Teil der Wahrheit beschwichtigen: der Tatsache, dass er so viel Zeit wie möglich mit ihr und seiner Tochter verbringen wollte. Dass er sich nach ihnen sehnte, war kein Geheimnis.

Den anderen Teil der Wahrheit, nämlich dass er Stefan für einen gewalttätigen Psychopathen hielt und Lou aus seinen Fängen befreit werden musste, würde sie hoffentlich bald genug erfahren.

»Onkel Mike, das ist sooo mega«, schwärmte Tony und hielt die riesengroße Schachtel in seinen Händen, die er im Flur aufgespürt hatte.

»Du verwöhnst unseren Junior«, beschwerte Stefan sich grinsend und verstrubbelte die Haare seines Sohnes. »Wir sehen uns später! Sei ein braver Junge.«

»Bin ich doch immer«, konterte Tony und wuchtete den Karton die Stufen nach oben in sein Zimmer.

»Bis später«, sagte Stefan zu Michael. »Und danke noch einmal fürs Einspringen. Ich kann Nora nicht erreichen. Sie ist schon so gut wie draußen aus dem Nest. Nur noch mit ihren Freunden unterwegs, meldet sich oft tagelang nicht. Sie war doch vor Kurzem noch ein kleines Mädchen, und jetzt?« Sein Blick glitt durch das Fenster nach draußen.

»Ja, die Zeit vergeht so rasch«, räumte Michael ein. Aber bei Lou kann es dir nicht schnell genug gehen, sie loszuwerden, wütete er innerlich.

»Also dann ...«, sagte Stefan und verschwand. Endlich fiel Michael das Atmen wieder leichter. Sich in seiner Gegenwart zusammenzureißen, glich zusehends einem Gewaltakt.

Michael hoffte, dass er mit seiner Entscheidung, ihn zu überführen, keinen Fehler beging. Es bestand immerhin die

Möglichkeit, dass Stefan seiner Tochter tagsüber etwas antat. Dann, wenn die Kamera nicht lief und es somit keinen Beweis dafür gab.

In Michaels Kopf begann es zu rattern. Was, wenn er Lou Substanzen verabreichte, während er mit ihr im Kinderwagen herumspazierte? Oder wenn er ihr im Badezimmer etwas antat, während er vorgab, sie zu baden oder zu wickeln? Michael hatte das Gefühl, dass er zu viele Möglichkeiten nicht bedacht hatte, und schimpfte innerlich mit sich selbst, dass er derart kurzsichtig war. Ausgerechnet Stefan hatte sich jetzt auf den Weg zu Lou begeben und sobald er die beiden abgeholt hatte, war sie ihm wieder ausgeliefert.

Aber was hätte er sonst machen sollen? Er konnte doch nicht einfach sein Kind aus dem Krankenhaus entführen. Man würde ihn schnappen, einsperren und Lou zu ihrer Familie zurückbringen. Dann wäre *er* der Verbrecher gewesen, der ohne beweisbaren Grund ein unschuldiges Kind entführte.

Vielleicht hätte er doch mit Tamara sprechen sollen. Seine Angst, dass sie ihm nicht glauben würde, erschien ihm plötzlich komplett unberechtigt. Lou stand seit ihrer Geburt an erster Stelle für seine Freundin. Und sie würde seine Thesen nicht leichtfertig abwiegeln, sondern sich ernsthaft mit Michaels Sorgen auseinandersetzen. Er hatte sich damit um die Möglichkeit gebracht, sie auf die von ihr nicht erkannte Gefahr zu sensibilisieren und gemeinsam mit ihr an einem Strang zu ziehen. Warum hatte ihn sein Bauchgefühl davon abgehalten?

»Onkel Mike, kommst du?«, erklang Tonys ungeduldige Stimme vom oberen Stockwerk.

»Ich bin schon auf dem Weg«, rief Michael zurück, streifte seine Jacke ab und hängte sie an den Garderobenhaken. Seine

Entscheidung war gefallen und damit blieb ihm nichts anderes übrig, als seine Pläne mit der Kamera in die Tat umzusetzen.

»Dann sehen wir uns das einmal an. Hast du die Anleitung schon gefunden?« Michael leerte den Inhalt des Kartons auf den Teppich in Tonys Zimmer und sortierte die einzelnen Plastiktüten nach der aufgedruckten Nummernfolge.

»Ja, hier!« Der Junge reichte ihm einen dicken Katalog mit Abbildungen und Anweisungen. Dann schnappte er sich die Schere von seinem Schreibtisch, schnitt die erste Packung mit Lego-Teilen auf und begann sofort, sie zu sortieren.

»Freust du dich schon darauf, wenn Mama und Lou wieder da sind?«, wollte Michael wissen und setzte die ersten Lego-Steine aufeinander.

»Ja. Ich habe sie vermisst. Also vor allem Mama. Ohne sie ist es hier so unruhig.«

»Unruhig? Na ja, ihr seid es eben gewohnt, dass Mama immer alles im Griff hat zu Hause. Da ist es natürlich ein bisschen schwierig, alles am Laufen zu halten, wenn sie mal ein paar Tage fehlt. Aber ich bin sicher, ihr habt das prima gemeistert.«

»Papa flucht ganz viel, wenn sie nicht da ist, und Nora ist sowieso fast nie zu Hause. Ich freue mich schon darauf, wenn ich groß genug bin, um allein für mich zu sorgen. Ich glaube, Papa ist auch froh, wenn er wieder seine Ruhe hat. Er ist ja schon genervt, wenn er mir ein Frühstück machen muss. Dabei esse ich doch sowieso nur Müsli mit Milch. Leider komme ich an die Schüsseln im Schrank nicht heran. Sonst hätte ich ihn dafür gar nicht gebraucht.« Tony überlegte. »Ich werde Mama fragen, ob sie die Schüsseln in den unteren Schrank stellt. Auf den Sessel darf ich nämlich nicht klettern. Da wird sie immer ganz hesterisch.«

»Hysterisch meinst du.«

»Ja, das sagte ich doch«, kommentierte Tony und drehte die Steine in seinen geschickten Fingern. Wenn er in dieser Geschwindigkeit weiterbaute, ging der Plan mit dem Abendprogramm nach hinten los. Also versuchte Michael, ihn wieder in ein Gespräch zu verwickeln.

»Und auf Lou freust du dich auch?«

»Ja, schon«, gab der Junge zurück und überlegte einen Moment. »Darf ich dir was sagen? Aber du musst versprechen, dass du es nicht weitererzählst.«

»Na klar! Ich verspreche es.« Michael hob die Finger zum Indianerschwur.

»Ich war sehr böse auf Lou. Weil sie mir meinen Geburtstag vermasselt hat. Dabei weiß ich doch, dass sie es nicht mit Absicht gemacht hat. Sie wollte wahrscheinlich gar keinen Anfall bekommen, weil das bestimmt total ätzend ist. Und schon gar nicht an meinem Geburtstag. Mama hat gesagt, dass es Lou sehr leidtut und sie wahrscheinlich nicht daran gedacht hat, dass mein Geburtstag ist. Sonst hätte sie bestimmt keinen Anfall bekommen.«

Michael hob den Kopf und betrachtete den Jungen.

»Das fand ich komisch«, meinte Tony und fasste damit auch Michaels Gedanken in Worte.

»Lou kann sich das natürlich nicht aussuchen, wann es ihr schlecht geht und wann nicht«, versuchte er zu begründen. »Deine Mama wollte dir damit bestimmt nur helfen, damit du nicht böse bist auf deine kleine Schwester.«

So betrachtet fand Michael Tamaras Erklärung niedlich. Sie wollte keinen Keil zwischen Tony und Lou gelten lassen und entschuldigte sich stellvertretend für die Kleine beim großen

Bruder. Oft schon hatte er davon gehört, wie schwierig es für die Geschwister erkrankter Kinder war, ihren Platz zu finden.

Sie kämpften um die Aufmerksamkeit der Eltern, weil diese naturgemäß auf dem kranken Spross lag. Entweder wurden sie auffällig und bösartig, oder sie zogen sich immer weiter zurück, bis sie sich verbargen. Für die Eltern, für alle anderen und für sich selbst entwickelten sie das Gefühl, unsichtbar zu sein.

Michael gefiel die Art, wie Tamara Tonys Ärger ernst nahm und ihn versuchte zu trösten.

»Ich bin gleich wieder bei dir. Kannst du diesen Bereich der Basisstation einstweilen allein fertigbauen?«, fragte Michael und stemmte sich vom Boden hoch. Die nächsten Teile waren unkompliziert. Tony würde ein paar Minuten ohne ihn klarkommen und er würde die Zeit nutzen, um die Kamera in Lous Zimmer zu positionieren.

»Was machst du?«, fragte Tony, ohne von dem Bauwerk aufzuschauen.

»Ich gehe kurz ins Bad«, antwortete Michael und verdrängte das schlechte Gewissen wegen der Lüge. Menschen logen mehrmals täglich. Aus Angst, aus Höflichkeit, um sich hervorzutun oder niemanden zu verletzen. Selbst kleine Kinder lernten schnell, die Unwahrheit für sich zu nutzen.

Im Moment hatte Michael ohnehin keine andere Wahl. Es ging darum, den eigentlichen Zweck seines Besuchs zu erfüllen und Lou zu schützen.

Er raste nach unten in die Garderobe, zog die Kamera aus der Jackentasche und schlüpfte so leise wie möglich in Lous Babyzimmer, das neben dem Elternschlafzimmer lag. Er lauschte, hörte Tony zwei Zimmer weiter mit den Lego-Steinen hantieren und lehnte die Tür vorsichtig gegen den Rahmen, um keinen

Verdacht zu erregen, falls der Kleine einen Blick auf den Gang hinauswarf.

Mit einem Rundumblick scannte er den Raum und stapfte zielstrebig auf das Regal an der Wand gegenüber dem Gitterbettchen zu. Er verschob die Kerze, auf der Lous Name, ihr Geburtsgewicht, ihre Größe und ein Paar Babyschuhe zu sehen waren, um einige Zentimeter, schob seine Hand durch den Abstand inmitten von Regalseitenwand und Dekosachen durch und versteckte die Kamera dazwischen. Der Spalt zwischen der Kerze und der rosaroten Figur aus Sandstein dürfte reichen, um das Bettchen zu erfassen, dachte Michael und rückte alles wieder an seinen richtigen Platz.

Er drückte den Einschaltknopf, zog das Handy aus der Hosentasche und verband die beiden Geräte miteinander.

»Was machst du denn hier?«

Erschrocken fuhr Michael herum und starrte auf Tony, der ihn vom Türrahmen aus musterte.

»Ich habe die schönen Sachen hier bewundert.« Mit der Hand deutete er auf das Regal und versuchte, sein rasend pochendes Herz zu ignorieren. *Schon wieder eine Lüge.*

»Dieses Bild habe *ich* für Lou gemacht«, sagte der Junge. Er trat neben Michael ans Regal und zeigte auf eine krakelige Zeichnung, die die ganze Familie abbildete.

Der Blick auf das Display verriet Michael, dass die Kamera aktiv war. Sie zeigte in abgehackter Bildabfolge Tonys herumflitzenden Finger. Die Qualität der Aufnahmen war nicht so klar wie gehofft. Aber dennoch brauchbar, stellte Michael fest und steckte schnell das Handy weg. Er hatte vor, die Bilder in Echtzeit zu verfolgen, war sich aber bewusst, dass er nicht Tag und Nacht auf sein Handy starren konnte. Zur Sicherheit hatte er daher in der App eine Sicherung der Videos in der Cloud für vierundzwanzig Stunden eingestellt.

»Das sieht sehr schön aus«, lobte er und war froh, dass er sich mit so einer dämlichen Ausrede hatte herauswinden können. Das Vertrauen des Kleinen war noch nicht oft genug gebrochen worden, als dass er sich weiter über Onkel Mike im Zimmer seiner Schwester gewundert hätte.

»Lass uns weiterbauen«, schlug er vor und hoffte, dass das Auge der Kamera wirklich das Gitterbett erfasste. Tony ließ ihm keine Chance, das zu überprüfen.

»Mamaaaaa«, brüllte der Junge, sowie er einen Schlüssel im Haustürschloss hörte. Wie von Sinnen sprang er auf, warf die Lego-Steine auf den Boden und stürmte die Treppen hinunter.

Tamara!, dachte Michael, erhob sich ebenfalls und folgte dem Jungen ins Erdgeschoß.

»Hallo, mein Schatz!« Tamara stellte die Babyschale, in der Lou schlief und die langsam zu knapp für das Mädchen wurde, auf den Boden und kniete sich vor Tony hin. Sie umarmte ihn innig, roch an seinem Haar und küsste ihn auf die Wange.

»Hallo«, sagte Tamara, als sie Michael entdeckte, und schenkte ihm über die Schulter des Jungen hinweg ein Lächeln, das ihn mit Wärme flutete.

»Hi«, krächzte er, unfähig, den Blick von ihr abzuwenden. Sie sah abgekämpft aus, doch für ihn war sie das wunderschönste Wesen auf dieser Welt. Am liebsten hätte er sie in eine Umarmung gezogen, doch er hielt sich zurück, als er hörte, wie sich draußen das Garagentor schloss. Stefan würde jeden Augenblick hereinkommen.

Jedes Mal, wenn sein Handy vibrierte und der Bildschirm aufleuchtete, schoss Michael von seiner Liegeposition auf der Couch hoch. Er versuchte, nebenbei dem Film im Hauptabendprogramm zu folgen. Vergeblich. Die Kamera-App hatte er so eingestellt, dass sie bei jeder Bewegung, die das Gerät registrierte, ein Signal schickte.

Den Ton hatte er ausgestellt und sich für den lautlosen Kanal entschieden, nachdem er bereits vor Lous Schlafenszeit einige Male aufgeschreckt worden war. Erst wurde das Bettzeug frisch bezogen, dann wurde Wäsche in den Kasten geräumt, und später spielte Tony mit seinem Modellflugzeug in Lous Zimmer.

Erst wenn Lou zu Bett gebracht wurde, wollte Michael die Lautstärke wieder hochdrehen, um Stefans Übergriffe, sollten heute Nacht welche stattfinden, nicht zu verschlafen. Nach all der Mühe, die er sich mit dem Plan rund um die Kamera gegeben hatte, wäre das eine Katastrophe.

Er ärgerte sich darüber, dass das Aufnahmegerät keinen Ton hatte. Darauf hatte er beim Kauf nicht geachtet. Jetzt, da Stefan und Tamara beide in Lous Zimmer standen und sich unterhielten, hätte er gern gehört, worüber sie sprachen. Es schmerzte ihn, seine Freundin mit ihm in so vertrauter Haltung zu sehen.

Sie umarmten einander nicht, berührten sich nicht, im Gegenteil. Zwischen ihnen war ein Abstand, den sie durch bloßes Ausstrecken der Hände nur mühselig hätten schließen können. Und doch war da eine Nähe auf dem Bild zu erkennen. Während Tamara Windeln in die Kommode sortierte, saß Stefan in dem Schaukelstuhl neben Lous Bett und wiegte sie in den

Schlaf. Immer wieder sah er dabei in die Richtung seiner Frau, seine Lippen bewegten sich. Michael meinte sogar, dass er ihn lächeln sah. Doch die Bilder waren zum Teil zu aufgepixelt, um es zu beschwören.

Er selbst drehte den Fernseher ab, schlurfte ins Bad und anschließend ins Bett, als Stefan die Kleine ins Bettchen gelegt und das Zimmer verlassen hatte. In dem Raum war es friedlich und im Haus, so schien es, war die allgemeine Zubettgehzeit angebrochen.

Immer wieder fielen Michael die Augen zu. Schlagartig riss er sie auf und schnellte hoch. Er hatte vergessen, den Ton in der App zu aktivieren. Erleichtert stellte er fest, dass er nichts verpasst hatte. Er nahm die richtigen Einstellungen vor, legte sich wieder in das Kissen und schlief bis zum Morgen durch.

40

»Ihr habt euch da ja ein riesiges Projekt aufgehalst«, witzelte Tamara, als Michael an Tag drei in Folge wiederkam.

»Das wird so cool, Mama. Und das Bauen mit Onkel Mike macht total viel Spaß. Ich bin jetzt schon traurig, wenn ich mir vorstelle, dass wir irgendwann fertig sind.« Über Tonys Gesicht huschte Enttäuschung.

Er war ein Verstandesmensch. Kein gewöhnliches Kind in seinem Alter, das nur den Moment lebte. Er machte sich so viele Gedanken, dass es Michael fast leidtat, mit welchen Lasten er beladen war, bloß weil er so schlau war. Er selbst wurde auch nervös angesichts der Tatsache, dass sie mit dem Bauen der Weltraumstation mit Rakete und allem, was dazugehört, früher fertig sein würden als gehofft.

Welchen Vorwand sollte er dann finden, um weiterhin täglich hier aufzukreuzen? Die Akkulaufzeit der Kamera reichte nicht aus, um sie zwei Nächte hintereinander zu verwenden. Auch nicht, wenn er sie tagsüber via App-Steuerung abschaltete. Es fehlte nicht viel, aber es war zu riskant. Genau in der Zeit, in der die Energie erschöpft war, würde etwas passieren.

»Geh schon mal vor«, sagte er zu dem Jungen. »Ich quatsche noch kurz mit deiner Mama.« Tony gab ein leises Protestgeräusch von sich, gehorchte aber. Tamara trocknete die Töpfe ab und schlichtete sie sorgfältig in den Drehschrank.

»Wie geht es dir?«, fragte er, sowie der Kleine in seinem Zimmer verschwunden war.

»Mir geht es ganz gut. Und Lou auch«, antwortete sie und legte das Geschirrtuch auf die Arbeitsfläche. Sie packte ihn am Handgelenk und zog ihn rasch in die Kammer neben der Küche, in der sie ihre Lebensmittelvorräte aufbewahrte.

Aus dem Wohnbereich vernahm er Lous aufgeregtes Quieken. Sie lag bäuchlings auf einer Krabbeldecke und war darauf konzentriert, verschiedene geometrische Formen in die richtigen Öffnungen eines Würfels zu stecken.

»Ich vermisse dich, Mike«, hauchte Tamara ihm zwischen den Nudelpackungen und Konservendosen ins Ohr und presste ihren Körper gegen seinen. Die Hitzewallung, die ihn wie ein Blitz durchfuhr, wandelte sich augenblicklich in eine übermächtige Erregung um. Michael umfasste Tamara an den Hüften und setzte sie auf die Tiefkühltruhe, schob sich zwischen ihre Beine und küsste sie hart und fordernd. Tamara stöhnte auf, seine Finger suchten durch die dünnen Leggings hindurch ihre Mitte und er stellte fest, wie sehr auch sie sich nach ihm verzehrte.

»Komm morgen zu mir«, bat Michael, weil ihnen jetzt keine Zeit blieb, um weiterzumachen.

Stefan war zwar noch im Büro, doch er könnte jederzeit heimkommen. Außerdem war heute ausnahmsweise Nora hier und wanderte auf ihrer Suche nach Essbarem immer wieder in die Küche. Sie hatte schon den Kühlschrank geplündert, als er herkam, und war kurz darauf an den Schrank mit den Süßigkeiten getreten.

Hier waren sie nicht sicher, auch wenn die Hitze zwischen Tamara und ihm, gepaart mit der Gefahr, erwischt zu werden, seiner Lust einen ungeahnten Schub verpasste. In letzter Zeit hatte er sich Sex mit Tamara nicht einmal vorgestellt. Die Umstände hatten ihn abgelenkt.

Er hatte den Kopf nicht frei, selbst unter der Dusche nicht, wo er normalerweise seiner Fantasie immer wieder freien Lauf ließ. Umso überraschter war er von diesem Aufflammen aus dem Nichts, das ihm beinahe den Boden unter den Füßen wegriss. Sein Glied drückte steinhart gegen sie und er hatte das Gefühl, dass er bei der kleinsten Bewegung von ihr drauf und dran war zu explodieren.

»Ich werde es versuchen«, sagte sie und küsste ihn erneut. Sie schmeckte nach Wein und Vanille. Am liebsten hätte er von ihr getrunken. Mit einem bezaubernden Lächeln im Gesicht schob sie sich an ihm vorbei zurück in die Küche. Er selbst brauchte einen Moment zum Abkühlen, bevor er sich wie ein verliebter Teenager, der zum ersten Mal das Mädchen seiner Träume geküsst hatte, zu Tony nach oben schwang.

Als er die Wohnung betrat, bemerkte er auf dem Handy die Nachricht von Tamara. Sie würde morgen tatsächlich zu ihm nach Hause kommen. Sofort durchströmte ihn ein Glücksgefühl und die Erregung von vorhin flammte auf. Endlich würden sie beide wieder allein sein, sich einander hingeben. Die Sehnsucht, sie zu berühren, nahm die Ausmaße eines Ungeheuers an.

Die Sorge um Lou brach erst später durch, als er im Bett lag und sich die Zeit mit Tamara bis ins letzte Detail ausmalte. Wer würde auf die Kleine aufpassen, während sie beide den Abend miteinander verbrachten? Hatte er Lou mit seinem Vorschlag dem Monster zum Fraß vorgeworfen? Würde Stefan die Zeit allein daheim mit den Kindern nutzen, um sich an ihr zu vergreifen?

Michael konnte an nichts anderes mehr denken als an das, was er in seinem Liebesrausch in der Abstellkammer angerichtet hatte. Er verhalf Stefan zu einer Möglichkeit, obwohl es doch seine Aufgabe war, diese einzudämmen.

Panisch klatschte er den Nachttisch nach dem Handy ab. ›Komm nicht‹, tippte er und löschte es wieder. ›Ich kann morgen nicht‹, war seine nächste Idee, was er ebenfalls entfernte.

Seufzend setzte er sich im Bett auf, atmete tief durch und starrte einen Moment lang in die Finsternis. In diese städtische Dunkelheit, die immer ein bisschen zu hell war.

›Nimmst du Lou bitte mit?‹, schrieb er und verschickte die Nachricht an Tamara. Sie konnte väterliches Vermissen hineininterpretieren. Mehr sagte das, was er geschrieben hatte, nicht aus. Natürlich würde sie verwirrt sein, denn der Ursprung seiner Einladung lag auf der Hand. Er hatte sich von seiner Geilheit übermannen lassen.

Tamaras Antwort leuchtete ihm entgegen: ›Ich habe Nora bereits zwanzig Euro angeboten, damit sie auf die Kleinen aufpasst. Sie spart auf ein neues Handy und will den Job. Stefan hat einen Termin mit anschließendem Abendessen. Mir wäre es also lieber, wenn nur wir beide uns sehen. Stehst du es einen Abend lang ohne Lou, nur mit mir, durch? ;-) Ich hätte da so einige Ideen, wie ich dich von der Sehnsucht nach ihr ablenken könnte. Und ich habe vor, sie alle nacheinander und sehr gründlich auszuprobieren.‹

Das Hochgefühl, das sich in ihm zusammenbraute – die Mischung aus Erleichterung und aufgeregter Vorfreude –, ließ ihn die halbe Nacht nicht schlafen. Die andere Hälfte brachte er mit dem eigenartigen Gefühl zu, dass trotz allem Nora es sein könnte, die Lou aus dem Weg räumen wollte. Sie war eifersüchtig auf das, was er mit ihrer Mutter geschaffen hatte. Eine Beziehung, sogar eine Familie. Zwar geheim, aber es war doch nur eine Frage der Zeit, bis die Wahrheit ans Tageslicht kommen würde.

Als er morgens auf die Uhr sah, stellte er fest, dass gleich sein Wecker klingeln würde, wenn er ihn nicht nach dem Gespräch mit Tom aus dem Mobiltelefon gestrichen hätte. Er verdrängte seine Angst, dass Lou bei Nora nicht sicher sein könnte, und lenkte sich mit den anderen Problemen ab, die ihm zu schaffen machten.

Der Sender fehlte ihm, die Kollegen auch, und vor allem ängstigte ihn das Gefühl, dass er keine Aufgabe mehr hatte.

Er wurde nicht gebraucht, nicht angerufen. Jahrelang hatte er für den Radiokanal Sendungen moderiert, jetzt erkundigte sich kein Einziger nach ihm. Bisher hatte er es vermieden, die Soundanlage anzudrehen und sich seine Programme – die nun ohne ihn gesendet wurden – anzuhören. Genauso hatte er darauf verzichtet, die Zeitungen durchzublättern. Mittlerweile gab es bestimmt Gerüchte darüber, wie es zu den ›neuen Stimmen‹ auf *FM Zaruuna* gekommen war.

Michael überlegte, ob er den Laptop anwerfen und die ersten Recherchen tätigen sollte. Der Einfall mit den Sondersendungen war nicht übel. Er hatte vor, damit durchzustarten und seinen Ruf aufzupolieren. Doch dann ließ er es. Darum würde er sich kümmern, wenn er Stefan überführt hatte und sein Privatleben in festen Bahnen lief.

Gerade war die Gefahr, sich zu verrennen, zu groß. Mehr als unausgereifte Schnellschüsse würde er nicht hervorbringen.

Und Tom würde ihm keine weitere Chance geben. Daher musste er die Zwangspause dazu nutzen, sein Leben in den Griff zu bekommen, und sich im Anschluss umso konzentrierter auf die neue Aufgabe stürzen.

Er würde alles daransetzen, nicht als Charity-Typ zu enden, der an Heiligabend einen überdimensionierten Pappscheck an ein Altenheim überreichte, von dem sie sich Pinsel, Malkasten und Zeichenpapier kauften. Nein, er würde sich eine Nische in der Radiomaschinerie suchen und sie für sich nutzen. Wenn er seinen Verstand einsetzte, konnte er völlig neue Akzente setzen und mit dem Format das Radio umfassend verändern.

Michael beobachtete auf dem aufleuchtenden Display des Smartphones, wie Lou von Tamara aus den Bettchen gehoben wurde.

Trotz der grauenhaften Bildqualität erhaschte er einen Blick auf ihr ausgeschlafenes Lächeln, mit dem sie in den neuen Tag startete. Ihre Ärmchen wickelten sich um den Hals ihrer Mutter und die Füßchen wippten aufgeregt. Sein Herz schwoll an. Als sie das Zimmer verließen, schaltete er über die App-Steuerung die Kamera in Lous Regal aus und ließ sich zurück in das Kissen fallen.

Er hatte keine Ahnung, was er an diesem Tag anstellen könnte, um die Stunden bis zum Abend zu verkürzen. Sport, eine ausgiebige Dusche, einkaufen für die Zeit mit Tamara … er wusste selbst, dass diese paar Punkte auf seiner Liste niemals die Zeitspanne ausfüllten, bis es endlich an der Tür klingelte.

Die Wartezeit erinnerte ihn an Weihnachten in seiner Kindheit, als sein Vater noch am Leben war und Marlene und er sich die obskursten Spiele ausdachten, um die Stunden, bis das Christkind endlich kam, zu überstehen.

»Woran denkst du?«

Michael schmunzelte. »Du willst wissen, woran ich denke, während ich mit der schönsten, verführerischsten, wundervollsten, großartigsten Frau der Welt im Arm hier in meinem Bett liege?«

Sie lachte leise auf und schmiegte ihren Po fester gegen seinen Körper. Er umfasste sie von hinten, als wollte er sie um nichts auf der Welt jemals wieder loslassen.

»Ja«, sagte sie. »Ich will es wissen.«

»Also gut.« Er seufzte und setzte theatralisch zu einem Monolog an. Seinen Mund führte er nah an ihr Ohr heran, sodass ihre Haare seine Nase kitzelten.

»Ich denke daran, wie glücklich ich bin, weil du bei mir bist. Dich so nah bei mir zu spüren, ist nicht nur der höchste Genuss, den ich körperlich empfinden kann. Bei einer jeden Berührung zwischen uns fühlt es sich an, als würdest du durch meine Haut hindurchgreifen, dich an den Rippen vorbeischwindeln und mein bloßes Herz mit deinen Fingern streicheln.«

Michael strich von ihrem Busen hinab zu ihrem Bauchnabel, wanderte weiter und umwarb die Hautfalten rund um ihr Zentrum. Er bemerkte die warme Feuchte, eine Verbindung ihrer beiden Säfte, die von dem intensiven Liebesspiel herrührten, dem sie sich hingegeben hatten. Sie stöhnte matt.

Er wusste, dass es zu früh für eine zweite Runde war. Ihre empfindlichsten Stellen waren überreizt und müde. Sie wollten sich nur halten und mit Worten berühren, bis sie wieder so weit waren.

»Und dann stelle ich mir vor«, fuhr er fort, »wie wir hier an einem Samstagmorgen eng aneinander gekuschelt in den Tag starten. Ich höre Lou über den Flur tapsen, spüre, wie sie sich auf die Matratze wirft und ihren bettwarmen, in einen flauschigen Pyjama gehüllten kleinen Körper zwischen uns beide hineinquetscht und sich in unserer Mitte noch ein paar Minuten Ruhe gönnt. Ich sehe sie auf meinem Fahrrad im Kindersitz winken, wenn wir Brötchen für das Frühstück holen und dann zu dir nach Hause kommen. Am Nachmittag sitzen Lou und ich am Ufer des Sees und beobachten ihre wunderschöne, verführerische, sexy Mama dabei, wie sie sich – mit der Kamera im Anschlag – auf das nächste Bild konzentriert. Ich sehe zwischen meinen zwei Lieblingsmenschen hin und her, bemerke die Gemeinsamkeiten und die Unterschiede. Ich schwinge mich hoch, setze Lou auf meine Schultern, höre sie jauchzen, wenn wir in deine Richtung laufen. Wir stören dich bei der Arbeit und riskieren damit einen genervten Blick. Aber alles, was wir bekommen, ist ein Kuss. Den wollen wir beide als Erstes haben, sie und ich. Weil es das schönste Gefühl der Welt ist, von *dir* geküsst zu werden.«

Tamara drehte sich herum und sah ihm tief in die Augen. Alles in Michael bebte, als sie ihre Finger versteckt unter der Bettdecke über seinen Po und die Oberschenkel wandern ließ. Ihre Vereinigung war ungestüm und hitzig gewesen. Nahezu ein Kampf, in dem nichts weiter zählte, als den anderen gewinnen zu sehen. Jetzt würden sie sich lieben.

41

Es gab diese Tage, die von Anfang an ausstrahlten, dass etwas mit ihnen nicht stimmte. Sie waren wie dazu gemacht, langsam von der tief sitzenden Unruhe in eine Katastrophe zu schlittern.

Michael würde sich später an das Interview mit dem ›Wetten, dass ...?‹-Kandidaten Samuel Koch, das er in der Zeitung gelesen hatte, erinnern. Darin sagte er, dass ihm sein Bauchgefühl vor seinem Auftritt eindringlich davon abgeraten hatte, über fahrende Autos zu springen. Und das, obwohl die Proben einwandfrei gelaufen waren.

Michaels Instinkt sagte ihm an diesem Tag, dass die Herbstsonne ungewöhnlich stark durch das Fenster flirrte und sie etwas zu überdecken versuchte. Noch einmal drehte er sich in seinem Bett herum. Die Unruhe ließ ihn nach dem Telefon greifen, die App öffnen und Lou dabei zusehen, wie sie aufwachte.

Tamara streckte ihre schlanken Arme nach seiner Tochter aus und hob das vergnügt grinsende Mädchen aus dem Gitterbett. Seufzend schloss er die App und warf das Telefon auf den Nachttisch zurück. Wenn man ihn also später fragte, ob er in jenem Augenblick schon geahnt hatte, dass an diesem Tag die Welt rund um ihn einstürzen würde ... er hätte ›Ja‹ gesagt, denn die Vorboten waberten bereits durch seine Adern.

Michael drängte dieses Bauchgefühl zurück. So lange, bis sein Telefon klingelte. Er stand unter der Dusche und wollte erst gar nicht rangehen. Dann fiel ihm Tamara ein, seine Schwester, sogar seine Mutter. Er sprang klatschnass durch das Badezimmer, schlang das Handtuch um seinen Körper und stutzte, als er Robs Namen auf dem Display sah.

»Hi, Rob! Na, wie geht es dir?« Michael hielt den Hörer ein wenig weg von seinem Ohr. Von den mittlerweile viel zu langen Haaren tropfte eine Mischung aus Wasser und Shampoo. Tamara gefiel sein neuer Look. Er selbst konnte sich nicht anfreunden damit.

»Hallo«, krächzte es auf der anderen Seite der Leitung. Die Verbindung war instabil und Michael verstand kaum etwas. Schnell wischte er sich mit dem Handtuch über den Kopf und drückte das Telefon ans Ohr.

»Hallo?«, versuchte er es erneut.

»Hier spricht Ina Eder.« Michael erstarrte. »Herr Thaler?«

»Ja«, stammelte er.

»Ich muss Ihnen leider mitteilen, dass Robert gestern Abend verstorben ist. Er hat darum gebeten, Sie davon in Kenntnis zu setzen.« Ihre Stimme stockte. Sie rang hörbar um Fassung. *Rob ist tot.*

»Aber ...« Selbst wenn die Nachricht nicht aus dem Nichts kam, verfiel Michael in eine Schockstarre.

»Er hatte eine Liste mit Kontakten, die ich persönlich informieren soll. Das habe ich getan ...« Die Ungeduld in ihrem Ton konnte sie nicht verbergen. Sie hielt das Telefon ihres Ex-Mannes in der Hand und arbeitete die Liste ab.

Die beiden waren getrennt, sie hatte längst einen Neuen. Und doch bahnte der Schmerz sich den Weg bis zu ihr.

Vielleicht dachte sie darüber nach, wie es zwischen ihnen beiden begonnen hatte. Vor langer Zeit waren sie einmal verliebt gewesen. Und jetzt? Der Tod hatte ihr nichts hinterlassen als das, was sie sich gegen Ende gegenseitig an den Kopf geworfen hatten, und eine Liste, die es durchzurufen galt.

»Mein aufrichtiges Beileid«, sagte Michael, damit dieses Telefonat für sie beide ein Ende fand.

»Danke. Auf Wiederhören.« Sie legte auf und Michael ließ das Telefon sinken, hob es wieder hoch. Er öffnete die Anrufliste und starrte auf Robs letzten Anruf.

Rob war tot. Sein Handy war nicht tot. Es lebte weiter. Seine Kinder waren nicht tot, seine Ex-Frau nicht, die Menschen auf der verdammten Liste nicht. Nur er, dessen Körper jetzt in einem Kühlregal im Krankenhaus darauf wartete, dass der Bestatter ihn in den bedrohlichen Kombi lud wie eine Fuhre Bauschutt und die Entsorgung vorbereitete.

Wie benebelt stieg Michael wieder in die Dusche, wusch sich das Duschgel vom Körper und die Reste des Shampoos aus den Haaren. Er konzentrierte sich auf die Tropfen, wollte jeden einzelnen bewusst auf der Haut fühlen. Solange man noch fühlen kann, dachte er und weinte um einen Menschen, den er zu lang nicht gemocht hatte. Der ihm zum Freund hätte werden können, wenn es an diesem einen Tag im Café des Krankenhauses nicht schon zu spät dafür gewesen wäre.

Michael kämpfte gegen das Bedürfnis an, Tamara anzurufen. Sie hatte keine Ahnung, wer Rob überhaupt war. Mit ihr hatte er nie darüber gesprochen, weil immer Lou im Vordergrund war. Sie hatten in ihrer intensiven Beziehung zu wenige Zeitfenster, als dass er sie mit Gesprächen über Sorgen und Tod anderer Menschen füllen wollte.

Jetzt hätte er gern ihre Nummer gewählt und gesagt, dass sein ehemaliger Kollege tot war. Damit sie daraufhin versicherte, dass sie gleich nach Hause kommen würde, um mit ihm daran zu arbeiten.

Doch sie war nicht hier zu Hause. Tamara war Stefans erste Wahl und die der Kinder. Sie konnten bei ihr anrufen und erwarten, dass sie nach Hause kam. Aber Michael nicht. Er war allein und er hatte urplötzlich große Angst, selbst zu sterben.

Sorgfältig abgetrocknet schlüpfte er in frische Kleidung und setzte sich auf das Sofa. Er wählte Patricks Nummer, legte aber auf, bevor sich die Verbindung aufgebaut hatte. Kurz dachte er darüber nach, Anni anzurufen, um ihr von Robs Tod zu erzählen. Schließlich waren sie auch Kollegen gewesen. Aber er wollte mit niemandem darüber sprechen, außer mit Tamara.

Die Anrufe seiner Schwester, die im Laufe des Nachmittags eingingen, ignorierte er.

Irgendwann gab sie auf und schickte ihm eine Nachricht, in der sie ihn über einen spontanen Kurztrip nach Venedig, gemeinsam mit Gregor, informierte. Das blasse Lächeln auf seinem Gesicht rührte von der Freude darüber, dass sich die beiden offenbar wieder annäherten. Und er war erleichtert, dass ihre Anrufe keine Gründe hatten, die ihm einen Rückruf aufzwangen.

Michael war nach Schweigen. Er lehnte in den Kissen auf der Couch und schaute in die Luft. Es hatte etwas Reinigendes, nicht sprechen zu müssen und sich nicht zu dem Schmerz zu äußern, der ihn angesichts der Todesnachricht überrollt hatte.

Erst hatte er den Kameratausch ausnahmsweise ausfallen lassen wollen. Aber dann war er nach einigen Stunden in derselben Position aufgehüpft, war zu den Beradis gefahren und hatte widerwillig eine Zeit lang mit Tony an der Lego-Raumstation gebaut.

Tamaras Blicke waren aufmerksam gewesen. Sie hatte bemerkt, dass irgendetwas nicht stimmte. Da Stefan und Nora im Wohnzimmer Schach spielten und ihm ohnehin nicht nach Reden war, hatte er ihr wortlos versichert, dass alles in Ordnung war.

Die Lego-Anleitung war kompliziert und Tony hatte bald keine Lust mehr, mit ihm zu bauen. Auch dem Jungen war aufgefallen, dass sein Onkel Mike nicht bei der Sache war, und er brachte das mit kindlicher Kompromisslosigkeit zum Ausdruck, indem er ihm mitten ins Gesicht sagte, dass er lieber seine Lieblingsserie guckte, als mit ihm weiterzubauen. Die Kameras waren rasch ausgetauscht. Gleich im Anschluss verabschiedete Michael sich eilig und drückte Lou verstohlen einen Kuss auf die Stirn.

Als er spät nachts ins Schlafzimmer schlurfte und das Licht löschte, war er mit der Welt so weit versöhnt, dass er nach vorne schauen konnte. Der Tod gehörte zum Leben dazu und das zu akzeptieren, war die komplexeste Aufgabe, vor der die Menschheit gestellt wurde. Es gab für niemanden einen Weg, der daran vorbeiführte. Und wenn es ihn nicht heute traf, dann traf es ihn eben an einem anderen Tag.

Genauso wie Rob.

Ebenso würde es Lou, Tamara, Marlene, seine Mutter und alle, die ihm etwas bedeuteten, treffen. Warum verursachte das, was von der Natur vorgegeben war, so eine Angst? Er wollte sich nicht mehr fürchten und mit diesem Vorsatz fiel er in einen unruhigen Schlaf.

Der Alarm schlug kurz vor Mitternacht an. Mittlerweile hatte sich Michael an den Ton, der ihn nachts immer wieder aus dem Schlaf riss, gewöhnt, sodass sich sein Puls kaum mehr beschleunigte. Zuweilen weinte Lou, manchmal aktivierten Geräusche von außerhalb des Kinderzimmers, dessen Tür stets offen stand, das Kamerasystem. Daher beeilte er sich nicht damit, sich von der einen Seite des Bettes auf die zu wälzen, auf der sein Telefon vor sich hin surrte und piepste.

Er kniff die Augen zusammen, als er seinen Blick auf das vom Nachtmodus der Kamera grellweiße Display richtete. Durch die Stäbe des Gitterbetts sah er die weit aufgerissenen Augen seiner Tochter. Sie schien erwartungsvoll, nuckelte an ihrem Schnuller. Dann drehte sie sich ein wenig auf der Matratze, sodass Michael ihr Gesicht nicht mehr sehen konnte. Aus dem toten Winkel der Kamera trat eine Gestalt, die sich langsam auf das Bettchen zubewegte.

Lou strampelte mit den Beinchen. Sie freute sich offenbar angesichts des nächtlichen Besuchs. Der dunkle Schatten hielt ein Kissen in der Hand und beugte sich über die Kleine.

Das erwartungsvolle Strampeln verwandelte sich in ein panisches Zucken. Michael sah mit an, wie ihre Ärmchen in die Luft boxten und sich ihr Po ständig hochhob, um gleich darauf wieder auf die Matratze zu sinken.

Mit Lous schwächer werdenden Bewegungen wurde auch Michaels Unglauben immer stärker. Seine ganze Welt war in der kurzen Zeit, die er seiner Tochter bei ihrem Überlebenskampf zusehen musste, auseinandergefallen.

Im Bettchen rührte sich nichts mehr, als Tamara von ihr abließ und das Zimmer verließ. Die Panik in Michael sorgte für ein Totalversagen seines Gehirns. Er war komplett unfähig zu handeln, starrte auf das Handy, das er mit den Fingern umschloss.

Lou lag leblos in ihrem Bettchen. Ein Arm hing schlaff durch die Stäbe nach draußen. Er sah die Finger, die sich zu einer Faust geballt hatten. Sie hatte einen verbissenen Kampf gegen jemanden geführt, dem sie bedingungslos vertraute, und ihn verloren.

Kurze Zeit später stürmten Tamara und ein schlaftrunkener Stefan in das Kinderzimmer.

Zwanzig Sekunden.

Die Überwachungsmatte!, fiel es Michael ein.

Tamara riss Lou aus dem Bettchen, legte sie auf den Boden und begann mit der Wiederbelebung ihrer Tochter. Stefan hetzte planlos aus dem Sichtfeld und kehrte kurz darauf mit dem Handy am Ohr zurück. Er hatte im Gegensatz zu seiner Frau keine Ahnung, was vor sich ging. Während sie so souverän war wie immer.

42

»Sie sind mir hoffentlich nicht böse, wenn ich Ihnen sage, dass es völlig egal ist, was die Mutter sagt. Sie ist krank und das, was sie sagt, zählt nichts. Was wir jetzt brauchen, ist ein Abstammungsverfahren. Ohne den Nachweis, dass Sie der leibliche Vater von Lou sind, haben wir überhaupt keine Chance, irgendetwas zu erreichen.«

Wir. So wie sie es aussprach, klang es wie eine Kampfansage. Genau das, was er jetzt benötigte. Jemanden, der ihn an der Hand nahm und mit ihm in einen Krieg zog, den er absolut nicht wollte, der aber nötig war.

Michael saß in Ricarda Sellners Büro, das an Gediegenheit und Protz nicht zu überbieten war. Die Zigarrenkiste auf dem Vollholz-Eichentisch war keine Deko, sondern ein Statement. Und der männliche Assistent im Vorzimmer genauso.

Tom hatte ihm den Kontakt zu dieser Kanzlei vermittelt und ihm versichert, dass Ricarda Sellner einer der gefürchtetsten Anwälte der Stadt oder gar des ganzen Landes war. Absichtlich hatte er das Maskulinum verwendet, weil sie sich nicht allein mit ihren Kolleginnen maß. Sie war keine typische Scheidungsanwältin, die sich ihre Villen und die Jacht vor der Küste Kroatiens durch die Vertretung von künftig reichen Scheidungsfrauen finanzierte. Sie war eine Koryphäe im Familienrecht und weit über die Grenzen Österreichs hinweg bekannt.

»Ich bin mir nicht sicher …«, stotterte Michael und damit brachte er genau das zum Ausdruck, was er seit dieser einen Nacht empfand. Er wusste gar nichts mehr und war sich nicht einmal darüber im Klaren, ob er jemals etwas gewusst hatte.

Alles, was er sich gewünscht hatte, lag in Scherben vor seinen Füßen und sein Herz in einer Blutlache daneben.

»Das ist zum Glück auch *meine* Aufgabe, Herr Thaler«, beschwichtigte die Rechtsvertreterin ihn etwas sanfter, weniger rabiat, fast mitleidig.

Sie schob ihm – es wirkte automatisiert – eine Box mit Papiertaschentüchern über den Schreibtisch und wandte sich dem Bildschirm ihres MacBooks zu.

Michael starrte auf den Karton, zog aber kein Taschentuch heraus. Er konnte nicht weinen. Seit dieser Nacht hatte er kein einziges Mal geweint und kaum geschlafen.

Es war erst eine Woche vergangen, doch es fühlte sich an, als wäre er Jahre entfernt von dem Leben, das er bis dahin geführt hatte. Und er war Welten von dem getrennt, was er sich für seine Zukunft vorgestellt hatte.

Michael ließ den Blick über Ricarda Sellner streifen und fragte sich, ob er einen Fehler gemacht hatte, indem er sie kontaktiert hatte. Was erwartete er von ihr?

Marlene hatte ihm geraten, sich juristisch beraten zu lassen. Nachdem er nach der Anzeige, die er bei der Polizei gemacht hatte, zu ihr gefahren und auf ihrer Couch zusammengeklappt war, hatte sie ihre Reise nach Venedig abgesagt und sich um ihn gekümmert.

Der Zusammenbruch bestand aus einem stumpfen Blick und keinerlei Regung, sodass Marlene ihm letztendlich damit gedroht hatte, ihn von einem Krankenwagen abholen zu lassen, wenn er nicht endlich mit ihr sprach.

Daraufhin erzählte er ihr, was er mitansehen musste und wie er bei der Polizei die Liebe seines Lebens verraten hatte, um seine Tochter zu schützen.

Wie Stefan ihn gegen die Wand gepresst und gewürgt hatte, sodass Polizeibeamte dazwischengehen mussten. Und wie Stefan ihn zwei Stunden später, nach Tamaras Einvernahme, so verzweifelt umarmt hatte, dass er erneut kaum Luft bekam. Wie ein Ertrinkender hatte er sich an ihn gehängt und geschrien vor Schmerz, der von innen aus ihm herausdrängte. Michael hatte nicht geschrien, er hatte gar nichts gesagt.

»Es war gut, dass Sie zu mir gekommen sind«, versicherte Ricarda Sellner, als hätte sie seine Gedanken gelesen. Ihre Pupillen wanderten dabei ausdauernd über die Zeilen, sprangen in einem Höllentempo von links nach rechts und wieder zurück.

Michael war klar, was sie las. Sie verschaffte sich einen Überblick über den Fall, wie sie es nannte, und ging dazu Tamaras Vernehmungsprotokoll durch, das der Polizist Ralf Wiesner endlich freigegeben hatte. Michael hatte es kaum ertragen, darin zu lesen, und konnte sich nur bruchstückhaft erinnern. Woran er sich erinnerte, war die sensible Vorgehensweise des Polizisten, der während der Befragung rasch erkannt hatte, dass Tamaras Handeln auf eine Krankheit zurückzuführen war. Ob es Michael auch irgendwann gelang, das zu verinnerlichen?

R. Wiesner: ›Sie geben also zu, dass Sie Ihre Tochter misshandelt haben?‹

T. Beradi: ›Ich habe sie nicht misshandelt. Ich liebe Lou. Ich liebe meine Kinder!‹

R. Wiesner: ›Sie haben mehrfach Handlungen unternommen, um Lou in einen Zustand zu versetzen, der ärztliche Hilfe notwendig machte. Ist das richtig?‹
T. Beradi: ›Ja, ich gebe zu, dass ich die Anfälle herbeigeführt habe. Aber in diesem Moment habe ich das verdrängt. Ich habe es ... (überlegt) ... ausgeblendet.‹
R. Wiesner: ›Können Sie uns erklären, warum Sie diese Anfälle herbeigeführt haben?‹
T. Beradi: ... (Achselzucken)
R. Wiesner: ›Vielleicht sprechen wir zuerst darüber, wie Sie dabei vorgegangen sind. Erinnern Sie sich an Lous ersten Anfall?‹

Michael hatte es nicht über sich gebracht, diesen Abschnitt, in dem Tamara detailliert über ihre Taten sprach, zu lesen.

Ricarda Sellner unterbrach ihre Lektüre und lehnte sich mit dem Oberkörper in seine Richtung nach vorn. »Frau Beradis Verhalten und die Aussagen, die sie im Zuge ihrer Vernehmung getätigt hat, sind eindeutig einer speziellen Krankheit, dem Münchhausen-Stellvertreter-Syndrom zuzuordnen. Das sieht auch der Haftrichter so. Daher verbringt sie, wie Sie wissen, die Untersuchungshaft in einer Einrichtung für Personen, die vermutlich den geistig abnormen Rechtsbrechern zuzuordnen sind.«

Michael schüttelte den Kopf und gab einen gequälten Ton von sich.

»Das ist gut so«, versicherte die Anwältin. »Dort ist Tamara Beradi mit Sicherheit besser aufgehoben als in einem Untersuchungsgefängnis. So wie es sich darstellt, ist Tamara Beradi sehr krank, Herr Thaler. Das müssen nicht nur Sie und ihre Familie verstehen, sondern vor allem auch Frau Beradi selbst. Das Münchhausen-Stellvertreter-Syndrom, das auch Münchhausen-by-proxy-Syndrom genannt wird, ist eine komplexe psychische Krankheit, die an Grauen und Traurigkeit kaum zu übertreffen ist. Wichtig ist jedoch, nicht zu vergessen, dass es eine Krankheit ist.« Dann wandte sie sich wieder dem Bildschirm zu.

Michael lehnte sich nach vorn und erhaschte Einblick in die Stelle, die sie gerade dabei war zu lesen.

R. Wiesner: ›Kommen wir noch einmal auf die Gründe zu sprechen. Können Sie mir erklären, warum –‹
T. Beradi: ›Ich weiß es nicht. Okay? Ich weiß nicht, warum ich das gemacht habe. Ich liebe meine Tochter, verstehen Sie? Für mich war es unerträglich, sie so hilflos und verletzlich zu sehen. Ihr zu helfen, versetzte mich in einen Rausch, in ein Hochgefühl. Ich kann das nicht in Worte fassen.‹

Tatsächlich war die Klärung von Tamaras Antrieb gerade Gegenstand eines umfassenden psychiatrischen Gutachtens, das für den Prozess erstellt werden musste.

In der kurzen Zeit seit Tamaras Verhaftung konnte noch keine eindeutige Ursache festgestellt werden. Sie vermuteten nicht verheilte Wunden, die auf Tamaras Kindheit zurückgingen, und die sie dazu brachten, um Aufmerksamkeit, Lob und Zuneigung durch die Ärzte und das Krankenhauspersonal zu kämpfen. Dagegen sprach ihre bis dahin gefestigte Bindung zu ihren größeren Kindern, bei denen Tamara – soweit man das bisher wusste – keine Handlungen in diese Richtung unternommen hatte.

Jüngste Studien des King's College in Cambridge und des Universitätsklinikums in Oxford ließen die Vermutung zu, dass auch schwere Komplikationen während der Geburt ein Trauma mit solchen Auswirkungen nach sich ziehen konnte. Die Geburt von Lou war unheimlich belastend für Tamara gewesen. Aber deshalb eine solche Störung zu entwickeln, war für Michael kaum vorstellbar. Andererseits: Was wusste er schon?

Michael vermutete jedoch, dass auch Tamaras Selbstaufgabe einen Teil dazu beigetragen haben könnte, dass sie auf der Suche nach Anerkennung derart auf Abwege geraten war. Sie hatte mit der Fotografie endgültig abgeschlossen und die Heimlichkeiten rund um ihre außereheliche Beziehung und die Vaterschaft von Lou hatten Tamara vielleicht in einen psychischen Ausnahmezustand versetzt.

Im Stillen gab er sich also einen Teil der Schuld an dem, was Lou ertragen musste.

T. Beradi: ›Wann kann ich zu meinen Kindern? Lou braucht mich!‹

R. Wiesner: ›Das weiß ich nicht genau, Frau Beradi. Aber ich bin mir sicher, dass das noch etwas länger dauern wird.‹

T. Beradi: ›Aber sie braucht mich.‹

R. Wiesner: ›Ihre Kinder sind in guten Händen. Sie müssen sich keine Sorgen machen.‹

T. Beradi: ›Aber ich bin ihre Mutter! Die kann niemand ersetzen. Meine Kinder brauchen mich. Lassen Sie mich zu ihnen! Ich bin eine gute Mutter!‹

Und genau dieser Standpunkt ging nicht in Michaels Kopf hinein. Ihr verschobenes Selbstbild zerstörte bloß immer mehr in ihm.

Ricarda Sellner holte Luft und wandte sich ihm direkt zu. »Ich werde mich dafür einsetzen, dass Ihnen das Sorgerecht für Lou zugesprochen wird.«

»Stefan …«

»Wir gehen dabei behutsam vor. Stefan Beradi befindet sich aufgrund der Vorkommnisse selbst in einem emotionalen Ausnahmezustand. Er hat von der Krankheit seiner Frau genauso wenig gewusst wie die gemeinsamen Kinder. Dazu kommt, dass er bis zu der alles verändernden Nacht der Meinung war, dass er Lous leiblicher Vater ist. Dieser Betrug durch seine Frau und einen seiner engsten Freunde ist ihm wahrscheinlich noch gar nicht so bewusst. Der Mensch hat nur eine bestimmte Kapazität für solche Hiobsbotschaften. Genau das könnte ein Vorteil sein, wenn es darum geht, die Vaterschaftssache zwischen ihm und Ihnen zu klären.«

»Sie meinen, wir überrumpeln ihn«, fasste Michael zusammen und schmeckte die Bitterkeit des Plans.

»Ja«, gab sie kühl zu. »Wir überrumpeln ihn. Aber verstehen Sie mich nicht falsch, Herr Thaler: Seine Frau hat ihn nun einmal betrogen. Und Ihr Mitgefühl in allen Ehren, aber das ändert nichts mehr daran, dass Sie maßgeblich an dieser Affäre beteiligt waren. Jetzt geht es schließlich um das große Ganze. Nämlich darum, dass Lou bei einem leiblichen Elternteil aufwachsen und beschützt leben darf.«

Mit allem, was sie sagte, traf sie bei Michael ins Schwarze. Natürlich musste er Lou zu sich holen und seine Rechte, die ihm als Vater zustanden, so schnell wie möglich durchsetzen.

Dazu gehörte leider, Stefan erneut das Messer in die Brust zu rammen.

Zwei Jahre später

Michael war viel zu früh hier. Er suchte nach einer Parkbank, die im Schatten lag, und ließ sich seufzend auf das grün lackierte Holz sinken. Die Sonne stand schon tief und blendete ihn. Daher tippte er die Nachricht beinahe blind: ›Happy Birthday! Ich freue mich schon sehr auf unser Wiedersehen.‹

Die Antwort kam sofort.

›Danke! Ich freue mich auch! Wann kommst du?‹

›Der Flieger landet um 11:30 Uhr am Freitag in zwei Wochen.‹

›Berlin und ich vermissen dich und wir können es kaum erwarten.‹ Es folgte ein Foto von Anni und Eva vor einem Berliner Lokal. Sie hielten beide eine Champagnerflöte in den Händen und lächelten in die Kamera. Das Bild stammte von der Nacht davor, in der Anni gemeinsam mit Freundinnen in ihren Geburtstag hineingefeiert hatte.

Lächelnd steckte er das Handy zurück in seine Tasche und hielt sein Gesicht in die Sonne. Er freute sich auf das Wochenende in der großen Stadt und noch mehr darauf, Anni und ihre Freunde zu treffen.

Seit er bei einem seiner Besuche in einer kleinen Bäckerei am Alexanderplatz eine faszinierende Frau kennengelernt hatte, versuchte er, mehr Wochenenden in Berlin zu verbringen.

Lizzy, so hieß sie, war eine spätberufene Studentin und sie beide genossen den Zauber der Anfangszeit, ohne sich gegenseitig dem Druck einer Partnerschaft auszusetzen.

Die zukünftige Meeresbiologin hatte nach einer steilen Bankerkarriere und einem damit einhergehenden Burn-out die Eigentumswohnung gegen eine klitzekleine Wohnung in Fußnähe zur Uni getauscht und bummelte seither auf Kosten ihrer Ersparnisse durch die Semester.

Er liebte es, morgens in ihrem Bett aufzuwachen, mit ihr über den Campus zu streifen und sich abends mit ihren viel jüngeren Studienkollegen zu treffen.

Anni und Lizzy hatten sich erst nicht ausstehen können, verstanden sich mittlerweile aber gut. Dass Anni seine neue Freundin anfangs abwertend ›Berlin‹ genannt hatte, nachdem sie erfuhr, dass sie ein Grund für seine immer häufigeren Besuche war, war irgendwann zu einem Running Gag geworden.

Berlin und ich vermissen dich ... Ja, er vermisste Berlin und alles, was da noch auf ihn wartete, ebenfalls.

»Seid ihr jetzt eigentlich zusammen?«, wollte Anni vor Kurzem wissen. Er hatte bloß den Kopf geschüttelt und gegrinst. Es fiel ihm schwer, ihr zu erklären, warum er im Moment nicht in der Lage war, eine ernsthafte Beziehung in Betracht zu ziehen. Er hätte ihr von all dem Schmerz erzählen müssen, den er noch lange nicht verarbeitet hatte.

Zu Lizzy war er von Anfang an ehrlich gewesen. Als er merkte, dass sie sich gut verstanden, hatten sie eine ganze Nacht lang geredet. Michael hatte sein Innerstes vor ihr ausgebreitet und damit riskiert, dass sie sich einfach nicht mehr melden würde. Doch er hatte sich getäuscht. Lizzy blieb unverändert offen für seine Gesellschaft, diese eigentümliche Freundschaft zwischen ihnen beiden und die körperliche Nähe, die an keine Versprechungen geknüpft war.

Sie stand mit beiden Beinen in diesem neuen Leben, für das sie sich angestrengt hatte, und sah in Michael eine Bereicherung, ohne Forderungen zu stellen.

Wie lange so etwas gut gehen konnte? Michael hatte sich vorgenommen, diese Zweifel nicht hochkommen zu lassen und Berlin mit allem, was dazugehörte, zu genießen, so lange es eben möglich war. Schließlich hatte er auf brutale Art und Weise erkennen müssen, dass sich über Nacht das komplette Leben auf den Kopf stellen konnte, ohne Möglichkeit, etwas dagegen zu unternehmen.

Die Hand, die sich auf seine Schulter schob, ließ ihn kurz zusammenzucken.

»Na, Bruderherz, hast du etwa gepennt?«

Marlene warf sich neben ihn auf die Bank und schob sich die riesige Sonnenbrille vom Kopf auf die Nase.

»Ganz allein heute?«, wunderte er sich und drückte ihr einen Kuss auf die Wange.

»Gregor ist noch in der Schule. Er ist mit dem Zahlenzeug beschäftigt. Und ich wollte dich nicht warten lassen. Du weißt schon: Pünktlichkeit ist eine Tugend«, witzelte sie.

»Jaja, das ist es wirklich. Schön, dass du hier bist. Und ich muss sagen, du siehst richtig gut aus. Wie war denn euer Urlaub?«

»Er war unglaublich. Sardinien ist wunderschön. Diese weißen, feinen Sandstrände und das türkise Meer«, schwärmte Marlene.

»Das freut mich für euch.« Er lehnte sich zufrieden gegen die Rückenlehne der Bank und atmete durch. »Aber lasst es weiterhin langsam angehen.«

Der erste gemeinsame Urlaub von Marlene und Gregor seit ihrer wiederbelebten Beziehung hatte ihm Sorgen bereitet. Simone hatte ihm gegenüber ebenfalls Bedenken geäußert. Ihrer Psychologenmeinung zufolge würden die beiden auf ihrem gemeinsamen Weg noch einige Nackenschläge erleiden.

»Machen wir doch! Also man kann uns nicht vorwerfen, dass wir irgendetwas überstürzen. Im Grunde bewegen wir uns, seit wir wieder zusammen sind, im Schneckentempo«, sagte Marlene und verzog beleidigt den Mund. Aber nur kurz. »Deine letzte Sendung war übrigens der Hammer.«

Nach anfänglichem Widerstand, vor allem von Seiten der feministischen Lager, wurde aus seiner neuen Sondersendung »Mikes Mission: Der gleichgestellte Mann« ein ungeahnter Erfolg. Selbst Tom, der zwar trotz der Turbulenzen am Anfang hinter ihm und seiner Idee stand, war nicht überzeugt davon, dass sie damit öfter als drei Mal on air gehen würden.

Mittlerweile hatte sich der Sender die Rechte an einer gleichlautenden Talkshow im Fernsehen gesichert und das Format wurde von ausländischen Radios sowie Podcastern gekauft und selbstständig betrieben.

Der chauvinistische Ansatzpunkt im Namen des Formats war zuerst als reiner Arbeitstitel geplant, entpuppte sich jedoch als Geniestreich, weil die Sendung nicht nur von Männern, sondern – vor allem – von empörten Frauen gehört wurde.

Bereits nach der ersten Ausstrahlung war klar, dass es nicht darum ging zu zeigen, dass Männer die Gleichbehandlung von Frauen und Männern blöd fanden.

Vielmehr zeigte »der gleichgestellte Mann«, dass auch Männer unter der immer noch nicht herrschenden Gleichstellung von Männern und Frauen litten. Andererseits gewährte die Sendung im Rahmen von Interviews einen Einblick in die Ungleichbehandlungen, die Männer erfuhren.

Michael führte Gespräche mit Männern, die sich als Elementarpädagogen bewarben und aufgrund ihres Geschlechts abgelehnt, hinausgemobbt oder sogar der Pädophilie bezichtigt wurden. Sie erzählten von Müttern, die auf die Barrikaden gingen, da ihre Töchter in den Armen des Betreuers Trost suchten, nachdem sie sich den Kopf gestoßen hatten.

Er interviewte CEOs, die lieber Urlaub nahmen und Golfpläne vorschoben, als zuzugeben, sich um das erkrankte Kind zu Hause zu kümmern. Weil sie Angst hatten, dass sie wie der verweichlichte »neue Mann« dastanden.

Einmal unterhielt er sich mit einem Vater, der in Krabbelgruppen, auf Spielplätzen und sogar beim Friseurbesuch mit seiner Tochter gefragt wurde, ob die arme Mutter denn verstorben war. Dass er ein halbes Jahr in Elternzeit ging, war für viele die unwahrscheinlichere Erklärung.

Und Michael befragte Jugendliche, wie sie die Zukunft sahen. Unvergessen blieb der sechzehnjährige Sam, der eine technische Hochschule besuchte. Er antwortete auf die Frage nach seiner Meinung zu »Männern in Frauenberufen« mit den Worten: »Es gibt keine Männer- oder Frauenberufe. Es sind einfach Berufe.« Ob sich Sam daran erinnern würde, falls er sich als Boss später einmal zwischen männlichen und weiblichen Bewerbern für einen Job entscheiden musste?

Wenn er mit seiner Sendung aufrührte, dann immer nur zu dem Zweck, die Menschen zum Grübeln und zum Umdenken zu bewegen.

»Schläfst du schon wieder?« Marlene rempelte ihn unsanft an und deutete auf den Hügel am Ende des Spazierwegs. »Da kommen sie.«

Michael stand auf und ging den Menschen ein paar Schritte entgegen. Dann hielt er inne und beobachtete sie dabei, wie sie sich näherten.

Das kleine Mädchen löste sich aus der Gruppe und rannte auf ihn zu. Ihre Haare flatterten mit dem weißen Kleid um die Wette, während sie die Birkenallee entlangeilte und ihm aufgeregt die Ärmchen entgegenstreckte.

»Ein schönes Bild«, sagte Marlene, die hinter ihn getreten war.

»Ja«, gab Michael ihr recht und erinnerte sich daran, wie oft er es auf Keilrahmen betrachtet hatte, ohne es zu verstehen. Dann lief er Lou entgegen.

»Papaaaa«, kreischte das Mädchen und segelte von Weitem in seine Arme. Er wirbelte sie nach oben und zog sie gleich darauf an seine Brust.

»Mein Engelchen«, flüsterte Michael und steckte seine Nase in ihr Haar, das nach Chlor und Sonne roch. »Wie war dein Wochenende, mein Schatz?«

»Schön!«, jubelte Lou und klatschte in die Hände. »Onkel Stefan war mit mir im Pool. Und Tony hat mir sein Auto gezeigt. Das hat er von *dir* bekommen.« In ihrer Stimme lag eine Ehrfurcht, die ihm direkt ins Herz ging. Ganz zu schweigen von dem Funkeln in ihren Augen.

Tony stellte sich neben die beiden und zwinkerte Lou verschwörerisch zu.

»Hi, mein Großer«, begrüßte Michael ihn und klopfte ihm auf die Schulter. »Da hattet ihr ja volles Programm.«

»Ja«, bestätigte Stefan, der angeschlendert kam. »Aber es ist immer eine Freude, wenn wir den Sonnenschein bei uns haben.«

Seit Kurzem übernachtete Lou jedes zweite Wochenende bei den Beradis. Damit hatten sie angefangen, nachdem der Sorgerechtsstreit, der heftiger verlaufen war, als Michael es erwartet hatte, zu seinen Gunsten ausgefallen war und sich nach ein paar Monaten die Wogen zwischen ihnen etwas geglättet hatten. Wider Erwarten litt Stefan wie ein Hund unter der Trennung von dem Mädchen, das er für seine Tochter gehalten hatte, und war eines Tages vor seiner Tür gestanden.

»Ich muss sie sehen, Mike«, hatte er gebettelt. »Bitte! Ich kann sie nicht auch noch verlieren.«

Anfangs trafen sie sich alle gemeinsam und irgendwann vereinbarten sie Wochenenden, die Lou allein bei Stefan, Nora und Tony verbrachte. Für Michael war es zugegebenermaßen eine Erleichterung, denn er war den Anforderungen als alleinerziehender, berufstätiger Vater kaum gewachsen.

Tony lief mit Lou an der Hand über die Wiese und kickte einen Ball vor sich her. In Michael wallte eine unsägliche Liebe auf für die beiden und er war dankbar, dass Lou in den Beradis weiterhin eine Familie hatte.

Sogar die vorher umtriebige Nora, die einen Studienplatz in München ergattert hatte, verbrachte bis zu ihrem nahenden Umzug viel Zeit zu Hause.

Durch sie kam es in den letzten Monaten zu einer völligen Umgestaltung der üppigen Beradi-Villa. Von der Einrichtung und Dekoration ihrer Mutter war kaum mehr etwas übrig. Überhaupt erinnerten in dem Haus nur noch wenige Fotos, die von ihr aufgenommen wurden, an sie. Tamara selbst war auf keinem zu sehen.

Als angehende Innenarchitektin schob Nora für die Veränderungen rein ästhetische Gründe vor. Michael vermutete dahinter eine Form der Selbsttherapie und dass es ihr damit leichter fiel, mit den Ereignissen umzugehen.

Der Schmerz saß bei allen tief und obwohl die Kinder in psychologischer Behandlung waren und außerhalb der Sitzungen kaum darüber sprachen, sah man die Nachwirkungen in ihren Gesichtern und ihren Verhaltensweisen. Sowohl Nora als auch Tony mussten ihren eigenen Weg finden, damit umzugehen, denn eins war klar: Es war unmöglich, damit aufzuhören, seine Eltern zu lieben.

»Wie geht es Tamara?«, fragte Marlene, die sich zu den Erwachsenen gesellt hatte und ebenfalls dem Treiben der Kinder zusah. Michael war froh, dass sie die Frage gestellt hatte. Ihm fiel es auch nach der langen Zeit noch schwer, mit Stefan über sie zu sprechen oder überhaupt nur ihren Namen über die Lippen zu bringen.

»Es geht ihr besser«, erzählte Stefan. »Sie freut sich immer, wenn ich ihr Fotos von Lou mitbringe.« Einmal pro Monat besuchte er Tamara in der Klinik. Sie waren noch immer verheiratet und Stefan war der Einzige, der zumindest im Ansatz Frieden mit ihrer Krankheit geschlossen hatte.

Michael beobachtete seine Tochter dabei, wie sie sich bäuchlings neben Tony ins Gras fallen ließ. Mit dem Kinn auf die Hände gestützt hing ihr Blick an den Lippen des Jungen, der ihr wahrscheinlich gerade wieder eine seiner Geschichten über Autos oder Boote erzählte.

Lous Therapeutin hatte nach einem ihrer letzten Treffen erwähnt, dass die Kleine bald nach ihrer Mutter fragen würde. Kein Wunder, denn sie war ein aufgewecktes, kluges Kind. Genau wie Tony, der ihn schließlich auch seit jeher mit dessen schlauen Gedanken überrascht hatte.

Gemeinsam mit der Psychotherapeutin musste er bald eine Strategie entwerfen, wie sie mit Lous Fragen und einer eventuellen, begleiteten Wiederannäherung zwischen Tamara und ihrer Tochter umgehen werden.

Bald. Aber heute nicht mehr.

DANKE

Ich danke von Herzen meinen Eltern, meinem Mann und unserer Tochter sowie meinen Freunden, die mich so beharrlich in allem unterstützen, was ich mir in den Kopf setze.

Namentlich erwähnen möchte ich folgende Autor*innen und Buch-Expert*innen, die mir stets zur Seite stehen:

Tom U. Behrens
Jenni Fenko
Arne Hilke
Roland Knecht
Monika Lüthi
Markus Mattzick
Jan-Olaf Moede
Mats Norén
Susanne Pilastro
Fritzi van Ribbeck
B. C. Schiller
Matteo Torres
Lukas Wollenhofer

Ein großes Dankeschön geht an Martin Sowa von Nightbird Design für die punktgenaue Umsetzung meiner Coveridee und die mittlerweile zahlreichen professionellen Web-Auftritte rund um Ella Stein.

Danke an Michael Marco Wanda für die Genehmigung, die wunderbar passenden Textzeilen aus *„Wir sind verloren“* abdrucken zu dürfen. Die Idee zu dieser Geschichte kam beim Hören dieses Lieds und ich bin dankbar für diese Inspiration.

Und wie immer danke ich D. W. dafür, dass Ella Stein schreibt.

ÜBER DIE AUTORIN

Ella Stein wurde 1985 in Österreich geboren und lebt mit ihrer Familie in einer kleinen Gemeinde in der Nähe von Linz. Bevor sie ihr Hauptaugenmerk auf das Schreiben legte, durchlief die Juristin zahlreiche Stationen in den Bereichen Bankwesen, Werbung und PR. Nebenbei ist sie als freiberufliche Trainerin in der Erwachsenenbildung tätig.

Gemeinsam mit ihrem Schreibpartner Tom U. Behrens engagiert sie sich im Rahmen der Autoreninitiative #1bild2geschichten für herzkranke Kinder.

Nähere Informationen zu Ella Stein und ihren Projekten:

www.ella-stein.at
www.venberg.at
www.bankzweigstellewest.at
www.meineschreibzeit.at
www.1bild2geschichten.de

Kontakt:

Mail:	ella@ella-stein.at
Instagram:	@ella.stein_schreibt
Facebook:	Ella Stein – Autorin

WEITERE VERÖFFENTLICHUNGEN

Romane

Mimis Welt – Die Sache mit dir
Ein Roman über das Leben, die Liebe, Sehnsüchte und Abgründe.

Mimis Welt – Die Sache mit dem Vater
Zweiter Teil der Romanreihe »Mimis Welt« über das Leben, die Liebe, Sehnsüchte und Abgründe.

Frauenmord in Venberg
Ein Roman über einen Frauenmord, die Gesellschaft, ihre Werte und Moralvorstellungen.

#1bild2geschichten-Anthologien zugunsten herzkranker Kinder

100 Bilder 200 Geschichten – Alles eine Frage der Perspektive

20 Bilder – 40 Neue Geschichten
Das Taschenbuch Band 1

20 Frische Bilder – 40 Neue Geschichten
Das Taschenbuch Band 2

Kurzgeschichten

Geburtstagsparty für Max
erhältlich als E-Book bei Amazon

Bankzweigstelle West – Das Leben ist ein Dauerauftrag
exklusiv erhältlich als Hardcover auf
www.bankzweigstellewest.at

Katharina – Hotel ohne Strom
erschienen in »Geschichten Ohne Strom«,
herausgegeben von Markus Mattzick
erhältlich als Taschenbuch, Hardcover und E-Book im Buchhandel

Die Teestube
gemeinsam mit Tom U. Behrens
erhältlich als E-Book bei Amazon

Weihnachten im Gasthaus Fritz
exklusiv und kostenlos als E-Book erhältlich auf
www.ella-stein.at/buecher